西日本女性文学案内

西日本女性文学研究会

『西日本女性文学案内』序

日本の近現代文学を研究する場で、課題の一つが「情報の格差」です。メディア環境の変化によって漸次改善されてきているとはいえ、さまざまな差別の構造によってもたらされる社会的な格差とも連動して、まだ未解決なところも多々あります。

中でも、男性の書いた文学に比べて女性の文学に目が向きにくかったことについては、近年大きく取り上げられるようになりました。男性の文学を本流と位置付ける文学史の中で、偏った扱いを受けてきたことが主な原因でしたが、国連婦人の十年（一九七六〜一九八五）を契機とする社会の大きな変化の影響を受けて、文学研究の場でも新たな動きが出ています。埋もれていた女性文学に光を当てたり、評価の基準自体を見直そうという機運もあります。

しかしながら、言うまでもなく、女性文学研究や文学史の見直しはまだその緒についたばかりです。基礎となるデータが非常に不備なため、研究や評価以前の段階で、世に知られていないままの女性文学がかなり埋もれているのが実情です。一部の地方では知られていても、一般的な情報としては共有されていないケースも少なくありません。

そのようなアンバランスな状況を少しでも改善したいという意図により、二〇〇七年五月に西日本地域の有志により「西日本女性文学研究会」を発足しました。会員の研究と生活の拠点である西日本（山口、福岡、大分、佐賀、長崎、熊本、宮崎、鹿児島、沖縄の九県）に地域を限定する研究会です。この研究会の目的は、会員が西日本ゆかりの女性文学者とその作品を調査し、その調査結果を一般に公開することです。公開の時期は二〇一二年を予定しました。公開までの期間は、調査結果を会員間でネットを通じて共有し、相互連携により情報の精度を高めていきながら、その蓄積を行なうことにしました。作業は大きく分けて二段階で進めました。基礎データ収集と、作家別記述です。

まず、谷口絹枝会員が担当する事務局と会員（最終的に四三名）がメール連絡できる態勢を整え、メーリングリストおよび個人メールでのやりとりを中心に全体の作業を進めていきました。具体的には、各県のとりまとめ役を中心とする各県のメンバーに、基礎データの収集に基づく作家一覧の作成と、記述対象とする作家の選定を一任しました。作家一覧に上げられた女性作家は五九〇名に及びますが、その中から作家別記述の対象となった作家は、最終的に二八九名となりました。記述の対象とする作家の選定については、共通する基準を設けて徹底することはいたしませんでした。県ごとの事情によるばらつきが生じる結果になりましたが、今後さらに充実していくための第一歩になることを願っています。

基礎データの収集と作家別記述に際しては、地域に密着した調査を進めるため、地域特有の文献や資料、同人誌に目を通すなどの丹念な調査を心がけました。文学者本人への直接インタビューや、関係者への手紙による問い合わせなども、各執筆者の判断で行ないました。作家別記述においては、福岡県の西荘保会員を中心に、会員有志が執筆者の不足する他県の調査の補助を引き受けるなどして、補った場合もあります。

当初の予定より一年延びましたが、二〇一三年七月七日には樋脇由利子会員の尽力により、『西日本女性文学案内』としてインターネット上での公開を実施しました。公開以後も修正を行ない、そのプロセスはホームページに「更新履歴」として明示しました。二年余にわたるインターネット公開は反響も得て、予想通りの効果があったと考えられます。このたび、現段階における研究成果を活字として出版することには、インターネットとはまた異なる公開の意義があると確信しています。

本書に収録した二八九名の作家は、けっして網羅的なものではありませんが、今まで共有できなかった西日本地域の女性文学者を一覧することができる画期的なものだと思います。各項目の記述は、執筆者一覧に掲げた四三名の担当者が、字数制限の中で執筆を行ないました。全体の徹底した統一は敢えて控えて、各執筆者の表現を重視した部分もありますので、表記上の不統一につきましてはご海容下さい。

すべて無償のボランティア研究の成果です。調査に対してご協力下さった多くの方々に深く感謝申し上げます。また、刊行に際して有益なアドバイスと惜しみない協力をして下さった城島印刷の仲西佳文さんに、心よりお礼申し上げます。

最後に、研究会開始から八年余の間、会員間の調整や細々とした連絡を辛抱強く続けて下さり、最後の編集作業に際しても主力になって下さった谷口絹枝さんと西荘保さんの尽力がなかったら、本書の出版にまで漕ぎ着けることは不可能であったことを明記し、非力な代表として、深甚の感謝をささげたいと思います。

不備不足の点も多々あると思います。ご理解あるご教示、ご批判をいただけると幸甚です。

二〇一六年一月吉日

西日本女性文学研究会代表

狩野啓子

作家一覧

阿井景子
青井史
青木昭子
赤星カヱ子
秋田佐知子
阿木津英
秋山香乃
あざ蓉子
天川悦子
新垣美登子
新樹光子
荒津寛子
有馬英子
安藤康子
井伊文子
伊規須ゆき
生田静香
池上三重子
石井筆子
石橋秀野

石昌子
石牟礼道子
市原千佳子
井手川泰子
伊藤野枝
伊藤比呂美
伊藤ルイ
絲山秋子
井上荒野
井上佳子
井上信子
今井美沙子
今村葦子
入江章子
岩森道子
上野詠未
上野さち子
上野晴子
上野春子
上野眞子

植村紀子
上山しげ子
牛島春子
内田さち子
内田春菊
内村幹子
宇野千代
江上栄子
江口章子
江島その美
大石千代子
大内須磨子
大浦ふみ子
おおえひで
大友淑江
大庭桂
岡口茂子
緒方惇
小郷穆子
大佛文乃

鬼塚りつ子
小野木朝子
海崎章子
海達公子
梯久美子
鹿児島やすほ
柏木恵美子
片瀬博子
勝野ふじ子
加藤みゆき
門田照子
金井光子
金子みすゞ
加納朋子
神泉苑代
神尾久美子
神近市子
川上小夜子
川島つゆ
河野裕子

川端京子
河本佐恵子
神沢利子
岸本マチ子
岸本みか
北田倫
北原志満子
北原東代
きのゆり
季巳明代
姜信子
清住朱実
清田由井子
久志芙沙子
久保より江
倉田千恵子
倉富洋子
河野信子
古賀悦子
古賀ユキ

五所美子
後藤みな子
近藤えい子
税所敦子
齊藤きみ子
斎藤史
坂井ひろ子
坂口襦子
崎山多美
桜川冴子
佐々木信子
佐々木博子
佐多稲子
貞刈みどり
佐藤志満
佐藤普士枝
佐藤幸乃
鮫島康子
早良葉
重兼芳子

柴田佐知子
芝憲子
島尾ミホ
島本藤子
下村梅子
庄司祐子
城島久子
白石すみほ
白石弥生
末永直海
末永文子
杉田久女
杉本章子
杉山武子
須山ユキヱ
世良絹子
園田節子
曽原紀子
大悟法静子
大道珠貴

高樹のぶ子
高崎綏子
高瀬千図
高千穂峰女
高塚かず子
鷹取美保子
高群逸枝
滝　勝子
竹下しづの女
竹下文子
武田京子
竹野美智代
竹森ハツヱ
田島安江
多田智満子
多田尋子
立川敏子
たつみや章
田中ひな子
田場美津子
田吹繁子
千代原真智子
築地正子

司　凍季
柘植周子
辻　文子
津田治子
土田晶子
筒井茅乃
綴　敏子
恒成美代子
角田房子
角田真由美
寺井谷子
土井敦子
富崎喜代美
富田住子
富田豊子
豊増幸子
鳥越　碧
中川由記子
長崎夏海
永嶋恵美
長瀬正枝
永畑道子
中原綾子

中原澄子
名嘉真恵美子
仲町貞子
中村うさぎ
中村きい子
中村汀女
中本たか子
中山千夏
夏樹静子
波田愛子
西沢杏子
西田宣子
西村桜東洋
西村しず代
西村光代
西村　慈
西本弥生
二沓ようこ
野上弥生子
野木京子
野田寿子
野溝七生子
野見山ひふみ

橋本多佳子
橋本武子
橋本美代子
波多江敦子
秦　夕美
浜名理香
濱野京子
林　京子
林　芙美子
原　初枝
原口真智子
比嘉美智子
樋口伸子
平山冨美子
弘津千代
福田須磨子
福田万里子
福間明子
藤坂信子
藤崎美枝子
藤野千夜
藤本由香里
布施伊夜子

鮒田トト
文月あや
古木信子
邉見（辺見）京子
本田節子
正木ゆう子
松浦初恵
松永千秋
松原伊佐子
松原一枝
松村由利子
松本文世
松本ユキ子
松本梨江
まはら三桃
丸山由美子
三上慶子
三木澄子
三島敏子
みずかみかずよ
水間魔遊美
三苫京子
宮川久子

宮本美致代
向田邦子
村田喜代子
村中李衣
桃原邑子
杜　あとむ
森崎和江
森田ヤエ子
森　千枝
森　夏月
森　禮子
柳生じゅん子
安永蕗子
安本末子
柳原白蓮
矢野克子
山崎ナオコーラ
山里禎子
山下夕美子
山田とし
山田啓代
山埜井喜美枝
由宇とし子

夢野文代
湯本香樹実
横山房子
吉井惠璃子
吉岡　紋
吉田スエ子
吉田まり子
吉田優子
龍　秀美
和田知子
渡辺千恵子

凡例

【典拠文献】基礎データ作成のための基本文献とした。

○一般的な典拠文献

・『日本近代文学大事典』 全六巻 昭和五二年（一九七七）～昭和五三年（一九七八）、講談社
・『川柳総合事典』 昭和五九年（一九八四）、雄山閣
・『現代女性文学辞典』 平成二年（一九九〇）、東京堂出版
・『日本児童文学大事典』 全三巻 平成五年（一九九三）、大日本図書
・『ふるさと文学館』 全五五巻 平成五年（一九九三）～平成四年（一九九四）、ぎょうせい出版
・『県別ふるさと童話館』 全四七巻 平成九年（一九九七）～平成一三年（二〇〇一）、リブリオ出版
・『現代短歌大事典』 平成一六年（二〇〇四）、三省堂
・『現代俳句大事典』 平成一七年（二〇〇五）、三省堂
・『日本女性文学大事典』 平成一八年（二〇〇六）、日本図書センター
・『現代詩大事典』 平成二〇年（二〇〇八）、三省堂

○西日本地域に共通する主要な典拠文献

・原田種夫『西日本文壇史』 昭和三三年（一九五八）、文画堂
・渡辺京二『地方という鏡』 昭和五五年（一九八〇）、葦書房
・読売新聞西部本社学芸資料課編『西日本文芸風土記』 昭和六〇年（一九八五）創思社出版
・黒田達也『西日本戦後詩史』 昭和六二年（一九八七）、西日本新聞社
・花田俊典『清新な光景の軌跡―西日本戦後文学史―』 平成一四年（二〇〇二）、西日本新聞社
・花田俊典主宰 インターネット「スカラベ人名事典」

○各県独自の主要な典拠文献

山口県

・やまぐち文学回廊構想推進委員会編『みつけた！ 文学の中の山口』 平成一九年（二〇〇七）
・やまぐち文学回廊構想推進委員会編『やまぐちの文学者たち 増補版』 平成二五年（二〇一三）

福岡県

・『福岡市文学賞』 昭和四六年（一九七一年）～、福岡市
・『郷土が生んだ文学（小説家、文芸評論家）目録―福岡県立図書館所蔵―』 平成七年（一九九五）、福岡県立図書館
・『郷土の詩人・詩集目録―福岡県立図書館所蔵―』 平成一〇年（一九九八）、福岡県立図書館
・『郷土の歌人・歌集目録―福岡県立図書館所蔵―』 平成一〇年（一九九八）、福岡県立図書館
・『筑紫の詩人たち―福岡県の現代詩史』 平成一六年（二〇〇四）、野田宇太郎文学資料館
・『敍説（特集北九州）』 平成一九年（二〇〇七）、花書院
・志村有弘編『福岡県文学事典』 平成二二年（二〇一〇）、勉誠出版

・『福岡県川柳史』　平成二三年（二〇一一）、福岡県川柳協会

佐賀県

・佐賀文化館・新郷土刊行会編『図説・佐賀県の歴史と文化』　昭和五〇年（一九七五）、金華堂出版

・佐賀の文学編集会編『佐賀の文学』　昭和六二年（一九八七）、新郷土刊行協会出版

大分県

・狭間久『大分県文化百年』　昭和四四年（一九六九）、大分合同新聞社

・山住久『大分県歌壇史』　昭和五三年（一九七八）、大分県歌人クラブ

・山田繁伸『おおいたの歌碑を歩く』　平成一八年（二〇〇六）、大分合同新聞社

長崎県

・深潟久『長崎女人伝』上・下　昭和五五年（一九八〇）、西日本新聞社

・長崎女性史研究会編『長崎の女たち』　平成三年（一九九一）、長崎文献社

・佐世保女性史研究会『させぼの女性史』NO.1～NO.4　平成四年（一九九二）～平成一〇年（一九九八）

熊本県

・豊福一喜『肥後人国記』　昭和一年（一九二六）、九州新聞社

・豊福一喜『新・肥後人国記』　昭和二六年（一九五一）、稲本報徳会

・久保田義夫「戦後熊本文芸事情」『新・熊本の歴史　現代』　昭和五八年（一九八三）、熊本日日新聞社

・熊本日日新聞社編『熊本人名録』　昭和六一年（一九八六）

・星子邦子『熊本の女性（ひと）101人』　昭和六二年（一九八七）、熊日情報文化センター

・くまもとの女性史編纂委員会『くまもとの女性史　本編』　平成一五年（二〇〇三）

宮崎県

・『宮崎文化年鑑』　昭和四七年（一九七二）～、財団法人宮崎県芸術文化協会

・『宮崎県の俳句（戦後編）』　平成七年（一九九五）、宮崎県俳句協会

・『みやざきの文学（「みやざき文学賞」）作品集・第1回～第15回』　平成二四年（二〇一二）、財団法人宮崎芸術文化協会

鹿児島県

・高岡修編『現代鹿児島俳句大系』全二五巻　平成一四年（二〇〇二）～平成二四年（二〇一二）、ジャプラン

・高岡修編『現代鹿児島短歌大系』全一九巻　平成一二年（二〇〇〇）～平成二四年（二〇一二）、ジャプラン

・『みたけきみこと読む　かごしまの文学』　平成一九年（二〇〇七）、KアンドYカンパニー

沖縄県

・『沖縄文学全集』全二〇巻予定（海風社企画）　平成二年（一九九〇）～、国書刊行会

・『沖縄県人名鑑』　平成三年（一九九一）、琉球新報社

・『沖縄文化・芸能人名録』　平成一〇年（一九九八）、沖縄タイムス社

【作家紹介】

○見出し

・見出しの人名は、筆名で通用している場合は筆名で表わし、本名とそれ以外の名称は本文中に記した。

・見出し項目の配列は、姓名の読み方による五十音順とした。

○記述

・作家名、作家名のふりがな、本名、ジャンル、生没年月日、出生地、父母の名前、本人の最終学歴を、基本的に掲げる。なお、経歴については、現役作家の場合、すでに活字等で公になっている場合を除き、できるだけ本人の意向を確認したうえで記述することを心がけた。しかし、本人と連絡がとれなかった場合は、この限りではない。

・作家別記述には2種類の字数枠（六〇〇字以内、または八〇〇字～一二〇〇字）を設けた。その選択は担当者が行ない、字数枠の制限内で記述することを基本とした。

・本人と地域とのゆかり、あるいは作品に現われた地域との関係にできるだけ言及することを心がけた。ただし、父祖の代のゆかりに限定される場合は除外した。

・作品については、評価よりも特徴がわかるよう心がけた。

・短詩型文芸については、担当者が選んだ代表的作品を掲げるようにした。

・本文の後に【参考文献】欄を設け、地方のものを優先して載せることとした。ただし、地方のふさわしい文献が見当たらない場合は特に掲げないこともある。また、「凡例」に載せた典拠文献は基本的に掲げない。

・作家別記述の最後に、記述担当者名を記した。

○文字づかい

・解説は原則として当用漢字、現代かなづかいで行なったが、必要と認めた場合は当用漢字以外の漢字も用いた。

・誤読、難読のおそれのある文字については、できるだけルビを付した。

○生没年表記

・人名項目の見出し語の下に元号（和暦）による生没年を記し、西暦を併記した。

○本文中の年代表記

・本文中の年月日には元号（和暦）を用い、初出の元号には西暦をカッコ内に示したが、後出の同一元号については、適宜これを省略した。

○記号

・単行本・新聞・雑誌名・映画名には『　』を、作品名には「　」を用いた。

＊本書は平成二六年（二〇一四）一二月までの情報を記載の対象とした。なお、没年については、編集段階での最新の情報を盛り込んだ。

執筆者（五十音順。担当県、＊は県の取りまとめ役）

跡上史郎　熊本県
池田静香　長崎県
和泉僚子　福岡県
稲田大貴　福岡県
伊福満代　＊宮崎県
植村紀子　鹿児島県
浦田義和　＊佐賀県　沖縄県
大坪利彦　宮崎県
小野恵　福岡県
狩野啓子　福岡県
管虹　福岡県
金成妍　福岡県
楠田剛士　長崎県
河内重雄　福岡県　宮崎県
酒井美紀　福岡県
佐藤響子　福岡県
柴田文佳　熊本県
高木伸幸　大分県
田代ゆき　福岡県
谷口佳代子　福岡県　沖縄県
谷口絹枝　＊熊本県　山口県
茶園梨加　福岡県

鶴本市朗　熊本県
富原カンナ　鹿児島県
中西由紀子　福岡県
中原豊　＊山口県
中村青史　熊本県
永田満徳　熊本県
長野秀樹　＊長崎県
西荘保　＊福岡県　＊沖縄県　山口県　鹿児島県
野坂昭雄　大分県
野本泰子　長崎県
朴順伊　福岡県
藤原耕作　＊大分県
樋脇由利子　福岡県
古江研也　熊本県
堀畑真紀子　熊本県
馬場純二　熊本県
松本常彦　福岡県
みたけきみこ　＊鹿児島県
村田由美　熊本県
安河内敬太　福岡県　沖縄県
山本裕一　大分県

阿井景子　あい けいこ　小説家。昭和七年（一九三二）一月一六日〜。長崎県長崎市小曽根町に生まれる。本名浦順子。同地は、デビュー作『龍馬の妻』（昭五四・三、学芸書林）を始め、度々、彼女が執筆対象とした坂本龍馬を援助した、小曽根乾堂・英四郎兄弟が開いた町である。父の仕事の都合で、上海、京城、博多、佐賀などで暮らしたというが、一三歳だった昭和一九年（一九四四）春、長崎市から佐賀県鹿島町（現・鹿島市）に疎開。「古いしきたりを重んじる」長崎の大家族のなかで育った彼女は、後年、「歴史小説を書きはじめてから、祖母の年中行事が（略）たいへん役に立っている」と述懐するが、終戦間近、生家のあった付近は、三菱造船所が見えるという理由で強制立退を命じられた。昭和二五年再訪した折、生家のあった一帯には、コンテナ車の四角い箱が建ち並んでいたという。

疎開後は、約八年間を「第二の故郷」佐賀で過ごし、二九年、佐賀大学教育学部を卒業。同年四月、佐賀市内の市立高校に教師として奉職するが、年末には辞職し上京する。まもなく、知人編集者の紹介で三〇年六月に依頼を受け、北大路魯山人の口述筆記を担当。途中、教材会社へ勤務するも、三一年秋まで魯山人のもとで仕事をする。その後、医学書専門出版社（中山書店）、週刊漫画編集部（芳文社）、女性週刊誌（光文社『女性自身』）等での勤務を経てフリーとなり、家事評論家として本名で活躍。『女性自身』編集部在籍中の三三年、上京時に紹介状をもらいながらも放置してしまった松本清張との縁が結ばれ、亡くなるまで交友を続けた。『おもかげ　松本清張　北大路魯山人』（平七・二、文芸春秋）は二人との回想録だが、九州出身の阿井の感覚が随所に表れている。

家事評論家としての仕事の傍ら少しずつ史料を集めてきた彼女は、昭和四七年の別居、二年後の離婚を機に、少女時代からの夢であった歴史小説を書き始める。執筆にあたっては現地取材、史料収集に余念がないが、「史料を尊重する（略）のみならず、史料批判を怠らない」（松本清張）との評価を受ける。九州を舞台とした作品に、龍馬を軸とした『龍馬の妻』（前掲）、『竜馬のもう一人の妻』（昭六〇・八、毎日新聞社）、『龍馬の姉・乙女』（平一六・一、光文社文庫）、『龍馬と八人の女性』（平一七・四、戎光祥出版）、西郷隆盛を中心とした『西郷家の女たち』（昭六二・二、文芸春秋）がある。一貫して歴史上の偉人の周辺で生きた女性に焦点を当てる理由について、「歴史の非情と、その中で懸命に生きる人間が浮かび上がる」からだという。また、「歴史」について、「歴史や時代の流れは個人の意思ではどうにもならない。しかし、人は全知全能を振り絞って、その流れを泳ぐ。それが（略）魅力」だと語っている。

【参考文献】松本清張「薦」（『築山殿無残』昭五八・一一、平凡社）、「ひと仕事の内そと　作家阿井景子さん」（『西日本新聞』平二・八・二五）、「ふるさと讃歌　歴史と江戸のにおいが感じられる町、長崎」（『週刊文春』平三・一・一七）、「私の八月一五日　甘藷と防空頭巾」（『ノーサイド』平五・九）、「忘られぬ『動く牙』」（『文芸春秋』平二三・九、臨時増刊号）

（池田静香）

青井史　あおい ふみ　歌人。昭和一五年（一九四〇）一〇月一五日〜平成一八年（二〇〇六）一二月二〇日。福岡県小倉市（現・北九州市小倉北区）生まれ。父尾形清、母拙《つた》の長女。父は戦前は欧州航路の貨物船の船長、戦後はタンカーに乗っていたため、共に暮らした時間は極めて少なかったという。昭和二〇年（一九四五）六月、父の実家のある福岡県京都《みやこ》郡白川村（現・京都郡苅田町）に疎開。二二年四月、白川小学校に入学するが、五月、小児結核と診断され自宅療養で二年余を過ごす。二七年、父の仕事の関係で名古屋市熱田区に転居。中学二年の時、短歌クラブに入り初めて短歌を作る。三二年、愛知県立瑞稜高等学校に入学、文学クラブに入部。卒業後、三五年十月、洋裁学院に入学し、スタイル画教室にも通う。作歌を再開し、『中日新聞』や、五島美代子が選者をしていた『若い女性』などに投稿。三七年、洋裁学校師範科卒業。一〇月、青井市郎と結婚、半田市に住み、二男をもうける。五〇年、夫の転勤により横浜市に転居。「まひる野」に入会。五二年、書店で馬場あき子歌集『桜花伝承』に出会い、華麗な言葉、新鮮な短歌に魅力を覚え、短歌を学び直すことを決意。「まひる野」を退会。五三年九月、馬場あき子主宰「かりん」に入会。五四年、大和市つきみ野に転居。五六年、『夕凝り』により第一回かりん賞受賞。五八年八月、第一歌集『花の未来説』（七月堂）刊行。『かりん』編集委員となる。五九年一二月、評論集『現代短歌の十二人』（共著・雁書館）刊行。六〇年、現代歌人協会会員となる。六三年五月、第二歌集『鳥雲』（雁書館）刊行。「さらば妻も職業の一つ逆さまになりて朝の浴槽を洗ふ」など。平成元年（一九八九）四月、評論集『現代歌人論』（雁書館）刊行。この頃から、カルチャースクールなど多数の短歌講座や短歌会で講師を務めるようになる。平成六年九月、第三歌集『月の食卓』（短歌新聞社）刊行。一二月、「かりん」を退会。七年六月、季刊短歌誌『かりうど』を創刊主宰。九年、日本ペンクラブ会員となる。一二年二月、第四歌集『青星の列』（現代女流短歌全集57、短歌新聞社）刊行。七月、子宮癌で入院、手術。一六年四月、『青井史歌集』（現代短歌文庫51、砂子屋書房）刊行。一〇月、夫市郎死去。一七年、評伝『与謝野鉄幹　鬼に喰われた男』（深夜叢書社）刊行。一八年五月、同書で第四回日本歌人クラブ評論賞を受賞。一二月、『かりうど』終刊号を発行、「狩人短歌会」を解散。同月二〇日、肺腺癌により死去。享年六六。一九年一二月、遺歌集『天鷲絨の椿』（ながらみ書房）が刊行された。

【参考文献】「略歌歴」（自筆）（『青星の列』に収録）、竹内由枝編「青井史略年譜」（『天鷲絨の椿』に収録）

（佐藤響子）

青木昭子　あおき あきこ　歌人。昭和一一年（一九三六）一〇月一日〜。山口県防府市生。子育て後、わずか三十一文字で作る世界、しかも時と場所を選ばぬ手軽さに魅力を感じ、作歌を始める。昭和五〇年（一九七五）「ポトナム」入会、頴《え》田島《たじま》一《いち》二郎《じろう》に師事。五五年短歌研究新人賞次席。五七年二月第一歌集『百年橋』（短歌新聞社）上梓。完成度の高さ、鋭敏な感覚、明快な歌いぶりなどが評価される。また、「われを泣かぬ女にしたる夫と子のシャツ白旗のごと翻る」など、転勤族の夫と二人の息子の「うからら」との日常が印象深く詠まれ、家族は先々に亘って歌のテーマとなっていく。昭和六三年六月第二歌集『深緋《ふかひ》』（雁書房）出版。平成一〇年（一九九八）一月第三歌集『空の巣《エンプティ・ネスト》』（砂小屋書房）出版。同歌集によって同年度第二九回福岡市文学賞を受賞。「頤を突つけば動くかたまりがかつてはありき空の巣《エンプティ・ネスト》」と息子たちの旅立ちを詠む。これ以後は「あらたなる営巣へのはじまり」（「あとがき」）という。一六年八月『さくらむすび』（砂小屋書房）、二〇年八月『申し申し』（砂小屋書房）出版。「一《い》貴《き》山《さん》の桜はまだか雷山の蕨はまだか山独活はまだか」「糠床は善のこころを持て交ぜよそれが無理ならむむむむと言へ」など、個性的なオノマトペ、自由闊達な歌心の表現が光る。次の第六歌集『秋袷』(平二五・一一、木阿弥書店)のテーマは「食」ながら、「本当の無為の怖さを知つてるか三冬の樹木立ちて素裸」など存在省察の歌も並ぶ。共著として『ポトナムの歌人』(安森敏孝・上田博編、平二〇・一一、晃洋書房)があり、その他「市民文芸」、「福岡市桧原桜賞」選者などを務める。『ポトナム』選者、『颱《ひょう》』同人、現代歌人協会会員。

【参考文献】秋山敬「青木昭子小論」(『颱』六九号、平一一・三)、『福岡'98文学賞』(平一一・三、福岡市・福岡市文学賞運営委員会)

(西　荘保)

赤星カヱ子　あかほし　かえこ　詩人。大正四年(一九一五)、熊本県生まれ。本名、赤星房子。『九州詩集』第三輯に「家政実践女学校を卒へ」と紹介される(玉名実践女学校か)。卒業後は八幡製鉄所病院に勤務した。『北九州詩人』同人、また昭和一〇年(一九三五)には『ごろつちよ』同人として詩作を行っていた。昭和一一年に病を得てのちは、詩作を行わなくなったとの記述があり、『九州詩集』第三輯(昭一二・六、九州芸術家聯盟)に掲載された二編、「望郷」「日暮」と、第四輯(昭一四・五、九州芸術家聯盟)掲載の三編、「のいばら」「想ひ出」「目標」はそれ以前の作品と推測される。また第四輯刊行以前に、難関で知られる専門学校入学資格検定試験に合格。安田満「続私説　九州の文人たち(2)」では、岩下俊作が荒津寛子を評価する際に、夢野文代、赤星カヱ子に続く女性詩人と語ったエピソードが紹介されており、昭和一〇年前後の北九州の詩壇では高い評価を得ていた。また後年は門司に住んだが、詩友との交流を意識的に断っていたという。

【参考文献】『九州詩集』第三輯(昭一二・六、九州芸術家聯盟)、『九州詩集』第四輯(昭一四・五、九州芸術家聯盟)、安田満「続　私説　九州の文人たち(2)」(『九州文学』第四巻第二号(通巻四七九号)(平九・四、九州文学社))

(稲田大貴)

秋田佐知子　あきた　さちこ　脚本家。昭和一八年(一九四三)一月一四日～平成一八年(二〇〇六)一月二五日。宮崎県延岡市永池町生。旧姓秋田幸子。父憲良、母悦子の長女。昭和四〇年(一九六五)、日本大学芸術学部放送学科卒業。在学中にシナリオを書き始める。大学卒業後は郷里の宮崎で高校教師となるが、四三年再び上京し、広告会社などに勤務しながらシナリオ作家協会主催の「シナリオ・センター」に通い、ドラマを試作する。脚本家高岡尚平に師事する。五四年NHK大阪放送局の朝の連続テレビ小説「虹を織る」の脚本を手がけた。維新の志士を数多く輩出した城下町・萩に生まれ、青春期には若い情熱を宝塚歌劇団の舞台に注ぎ、退団後もたえず新しい生き方を求め続けた一人の女性をユーモアを交えて明るく描いた作品で、『虹を織る上・下』(昭五五・一〇、五六・一、日本放送出版協会)がある。平成一〇年(一九九八)に女性駅伝ランナーを主人公とした漫画「彩風《かぜ》のランナー」の原作を担当。一九年には東海テレビ「はるちゃん」の原作を担当。その他、テレビドラマ「花いちばん」「花らんまん」「花ちりめん」の三部作を発表する。また、「ダンプかあちゃん」「優しい関係」「砂の上の家」「あゝ、重度痴呆病棟」のテレビ作品、映画『小さな胸の五円玉』がある。

【参考文献】「延岡出身の故秋田佐知子さん故郷で作品展―脚本家の足跡眠ら

せぬ、同級生奔走112点集める」（『朝日新聞』宮崎版、平一九・一・二四）

（大坪利彦）

阿木津英 あきつ えい　歌人、評論家。昭和二五年（一九五〇）一月一七日〜。福岡県行橋市生。本名・末永英美子。福岡県立京都高校を経て、昭和四七年（一九七二）九州大学文学部哲学科心理学専攻卒。四九年地方出版社勤務を経て、大分県中津市児童相談所に心理判定員として勤務していたとき、東京から帰京し、中津で短歌雑誌『牙』を復刊したばかりの石田比呂志に出会う。同年「牙」入会。作歌を始める。五〇年、石田と共に熊本市秋津新町に移住。作家名である「阿木津」は、この頃の居住地であった秋津新町に由来している。塾経営などで生計を立てるが生活は貧しかったという。五四年「紫木蓮まで」で第二二回短歌研究新人賞受賞。翌五五年、直線的で研ぎ澄まされた文体を用い女であることを高らかに詠んだ第一歌集『紫木蓮まで・風舌』（短歌研究社）が第七回現代歌人集会賞受賞。「いにしえの王《おおきみ》のごと前髪を吹かれてあゆむ紫木蓮まで」「産むならば世界を産めよものの芽の湧き立つ森のさみどりのなか」など。以後、フェミニズム思想を現代短歌に導入した作品を多く作る。第二歌集『天の鴉片《あへん》』（昭五八、不識書院）が第二八回現代歌人協会賞、第二六回熊日文学賞受賞。同年五月、河野裕子・道浦母都子らと共にシンポジウム「おんな・短歌・おんな」を企画開催。この頃より積極的にシンポジウムを企画開催し、現代短歌におけるフェミニズムの問題を積極的に議論するようになる。翌六〇年、東京に移住。六二年、第三歌集『白微光』（短歌新聞社）、平成三年（一九九一）、短歌雑誌『あまだむ』を創刊主宰。四年には、初の短歌評論集『イシュタルの林檎』（五柳書院）を出版。この評論集を機に以後、歌作だけではなく、短歌評論やジェンダー論を発表してゆく。八年一月、内野光子、小林とし子とともに「戦後短歌史とジェンダーを研究する会」を発足。積極的に女性学・ジェンダー研究フォーラム等に参加し、研究発表を重ねる。その成果として『扉を開く女たち―ジェンダーから見た短歌史一九四五―一九五三』（共著、平一三、砂子屋書房）を出版。平成一四年、『短歌研究』七月号に掲載された「巌のちから」三〇首で、徹底された文語定型によって保たれた格調と抒情性が評価され第三九回短歌研究賞を受賞。平成二四年、石田比呂志死去による「牙」解散後、島田幸典らと共に短歌雑誌『八雁』を創刊。同年三月一〇日、熊本近代文学館企画展「歌人・石田比呂志一周忌展」において「石田比呂志流短歌指南〜わが体験を通して」を講話している。

【参考文献】『八雁』第一巻第五号（平二四・九）

（柴田文佳）

秋山香乃 あきやま かの　小説家。昭和四三年（一九六八）一月一八日〜。福岡県北九州市門司区生まれ。本名、鈴木彩子。三人姉妹の二女。中学生の頃、演劇部でシナリオやコントを執筆。シェイクスピアと山崎正和に影響を受けたという。その後、日本史に熱中し、高校入学時より小説を書き始めた。活水女子短期大学卒業。司馬遼太郎に関心を持ち、卒業後歴史サークルを主宰、会誌を発行する。平成一四年（二〇〇二）四月、『歳三　往きてまた』（文芸社）で作家デビュー。新撰組などをテーマに時代小説を書き継ぐ。日露戦争を扱った『群雲に舞う鷹』（平二一・一〇、日本放送出版協会）のあとがきには「主人公の奥保鞏《やすかた》は、自分と同じ小倉の出身であったから、やはり人情的に力が入った」とある。一九年、時代小説作家の鈴木英治と結婚。柳生新陰流居合道四段。

その他の著書に『獅子の棲む国』(平一四・一一、文芸社)、『総司　炎の如く』(平一五・一〇、日本放送出版協会)、『晋作　蒼き烈日』(平一九・七、日本放送出版協会)、『雨に添う鬼　武市と以蔵』(平二二・四、講談社)、『氷塊　大久保利通』(平二三・六、河出書房新社)、『吉田松陰　大和燦々』(平二六・一〇、NHK出版)などがある。

(中西由紀子)

あざ蓉子　あざ ようこ　俳人。昭和二二年(一九四七)六月九日〜。熊本県玉名市生。昭和四五年(一九七〇)、熊本女子大学(現・熊本県立大学)卒。五四年、国語教師で俳人だった母親酒井スミエの強い勧めで俳句を始め、穴井太の『天籟通信』に始めて投句する。六二年、工場の次長として毎日深夜まで働いていた夫が倒れ、くも膜下出血で息を引き取った。約三ヶ月、マンションに閉じこもる。再び句会に参加すると、寂しさを紛らわすように句作にのめり込む。六三年、天籟通信賞を受賞。平成二年(一九九〇)、九州俳句賞を受賞。三年、母親が亡くなった後、独り暮らしをしていた父親の世話をするため、玉名に戻る。第一句集『夢数へ』(平三・四、本阿弥書店)刊行。平成五年、攝津幸彦の「豈《あに》」、坪内稔典の「船団」に入会。八年一月、ホスピスと自宅を行き来する生活が終わる。一〇年一月二三日、第二句集『ミロの鳥』(平七・五、ふらんす堂)で第三七回熊日文学賞を受賞。三〇日、食道癌を患っていた父の最後を自宅で看取った後、俳句に専心するようになる。阿部完市の「現代定型詩の会」に入会。一一月、季刊誌『花組』を創刊。一二年、『熊本日日新聞』にエッセイ「うしろの正面」を一年間(四月一日〜一三年三月二〇日)執筆。一三年六月、第三句集『猿楽』(平一二・五、富士見書房)で宗左近の選によって、中新田現代俳句スエーデン賞を受賞。一四年三月、第五七回現代俳句協会賞を受賞。六月、熊日生涯プラザ「現代俳句講座」の講師も勤め始める。一五年、くまもと県民文化賞を受賞。一八年一〇月、あざ蓉子・坪内稔典編『漱石熊本百句』(創風社)を出版。二二年、第四句集『天気雨』(平二二・一〇、角川書店)を出版。二四年、草枕交流館館長に就任。交流館で俳句講座を始める。「人間へ塩振るあそび桃の花」「梅林やこの世にすこし声を出す」「愛人を水鳥にして帰るかな」「七月の天気雨から姉の出て」。あざ俳句は単に字面を追ってもつかめない。意表を突く取り合わせによって、イメージや感覚の接続や断裂、衝突を特徴とする。

【参考文献】あざ蓉子「聞く語る」(『西日本新聞』平一二・九・一)

(永田満徳)

天川悦子　あまかわ えつこ　俳人。大正一四年(一九二五)六月一日〜。旧満州の間島省《かんとう》龍井《りゅうせい》(現・龍井市)生まれ。醤油醸造店を営む父悦造、母秋江の長女。三人兄弟の第一子。昭和一三年(一九三八)、新京(現・長春)敷島高女入学、一五年一二月福岡県立京《みやこ》都高等女学校(現・福岡県立京都高等学校)へ転学。一九年、結婚し再び新京に住み、翌年長男が生まれる。まもなく終戦を迎えるが、ソ連軍の満州侵攻のため北朝鮮に疎開、抑留生活を余儀なくされる。三八度線を越えて帰国したのは、二一年七月だった。二四年より小倉市曽根小学校(現・北九州市立曽根小学校)に国語教員として職を得る。同年、俳人横山白虹主宰の「自鳴鐘」に入会、句作を始め、三〇年に同人となる。小学校校長を歴任、五九年に退職。退職後、六〇年から北京科技大学で日本語講師として教鞭をとる。六二年、第四〇回「自鳴鐘賞」受賞。平成元年（一九八九）帰国、「北九州童謡・唱歌かたりべの会」を結成し、歌を通して昭和の時代を語り継ぎ、故郷中国での公演も七回行った。著書に、故郷への思慕を綴った『遠きふるさと』（自鳴鐘叢書33号、昭五八・三）、童話『雪の墓標―はるかなる家路』（昭五八・八、あらき書店）、『続雪の墓標―三十八度線のめぐりあい』（昭五九・一二、あらき書店）、エッセイ集『コトバ・中国・你好―わたしは北京の日本語教師―』（平一・二、あらき書店）、『句文集　ふるさと残照』（平二三・三、自費出版）など。一八年、第一六回北九州市自分史文学賞の北九州市特別賞を受賞、翌年『えにし断ちがたく―満州の興亡を体験した女の80年―』を刊行した。二〇年、「何日君再来」で第一回北九州文学協会文学賞「エッセイの部」最優秀賞を受賞。二五年三月、全句集『花の稜線』（文学の森）を刊行。代表句に「寒月へ狼のごとく笑いたし」、「鰯雲我が生まれし国地図より消え」など。

（小野　恵）

新垣美登子　あらかき　みとこ　小説家。明治三四年（一九〇一）五月六日～平成八年（一九九六）一二月九日。沖縄県那覇市生。産婦人科医の新垣居信とツルの次女。幼名おみと。読書好きで、沖縄県立第一高等女学校卒業後、文科進学を志すが、医学校を望む父に許されず、一年間県立図書館に通い、のちに沖縄学の祖と称される館長伊波普猷《いはふゆう》を知る。大正八年（一九一九）日本女子大学国文科に入学。幼名のおみとを美登子に改名。二年の時肋膜と肺尖を患い、那覇に戻り療養。その間伊波普猷に学ぶ。またこの頃与謝野晶子、石川啄木らに心酔。一一年、高等師範に進学すべく再上京するが、広津和夫の「さまよへる琉球人」（大一五・三）のモデルとなった歌人池宮《いけみや》城積宝《ぎせきほう》と出会い、結婚。しかし、池宮城の放浪癖ゆえに三カ月で別居、帰郷して長男を出産。沖縄県庁に統計吏員として就職。この頃「寮舎の秋」（『沖縄教育』大一三・一二）、「手袋」（『沖縄朝日新聞』大一五・一・一）と小説を発表。女子学生の恋愛に憧れる心情を描いた。昭和三年（一九二八）次男の出産を機に職業婦人を志して上京し、マリールウイズ美容学校、さらに福岡の九州女子美髪学校で学び、美容師の免許を取得。五年那覇に帰り、うるま美粧院を開く。十年、女性の目から辻遊廓を描いた「花園地獄」を『琉球新報』に連載し、話題となる（戦火で焼失）。一四年『大阪球陽新報』（七月一日）発表の随筆「未亡人」では、戦争未亡人を哀れみながらも、「わたしは世の未亡人のやうに消極的に暮しはしない」「人生をたのしく過さう」と言い切り、同紙は没収処分となる。戦時中は鳥取県に疎開するが、長男は戦死、次男は行方不明となり、失意のうちに帰郷。二二年、みと美粧院を開く。二九年頃より文筆活動も再開し、戦前の那覇の素封家の家庭を中心に女性の生き様を描いた「黄色い百合」（『沖縄タイムス』昭二九・八・一～三〇・八・一七連載。昭和四一年『前編』、昭和四二年『後編』として刊行）を執筆。美装院には沖縄の政財界、新聞記者、芸能界と多彩な人々が集まり、サロン化する。三五年には世界一周旅行を楽しむが、四一年頃より眼底出血が生じ、両眼失明。五四年、手術により一三年ぶりに左眼が開眼。翌年随筆集『人生紀行』（久茂地文庫）、五八年自伝小説『哀愁の旅』（松本タイプ出版部）を刊行。同年沖縄タイムス社より文化功労賞を受ける。また美容界では、昭和三四年琉球高等美容専門学校を創立し、初代校長を務め、美容教育への功績により四七年に厚生大臣賞、五七年に勲六等宝冠章を受ける。八五歳の記念誌『那覇女の軌跡』（昭五八・一、潮の会）で「私を慰めるのは私自身で考えなければならない。ほんとうに、孤独であるということが私を強くしている」と述べ、昭和六三年には、大正期の小説や短歌も収めた『新垣美登子作品集』（昭六三・五、ニライ社）を刊行した。

【参考文献】三木健編『那覇女の軌跡』（昭五八・一、潮の会）、『新垣美登子作品集』（昭六三・五、ニライ社）

（西　荘保）

新樹光子　あらき みつこ　小説家。生年不明。本名、豊永光子。製鉄所員の父親を持ち、福岡県戸畑の製鉄所官舎に住んだ。第二期『九州文学』第六冊（昭一四・三）より同人欄に名を連ね、第八冊（昭一四・五）に「木の実落つ」を発表。悠久子という名の女性を主人公とする日記体の中編小説である。第一〇冊（昭四・七）の随筆「自分のためのノオト」には、下宿勤めの中に小説を書き継ぐ様が、若い情熱の内に葛藤を伴って綴られる。同じ頃に戸畑に住み、第二期『九州文学』同人でもあった安田満は、新樹が、第二期『九州文学』より四、五年早く『中央公論』懸賞小説に「南の湖」という名の小説で当選していたといたことを証言しており、更に、「昭和一五、六年ごろ」のこととして、夢野文代に、新樹光子を紹介したい旨手紙をもらって出掛けたこと、「火野（葦平）さんが北九州文学者会を組織した昭和一六年、彼女はその主要な委員として名をあげられている」こと等を回想する（「私説　九州の文人たち三」『火山地帯』一〇四号、平七・一〇）。

（田代ゆき）

荒津寛子　あらつ ひろこ　詩人。昭和三年（一九二八）一一月八日〜昭和三二年（一九五七）三月二四日。福岡県福岡市に生まれる。父・荒津長七、母・荒津文子の三女。昭和九年（一九三四）二月、五歳で喘息がはじまる。一六年四月、福岡女学校（現・福岡女学院）に入学。入学試験の時は喘息がひどく、背負われて受験に赴いた。一八年、一四歳の時に詩作をはじめる。一九年に福岡市住吉の鐘紡工場に学友と共に挺身隊の一員として働く。二〇年三月、疎開先の福岡市外水城司山荘で母と共に火災にあい、福岡市西職人町の自宅に帰ったが六月一九日に戦災。大円寺町に居住するまで、市内を転々とした。同年四月に福岡県立女子専門学校文科（現・福岡女子大学）に入学。入学試験の三日間、喘息の発作をおして受験、その直後肺炎にかかったという。二一年頃、九州大学、福岡県立女子専門学校、西南学院大学の三つのグループで編成されていた詩研究会に参加。各務章、菅原純、上原和と出逢う。それが本格的に詩にとりくむ契機となった。二二年五月三日、一八歳で内本光と婿養子縁組。二三年九月、母校の福岡女学院の教員となるが、翌年三月出産のため辞職。四月、長女秀佳出生。二五年頃から、菓子、化粧品、煮干の行商をし両親を気づかわせる一方、友人知己の面倒をよく見た。二五年一〇月詩誌『椅子』（四号で廃刊）に参加。他の同人は萩原春子、川田礼子、菅原純、石村通泰の四名。一一月小島直記編集発行の第三期『九州文学』の計画と同時に参加。その後、『九州作家』に統合後も参加した。昭和二六年四月から九州大学文学部聴講生となる。同年八月、有限会社荒津商事代表取締役に就任。金融事業はひとえに「人のためにつくす」のが目的であった。詩作と金融の矛盾になやみ、詩想にふけることがこの頃から唯一つの心の支柱となる。二九年五月、詩誌『詩科』に創刊より参加。八月、二五歳のとき本人の発意により、財団法人徳風会（育英事業）を設立、理事に就任する。また、福岡キリスト教女子青年会（ＹＭＣＡ）有職婦人部委員会顧問として、読書会その他同会の事務に協力している。三〇年七月、小島直記編集『幹』に参加したが、作品は発表していない。一一月『九州詩人』が発足し、参加。同年一二月、第五期『九州文学』第二巻第一号に詩「ひとつの悔のために」を発表。三一年八月詩誌『ALMÉE』に創刊より参加し、名品「月夜」を『ALMÉE』二号に発表した。昭和三二年三月二四日、福岡市平尾の内本宅において、喘息の発作のため急逝。享年二八歳。三月二七日、福岡市材木町安国寺において葬儀。遺骨は同寺に埋葬。同年一〇月、最後の作品三編が、故人の意志により『ALMÉE』年鑑特集『夢弦律』第一集に収録された。一二月『荒津寛子遺稿集』（昭三二・一二、荒津寛子遺稿集刊行会）が刊行されている。

【参考文献】『荒津寛子遺稿集』（昭三二・一二、荒津寛子遺稿集刊行会）、『全集・現代文学の発見　別巻　孤独のたたかい』（昭四四・四、学芸書林）、「文学館倶楽部」一二号（平二三・三、福岡市文学館）

（茶園梨加）

有馬英子　ありま　ひでこ　民話研究家。昭和一八年（一九四三）三月一二日～。宮崎県延岡市生。昭和四〇年（一九六五）、鹿児島大学文理学部文学科国文専攻卒業後、平成一四年（二〇〇二）まで、鹿児島県公立学校及び県立図書館勤務。初任校の鹿児島農業高校（現・鹿児島東高校）ですぐれた民話の語り手に出会い、口承文芸に関心を抱く。以来、部活動で生徒と共に、あるいは遠隔地を単独で採訪して、多くの民話を採集している。『久永ナオマツ媼の昔話』（山下欣一氏との共著　昭四八・二、日本放送協会出版）及び『福島ナヲマツ昔話集』（昭四八・九、私家版）は、奄美大島の方言で語られた民話を共通語訳したもので、貴重な資料である。『鹿児島昔話集』（昭四九・六、岩崎美術社）、『手無し娘』（昭五〇・九、桜楓社）には、高校生の部活動の成果も収められている。いずれも古老の民話を語られた通りに文字化したものである。『鹿児島の伝説』（昭五一・一〇、角川書店）は、椋鳩十との共著で、鹿児島県各地の伝説を紹介しており、椋は一六編の伝説を選んで再話している。平成一四年、教職を退いてからは、父祖の地である伊佐市に住み、翌年『かごしま・民話の世界』（平一五・一〇、春苑堂出版）を刊行。これまでの研究をわかりやすくまとめたもので、行事や動物の由来話、妖怪の話、幸運を得る話、流人・落人・旅人の話等々、工夫を凝らした章立ては読みやすい。また、平成二三年三月で終了したが、県の広報誌『グラフかごしま』に、県下の昔話伝説を再話して二〇年にわたり連載するなど、現在、民話を収集するだけでなく、次世代に伝える活動もしている。日本口承文芸学会、鹿児島民俗学会会員。

（植村紀子）

安藤康子　あんどう やすこ　小説家。昭和五年（一九三〇）〜。大阪府生まれ。昭和三四年（一九五九）大阪女子大学国文科卒業後、関西テレビ放送会社入社。三七年テレビドラマ「一坪の空」の企画で芸術祭文部大臣奨励賞受賞。四二年退社。夫の転勤に伴い熊本に移住。母が熊本の小国町出身で、戦時中、母と疎開したが、母の死後は訪れる機会もなかったため、熊本移住には運命を感じたという。五八年、テレビ局に勤める女性ディレクターの恋を描いた「揺れる午後」で第一四回九州芸術祭文学賞熊本地区優秀賞受賞。この作品で「長い間探し求めていたものをやっと見つけ得た」（「あとがき」『光満ちる午後』）ことを実感、以後、創作に励む。五九年熊日情報文化センター主催の「小説講座」受講。講座終了後は、同じ仲間による創作グループ「楠の会」で活動。同年『詩と真実』同人。六一年『詩と真実』六月号に「夏の宴」を発表。以後寡作ながら同誌に作品を発表、『文学界』『海燕』の同人誌評で何度も取り上げられた。平成元年（一九八九）『詩と真実』一二月号に「一人で歩く女」。四年同誌一一月号の「緋色の旋律」で第二一回「詩と真実」賞受賞。「冬の陽炎」（平四・二）では、疎開先での心労に加え、戦後、盗難によって精神に異常を来し、死に至る母を娘の視線で描いた。八年一〇月「揺れる季節」など五編を収めた『光満ちる午後』（近代文芸社）出版。一一年三月号に「冬の陽炎」の続編である「冬の家族」。一〇年六月号の「秋天」はその最終編で、母の故郷へのわだかまりが消えていく主人公の心理を描いた。

【参考文献】松永祥子「書評　安藤康子著『光る満ちる午後』」（『詩と真実』平九・一）

（村田由美）

井伊文子　いい ふみこ　歌人、随筆家。大正六年（一九一七）五月二〇日〜平成一六年（二〇〇四）一一月二二日。東京市麴町区（現・東京都千代田区）生。最後の琉球国王、尚泰《しょうたい》の孫である尚昌侯爵の長女。母百子。伯母津軽照子の勧めにより、昭和五年（一九三〇）、佐々木信綱に師事。八、九年と沖縄を訪れた際に「王陵《タマウドゥン》はひるたけにたり夏くさの高き葉ずゑにねむる白き蝶」など、故郷を詠み、歌文集『中条《なかぐすく》さうし』（昭一一・七、表現社）を上梓。九年に女子学習院を卒業し、一二年、幕末の大老井伊直弼の曾孫、井伊直愛（後の彦根市長）と結婚。三人の子供に恵まれた後、昭和一八年に結核を発病。翌年、右腎臓摘出手術を行うなど、約一〇年の療養生活が続く。その間、作歌を続け、仏法に帰依し始める。一方、沖縄は激戦地となり、遠く離れ、痛恨やる方ない思いにかられたという。二七年より、口語自由律の新短歌に転向し、翌年宮崎信義主宰の「新短歌社」に入る。第三歌集『鷺ゆく空』（昭二九・八、表現社）は、定型と新短歌の両方を収録し、作歌上の転換期の歌集となった。四七年（一九七二）、沖縄が本土返還された年、沖縄県の青少年育成を目的とした社会奉仕団体「佛桑花《ぶっそうげ》の会」を設立。「環礁にくだける白波　まっ赤な佛桑花　復帰叶った島に憂えることの多すぎる。」と詠む。五一年、新短歌人連盟賞受賞。生涯一〇冊の歌集を上梓（没後『冬木立』が私歌版として春秋社から刊行）。六一年七月出版の『井伊文子短歌作品集』（短歌研究社）は第八歌集までを所収。また、滋賀県で「豊郷短歌会」「安土短歌会」に出講し、『京都新聞』滋賀版、『本願寺新報』の歌壇の選者も務める。五一年、沖縄県の「沖縄県歌話会」、平成六年（一九九四）「黄金花表現の会」に入会。さらに『茶湯一会　井伊直弼を慕って』（平一〇・九、春秋社）、沖縄タイムス出版文化賞受賞の『わがふるさ

と沖縄　琉球王尚家の長女として生まれ』（平一四・一〇、春秋社）、『ひとすじの道　仏の教えに導かれて』（平一六・六、春秋社）など、多数の随筆集を出版。広く社会福祉に貢献し、滋賀県肢体不自由児福祉協会理事長を務める。一七年急性心不全のため死去。彦根名誉市民の称号が贈られる。「ここに　生命果ててもいいとおもう　故郷の海の蒼さだ。」（歌集『龍舌蘭』、昭五五・三、新短歌社）

【参考文献】『井伊文子短歌作品集』（昭六一・七、短歌研究社）、『美しく老いる』（平八・四、春秋社）、『わがふるさと沖縄』（平一四・一〇、春秋社）

（西　荘保）

伊規須ゆき　いぎす　ゆき　歌人。明治二五年（一八九二）五月三〇日～（没年不明）。福岡県宗像郡吉武村（現・宗像市）生。高等小学校卒業。戸畑に住む。三苫守西夫妻の紹介で大正一二年（一九二三）「創作」に入社。牧水を度々戸畑に迎え、教えを受ける。既に三人の子の母であったといい、戦中に夫を亡くし、一時、歌から遠ざかるが復帰。昭和二四年（一九四九）春、疎開先から戸畑へ戻り、復刊『創作』誌上に活動を再開した。長谷川銀作の指導のもと歌作を続け、歌集『峠』（昭三五・五、新星書房）を刊行。長谷川のすすめにより編まれた著作には、年代順に二四年から三四年までの作が並ぶ。「白きもの干したるままの夕闇に束ねられて高く月見草咲く」等、生活の中の鮮明な光景を切り取り、長谷川による巻頭の序は「いつわりのない地道な生活詠」と評した。歌作のほかにもたびたび郷土誌『郷土戸畑』（戸畑郷土研究会）に散文を寄稿しており、「戸畑と若山牧水」（二号、昭三四・三）、「当時の戸畑宿営」（四号、昭三六・三）、「宗像大社のこと」（五号、昭三七・三）、「日本海海戦について」（六号、昭三八・二）、「宗像大島城址」（七号、昭三九・三）等、文学から歴史まで内容は多様だが、何れも自身の住んだ戸畑と宗像に取材した文章である。

（田代ゆき）

生田静香　いくた　しずか　小説家。昭和一三年（一九三八）六月二二日～平成二年（一九九〇）六月一四日。旧樺太豊原市生。本名中本静香。父生田照義《てるよし》、母セキの次女。満一歳頃移った旧満州で育つ。昭和二一年（一九四六）、家族で日本に引き揚げ、父の実家の広島県双三《ふたみ》郡、さらに広島市に移り住む。三六年、広島女学院大学英文科を卒業。高校生の頃から少しずつ小説を書き始め、大学では文芸部に所属、その同人誌に参加。三七年、日本中世文学を専攻する中本環と結婚、一男一女を得る。四四年、夫の熊本大学赴任に伴って家族で熊本に移る。五〇年二月、同人誌『詩と真実』三〇八号より同人となり、以後、同誌を舞台に創作に励む。「薄明」（昭五〇・一〇）、「残傷」（昭五五・四）、「三代子」（昭五六・一二）と発表し、大阪を舞台に、大阪弁の会話を用いて、働けなくなった父に代わって母が下請工場を背負っている家族の生活を、高校生の娘の目から描く作品系列ができてくる。五八年、身体が不自由で呆け気味の父の性を幻想的なイメージで描いた「父ちゃん、蛍になれ」で第一三回九州芸術祭文学賞の佳作二篇に選ばれ（優秀賞なし）、『文学界』三月号に転載された。これにつながる作品に「涼子のいる場所」（昭五九・一二）がある。六一年二月から六三年五月まで同人を退会。復帰した年の一〇月に発表した「アテンション下さい」は、作者のアメリカ旅行（昭和五五年夏の六〇日間）でのホームステイ体験を題材にしている。アメリカに渡った占領軍兵士の日本人妻たちが家庭や社会での疎外感に苦しむ姿を、日米語まぜこぜの軽妙な会話で描出した。「乳母車のシーラカンス」（平一・八）へと書き進み、結婚制度の理不尽さにユーモラスに切り込んでいく。平成二年（一九九〇）、乳癌の再発により五一歳で死去。「あいたい、こころに」（平二・一〇）が遺稿となった。小説集に『アテンション下さい』（平一・二、近代文芸社）、『薄明』（平三・六、本多企画）があり、随筆集に同人の佐藤千里との共著『左きき、右きき』（平二・三、本多企画）がある。

【参考文献】「生田静香　追悼号」『詩と真実』（平二・一〇）、秋山駿「乏しくなった異質感覚―第一三回九州芸術祭文学賞選評」（『文学界』昭五三・三）

（谷口絹枝）

池上三重子　いけがみ　みえこ　歌人、随筆家。大正一三年（一九二四）一月四日～平成一九年（二〇〇七）三月二七日。福岡県三潴《みずま》郡大莞《おおい》村奥牟田（現・大木町）に生まれた。父池上広吉、母キクの一男二女の末子。家はござの問屋を営んでいた。昭和一五年（一九四〇）、福岡県立山門高等女学校卒。一七年、福岡女子師範学校二部卒業。国民学校の教師となる。二五年一一月、北島敬之《よしゆき》と結婚。二六年、柳川市両開小学校に転任。二九年一〇月、市内の教研大会での発表会終了後に、慢性多発性リュウマチ様関節炎のきざしが現われ、急激に悪化。三〇年九月、久留米大学病院の整形外科に入院、コーチゾン療法を受け一一月退院。三一年九月、退職。三二年六月、信頼する高安慎一博士が院長を勤める国立別府病院に入院、翌年二月に退院して実家で療養を続ける。野口司・静子主宰の歌誌『さざなみ』に入会、三五年七月、歌集『亜麻色の髪』を自費出版した。題名は、夫の名の二字をとって、よき子（ヨキ）と名付けた人形に由来する。歌集の中の「来世あらば身健《すく》よかに夫《つま》に添わん碧《みどり》明るき空に柿照る」に関心を持った日本教育テレビのディレクター中島力《ちから》が九月に取材に訪れ、ドキュメント番組「夫と妻の記録」の中で「いのちある限り」と題して放送された。三六年二月にはＮＥＴで高橋玄洋脚本により「妻なればわれも粧わん」と題して乙羽信子・伊藤雄之助主演でドラマ化され、さらに大きな反響を呼んだ。三七年一一月、福岡市の日赤病院に入院、翌年五月退院。舅の急逝をきっかけに決意を固め、夫を説得して三九年三月離婚した。その後、思いもかけない夫への非難を知り、沈黙を破り、「家を想え姑をおもえと肯わぬ夫に説きつつ泪し止まず」「愛あらば共に生きよと乞う哀れその愛故に譲らぬわれを」「生涯に二人無き夫汝をここに置きて不治妻われは去るなり」などが収められた『妻の日の愛のかたみに』（昭四〇・七、サンケイ新聞社出版局）を刊行した。ＮＥＴの前回と同じスタッフによるドラマ「妻の日の愛のかたみに」が、四〇年六月に三回にわたって放送され、これも反響が大きく、以後何度もドラマ化、映画化された。また、同年水上勉と共に婦人公論読者賞を受賞した。昭和四五年四月、熊本県天草郡五和町の特別養護老人ホーム「紫明寮」に母のキクと共に入寮。機関誌『砂座羅』（五号で休刊）の発行を提案し、寄稿した。ずっと看護を続けたキクが昭和六三年一一月六日、一〇四歳で死去した。母への感謝とざんげの香華として編まれたのが『この命あるかぎり』（平三・二、鎌倉書房）である。福岡県大川市の特別老人ホームで亡くなるまで書き続けた日記が「自省抄」と題して、ホームページ『銀座一丁目新聞』に連載された

（全六四回　平一六・八・一〜一九・五・一〇）。まさに書くことが生きることである生涯であった。

【参考文献】『郷土の文学　三訂版』（昭六一・一〇、杉森女子高等学校国語科）、『ほりわり』第五号（平四・一一、柳川文芸クラブ）、原達郎『白秋の食卓（柳川編）』（平五、財界九州社）、原達郎『柳川文学案内』（平五・一〇、「白秋・アンデルセンハウス」設立準備室）、「書くことを支えに　いま、日録つづる日々」（『西日本新聞』平一五・三・二八）、牧念人（牧内節男）「書くことは生きること　池上三重子さん」（『銀座一丁目新聞』平一九・五・一〇、一ッ橋アーツ）、『福岡県　人物・人材情報リスト2001』（平一二・一二、日外アソシエーツ）

（狩野啓子）

石井筆子　いしい　ふでこ　随筆家。文久元年（一八六一）四月二七日〜昭和一九年（一九四四）一月二四日。肥前大村藩岩舟（現・長崎県大村市）生まれ。父渡辺清、母ゲン。渡辺家は父清で一四代にあたる大村藩士。清は大村藩勤皇派の中心人物で、明治新政府に用いられ、明治五年（一八七二）、筆子も上京し以後東京で成長した。近代女子教育の黎明期にあたる官立女学校、東京女学校、東京女子師範学校英語科などで学ぶ。福岡県令となった父清と共に福岡在住の時期などを経て、一三年から一五年にかけて、渡欧した。帰国後、婚約者小鹿島果と結婚。この時期、華族女学校の仏語講師を務め、鹿鳴館などの社交界でも活躍している。一九年、津田梅子らと聖三一教会で受洗し、大日本女子教育会を通じて女子教育に取り組むことになった。二五年、夫果が娘二人を残して病死し渡辺家に復籍した。その後、石井亮一と出会い、病弱なため三女康子が入所することとなる東京府北豊島郡滝野川村の滝乃川学園において、孤児、知的障害児の教育に関わることとなった。三六年、石井と結婚。その後も、知的障害児の教育に献身し、昭和一二年（一九三七）六月の亮一死去ののちも同園の経営にあたった。著作としては『火影』（大九）、『過ぎにし日の旅行日記―明治三一年米国に使せし折の顛末―』（昭七、東京滝乃川学園印刷所）などがある。

【参考文献】津曲裕次『シリーズ福祉に生きる49石井筆子』（平一三・一一、大空社）

（長野秀樹）

石橋秀野　いしばし　ひでの　俳人。明治四二年（一九〇九）二月一九日〜昭和二二年（一九四七）九月二六日。奈良県山辺郡二階堂村字西井戸堂（現・天理市西井戸堂町）生。旧姓、藪。父・楢太郎、母・由栄の四女。姉の一人が俳句を趣味としており、幾分か感化を受けて一二、三歳くらいから句作を始める。文化学院に学び、学監の与謝野晶子に短歌を、高浜虚子に俳句を習う。昭和四年（一九二九）、慶応大学学生だった石橋貞吉（山本健吉）と結婚。昭和一七年に長女安見誕生。昭和一三年、健吉の友人、桔梗五郎を介して横光利一主催の「十日会」入会。後年秀野は横光を俳句の師の一人として数えている。その後「十日会」世話役であった石塚友二に文章寄稿の依頼を受けたことが縁となり、石塚が編集者として関わっていた石田波郷主宰の「鶴」に加わる。昭和二〇年、島根県に疎開。さらに翌年京都に移転。昭和二二年、肺結核にて死去。死後に健吉が選出した「流離抄」が第一回川端茅舎賞（現・現代俳句協会賞）受賞。又、同じく健吉編纂の句文集『桜濃く』（昭二四・三、創元社）が刊行。昭和二二年、療養所入所の際詠まれた「蟬時雨子は担送車に追ひつけず」（『定本石橋秀野句文集』）が辞世の句とされる。この他、晩年には自身の病や迫り来る死、あるいは生活苦を詠んだ句が多い。福岡県八女市本町の、健吉の資料が展示されている「夢中落花文庫」に連なる建物には、秀野の資料も展示されている。

【参考文献】『定本　石橋秀野句文集』（平一二・七、富士見書房）、西田もとつぐ『石橋秀野の世界』（平一四・九、和泉書院）

（安河内敬太）

石昌子　いし　まさこ　俳人、随筆家。明治四四年（一九一一）八月二二日〜平成一九年（二〇〇七）一月二九日。愛知県西加茂郡小原《おばら》村松名（現・豊田市松名町）生まれ。本名昌《まさ》。父杉田宇内、母ひさ（杉田久女）の長女。松名は父宇内の実家。生後、父の勤務地である福岡県小倉市（現・北九州市小倉北区）に戻り、大正一二年（一九二三）、福岡県立小倉高等女学校（現・福岡県立小倉西高等学校）入学。卒業後、昭和三年（一九二八）、同志社女子専門学校（現・同志社女子大学）入学。五年中退。七年より中村汀女の紹介で横浜税関長官房に勤務。一二年、英米文学者石一郎と結婚、二男を得る。母久女の没後、高浜虚子序文の『杉田久女句集』（昭二七・一〇、角川書店）刊行に奔走した。久女の研究と紹介に尽くし、『久女文集』（昭四三・二、私家版）、『杉田久女遺墨』（昭五五・四、東門書屋）、『杉田久女全集』（平成元・八、立風書房）などの執筆編集を行った。自身も高濱虚子、星野立子に師事し作句した。「母連れて花の案内もたのしけれ」（昭九・七）、「打ちなれて多き夜業やタイピスト」（昭九・八）などの句が『ホトトギス』雑詠入選。句集に『樫鳥《かしどり》』（昭三六・一〇、竹頭社）、『風車』（昭四七・五、東京美術）、『榠樝《かりん》』（昭五六・一二、東京美術）、『実梅』（昭五九・八、東京美術）がある。五九年から平成四年（一九九二）まで個人誌『うつぎ』を発刊（全二七号）。平成一九年、逝去。享年九五。

（佐藤響子）

石牟礼道子　いしむれ　みちこ　詩人・小説家。昭和二年（一九二七）三月一一日〜。熊本県天草郡（現・天草市）河浦町生。本名は吉田道子で、母春乃の籍に入れられていた。父が亡くなる前に母は白石姓に変わった。水俣実務学校（現・水俣高校）卒業。父白石亀太郎は天草郡下津深江村（現・天草市）出身の石工で、白石松太郎の婿養子となり、道子が生まれて三ヶ月後水俣市に転居する。父と母は「名もない流民」と表現され、父と絶えず衝突し列車事故で亡くなった弟の一《はじめ》のほか、石の神様と言われていた祖父の白石松太郎、盲目で神経を病んでいた祖母の「おもかさま」といった家族の原風景は、「ぐらしか」（哀れでならないという天草・芦北地方の方言）衆として水俣病被害者の苦界の発見へと通路を広げていく。また、河口に開けた水俣市の豊かな自然の営みの一方で、定住者の流れ者に対する排他性や差別意識が共同体論理として横たわっている社会的風土も鋭い感性を育てていった。昭和一八年（一九四三）水俣実務学校を出て田浦国民学校に助教として赴任。助教錬成所の講師から宮沢賢治を教えてもらう。二一年葛渡《くずわたり》小に転勤後、結核のため翌年退職。同年、石牟礼弘と結婚。賢治風の粗末な住まいで暮らし、夫権を誇示する夫と個性をぶつけ合う。二八年熊本市の歌誌『南風』に入会。翌年、思想的先導者ともいえる谷川雁の知遇を得、三三年「サークル村」の結成に参加し、本格的な文学活動を開始する。四〇年から「海と空のあいだに」を『サークル村』『熊本風土記』に掲載し、十年をかけて『苦海浄土』（昭四四・一、講談社）が完成。水俣病患者の魂の叫びと鎮魂を描き、水俣病が社会的に注目される。第一回大宅壮一ノンフィクション賞、熊日文学賞に選ばれるが、辞退する。その後〝巫女〟的存在として水俣病闘争に深く関わり、幻想的で民俗的な手法を取り入れながら、自然と共生する人間のあり方と脱近代後の世界を切り開き、近代文学史にはなかった独自の歩みを進めている。また、その作品世界は英訳されて海外でも高く評価されており、作品を題材にした新作能も大きな反響があった。世界文学レベルにおいてその芸術性と社会性とが注目されている。

昭和四八年『苦海浄土』でマグサイサイ賞受賞。平成五年（一九九三）祖父母をモデルにした時代小説『十六夜橋』（平四・五、筑摩書房）で紫式部賞受賞。朝日賞（平一四）のほか、翌年には『はにかみの国　石牟礼道子全詩集』（平一四・八、石風社）で芸術選奨文部科学大臣賞受賞。詩集『祖さまの草の邑』（平二六・七、思潮社）が、同年第三二回現代詩花椿賞を受賞。自伝的なものとして『潮の目録石牟礼道子初期散文』（昭四九・一二、葦書房）、エッセイ『不知火ひかり凪』（昭六四・一一、筑摩書房）、エッセイ集『蝉和郎』（平八・一一、葦書房）などがある。『石牟礼道子全集　不知火』（平二四・七、藤原書店）の別巻に年譜、著作リストが付されている。

【参考文献】古江研也「石牟礼道子」『熊本の文学　第二』（昭五三・一一、審美社）

（古江研也）

市原千佳子　いちはら　ちかこ　詩人。昭和二六年（一九五一）四月二一日〜。沖縄県宮古島市池間島で生まれる。旧姓吉濱。船員の父の仕事の関係で、祖父母と三人で池間島に暮らす。昭和三四年（一九五九）那覇市に引っ越し転校後、吃音を発症する。そのため人との会話を嫌い、たまった思いを書き綴ったことが、後の詩作へとつながる。沖縄県立那覇高等学校在学中に、国語教員の中村田恵子に萩原朔太郎を教えられて傾倒し、詩人になりたいと願う。卒業後千葉敬愛短期大学初等教育科へ入学のため、上京する。復帰直前の沖縄返還運動に参加。四七年卒業と同時に東京都内の小学校に勤務する。教職につきつつ、『詩人会議』に、故郷沖縄の基地のある現状とそこで生きる女性の姿を描いて投稿する。五〇年俳人の市原正直と結婚。引き出物として第一詩集『鬼さんこちら』（青磁社）を配る。息子二人を出産。夫と共同で編集発行する現代詩歌研究誌『Can Can』に、詩や短文を発表する。六〇年の第二詩集『海のトンネル』（修美社、第八回山之口貘賞）では、幼少期に生活の全てにかかわっていた海と、追求を深めた女の性がテーマとなっている。女の性を母性の面から捉えるのではなく、月々の生理を「殺し」と認識して表現している。以後この認識は変わらず発展していく。六一年詩誌『歴程』の同人となり、そこで発表したものを『太陽の卵』（平四・一〇、思潮社、第二七回沖縄タイムス芸術選賞奨励賞）にまとめる。離婚。平成一五年（二〇〇三）退職し、宮古島の両親のもとへ一人帰り、自給自足の生活に入る。二〇年七月「宮古島の文学の土壌では全くの新人」として、詩と随筆の雑誌『宮古島文学』を創刊する。また長らく書きためた詩を改稿して、『月しるべ』（平二三・四、砂子書房）を上梓。ここでは、女性の身体性を月と関連して表現している。この詩集で第二一回丸山豊記念現代詩賞を受賞する。他に実生活に材をとった随筆集『詩と酒に交われば』（平一九・三、あすら舎）がある。

【参考文献】市原千佳子『新選・沖縄現代詩文庫① 市原千佳子詩集』（平一八・一〇、脈発行所）

（谷口佳代子）

井手川泰子 いでがわ やすこ 記録文学者。昭和八年（一九三三）一月一八日〜。福岡県北九州市小倉北区砂津生まれ。父・山本義雄、母・イセノ。小学校六年の時に、小倉空襲で家を失い、両親の郷里である鞍手町に転居。ここで、ふるさとの歴史を知る会を結成した他、自宅で朝鮮語講座を開いた。昭和五二年（一九七七）頃地区の公民館に勤めていた時に、本を散らかし騒ぐ子どもたちに怒鳴った老女がいた。興味を持った井手川は、彼女から、幼い頃に坑内子守りとして坑内に下がり、その後落盤でけがをした母の代わりに坑内労働を行った体験を聞く。戦時中苦労し、何も語らずに亡くなった母の姿が重なり、元女性炭鉱労働者の語り手探しを始めるようになった。昭和五五年四月に結成された筑豊毎日ペン・グループの書記となり、平成一三年からは代表を務めている。昭和五三年六月から一二月まで「〝女坑夫〟からの聞き書き」（全六三回）を『毎日新聞筑豊版』に連載。さらに、五四年一一月から五五年一二月まで「続〝女坑夫〟からの聞き書き」（全八七回）を発表。風化する女坑夫たちの足跡を克明にたどったドキュメントとして好評を受けた。その後も、聞き書きを続け、五七年一月から八月まで新たに「新〝女坑夫〟からの聞き書き」（全六九回）を連載した。「女が自由に翔べる時代になっても、書いても書いても書きたりない、埋もれた女の暮らしがあります。」（「新〝女坑夫〟からの聞き書き 第一回」）。改稿したものを『火を産んだ母たち 女坑夫からの聞き書』（昭五九・一一、葦書房）として刊行。表題は上野英信がつけた。連載時に挿絵を描いた元炭鉱労働者で画家の石井利秋が、表紙絵と文中カットを担当した。新聞連載は他に、昭和六一年二月から三月まで『西日本新聞』（夕刊）に連載した「筑豊わが母なる人々」（全一五回）がある。昭和六〇年から平成一三年（二〇〇一）までは鞍手町歴史民俗資料館に勤務。若宮町誌編纂に携わる。「火を産んだ母たち」と題し、聞き書きを元に講演活動も行った（平一三・五・一九、「坑口を保存する会」、田川市民会館）。平成一九年六月に、庄田明や山口勲らの写真を収めた『筑豊 ヤマが燃えていた頃』（河出書房新社）を発行。執筆者として関わっている。その後も元女坑夫からの聞き書き、農村の変遷、被差別部落からの採話等、貴重な聞き書きを続け、近年も「菜の花の女たち 女坑夫からの聞き書き」（『西日本文化』四〇〇号、平一六・四、「四〇〇号特集記念：筑豊炭田 大地に刻んだ歴史と文化」）、「泣くよりゃましだよ〜女坑夫からの聞き書き〜」（『西日本文化』四〇七号、平一六・一二、挿絵・石井利秋）を発表している。

【参考文献】「新〝女坑夫〟からの聞き書き 第一回」（『毎日新聞 筑豊版』、昭五七・一・三一、朝刊）、「女性坑内労働者テーマに たくましい生き方学ぼう 19日、田川市出手川さんが講演」（『西日本新聞』平一三・五・一一、朝刊）、「「火床」に生きる〈5〉聞き書き・筑豊―連載」（『西日本新聞』平八・一・一四、朝刊）

（茶園梨加）

伊藤野枝 いとう のえ 評論家、小説家、翻訳家。明治二八年（一八九五）一月二一日〜大正一二年（一九二三）九月一六日。福岡県糸島郡今宿村（現・福岡市西区今宿）生。本名はノヱ。父・伊藤亀吉、母・ウメの長女。明治四二年（一九〇九）、周船寺高等小学校卒業。同年末、上野高等女学校編入準備のため叔父を頼って上京、四三年四月に同校四年に編入学。明治四五年、上野高等女学校を卒業。同校五年のときに『青鞜』創刊号（明四四・九）に出会い、大正元年（一九一二）一〇月、『青鞜』一〇月号に社員として初めて名前が載る。明治四五年四月、親同士の決めた縁談で末松福太郎と結婚させられたが出奔。上京して辻潤と同棲、辻との間に二子をもうけるが、足尾鉱毒事件をきっかけに生活に破綻をきたし、大正六年九月に離婚。大正三年、『青鞜』編集人となり、四年、出産のため今宿へ戻った際には、福岡を中心に『青鞜』の販売促進に努めた。大正五年九月、大杉栄と同棲、大杉との間に魔子、幸子、エマ、ルイズ（伊藤ルイ）、ネストルの五子をもうける。創作では多くの場合、作者を思わせる女性が主人公とされている。学校を卒業して東京から博多へと帰郷、再会した夫への嫌悪の情を描いた「わがまま」（『青鞜』大二・一二）や、親たちに背いて上京し、子供ができたため、〈冷たい家〉から離れられない思いを描いた「乞食の名誉」（大杉栄・伊藤野枝共著『乞食の名誉』大九・五、聚英閣）などがそれである。創作については、他にも白痴の子どもをもつ老婆の自殺を描いた「白痴の母」（『民衆の芸術』大七・一〇）や、裁判小説「ある女の裁判」（『解放』大九・二）、被差別部落出身の乞食による放火事件を描いた「火つけ彦七」（『改造』大一〇・七）などがある。翻訳については、エンマ・ゴルドマン『婦人解放の悲劇』（大三・三、東雲堂書店）などが、評論については、青山菊栄との公娼制度をめぐる論争に発展した「傲慢狭量にして不徹底なる日本婦人の公共事業に就て」（『青鞜』大四・一二）などがある。大正一二年九月一六日、関東大震災の混乱のなか、憲兵大尉の甘粕正彦によって大杉と甥の橘宗一とともに虐殺され、二八歳の生涯を閉じる。

【参考文献】『定本　伊藤野枝全集』（全四巻、平一二、学芸書林）、矢野寛治「一期は夢よ、風よ嵐よ　伊藤野枝と代準介」（平成二三年一月一三日～八月一九日、『西日本新聞』断続連載）、瀬戸内寂聴「伊藤野枝」・「辻潤と野枝」（前者は平成二四年一月一四日～同月一九日。後者は同月二〇日～二九日『西日本新聞』）

（河内重雄）

伊藤比呂美　いとう ひろみ　詩人。昭和三〇（一九五五）年九月一三日～。東京都生。父伊藤一彦、母満寿子の長女。昭和五三年（一九七八）、青山学院大学文学部日本文学科を卒業。同年『草木の空』で第一六回現代詩手帖賞受賞。平成一一（一九九九）年『ラニーニャ』で第二一回野間文芸新人賞受賞。一四年『ビリー・ジョーの大地』（翻訳）で第四九回産経児童出版文化賞ニッポン放送賞受賞。一八年『河原荒草』で第三六回高見順賞受賞。一九年『とげ抜き　新巣鴨地蔵縁起』で第一五回萩原朔太郎賞受賞。二〇年『とげ抜き　新巣鴨地蔵縁起』で第一八回紫式部文学賞受賞。昭和五〇年、新日本文学の文学学校受講を機に詩を書き始める。昭和五九年、当時の配偶者・西成彦の熊本大学への赴任を機に熊本へ移住。その後、代表作の一つ「カノコ殺し」を執筆する。有名なリフレイン「滅ぼしておめでとうございます」は、藤崎八旛宮秋季例大祭（当時の通称「ボシタ祭り」）の掛け声に由来する。また、『良いおっぱい悪いおっぱい』（昭六〇・一一、冬樹社）で、「子育てエッセイ」という分野を開拓し、現在に至るまでの世間一般の伊藤比呂美のイメージに大きな影響を及ぼすこととなった。「ナシテ、モーネン」（平成三年初出時タイトル「言語」）は、熊本におけるラフカディオ・ハーンと小泉セツの関わりを題材としつつ、後に花開くことになる「語りもの」としての詩を予告するものと言えるだろう。平成三年西と離婚後も家族として同居を続けるが九年に解散、カリフォルニアに移住し、以後熊本と米国を行き来するようになる。ここで一旦熊本から離れることにより、かえって熊本の自然や文化への愛着を深めることとなった。『なっちゃんのなつ』（平一五・九、福音館書店）や『河原荒草』（平一七・一〇、思潮社）等にみられる動植物の獰猛とも言える生命力と死が同居した世界は、熊本市内を流れる坪井川河畔での体験に基づくものが大きな影響を与えていると言えるだろう。また平成九年には『西日本新聞』紙上で人生相談「万事ＯＫ」を開始、福岡を中心に「人生相談の人」として認識されるようになる。人生相談と詩やエッセイ等は必ずしも截然と分かたれるものではなく、女として生きる苦をうたい、かたり、のろう伊藤の言語活動のジャンルや媒体を越えた一貫性に注目すべきであろう。平成一八年熊本文学隊を結成、隊長となり、二〇年より本格的にイベント活動を開始。二三年一〇月より熊本学園大学招聘教授。

【参考文献】伊藤比呂美『続・伊藤比呂美詩集』（平二三・七、思潮社）の「自筆年譜」

（跡上史郎）

伊藤ルイ　いとう　るい　ノンフィクション作家、大正一一年（一九二二）六月七日～平成八年（一九九六）六月二八日。神奈川県三浦郡逗子町（現・逗子市）生。本名はルイズ、戸籍名は留意子。父・大杉栄、母・伊藤野枝の四女。大正一二年（一九二三）九月、両親が憲兵隊により虐殺される。その後、母の故郷である福岡市今宿の祖父母の手に引き取られ、養育される。昭和三年（一九二八）四月、今宿尋常小学校に入学。九年四月、糸島郡前原町の糸島高等女学校に入学、一三年三月に同校卒業。卒業後神戸市に移り、タイプ学校に通う。約五か月後九州へ帰り、東邦電力福岡支店のタイピストとなる。一四年に王丸和吉と結婚、四〇年に離婚するまでに四子をもうける。昭和一五年に渡満、一七年に帰国。昭和二八年から明確にルイを名乗り始める。三四年、博多人形工房に弟子入りする。三六年、福岡市中央区の公民館で、公民館地区の商店で働く青年を対象に学習活動開始。その後、福岡での朝鮮人被爆者の救援運動、福岡市に建てられた「聖戦の碑」撤去運動、九州電力豊前火力発電所建設差止裁判を世に訴えることを目的とした月刊誌『草の根通信』への執筆（昭和五五年六月から）、福岡婦人団体交流会による「6・19平和のための福岡女性のつどい」における「沖縄を思う」講演、「事件福岡救援会」参加、「東アジア反日武装戦線の大道寺将司、益永利明両氏への死刑判決に反対し『死刑制度』を考える会」（略称「うみの会」）参加（福岡地裁での「Tシャツ訴訟」で証言）など、幅広く活動。著書に、今宿の自然や祖母を中心とした人々のなかで、個として確立される自己を描いた『海の歌う日』（昭六〇・一〇、講談社）、主として一九八〇年代の社会運動をまとめた『虹を翔ける―草の根を紡ぐ旅』（平三・二、八月書館）、福岡の風景を背景に、身辺の関心事を記した随筆等を収録した『必然の出会い―時代、ひとをみつめて』（平三・九、記録社）、各地における晩年の自身の社会運動等を日記風につづった遺稿集『海を翔ける―草の根を紡ぐ旅Ⅱ』（平一〇・一一、八月書館）などがある。胃癌のため福岡市の病院で死去。

【参考文献】小島サカエ「伊藤ルイさんを悼む」（『あごら』平八・一一）、松

下竜一『ルイズ―父に貰いし名は』（昭五七・三、講談社）、佐藤文明『〈くに〉を超えた人びと』（平九・一〇、社会評論社）

（河内重雄）

絲山秋子　いとやま　あきこ　小説家。昭和四一年（一九六六）一一月二二日〜。東京都生まれ。筆名の「絲山」は曾祖父である弁護士絲山貞規から。絲山一族は佐賀の出身で、貞規の父絲山貞幹は唐津市加部島の田島神社の宮司であった。都立新宿高等学校を経て、早稲田大学政治経済学部経済学科卒業。住宅設備機器メーカーに就職、営業職として最初に赴任したのが福岡市であった。平成一〇年（一九八八）、双極性障害（躁鬱病）を発症し休職する。復職するもその後入院、自宅療養となる。一一年、入院中に小説を書き始める。一三年、会社退職。一五年、「イッツ・オンリー・トーク」（『文学界』平一五・六）で第九六回文学界新人賞を受賞。一六年、「袋小路の男」（『群像』平一五・一二）で第三〇回川端康成文学賞。一七年、「海の仙人」（『新潮』平一五・一二）で第五五回芸術選奨文部科学大臣新人賞受賞。デビュー直後より「イッツ・オンリー・トーク」「海の仙人」「勤労感謝の日」（『文学界』平一六・五）で数度の芥川賞候補、『逃亡くそたわけ』（平一七・二、中央公論社）が直木賞候補となり、一八年「沖で待つ」（『文学界』平一七・九）で第一三四回芥川賞を受賞する。福岡を舞台にした作品は多く、「逃亡くそたわけ」は福岡百道浜の精神病院から男女二人が抜けだし、九州を縦断する小説であるが、福岡タワー、西新、西南学院大学、西鉄大牟田線など福岡には馴染みの地名や固有名詞が頻出、ヒロイン花は博多弁をしゃべる。この他芥川賞受賞作「沖で待つ」も福岡が登場し、エッセイでも度々福岡にふれている。現在は群馬県高崎市在住。二一年、群像新人賞の選考委員を務める（四年間）。二三年、法政大学客員教授を務める（一年間）。作品には『スモール・トーク』（平一七・六、二玄社）、『ニート』（平一七・一〇、角川書店）、『ばかもの』（平二〇・九、新潮社）、『北緯14度』（平二〇・一一、講談社）、『妻の超然』（平二二・九、新潮社）、『末裔』（平二三・二、講談社）、『不愉快な本の続編』（平二三・九、新潮社）、『離陸』（平二六・九、文芸春秋）など。映像化されたものに、一七年『逃亡くそたわけ』（映像化タイトルは『逃亡くそたわけ21才の夏』）、同年「イッツ・オンリー・トーク」（映像化タイトルは『やわらかい生活』）、二一年「ばかもの」がある。一六年より、一年間に絲山が読んだ作品のなかで一番面白かったものに「絲山賞」を授けている。HP有り（http://www.akiko-itoyama.com/）。

（和泉僚子）

井上荒野　いのうえ　あれの　小説家。昭和三六年（一九六一）二月四日〜。小説家井上光晴と佐世保市の老舗和菓子屋の娘、郁子（旧姓池田）の長女として、東京都に生まれる。次女は切羽《きりは》（昭和四一年生）。成蹊大学英文学科卒業。大学時代から「少し年上の人たちとガリ刷りの同人誌」を出して、「短編ばかり」「十作くらい書い」ていたが、「文学でやっていこうなんて思ってはいなかった」という（「井上光晴・荒野父娘に聞く」『西日本新聞』夕刊、平一・七・一二）。第一回フェミナ賞（日本、平一）を「わたしのヌレエフ」（『季刊フェミナ』一号、平一・五）で受賞。同時期に活躍を始めた二世作家の一人として、注目を集めた。「切羽へ」（『小説新潮』平一七・一一月号〜一八・一〇月号、後に新潮社刊、平二〇・五）で第一三九回（平二〇・上半期）直木賞受賞。

同作はかつて炭鉱が栄えた島の小学校の養護教諭である「私」を主人公として、本土から赴任した石和と夫の間で揺れる「私」の心情を、短編連作形式で描いた作品である。舞台として、父光晴の暮らした長崎県崎戸炭鉱の島を想定することも可能であろう。他の著作に第一一回島清恋愛文学賞を受賞した『潤一』（平一五・三、マガジンハウス）。第六回中央公論文芸賞を受賞した作品集『そこへ行くな』（平二三・六、集英社）。エッセイ集『ひどい感じ―父・井上光晴』（平一四・八、講談社）など多数ある。

【参考文献】『狼火はいまだあがらず　井上光晴追悼文集』（平六・五、影書房）

（長野秀樹）

井上佳子　いのうえ　けいこ　ノンフィクション作家、小説家。昭和三五年（一九六〇）一二月二八日～。熊本県熊本市生。父井上剛、母恵。昭和五七年（一九八二）熊本大学教育学部養護教諭養成課程卒業後、熊本放送入社。アナウンサー、報道記者を経て平成六年（一九九四）ラジオ制作部ディレクター、一一年から報道制作局テレビディレクターを務める。

放送局の仕事を通して菊池恵楓園に通い続けハンセン病元患者への取材をもとにまとめた「嘘～ハンセン病療養所取材リポート～」で平成八年県民文芸賞ノンフィクション部門二席となる。一二年には「ハツさん」で熊本県民文芸賞小説部門三席となる。同年の一二月には、ハンセン病患者の療養所とそこに身を寄せる人々を五年に渡って取材し続けた記録『孤高の桜―ハンセン病を生きた人たち―』（葦書房）を出版。第一九回潮賞ノンフィクション部門を受賞する。一四年、家の跡継ぎの問題を抱えた結婚問題を通して男女の共生感覚を明るく描く「お姉ちゃんの結婚」で熊本県民文芸賞小説部門三席となり、一六年「魔法の石」が九州芸術祭文学賞の地区二位に選ばれる。一七年にはコンビニを舞台にそこに吸い寄せられてくる挫折した者たちの連帯を描く「コンビニエンスストアまつや」で熊本県民文芸賞小説部門二席を得る。一八年一一月、存在を抹殺されたり抹殺されかけた人たちへの取材を通してハンセン病に生きる人たちの生の確かさを綴った『壁のない風景―ハンセン病を生きる―』（弦書房）を出版。第二一回地方出版文化功労奨励賞を受賞する。二三年七月『三池炭坑　月の記憶』（石風社）を出版。五年間の取材により炭坑節に潜む与論島出身者が受けた百年に及ぶ差別の歴史を明らかにしている。地道な取材を通して社会的な差別や弱者への目配りのきいたノンフィクションを中心に文筆活動を行っている。また、中国戦線で戦死した祖父の日記を読み解く「祖父の日記」（『道標』平二六・一〇）で庶民の原像を追っている。

【参考文献】井上佳子『壁のない風景―ハンセン病を生きる―』（平一八・一一、弦書房）、井上佳子への聞き取り（平二四・一二・一九）

（古江研也）

井上信子　いのうえ　のぶこ　川柳作家。明治二年（一八六九）一〇月四日～昭和三三年（一九五八）四月一六日。山口県萩土原《ひじわら》村（現・萩市）生。戸籍名はノフ。父岡正《まさし》、母ミチは旧萩藩士の出身で、その次女。明治一六年（一八八三）、土原養正小学校中等科卒業。最初の結婚と離婚後、日本赤十字社山口支部看護婦養成所にて学び、従軍看護婦として日清戦争、日露戦争などに応召する。三一年、当時『長周日報』主筆で、後に三六年を起点とする川柳革新の第一人者となる剣花坊こと井上幸一と再婚。翌年上京する。剣花坊の前妻の三人の男児に加えて二人の女児を儲けて育てる。三八年に柳樽寺川柳会を組織した剣花坊の事業を手伝いながら、自らも大正の初め頃から川柳を作り始める。大正一五年（一九二六）一月、最初の句集『井上信子句集』（柳樽寺川柳会出版部）を刊行、女性作家としては川柳界初の句集となる。昭和五年（一九三〇）四月、第二句集『蒼空』（同）を刊行、「どう坐り直して見てもわが姿」を序句に掲げる。九年の剣花坊没後、その衣鉢を継ぎ『川柳人』を主宰。一旦休刊後、リーフレット型の『蒼空』の発行を経て、一二年三月に復活する。プロレタリア川柳作家の鶴彬《つるあきら》を庇護するが、その反戦川柳が治安維持法違反に触れ、自らも発行者として野方署に検挙（即日釈放）されたため、一二年一一月号を最後に『川柳人』を廃刊する。一三年三月から一六年三月まで『巻雲』を主宰。戦後、二三年八月、七九歳にして『川柳人』を復刊、最も伝統ある柳誌として現在に引き継がれている。『巻雲』昭和一五年一月に発表した「国境を知らぬ草の実こぼれ合ひ」が代表句。自己内省的な句境を基本とし、大正末昭和初期における新興川柳運動や社会変革の気運に伴われて批評精神の川柳へと飛躍した。「座布団に似し運命を女もち」「思ふまゝ笑へば空も丸う見え」「渦巻きをのこす女の民主主義」などがある。昭和四年末、川柳界で初めて「川柳女性の会」を結成して女性柳人の育成にも努めた。近代川柳史において「川柳の母」と称される。

【参考文献】谷口絹枝『蒼空の人・井上信子—近代女性川柳家の誕生』（平一〇・二、葉文館出版）

（谷口絹枝）

今井美沙子　いまい みさこ　ノンフィクション作家。昭和二一年（一九四六）八月三〇日～。長崎県福江市（現・五島市）生まれ。先祖代々のカトリック信者であった父禎蔵、母チノのもと、五島高校卒業までを同地にて過ごす。弱きを助ける思いから、小学生の頃は医者、中学生の時は弁護士を夢見たが、高校一年生の時に火事で家が全焼し、大学進学を断念。この時、「無念さを抱きながら、死んでいった人々のことを書き残そう」と作家を志す。そのため、高校時代は受験勉強の代わりに文章修業を重ね、昭和四〇年（一九六五）、就職にあたって上阪してからも、仕事の傍ら作家になるための日々を過ごす。「いいものを書けば必ず活字にしてくれる」の信念のもと、ひたすら投稿を続け、三一歳の時、五島列島の人々のことを書いた第一作品『めだか列島』（昭五二・一〇、筑摩書房）を上梓。生家を軸に、昭和三〇年前後の五島の人間模様をまとめた本作は、鶴見俊輔を始め各方面から高い評価を得、以降、本格的な執筆活動に入る。故郷を描くにあたっての彼女の基本姿勢は、「このことだけはしゃべらなければ死んでも死にきれないと思っている人」の立場からものを書く、というもの。

その姿勢に従って、『おなごたちの恋歌』（昭五七・六、筑摩書房）では、生きるために春をひさがねばならなかった五島の女性たちを、『ばあば』（昭五八・七、思想の科学社）では、武士に見初められ、無理矢理結婚させられた隠れキリシタンの娘が生んだ双子のうち、殺されるはずだった女児が辿った哀しくも数奇な運命を、『彼岸花』（昭六一・八、筑摩書房）では、三十年に亘って愛し合いながらも連れ添えず、終に駆け落ちした二人を描く。その他、福江カトリック教会の主任司祭松下佐吉神父（当時）との交流を描いた『心の旅を—松下神父と五島の人々』(平八・八、岩波書店)、デビュー作に続き五島の人々のことをエッセイ風にまとめた『めだかの唄』(昭五六・一、筑摩書房)『めだかの心』(平一・一二、筑摩書房)がある。

　また私生活では、昭和四五年、造形作家の今井祝雄と結婚し、まもなく一男を授かる。家事、子育てに加え、夫とともに主宰する児童絵画教室の教師も務めた。「畳一畳の書斎」を出発点として、生活に根ざした執筆活動を続け、嫁ぎ先での義両親との生活を、沁みついた五島の感触を交え描いた『家縁―大阪おんな三代』(平一九・一、作品社)、『もったいないいじいさん』(平一七・八、作品社)、『人生は五五歳からおもしろいねん』(平一七・八、岩波書店)などが近作にある。なお、平成四年、『わたしの仕事　全一〇巻』(平三・四、理論社)で第三九回産経児童出版文化賞受賞。本作の写真の他、夫が装丁を手掛けた今井作品が多々ある。

【参考文献】『私は人間が好き―本を書く私』(昭五八・四、径書房)、『ワンダース・カップル―あなたはどんな結婚?』(昭六三・一〇、創元社)、「まえがき」(『わたしの仕事四　活字や映像をつくる人』平六・四、理論社)所収。

(池田静香)

今村葦子　いまむら あしこ　児童文学作家。昭和二二年(一九四七)一月二〇日〜。熊本県球磨郡球磨村生。東京都杉並区在住。本名今村淑子《よしこ》。父今村忠泰、母テルの次女。教育者である父親は自由と自律を重んじる理想主義者。人吉高、武蔵野美術短大卒。物心つく前から父方の祖父母の家(球磨村)で育つ。その後、祖父の死で家族の許に戻る。この生い立ちを題材にしたのが、デビュー作『ふたつの家のちえ子』(昭六一、評論社、第二四回野間児童文芸推奨作品賞・第二回坪田譲治文学賞・第三七回芸術選奨新人賞・第一〇回路傍の石幼少年文学賞)である。球磨村での少女時代は、自然の中で存分に遊ぶ傍ら、世界少年少女文学全集を読んで過ごす。コピーライターとして「迷いや不安」を抱いている時、古本屋で『にんじん』を目にし、少女時代に夢中になった数々の本や、それらが語りかけた「希望や憧れ、夢や勇気」を思い出す。ここから今村の創作が始まる。自らを「ばば育ち」と称するように、今村の作品では老人の存在を欠かすことができない。認知症のおばあさんと鍵っ子兄妹との交流を描いた『良夫とかな子』(昭六二、評論社、第一〇回路傍の石幼少年文学賞)、孫の信太を優しく見守る仙三じいさんが登場する『あほうどり』(昭六二、評論社、第一〇回路傍の石幼少年文学賞)、祖母の少女時代を綴った『おばあちゃんのクリスマス・ツリー』(平四、くもん出版)、祖父と孫のルナが亡き祖母を回想する『おじいちゃんのタイムマシン』(平七、あすなろ書房)、姉の事故死から立ち直れない家族を、祖母が回復させる『ひとりたりない』(平九、理論社)など、老人の経験と知恵が子ども達を救い、成長させていく。他、『かがりちゃん』(平四、講談社、第二九回野間児童文芸賞)、『ぶな森のキッキ』(平三、童心社、第一四回絵本にっぽん大賞)、『まつぼっくり公園の古いブランコ』(平四、理論社、第四回ひろすけ童話賞)など、作品多数。

【参考文献】今村葦子「調子はずれのオルガン」(『日本児童文学』平六・七)、今村葦子「子どもの本は希望を語る文学」(『向上』平二〇・四)、今村葦子「岸辺の思い」(『熊本日日新聞』昭六二・三・一八)、『日本児童文学　特集・児童文学の〝今〟をつくる作家たち②』(平五・九)

(堀畑真紀子)

入江章子　いりえ　あきこ　歌人。大正一一年（一九二二）～平成二三年（二〇一一）八月七日。三重県上野市生まれ。昭和一五年（一九四〇）三重女史師範学校在学中、ハンセン氏病を発病。長島愛生園（岡山県）に入園。園内の婦人短歌グループ「萩の花」に参加。二四年、菊池恵楓園（熊本県）に転園。伊藤保、津田治子らと出会い、同園の歌誌『檜の影』の編集・校正にも関わった。「アララギ」にも入会。二七年、入江信氏と結婚。信氏は、長年藤本事件の冤罪を訴えて活動した人であり、五一年、菊池恵楓園の「トンボの里」を整備して開放、園外の人々との交流の場として育てた人としても知られる。昭和三三年、吉村章子の名で「未来」入会。三八年まで籍を置いたが、目立った活動はない。五五年入江章子と改め「未来」再入会。意欲的に作歌し、昭和五七年度未来賞受賞。五七年七月から『牙』にも出詠。「繊細で清澄な抒情は初期の頃からのままであるが、ようやく人生の老年に向かおうとして、生きて来た『生』の諦観の、静かな平安がそこに重なろうとしている」（近藤芳美、『青天』序）、「ハンセン病という境涯を表面に振りかざさずに人間そのものを深く見つめ、自然に融和する姿勢を一歩も崩していない」（石田比呂志、『青天』跋）と評されている。また、「歌は最初から完成の相を示している。地味だが沁み入るような哀韻があり、自己客観から来る不思議な明るさが漂う。それらは多分恵楓園に移って津田治子と接し、『アララギ』や『檜の影』に投稿をはじめたというその閲歴にかかわるところが大きいのであろう」（細川謙三）。大原富枝の『忍びてゆかな　小説　津田治子』（昭五七、講談社）は、入江章子、畑野むめらに取材して書かれたものである。大原も入江の第一歌集『青天』を評して以下のように述べている。「入江章子さんは天性芸術的素質に恵まれた人です。（略）河口の洲にたむろするゆりかもめつね動きをり若きかもめは／言ふことも少なくなりし二人にて石在れば憩ふ針槐の下／春の草つゆじも置きてこのあした草蜘蛛の巣の上に光れり　どの一首にも著者生来の繊細な感性の観想と抒情がきらっと生きていて、しかも決して理に落ちず、抒情に溺れないその均衡の見事さは人柄そのものというほかはない」。昭和六二年第一歌集『青天』（砂小屋書房）上梓。平成一一年（一九九九）『辰砂の壺』（「牙」短歌会）上梓。弟の森岡康行もハンセン病者であり、短歌をたしなんだ。「ふるさとの井戸の水にて顔洗ふ四十五年の涙を洗ふ」（康行）二十歳で失明した森岡に故郷の湧水がポリタンクで届けられたときの悦びを詠ったもの。入江も弟を詠った歌を遺している。「二の腕に打たるる注射に唇を右にゆがめぬ生きのしるしや」（昭和六一年）

【参考文献】『青天』（昭六二・五、砂子屋書房）、『辰砂の壺』（平一一・九、「牙」短歌会）、『牙』（昭六二・一二、『青天』批評特集号）、『菊池野』（平二三・一〇、菊池恵楓園自治会）

（馬場純二）

岩森道子　いわもり　みちこ　小説家。昭和一〇年（一九三五）一一月一八日～。山口県下関市上宮田町（現・宮田町）生まれ。父親の転勤に伴い、中学校は福岡県糸島郡（現・糸島市）で、高校は神戸市で通う。昭和三〇年（一九五五）、京都女子大学短期大学部文学部国文科卒業。電気化学工業株式会社福岡営業所入所、三七年退社。翌年結婚し、以後北九州市に住む。五〇年、文芸誌『海峡派』の同人となり、創作活動を行う。五九年、第一作品集『野仏の瞽女《ごぜ》』（昭五九・六、近代文芸社）を刊行。「客」、「靴の音」、「野仏の瞽女」の三作を収録する。「野仏の瞽女」は「山の袋小路」に立つ一軒家を舞台に、密かに娘の縁談を阻み続ける盲目の母を娘の視点から語ったもの。六三年、「雪迎え」が第一八回九州芸術祭文学賞最優秀作を得（『文学界』昭六三・四 掲載）、第一回三島由紀夫賞候補、第九九回芥川賞候補となる。同作は、ダムで水没した村に独り残る「おばあさん」を訪ねた「わたし」の半日を描く。「あなたのものとか、わたしのものとか、自分や他人を意識する以前の」宇宙を雪深い山奥に暮らす老婆に記した。続いて「香水蘭」（『文学界』昭六三・一二）で再び芥川賞候補となる。平成六年（一九九四）、「抱卵」で第一五回読売「ヒューマン・ドキュメンタリー」大賞カネボウスペシャル入選。九年、「噴水のむこうの風景」で第一回草枕文学賞入選、同じく「伊都国・幻の鯉」で第三回同賞入選。一八年、「雪迎え」ほか四作を収録する第二作品集『雪迎え』（平一八・一一、発表社）を刊行した。近著に筑前高祖城主原田家の盛衰を歴史語りした『怡土《いと》・高祖城落城記』（平二〇・七、糸島新聞社）がある。北九州市在住。

（中西由紀子）

上野詠未　うえの えみ　児童文学作家、随筆家。昭和一八年（一九四三）一一月一三日～。鹿児島県指宿市生。父上野影則、母ヨシノの次女。本名上野恵美。昭和三七年（一九六二）、県立頴娃《えい》高等学校卒業後、四三年、玉川大学通信部教職過程を終了し教職に就く。昭和六三年から鹿児島市主催「子どもたちに聞かせたい創作童話コンクール」へ応募を続け、「クマの耳になったともくん」「赤いきりん」「じいちゃんとばあちゃんのひみつの花園」で特選三回、他入選八回を果たす。それらの作品は、後に短編集『赤いきりん』（平二〇・一二、第一印刷）となる。平成一一年（一九九九）には、生まれ育った開聞岳麓の行事、四季折々の草花、遊び等、童話のかけらを紡いだエッセイ『子供の頃の四季』（平一一・一一、高城書房）を刊行した。さらに、降灰のもと桜島で暮らす家族の思いを描いた「桜島が鳴る」を『鹿児島の童話』（平一二・一〇、リブリオ出版）に発表。また、一〇年頃から、県内各地の昔話を再話する仕事に取りかかる一方、それを紙芝居にするなどして、子どもたちへの読み聞かせを始める。一四年、それまで再話したものを『鹿児島のむかし話』上下巻（平一四・六、高城書房）として出版。鹿児島弁や標準語をまじえた昔話集である。また、二六年には、好きな花のスケッチと、その花にまつわる思い出や想いを綴ったエッセイ・画集『花つれづれ』（平二六・一〇、あさんてさーな）を出版。現在は、教員を定年退職し、読み聞かせ・語り聞かせをしながら、創作を行う。鹿児島童話会会員、日本児童文学者協会会員、同鹿児島支部『あしべ』同人。

（植村紀子）

上野さち子　うえの さちこ　俳人、国文学者。大正一四年（一九二五）二月一一日～平成一三年（二〇〇一）九月二二日。山口県吉敷郡大内村御堀（現・山口市）生。本名サチ子。家具屋を営む父原田米蔵、母ミツノの長女。山口県立女子専門学校国文科卒。在学中に俳文学者井本農一の俳諧の講義を受け、母校に助手として勤めながら句作と俳諧研究に従事する。昭和二六年（一九五一）、大野林火主宰俳誌『濱』に入会。二九年に俳誌『風』同人の上野燎と結婚し、四〇年には夫妻で超流派による「すばる俳句会」を立ち上げた。句集には『はしる紅』（昭四五）、『二藍』（昭五九・八、牧羊社）、『水の上』（平四・六、角川書店）があり、「水更へて桔梗のすぐ命張る」（『二藍』）のような透徹した意識と典雅さとを併せ持つ句を残した。田上菊舎研究の成果を『田上菊舎全集』上・下（平一二・一〇、和泉書院）にまとめた他、評論に『近代の女性俳句』（昭五三・六、桜楓社）、『女性俳句の世界』（平一・一〇、岩波書店）、エッセイ集に『四季の風』（平一三・九、西日本新聞社）がある。昭和五三年に山口県芸術文化振興奨励賞、平成一二年（二〇〇〇）に山口県文化功労賞を受賞した。没後、遺句集『蔦の花』（平一五・一二、永田書房）が刊行された。

【参考文献】『上野さち子集』（平一〇・三、俳人協会）、『やまぐちの文学者たち』（平二五・二、やまぐち文学回廊構想推進協議会）

（中原　豊）

上野晴子　うえの　はるこ　歌人、随筆家。大正一五年（一九二六）一二月九日～平成九年（一九九七）八月二七日。福岡県久留米市生まれ。畑威・トモの長女。六人きょうだい。福岡市天神町に育つ。岩田屋デパートの建設を見ながら小学校に通った。東京で高等女学校時代を過ごし、敗戦で疎開先から福岡市に戻る。結核療養中に短歌に親しみ、誘われて歌誌『多磨』に入会。「女ごころの遊びにも似む橋の上のネオン果てしなく明滅す」（『多磨』昭二六・四）、「階級の相違何ぞと人のいふは己れにかかはりの薄き時のみ」（『多磨』昭二六・一〇）、「一生にいくたび人は使ふならむ汝がためにといふやさしきことば」（『多磨』昭二七・四）などを発表した。持田勝穂の指導を受け、「多磨」解散後は木俣修創刊主宰の歌誌『形成』に参加。「君が身に原爆症出でしときさしいまわが手足より力抜けゆく」（『形成』昭三〇・一二）などを詠んでいる。文学講座や野間宏の講演会などが縁で、上野英信（記録作家。大正一二年－昭和六二年）と出会う。昭和三一年（一九五六）、上野英信と結婚。結婚後は上野から歌作を禁じられたという。同年、長男朱《あかし》を出産。三九年三月二九日、炭鉱閉山後廃屋化した鞍手町の炭住長屋に移り住む。翌年一月一五日、この自宅の一室を「筑豊文庫」と名づける。「集会所と図書館と食堂と宿屋と、時には駆け込み寺をも兼ねて深夜まで人声の絶えることがなかった」（上野晴子著『キジバトの記』平一〇・一、裏山書房）。「筑豊文庫」は英信の案内で労働者の肉声に触れる格好の取材拠点となる。晴子は訪問者らを笑顔で迎え、酒食をふるまった。「英信と晴子はまさに筑豊文庫という荷車の両輪だった。そのどちらが欠けても車は前に進まず、また替えとなるような新しい輪もどこにも見あたらなかった」（上野朱「驢馬の蹄」『キジバトの記』所収）。昭和六二年、英信死去。二年が経った平成元年（一九八九）、福岡で開かれた旧知の文芸評論家、松原新一を中心とする文章の勉強会に参加するようになり、英信との日々をふりかえるエッセイをほぼ毎月一編のペースで書きはじめた。その後も旧産炭地の文化拠点として長年親しまれてきた筑豊文庫を守るが、老朽化のため六年四月に解体された。七年秋、原発性腹膜癌が発見される。北九州市内の病院で手術の後、七回にわたり抗癌剤の投与を受けた。しかし、翌年秋に再発。夫の死後、人間の生と死について一歩深く考えるようになり、亀山栄光病院のホスピス研究会のセミナーに通っていた。そのこともあり、平成九年四月二二日、自身の希望で同病院に入院、八月二七日、腹膜癌のため死去。享年七〇歳。一〇年一月、『キジバトの記』（裏山書房）を刊行、エッセイ五三本が収められた。

【参考文献】『キジバトの記』（平一〇・一、裏山書房）、「故上野晴子さんの遺稿集『キジバトの記』大きな夢の時代に生きた夫婦の記録」(『西日本新聞』平一〇・二・一七、朝刊)、上野朱『蕨の家　上野英信と晴子』(平一二・六、海鳥社)、新木安利『サークル村の磁場』(平二三・二、裏山書房)

(茶園梨加)

上野春子　うえの　はるこ　歌人。昭和二七年(一九五二)一月〜。熊本県菊池郡大津町生。熊本県熊本市在住。食料品店を営む父と母の三女。大学四年時に、画家志望の夫と出会い、その後、結婚。一男に恵まれる。画家としての夫を支えながら育児と仕事を励む。昭和六三年(一九八八)、長男の小学校入学をきっかけに本格的に歌作を始める。同年、熊本在住の歌人石田比呂志主宰の短歌結社「牙」入会。石田比呂志に師事する。平成八年(一九九六)「牙短歌賞」受賞。九年角川短歌賞次席。同年、短歌的抒情に頼らずストレートに核心を衝いた「白粉花」一〇首で第一九回熊本県民文芸賞短歌部門第一席。「頼りなきプラスチックの柄となりて渋のとれたる団扇の軽し」など。平成一二年、一三年間の集大成となる第一歌集『虹の食べ方』(葉文館出版)を出版。平成二三年石田比呂志没後、「牙」の同人歌人たちと新たな短歌雑誌『虹』を創刊。現在も郷土である熊本を拠点にしながら歌作を発表し続けている。

(柴田文佳)

上野眞子　うえの　まさこ　詩人。昭和六年(一九三一)一〇月七日〜。福岡女子大学国文学科卒業。小学五年生のときに初めて詩を書き、研究授業の材料となった。これを契機に詩作をはじめ、学生時代は詩誌『詩歌』に所属するが、卒業と同時に詩作から離れる。結婚の後夫の転勤で大分に引っ越すが、三歳と一歳の子供を連れての不案内な土地のため、詩作を再開する。福岡に転勤したのちの昭和五三年(一九七八)、「現代詩グループゼロの会」の会員となり、会誌である詩誌『異神』に作品を発表する。五九年七月、同会より刊行された第一詩集『クレイジーキルト』は、日常を丁寧に優しく描写した作品が収録されている。六二年から『相路《あいろ》』に、平成四年(一九九二)六月から『海』に投稿を開始する。同年一一月、『相路』で共に活動した緒方和実とふたりで詩誌『るい』を創刊し、詩と随筆を発表する。八年四月の八号で緒方が抜けたため終刊し、同年一〇月個人詩誌『あるふあ』を創刊、現在に至る。毎号主題を決め、年二回発行している。一三年一二月に刊行した『在《あ》り在《あ》りて』(花書院)は、老いた母とその周りの老人を材料に、生から静かに移行する死を穏やかに見つめている。翌年第三三回福岡市文学賞を受賞する。

【参考文献】『福岡2002文学賞』(平一五・三、福岡市・福岡市文学賞運営委員会)

(谷口佳代子)

植村紀子　うえむら　のりこ　児童文学作家、詩人。昭和三八年(一九六三)四月二七日〜。鹿児島県日置郡松元町生(現・鹿児島市)。父高橋義男、母眸の次女。昭和六一年(一九八六)、鹿児島女子大学(現・志学館大学)文学部国文学科卒業。大学時代、恩師が講義で用いた谷川俊太郎氏の『ことばあそびうた』に強く惹かれる。卒業後五年間、国語教員として高校に勤務し、平成三年(一九九一)、小学校教員・植村靖と結婚。以後、夫の転勤に伴い県内を転々とする。二児の子育てをしながら書いた「ぽっぽとティッシュばこ」が『おはなし宅急便』（平八・五、童心社）に、「ごきげんきげん」が『元気が出る童話二年生』（平一四・四、ポプラ社）に収録されたことを機に児童文学へ興味を持つ。また、転居先の種子島で書いた「龍の島」を『鹿児島の童話』（平一二・一〇、リブリオ出版）に発表したことで、子どもと故郷の関係について思いを馳せる。と同時に、大学時代より心惹かれていたことばあそびうたを鹿児島弁で作り、子どもたちへ方言の魅力を伝えたいと考える。平成一六年、『鹿児島ことばあそびうた』CD付き（平一六・五、石風社、帯文谷川俊太郎）として発表。時を同じくして親子三代で遊んでほしいと『鹿児島ことばあそびうたかるた』（平一七・一二、南方新社）も刊行。また、一八年四月から翌年三月まで、『南日本新聞』朝刊に、古典から現代文学まで幅広く言葉を抜き出し、親子関係を考えるエッセイを担当した。このエッセイは『親と子のことば紡ぎ』（平二〇・六、南日本新聞社）となった。同年、開聞岳を主人公に知覧特攻隊を描いた『大地からの祈り　知覧特攻基地』（平二〇・八、高城書房）も出版。翌、二一年、鹿児島県の芸術・文化の発展向上に顕著な貢献が認められたとして、「かぎん文化財団賞」を受賞した。二四年『鹿児島ことばあそびうた②』（平二四・三、石風社）を刊行。二六年には、鹿児島弁満載の『ぐるっと一周！　鹿児島すごろく』（平二六・一二、燦燦舎）で話題となった。現在、乳幼児から老人までを対象に、おはなし会や講演会をしながら創作活動を行う。日本児童文学者協会会員、同鹿児島支部『あしべ』同人。

（植村紀子）

上山しげ子　うえやま　しげこ　詩人。昭和九年（一九三四）四月一八日〜。福岡県若松市生。本名上山茂子、旧筆名前田民。小倉市立曽根中学校を一年で中退し、子守をはじめ、人夫、女中、ホステスと多くの職業を経験する。子守をしていた頃、貸し本屋で岡昭雄と知り合い、詩を学ぶ。昭和二三年（一九四八）に詩誌『こねり』に作品を発表し、三〇年の終刊まで活動。三七年こねりの会の発行で、第一詩集『たにしの歌』を刊行。これを機に三八年社会派、生活派として持続的に活動している詩誌『沙漠』に投稿し、現在に至る。一方「リアリズム研究会」をへて「北九州詩人会議」の同人となり、四〇年から詩誌『なかま』に、詩や随想を発表する。『なかま』は昭和四二年一一月に『あゆみ』に改題し、渡辺勝義とともに編集を担当する。四一年七月『オモニー』を北九州詩人会から刊行。五八年三月沙漠詩人集団より、第三詩集『角を曲がるとき』を刊行。時や人間の存在を見据えようとする鋭い視線で、日常の生活や光景を詠んでいる。翌年『角を曲がるとき』で第二〇回福岡県詩人賞を受賞する。

【参考文献】『福岡県詩人会会報七二』（昭五六・六、福岡県詩人会）

（谷口佳代子）

牛島春子　うしじま　はるこ　小説家。大正二年（一九一三）二月二五日〜平成一四年（二〇〇二）一二月二六日。福岡県久留米市本町生。父・昌丞太郎、母・アヤメの次女で、家業は牛島洋品店。大正一四年（一九二五）荘島尋常小学校を卒業し、久留米高等女学校に入学。在学中に現代日本文学全集を読み、新聞や『少女倶楽部』『少女画報』に詩や小説を投稿する。昭和四年（一九二九）卒業。五年創刊の文芸誌『街路樹』（青木勇が主幹）創刊号に詩「黄昏風景」「思索」を発表。この頃マルクス関係の書物を読む。六年久留米地下足袋工場に入社するが、労働組合運動に取り組もうとしたため六ヶ月で解雇される。この頃、久留米河川敷の集会で牛嶋晴男と出会う。七年二月の全国一斉検挙で警察に逮捕され、二ヶ月の留置場生活を送る。一一年牛嶋晴男と結婚。秋、夫とともに満洲に渡る。最初は奉天（現・瀋陽）に居住、のち拝泉に移る。一二年、満洲での第一作目の短篇小説「豚」（『大新京日報』昭和一二・五・二二～二三、二六、二九、六・一。以上朝刊。六・三～四。以上夕刊。全七回。後「王属官」と改題）を発表。後、拝泉滞在時の見聞を題材とした小説「雪空」（『満州行政』昭和一三・四）、「牝鶏」（『満州よもやま』昭和一五・六）、「張鳳山」（『文学界』昭和一六・四）、「福壽草」（『中央公論』昭和一七・九）などを発表する。一五年に「祝《しゅく》といふ男」（『満州新聞』（夕刊）昭和一五・九・二七～二九、一〇・一～六、八。全十回）を発表、山田清三郎に推薦され、第一二回昭和一五年下半期の芥川賞候補作品となる。在満中は小説以外に随筆も多数発表。一六年と一七年に、満洲に来訪した川端康成と二度会見。満洲で昭和一四年に長男爽《たかし》が、一八年に二男勝徳が、一九年に三男征男が生まれる。敗戦後の昭和二一年七月舞鶴港に上陸し帰国。二二年夫晴男が日本に復員。福岡県三井郡小郡村稲吉に家を購入して居住。一一月四男和夫が誕生。二三年新日本文学会久留米支部の創立に参加。二七年川端康成・高田力蔵と共に、大分県別府・日田・福岡県久留米市を旅行し、途中で坂本繁二郎を訪問。文筆活動として、短篇小説に「手紙」（『九州文化新聞』昭二一・一〇）等、中篇小説に「秋深む窓」（『女人芸術』昭二四・一）等、長篇小説に『菅生《すごう》事件・霧雨の夜の男』（昭三五・一一、鏡浦書房）があり、随筆には「ヒューマニズム偶感」（『九州文学』第二期、昭二五・六）などがある。平成一三年（二〇〇一）九月、満洲関連の作品を初出本文の形で収録した『牛島春子作品集』（日本植民地文学精選集第Ⅱ期、満洲編七、川村湊監修・解説、ゆまに書房）が出版される。

【参考文献】山田清三郎『日満露在満作家短篇選集』（昭一五・一二、春陽堂）、北村謙次郎『満洲浪曼』（第一輯、康徳五（一九三八）・一〇、文詳堂）、川端康成『満洲国各民族創作選集』（第一巻、昭一七・六、創元社）、川端康成『満洲国各民族創作選集』（第二巻、昭一九・三、創元社）、多田茂治『満洲・重い鎖　牛島春子の昭和史』（平二一・七、弦書房）

（管　虹）

内田さち子　うちだ　さちこ　歌人。明治三五年（一九〇二）一月二六日～平成七年（一九九五）一〇月一二日。東京都出身。本名サチ。大正一二年（一九二三）東京女子高等師範附属高女専攻科卒業。翌年内田恵太郎（後に、魚類学者・九大名誉教授）と結婚。在学中より、尾上柴舟に短歌を学び、昭和一三年（一九三八）、水町京子の「とほつびと」短歌舎に入会し同人となる。夫の勤務により、釜山、福岡と転住する。二四年『女人短歌』が創刊されるや入会し、二六年「女人短歌」九州支部を自宅に置き、初代責任者となる。歌集『槌』（昭三四・五、新星書房）、『筑紫に住む』（昭五〇・六、新星書房）、『生きつぎて』（平五・三、新星書房）を出版。四四年（一九六九）、大濠公園の万葉歌碑「しろたへの袖の別れを難みして荒津の浜にやどりするかも」の揮毫者となる。福岡歌人会では永年選者として郷土歌壇に寄与貢献し、四六年第一回福岡市文学賞を受賞。宿痾（結核）を抱え、生物学者の妻として、他の生物と同列の「ただ一度きりの」生命としての自分を見つめる「真実のうた」を心がけたという（『筑紫に住む』あとがき）。「もちの実のにはかに色づく朝の冴えこの高気圧バイカル湖につづく」「いのちえて生きとし生けるものらみなまして人間のあはれ相似る」など。日本歌人クラブ会員。

【参考文献】『福岡県人名録１９８８』（昭六三・八、西日本新聞社）、内田恵太郎『流れ藻』（昭四七・九、西日本新聞社）、『福岡'70文学賞』（昭四六・三、福岡市教育委員会・福岡市文芸運営委員会）

（西　荘保）

内田春菊　うちだ　しゅんぎく　漫画家、小説家、随筆家。昭和三四年（一九五九）八月七日〜。長崎県長崎市生。本名内田滋子。二人姉妹の長女。七歳の時実父が家を去り養父が同居。一五歳の時養父から性的虐待を受けたため一六歳で家出。長崎県立長崎南高等学校を一年途中で退学。二十歳で上京後通信制の高校を卒業。十歳の頃から漫画家と歌手になることに憧れていたが、四こま漫画「シーラカンス・ぷれいん」（昭五九）で漫画家デビュー。代表作『南くんの恋人』（昭六二・七、青林堂）の他多数の漫画作品がある。平成五年（一九九三）、小説デビュー作『ファザーファッカー』（文芸春秋）が、直木賞候補となり、翌六年エッセイ風漫画『私たちは繁殖している』と合わせて第四回ドゥマゴ文学賞受賞。同年「キオミ」（『海燕』、平六・八）が第一一二回芥川賞候補。『ファザーファッカー』は、漫画家になって後、母と絶縁した時に「遺言状」として記したという。少女時代の記憶を手繰り寄せる困難で辛いその作業は、構想から発表まで七年を要した。余計な感情を交えずに淡々とひたすら記憶を回想する文章が、過去に対処する作者の姿勢を表している。ドゥマゴ文学賞の選者である中沢新一は「性と生命のリアルを、すなおに、まっすぐに表現してみせた（中略）こんな生命の描き方をしている人は、ほかにいない。自分の生命を、こんなふうに生きている人も、ほかにいない。」という選評を寄せた。続編に、一六歳から二三歳までの軌跡を描いた『あたしが海に還るまで』（平一五・一一、文芸春秋）、『犬の方が嫉妬深い』（昭六一・一、角川書店）がある。結婚三回、四児の母。作品には息子①、娘①、娘②、息子②として登場。息子①娘①は婚外子。平成一三年、俳優貴山侑哉と三回目の結婚。娘②息子②を得、一七年籍を抜いて事実婚。後同居を解消。「世間の枠の外にいる」子育ての様子はエッセイ風育児漫画『ガールズビーヴァガボンド』（平二〇・二、メディアファクトリー）、『私たちは繁殖している』（平六・五〜、ぶんか社）等に描かれている。漫画入りエッセイ『教育してます？』（平一九・九、角川学芸出版）では、自然体で「かまわない」が子供の気持ちを尊重する子育てが語られる。

【参考文献】「千年書房　九州の百冊」（『西日本新聞』平一九・六・二四）

（野本泰子）

内村幹子　うちむら　みきこ　小説家。大正一二年（一九二三）一二月九日〜平成二六年（二〇一四）一二月五日。福岡県小倉市（現・北九州市小倉南区）生まれ。本名宇山翠《みどり》。小倉高等女学校（現・小倉西高等学校）卒業。大学職員、市役所職員などの職に従事する傍ら、『製鉄文化』、『九州作家』など同人誌に作品を発表。初期の著書は宇山翠名義。昭和五〇年（一九七五）、「基地の中の青春」が朝日ジャーナル記録文学賞に入選。五四年「冬の蛾」で第一〇回九州芸術祭文学部門の北九州地区最優秀作を受賞し、以後歴史小説を中心に執筆を行う。郷土の歴史に造詣が深く、随筆集『もうひとつの小倉—人と風土の記録―』（昭五七・七、小倉郷土会）は、歴史を繙きながら小倉に生きた人びとの群像を描き出した。同郷の劉寒吉は〈まえがき〉で、「上質な随筆集」と絶賛した。六〇年「いちじく」で第九回神戸女流文学賞、六一年「今様ごのみ」で第一〇回歴史文学賞を受賞。六三年、短編六篇を収めた創作集『いちじく』（沖積舎）を刊行。平成六年（一九九四）、北九州市民文化賞を受賞。北九州森鷗外記念会理事を務め、二四年、同会発行の『森鷗外小倉時代の業績　森鷗外生誕150年記念』に「禅林寺にて」を掲載した。主な著書に、『時宗立つ』（平一三・四）、『左遷鷗外』（平一四・三）、『武蔵彷徨』（平一五・三）、『海は哀し』（平一七・三）、『炎いくたび』（平二〇・三）など（いずれも新人物往来社）。

（小野　恵）

宇野千代　うの ちよ　小説家。明治三〇年（一八九七）一一月二八日～平成八年（一九九六）六月一〇日。山口県玖珂郡横山村（現・岩国市川西町）生。酒造業を営む父宇野俊次、母トモの長女。岩国高等女学校在学中に文学に興味を抱き、変名で『女子文壇』に投稿。大正三年（一九一四）に卒業して小学校代用教員となり、回覧文芸誌『海鳥』を発行した。翌年、同僚との恋愛のため教職を追われ、ソウル、京都を経て上京。本郷の「燕楽軒」で働いている時に、滝田樗陰、今東光、芥川龍之介、久米正雄らの知遇を得る。従兄弟にあたる藤村忠との結婚後、札幌で暮らしていた一〇年に、「脂粉の顔」が『時事新報』懸賞小説の一等となり小説家の道を歩む。一二年、初めての単行本『脂粉の顔』（改造社）を出版。一三年、藤村と離婚して尾崎士郎と結婚、『中央公論』に「或る女の生活」を発表するなど、作家としての地位を固めた。尾崎とともに萩原朔太郎、広津和郎、川端康成、梶井基次郎、三好達治らと交友。昭和五年（一九三〇）には東郷青児と同棲し、後に東郷からの聞き書きに基づく『色ざんげ』（昭一〇、中央公論社）を発表、代表作の一つとなった。一一年に、スタイル社を創設して、雑誌ファッション雑誌『スタイル』文芸誌『文体』を発刊し、一四年には北原武夫と結婚した。一八年に刊行した『人形師天狗屋久吉』（文体社）で聞き書きによる一人語りの手法を深化させた。戦時統制のためスタイル社を解散するが、戦後に北原とともに再興。『スタイル』『文体』を再刊して、小林秀雄、河上徹太郎、青山二郎、三好達治、大岡昇平らの寄稿を受け、自らも「おはん」の連載を開始。『中央公論』での分載を経て、昭和三二年に出版した『おはん』（中央公論社）が第五回野間文芸賞、翌年に第九回女流文学者賞を受賞するなど、高い評価を受けた。スタイル社の倒産、北原との離婚などを乗り越えて、『刺す』（昭四一、新潮社）、『風の音』（昭四四、中央公論社）、『幸福』（昭四七、文芸春秋）、『雨の音』（昭四九、文芸春秋）、『薄墨の桜』（昭五〇、新潮社）、『水西書院の娘』（昭五二、中央公論社）、『悪徳もまた』（昭五六、新潮社）などを次々と発表し、昭和四七年には第二八回芸術院賞を受賞。『宇野千代全集』（昭五二・七～五三・六、中央公論社）完結後も、『青山二郎の話』（昭五五・一一、中央公論社）などを刊行、五六年には「生きていく私」の連載で第三〇回菊池寛賞を受賞。平成二年（一九九〇）に岩国市名誉市民、没後に勲二等瑞宝章を受章した。

【参考文献】『やまぐちの文学者たち』（平二五・二、やまぐち文学回廊構想推進協議会）、尾形明子『宇野千代』（平二六・三、新典社）

（中原　豊）

江上栄子　えがみ　えいこ　歌人。大正五年（一九一六）六月二四日～平成二三年（二〇一一）五月一二日。福岡県福岡市生。本名池内栄子。昭和八年（一九三三）鶴城高等女学校卒業。父は福岡日日新聞の政治記者。後に、朝鮮総督府の官房に勤め、漢詩や水墨画を嗜んだという。父に「女の教養は文学」と教えられた江上は学生の頃から短歌を詠み始め、京城（現・ソウル）で「多磨短歌会」に入会。結婚して一男三女を授かるが、夫は結核で死亡。終戦とともに家族で京城より引き揚げ、熊本、茨城と転々とし、やがて郷里の福岡に落ち着く。昭和二八年『形成』創刊より参加。木俣修に師事する。福岡では「西日本婦人文化サークル」に属し、持田勝穂に師事した。いくつかの職の後、博多第一中学校の事務職員となり、作歌に励み、四五年一二月、第一歌集『春の独白』（短歌研究社）を刊行。戦後の混乱期を寡婦として四人の子と両親を連れ、種々の苦悩を背負いつつ生きて来た軌跡が、「芸術的な昇華を遂げたことば」（木俣修「『春の独白』に寄せて」、『春の独白』所収）で詠まれている。「むすめとの縁うすくわれの生きる部屋ルノアールの少女壁に貼りおく」は双子の娘が精神を病んだ苦悶を詠んだもの。刊行直後、四五年度第一回福岡市文学賞を受賞。同書は四七年度、第一九回日本歌人クラブ推薦歌集となり、NHKで、四七年九月二五日、『春の独白』の作品をテーマとする特集番組「ここに生きる」が放映された。また、「舌《した》鮃《ひらめ》ひとり食べつつ国東《くにさき》の富貴寺の駅を地図にマークす」で四六年（四五年か？）二月福岡県知事賞を受賞。仏教に関心のあった江上は仏像もよく歌に詠んだ。仏像の姿を詩歌を交えて綴った随筆「筑紫野観世音寺」（『古寺巡礼西国六　観世音寺』昭五六・一〇、淡交社）は、その後『私の古寺巡礼四　諸国』（知恵の森文庫、井上靖監修、平一七・一）に所収された。福岡総合短歌大会、福岡市芸術祭短歌部門の選者を勤めるも、第二歌集『卯月菜の花』（昭六一・三、短歌研究社）刊行後は、次第に短歌界より遠ざかる。同歌集には親しい人々への挽歌を多く収める一方、「信濃路の姥捨の山を遠く恋ふ前世はたれの背に負はれしか」など自身の生もまた「彼岸から此岸を見る」（『卯月菜の花』あとがき）ような冷徹な視線のもとに詠む。晩年、難病（小脳変性症）を患い、「過酷な生命の喘ぎの中」、「生の証し」（同あとがき）としての抵抗の作歌であったという。

【参考文献】『福岡'70文学賞』（昭四六・三、福岡市教育委員会・福岡市文芸運営委員会）、『福岡'72文学賞』（昭四八・三、同）、浅野光一「忘れえぬ『形成』の歌人（四）江上栄子」（『谺』六三号、平二三・一一）

（西　荘保）

江口章子　えぐち　あやこ　詩人。明治二〇年（一八八八）四月一日～昭和二一年（一九四六）一二月三一日。大分県西国東郡《にしくにさきぐん》香々地《かかぢ》村（現・国東市香々地町）に、造り酒屋「米屋」の三女として生まれる。本名、中村章子。大分高等女学校に進学後、卒業前に福岡の弁護士と結婚するも、明治四五年（一九一二）春、柳川の婚家先から出奔、平塚らいてうを頼って上京する。その頃、北原白秋と出会い、大正四年（一九一五）に夫と協議離婚、翌年五月から白秋と同棲して八年に結婚（二番目の妻）。また、七年八月に創刊された雑誌『トロイカ』に詩を発表する。しかし、九年五月、「木菟の家」新築の地鎮祭を兼ねた宴席上で家を飛び出して離婚。谷崎潤一郎宅でしばらく世話になったのち別府に戻り、一時柳原白蓮の銅御殿に住む。また同年、地元の香々地に「ポプラ学園」を開いて村の子どもの教育に携わったり、京都大徳寺の芳春院に入ったりした。一一年八月、京都に出て、綾部の群是製糸工場本社に入ったが、四ヶ月ほどで退社、女工らの待遇問題等について同社の教育部長と『万朝報』上で論争する。一三年に香々地に戻り、羽福田寺の宇都宮高学が発刊していた雑誌『郷土文芸』の同人となり、詩や短歌、文章を投稿、また童謡欄の選者を務めた。昭和三年（一九二八）に詩文集『女人山居』（交蘭社）刊。その後、寺の住職と結婚するなど、流転の生活を送るが、六年頃に早発性痴呆症の症状が出て、京都帝大病院精神科に入院。九年に詩集『追分の心』（海図社）を出版。一五年四月に香々地に帰る。二一年一二月三一日、生家で五九歳の生涯を閉じた。残された詩は多くはないが、自然の風景の中に恋愛の感傷や情念を織り込んだ詩、童謡風のリズミカルな詩、「黒い牡丹」「血の指」のように強烈なイメージを提示する詩など、多岐にわたるその詩風には、白秋のみならずさまざまな詩人の影響を感じさせるものがある。

【参考文献】江口章子『追分の心』（復刊、原達郎、平七・九）、北原東代『沈黙する白秋』（平一六・一一、春秋社）、末永文子『城ヶ島の雨』（昭五六・四、昭和出版）、杉山宮子『女人追想』（平四・六、崙書房）、瀬戸内晴美『ここ過ぎて』（昭五九・四、新潮社）、狭間久『大分県文化百年史』（昭四四・一二、大分合同新聞社）、原田種夫『さすらいの歌』（平二・三、日本図書センター）、森まゆみ『断髪のモダンガール』（平二〇・四、文芸春秋）、山住久『大分県歌壇誌』（昭五三・六、大分県歌人クラブ）、『香々地町誌』（昭五四・九）

（野坂昭雄）

江島その美　えじま そのみ　詩人。昭和一九年（一九四四）五月一九日〜。佐賀県佐賀市川副町生まれ。西村松治郎、ツモの三男一女の長女。日本文芸家協会（平成六年より）、日本現代詩人会（平成三年より）、日本詩人クラブ会員（平成元年より）。県立佐賀高校卒業後、昭和四一年（一九六六）、山口県立山口女子短期大学（現・山口県立大学）卒業。その頃から旧姓西島その美の名で、詩を発表。四二年佐賀県文学賞受賞。四四年結婚し江島姓に、埼玉県に住む。その後四九年神戸市へ移住。高田敏子主宰「野火の会」の創立会員になる。第一詩集『合歓』（昭五一・六、野火の会、花神社）は第一回現代詩女流賞最終候補になる。野火叢書『水枕』（昭五六・一〇、野火の会、花神社）を出す。五七年東京都に転居。野火叢書『水の妊婦』（昭六三・一〇、花神社）出版。21世紀詩人叢書『水の残像』（平三・八、土曜美術社）は、第二回日本詩人くらぶ新人賞受賞、同時にH氏賞、地球賞候補。『モケレ・ムベンベ』（平五・一〇、書肆青樹社）もH氏賞候補になる。『天窓』（平九・九、土曜美術社）、日本現代詩文庫『江島その美詩集』（平一一・三、土曜美術社）、新世紀詩人叢書『水郷の唱歌』（平一六・三、土曜美術社）など出版。最近の詩集に『せかいの熟れごろ』（平二一・一一、土曜美術社）があり、その後記に「せかいの花一輪いちりん　せかいのひとりひとりである私たちに　平和な命の水が　ゆたかにめぐりつづけますように　いつまでも」とある。東京都在住。

【参考文献】『佐賀の文学』（昭六二・一、佐賀の文学編集委員会編、新郷土刊行協会）、日本現代詩文庫『江島その美詩集』（平一一・三、土曜美術社）、八田千恵子『佐賀の女性文学・人物編』未定稿（平二一、私家版）

（浦田義和）

大石千代子　おおいし ちよこ　小説家。明治四〇年（一九〇七）二月七日〜昭和五四年（一九七九）一月五日。軍人であった父の任地である新潟県に生まれ、福岡県京都《みやこ》郡豊津町に移る。本名・有山千代子。福岡県立京都高女出身。実妹の生石久子と共に鶴田知也らが始めた同人誌『村の我等』に参加。昭和四年（一九二九）、『女人芸術』に参加、長谷川時雨に師事し、本格的に創作に入る。当時の長谷川門下、林芙美子、平林たい子、吉屋信子らと交流。結婚後、外交官である夫について、ブラジル、フィリピンに長期間滞在し、この経験から、フィリピン・ルソン島のベンゲッド道路の開削を描いた『ベンゲッド移民』（昭一四・八、岡倉書房）を刊行。同書には島村藤村、長谷川時雨が序を寄せ、藤村は、文学における「新しい開拓」であると賛辞を与え、長谷川は「先行移民の一ツの記録を世に伝えたことは、筆をとるものの果たすべき役割をしおせた」と評価した。なお本作は、第九回芥川賞予選候補になった。またこの時期、第二期『九州文学』に参加し、小説「豚の丸焼《れっちょん》」（昭一五・六）を発表。十六年七月から赴いていたブラジルから戦争の余波により、一七年八月には日米交換船で帰国し、この時の体験を基に『交換船』（昭一八・七、金星堂）を書いた。戦時中に文学報国会小説部会に名を連ねたことで、戦後の一時期、筆を折るが、二二年には「心焰」（昭二二・一）を『九州文学』に発表するなど、創作を再開。昭和三〇年代には『ベンゲッド移民』を加筆修正、改題した『人柱』（昭三五・八、新流社）『ベンゲッド道路』（昭三八・一〇、日本週報社）を刊行。同時期、第五期『九州文学』に小説「暗い壁」（昭三六・六）を発表。また『底のない沼』（昭三七・四、三一書房）では、戦後日本に駐留した連合国軍兵士と日本人女性との間に生まれた子どもたちの養護施設、エリザベス・サンダースホームに取材し、戦後の混乱状況を生きる女性を描いた。大石は二〇代の後半から持病があり、晩年は心臓病や高血圧に苦しみ、入退院を繰り返した。そのため、この昭和三〇年代後半以降は執筆を止めている。

【参考文献】『叙説Ⅲ－01 特集・北九州』（平一九・八、花書院）、安田満「続 私説 九州の文人たち（2）」（『九州文学』第四巻第二号、平九・四、九州文学社）

（稲田大貴）

大内須磨子 おおうち すまこ 歌人。明治四三年（一九一〇）三月八日〜平成一〇年（一九九八）一月四日。大分県佐伯町（現・佐伯市）生。藤浪京の筆名を用いたこともあり。生家楠家は旧佐伯藩の重職を預かる家柄であった。「大分歌人」、「南豊歌人」に参加。昭和一二年（一九三七）、同郷の小宅圭介により『槻の木』主宰の窪田空穂に紹介されて同誌同人となり、指導を受ける。佐伯高女に学んだ後、大内辰雄と結婚、夫に従って生地を離れ、一四年ハルピンに渡ったが、敗戦後、両親のもとに戻る。一六年には佐伯歌話会の創設メンバーとなり、二四年一一月に発足した佐伯合同短歌会では初代委員長として、三年間勤めた。また、作歌の傍ら、弥生町短歌会、上堅田短歌教室など、近隣の短歌教室等で地域に根付いた活動を続け、県南地域の短歌普及活動に貢献した。「槻の木」「朱竹」「佐伯合同短歌会」等に所属。著書としては『花いかだ』（昭四三・七、新星書房）、『白梅賦』（昭六〇・三、雉書房）、『雪安居《ゆきあんご》』（平九・六、短歌研究社）の三冊の自選歌集がある。「雪安居半ばに入れり孫の眠る多宝塔にいまをつもりゐむか雪」（『雪安居』）のように、日常の光景や身の回りの自然に材を取り、平易な言葉で生活や人生の哀歓を情感豊かに描いた作品が多い。特に第二歌集は逆縁、永別が重なったため、悲しみに耐える挽歌の多い集となっている。

【参考文献】『豊後賛歌　佐伯合同短歌会の50年』（平一六・一〇、佐伯合同短歌会）、『大分県歌人作品集』「大分県歌人録」（昭一〇・一二、猗々庵）、『大分県短歌作品集』（昭三八・七）、『大分県文化百年史』（昭四四・二）、『大分県歌人名鑑』（昭四一・一〇）

（山本裕一）

大浦ふみ子　おおうら　ふみこ　小説家。昭和一六年（一九四一）一〇月一日〜。長崎県佐世保市生。本名塚原頌子《つかはらしょうこ》。父村田勇（宇和島市出身）、母塚原常代。兄と弟がいる。長崎県立佐世保北高等学校卒。昭和三六年（一九六一）一〇月長崎放送局に就職。平成一四年（二〇〇二）定年退職までマスコミの現場で働きながら書いた。昭和五四年、日本民主主義文学同盟（日本民主主義文学会）に加入、『民主文学』を拠点に作品を発表。「現実にあきたらない物があるから、『創る』という表現方法を求めた」という。五二年、里繁次と結婚。佐世保に四〇年近く住んだ後長崎市に移り住む。作品は、長崎県を舞台とし、そこに発生した問題を題材にして、「そこに生きる人びとの生活の実相を浮かび上がらせるものが中心である」（岩淵剛）。五三年の『赤旗』創刊五十周年記念の文学作品募集で佳作になった「夫婦船」（『文化評論』）では米軍に海を奪われたため密漁しないと食べていけない佐世保の漁師たちを描く。その後造船所を舞台にした作品として「基地の中の造船所—佐世保重工・ＳＳＫでは」（『民主文学』、昭五五・一一、以下特記なき場合は『民主文学』掲載）等五編。被爆者の癒しがたい体と心の傷を描いた作品として「長崎原爆松谷訴訟」（平二・一〇）等九編。雲仙・普賢岳災害をテーマにした作品として「火砕流」（平四・一）等三編。「有明海訴訟のこと」（『ながい金曜日』所収、平一八・五、光陽出版社）。ごみ焼却場のダイオキシンに言及した「男たちの暦」（平九・四）。「人間として生きることを阻むものへの強い憤り」（乙部宗徳）を核にした作品として「山椒の芽」（昭六〇・一二）等五編。戦争のない世界を希求した「匣の中」（平一六・四）。今日の子どもたちの変容を描いた「絵本の部屋」（『長崎民主文学』、平一一・八）。職場での受動喫煙を指摘した「けむりと光」（平七・三）は「火砕流」とともに問題の早期作品化が顕著。全く別系列の作品には作者の分身が現れる。「蕁麻の里《いらくさ》」（昭五九・七）と「小雪の朝」（『ながい金曜日』所収）では、戦争によって隔てられてしまった父と子のその後を振り返る。「おとうと」（平一四・九）には八歳で夭逝した弟への哀切な思いが綴られている。この三篇は、細部がリアルに書き込まれ、心に残る作品である。平成二三年三月以降、『歪められた同心円』（平二三・三、本の泉社）、『原潜記者』（平二四・一二、光陽出版社）、『ふるさと咄』（平二六・五、同上）と被爆・原発等核をモチーフにした作品が多い。

【参考文献】乙部宗徳「目の前の今を描く」（『匣の中』平一六・五、光陽出版社）、岩淵剛「大胆さとリアルな眼と」（『夏の雫』平二二・三、光陽出版社）

（野本泰子）

おおえひで　おおえ　ひで　児童文学作家。大正元年（一九一二）一二月一〇日〜平成八年（一九九六）一二月一四日。長崎県西彼杵《にしそのぎ》郡高浜村（現・長崎市野母崎町）生まれ。本名大江ヒデ。夫は小説家の大江賢次。六人兄弟の五人目として生まれる。昭和二年（一九二七）、高浜小学校高等科卒業。上京し、独学で小学校教員検定試験に合格。一一年より四年間、東京都の保育園で保母として働く。戦時中は夫の故郷である鳥取に、子供三人を連れて疎開していた。疎開中の二〇年、長崎原爆により姉とその子供達を亡くす。このことがおおえの原爆児童文学の原点になる。三六年、故郷の自然や原爆を題材にした『南の風の物語』（理論社）で第五回未明文学賞奨励賞。「あとがき」で、海辺の村で過ごした幼少時代の記憶に触れながら、「ぎせいになった子どもたちを、この本の中で、生きかえらせたいと思いました」と述べている。四六年、長崎原爆を正面から描いた長編作品『八月がくるたびに』（理論社）で小学館文学賞受賞。他に原爆をテーマにした作品に、「浦上の町で」「ぴろくんの話」（『りよおばあさん』昭四七・八、実業之日本社所収）、『心でさけんでください―ナガサキの歳月―』（昭五八・二、小学館）、『浜ひるがおの花が咲く』（昭六〇・四、汐文社）がある。また、海辺の風景や人々の暮らしを描く作品も多く、「花もようのゴムマリ」（日本児童文学者協会編『わすれられない友だち』昭四九、偕成社所収）、『海べのおはなし』（昭五〇・一一、高橋書店）、『海べの小さな村で』（昭五三・五、偕成社）などがあり、『くり毛の絵馬』（昭四一・九、理論社）は疎開先だった山陰の土地の話を生かしている。その他『ベレ帽おじいさん』（昭三八・二、理論社）、『おしゃべりらんど』（昭四七・七、理論社）がある。日本児童文学者協会会員。

【参考文献】水田九八二郎『原爆児童文学を読む』（平七・七、三一書房）

（楠田剛士）

大友淑江　おおとも しくえ　歌人。明治四十五年（一九一二）七月八日～平成七年（一九九五）一月三一日。大分県の浄土真宗の寺院に生まれ、その後、寺の移転により福岡県京都郡《みやこ》行橋町にて育つ。福岡県立京都高女に入学、三年次に父が神奈川県川崎市の駐在布教師に任ぜられたことで一家移住。川崎市立高女に学ぶ。父の事業を手助けするため同校を中退し、昭和保母学校を経て、川崎市児童園、横浜市鶴見の昭和幼稚園などの経営に従事する。昭和六（一九三一）年三月より東京実践女子大学国文科に学ぶ。二四年、福岡県戸畑市の戸畑中学校教員として赴任。勤めながら、二九年に八幡大学（現・九州国際大学）第二法経学部法律学科を卒業。三二年戸畑中学校を退職し、私財を投じて福岡県田川郡大任村（現・大任町）の自宅を開放して同年、私立あすなろ学園養護学校（現・社会福祉法人あすなろ学園）を設立。知的障害をもつ児童の教育に注力。園の移転と共に、小倉市大字高津尾（現・小倉南区大字高津尾）、小倉南区新道寺へと居を移す。四〇年に群炎短歌会同人、清原絹代の紹介で仰木実の知遇を得、同会に入会。雑誌『群炎』に短歌や評論を断続的に投稿。仰木の指導の下、『歌集 あすなろの四季』（昭四二・六、群炎短歌会）、『再生―歌集』（昭四六・一二、群炎短歌会）、『歌集 ひらく音』（昭五一・一、群炎短歌会）の三冊を刊行。四十八年「短歌・個人」部門で北九州市民文化賞を受賞。

【参考文献】『歌集 あすなろの四季』（昭四二・六、群炎短歌会）

（稲田大貴）

大庭桂　おおば けい　児童文学作家、小説家。昭和三二年（一九五七）一一月二六日～。熊本県熊本市生。福井県勝山市在住。本名平泉和美。父志方正和、母道子の長女。父親は教育者。小学時代は「小公女」「赤毛のアン」を愛読。熊本高校、西南学院大卒。平泉寺白山神社宮司平泉隆房と結婚し、二女一男を得る。夫の勤務地三重県伊勢に一二年間住み、平成八年（一九九六）、義父の長逝を機に奥越の神社に戻る。子どもの活字離れを危惧した大庭は、子ども達に読ませるために創作を始める。作品は、建築家吉田圭二との親交から生まれた作品と白山神社権禰宜の視点から生まれた作品とに分けられる。前者は、「夢屋ものがたり」（平九、毎日児童小説コンクール優秀賞）、「恋歌」（平九、第一回長塚節文学賞大賞）、『造景する旅人』（平一四、風土社）。後者は、自然に対する畏怖の念をモチーフにした『竜の谷のひみつ』（平一二、旺文社、平一〇年度毎日児童小説コンクール最優秀賞）、『海のそこの電話局』（平一三、旺文社、第四回海洋文学大賞）、猫の時代絵巻物『うらないババと石川五ニャえもん』（平二〇、旺文社）。他、共著『熊本の童話』（平一二、リブリオ出版）、『放課後の怪談』五巻（平二〇）一〇巻（平二一、偕成社）、「旅猫ニャーロとボロ校舎」（平一八・三月一日〜三一日、毎日新聞北陸版連載）、歴史漫画『白山平泉寺物語』（平一九、平泉寺町づくり推進協議会）、合唱曲「平泉讃歌」の作詞などがある。

【参考文献】平泉和美「母と子の未来」（『神社新報』、平一一・八・二）、大庭桂「雪に教えられたこと」（『県子連だより―明日に生きる』、平一六・三）

（堀畑真紀子）

岡口茂子　おかぐち しげこ　歌人。大正一四年（一九二五）一〇月四日〜。佐賀県松浦郡鐘村虹町（現・唐津市）に生まれる。父志渡沢国太郎、母マチヱ。中学卒業後、いくつかの職を経て、国鉄に入社。昭和二二年（一九四七）「九州短歌」に入会。その後、「西日本歌人」「群萌」を経て、三四年、「群炎」に入会。三八年、群炎賞受賞。第一歌集『地階』（昭四一・四、群炎短歌会）を刊行した昭和四一年、「渦」に入会する。その後、四六年には北九州短歌研究会を結成し、「新風土」に入会。五三年、新風土賞を受賞。五五年には、北九州通信『暗』を創刊し、同年、北九州市民文化賞受賞。福岡県歌人会副会長や北九州歌人協会会長などを務めた。その一方で、張子の人形などの製作も行い、郷土玩具作家としての顔ももつ。「群炎」主宰であった仰木実は第二歌集『風塵の中』（昭四五・六、群炎短歌会）の序文で、岡口が「短歌の鬼」と呼ばれていることを紹介し、彼女の歌が「彼女みずからの、自負を自在に披露する真実一筋の生活に繋がっている」と述べる。岡口は「鬼」と称せられるほどに厳しい精神の運動をもって作歌に取り組んだ。「衰えし野火の匍ふ時いずくまで汝を憎めば孤独還らむ」（『風塵の中』）などの歌に見られるように、情念が彼女の「鬼」を通過することで、激しい感情の向こう側にある世界を垣間見せる歌として差し出されている。他の著作に、歌集として『木を挽く牛』（昭五五・四、雁書館）『かんむりの黄金（きん）』（昭六〇・一一、雁書館）、『繭籠るとき』（平一六・二、短歌研究社）、評論集『底辺よりの発言者として』（平一〇・五、北九州通信『暗』）、エッセイ集『父と母の季』（平一四・八、北九州通信『暗』）、ペンネームの虹町志摩名で書かれた『悲の坩堝』（平一七・一〇、北九州通信『暗』）がある。

【参考文献】『風塵の中』（昭四五・六、群炎短歌会）、『繭籠るとき』（平一六・二、短歌研究社）、『底辺よりの発言者として』（平一〇・五、北九州通信『暗』）、『父と母の季』（平一四・八、北九州通信『暗』）

（稲田大貴）

緒方惇　おがた じゅん　詩人、随筆家。昭和六年（一九三一）四月一日〜。東京都生まれ。本名、藤川惇子。父・緒方弦雄、母・静枝の次女。昭和二〇年（一九四五）六月、父の郷里である熊本の甲佐へ母と疎開。甲佐高女に通い、友人と文芸誌を発刊し、萩原朔太郎論や詩を発表。二二年、熊本県立第一高等女学校へ編入し、その年設立された熊本女子専門学校（現・熊本県立大学）に入学、第一回の英文科生となる。二五年、結婚、夫の東京教育大学入学に伴い上京。出版社、新聞社のテレタイプの翻訳、家庭教師と一度に三つの仕事をこなす。また、詩の勉強会や、宮本百合子の勉強会に参加、島崎藤村の弟子だった立川雷平の指導で文学に目覚める。二六年九月、女児を出産。三一年、夫の赴任地である熊本の本渡へ娘と行くが、その後、別居・離婚。持病の結核を当地で療養する中、同年に天草現代詩研究会を設立、編集・執筆をした詩誌『白亜紀』が「天草文学賞」を受賞。三四年熊本市に転居し、『詩と真実』同人となり、編集委員として執筆。この頃、夫となる映画評論家・藤川治水と出会い、文化活動の範囲が広がる。三八年、熊本県文化懇話会が設立され、文学部門の常任世話人となる。四六年、『緒方惇詩集』（詩と真実社）を出版。西欧近代詩の骨法を充分に踏まえた上でのセンチメンタリズムを払拭した乾いた感覚と味わいが評価され、第一三回熊日文学賞を受賞する。詩集には、「わからずやのニンフェット」「風のかお」「海を渡る馬」「根子岳幻想」「夜が夜であるように」「発条をなくした伝令」といったタイトルが並ぶ。

文化活動においても、ハンセン病をテーマにした映画『あつい壁』の制作（昭四四）、熊本市四町合併記念事業として開催された、小泉八雲の熊本時代を描いた舞台『へるんさんの熊本―青い目に映った日本の心―』の脚本執筆（平三）、高群逸枝生誕百年の記念祭を開催するとともに、『炎のように―高群逸枝生誕百年記念誌』（高群逸枝生誕百年祭実行委員会、平七）を編集執筆、水俣で「淵上毛錢を顕彰する会」を立ち上げ、県下の小中高校生から詩を公募する「淵上毛錢賞」の設立（平一一）など、幅広く活躍する。それらの功績により、平成一九年（二〇〇七）に熊本県民文化賞受賞。平成二二年には、荒木精之記念文化功労者に選ばれる。

【参考文献】「わたしを語る」（『熊本日日新聞』平一八・三～平一八・四）、星子邦子『熊本の女性（ひと）１０１人』（昭六二、熊本日日新聞情報文化センター）

（鶴本市朗）

小郷穆子　おごう　しずこ　小説家。大正一五年（一九二六）五月三日～平成一五年（二〇〇三）七月三一日。京都府京都市生。父は小郷虎市、母は小福。別府高女、大分師範学校、日本大学国文科卒業。『詩と真実』『街路樹』『九州文学』同人。父である小郷虎市は、昭和二五年（一九五〇）、大分県別府市に創設された財団法人基督教栄光園（現・社会福祉法人栄光園）の初代施設長を務め、その死後、母である小福が第二代施設長を務めた。穆子は、別府市内の小・中学校教員をしながら、栄光園の仕事にボランティアとして携わり、四〇年から栄光園に勤務、四三年から乳児院長、六〇年から常務理事・園長を務めた。そこでの体験を踏まえて書いた「遠い日の墓標」で、昭和四八年度の第四回九州沖縄芸術祭文学賞に応募し、最優秀作に選出された。親に早く死に別れ、児童養護施設青葉学園で育った主人公が、「施設出身者を見る世間の眼」に苦しみながらも、ホテルのフロントアシスタントとして強く生きるというこの作品は、選考委員の一人である五木寛之から、「何か大事な人間の初心のようなものをその幼さの内に残した物語りのように思える」（五木「素早いカウンター（第四回九州沖縄文学賞・選評）」）と評された。青葉学園は栄光園を、園長は父を、それぞれモデルとしている。「遠い日の墓標」は、九州・沖縄文化協会『九州沖縄芸術祭文学賞作品集１９７３ ４』（昭四九・二）に収録され、『文学界』（昭四九・三）に掲載された。五七年には、やはり職場とする児童養護施設に題材を取った「ガラスの階段」（『九州文学』昭五七・六）で、第一五回九州文学賞を受賞した。昭和六三年（一九八八）から平成四年（一九九二）にかけて『大分合同新聞』に「敵主力見ユ：小説帆足正音」を連載した。平成八年、『敵主力見ユ：小説帆足正音』によって龍谷特別賞を受賞した。著書に、『遠い日の墓標』（昭五一・三）『忘れ雪』（昭五四・七）『ガラスの階段』（昭五八・七）『のうぜんかずら』（昭五九・五）『敵主力見ユ：小説帆足正音』（平四・八）などがある。

【参考文献】『九州沖縄芸術祭文学賞作品集１９７３ ４』（昭四九・二、九州・沖縄文化協会）、小郷穆子『昭和残照―おりおりの記―』（平一〇・一〇、大分合同新聞文化センター）、『ふるさと文学館　第51巻【大分】』（平六・一〇、ぎょうせい）

（藤原耕作）

大佛文乃　おさらぎ ふみの　詩人。昭和一三年（一九三八）七月二九日～平成七年（一九九五）一一月二四日。山口県阿武郡阿東町地福長《なが》谷《たに》生。父多郎、母タネコの長女。県立山口高校入学、分離改組により県立山口中央高校卒。山口県庁に勤務。高校在学中より詩作を始め、雑誌『現代詩手帖』『詩学』などに作品を投稿。昭和四四年（一九六九）二月に第一詩集『紅皿』（思潮社）刊行。山深い長谷の里での母ひとり娘ひとりの生活や、同地の厳しい自然と古い因習の中に生きる女たちの生き様をモチーフとした独特の詩風で注目された。このころより詩人丸山豊に師事して、文芸誌『広鉄詩人』『文芸山口』などに詩作品を発表した。詩集『片目の魚』（昭五一・六、泥質社）、詩集『冬の花わらび』（昭五五・一二、サンブライト出版）などの業績により、五六年に山口県芸術文化振興奨励賞を受賞。五九年七月、日本画家・鈴木靖将との共著詩画集『おせん淵』（サンブライト出版）を刊行。六〇年に左眼涙腺悪性腫を発病するが、六一年三月には詩集『梵天のをんな』（画・斎藤裕子、私家版）、平成四年（一九九二）二月には最後の作品集となる『ききょうの花』（冬耕発行所）が刊行された。一人芝居「おせん淵」（千賀ゆう子、平二）、一人語り「大佛文乃を詩う」（三沢真理子、平二）、公演「『ききょうの花』とフラメンコギターの夕べ」（平五）が開催され、また、鈴木靖将『おせん淵』詩画展（昭五九）、没後にも絵画展「大佛文乃を描く友人たち展」が開催されるなど、その作品世界は演劇や絵画の世界に広がった。平成九年には生家跡に「おせん淵」の詩碑が建立された。

【参考文献】黒木章「大佛文乃の詩について」（『山口女子大学国文』九、昭六三・一二）、清原万里「大仏文乃論―ローカルな想像力」（『山口女子大学国文』一一、平五・三）、『大佛文乃全詩集』（平一七・四、東洋図書出版）。『やまぐちの文学者たち』（平二五・二、やまぐち文学回廊構想推進協議会）

（中原　豊）

鬼塚りつ子　おにづか りつこ　児童文学作家。昭和一五年（一九四〇）～。鹿児島県鹿児島市生。本名鬼塚律子。子ども時代を枕崎や津貫で過ごし、学級文庫で本と親しむ。中でも『フランダースの犬』

との出合いは、後に大きな影響を及ぼす。中学生のとき、鹿児島市へ移り住む。鹿児島県立鶴丸高校から共立女子大学文芸学部へ進学。昭和三八年（一九六三）、同大学卒業。四〇年、鬼塚克朗と結婚、一男一女を得る。五一年、日本児童文学者協会主催の児童文学学校に通い、童話創作を始める。子育てをしながら書き続け、五八年、「けしの花」で『日本児童文学』第五回創作コンクール入賞。翌年、「およめさんのぞうり」で共同石油創作童話賞を受賞。これを機に、本格的に作家を志す。昭和五九年、アガサ・クリスティーをヒントに、幼年物のミステリー『さっちゃんがきえた』（昭五九・六、岩崎書店）を発表、岩崎書店の公募に入選し出版される。以後、さっちゃんはシリーズになり、『さっちゃんはめいたんてい』（昭六〇・一一、岩崎書店）『さっちゃんのおばけやしきたんけん』（平三・八、岩崎書店）『さっちゃんとまじょのマント』（平六・六、岩崎書店）として刊行。その他にも、戦争で息子を亡くしたおばあさんと少女との悲しい別れを描いた『はと笛よ』（昭六一・一二、国土社）や、赤い鳥と目の見えない少女との友情に涙する『赤い鳥の歌』（平二・三、教育画劇）等、様々な角度から数多くの作品を書く。またノンフィクションにも取り組み、野口雨情の童謡「赤いくつ」で歌われた女の子の謎を追う『赤いくつをはいた女の子』（平二・九、小峰書店）や、『フランダースの犬』がベルギーでは知られていないという事実に迫る『「フランダースの犬」だい好き』（平四・一〇、小峰書店）も出版。そして二〇〇〇年、『赤いくつはいた女の子』で、第一一回赤い靴児童文化賞特別賞を受賞した。その他、絵本、再話、紙芝居等多数。また、共立女子短期大学、早稲田大学教育学部で講師を勤めた。現在、日本児童文学者協会会員、日本文芸家協会会員。「家の光童話賞」選考委員等も勤めている。

（植村紀子）

小野木朝子　おのぎ　あさこ　小説家。昭和七年（一九三二）五月一一日〜平成一四年（二〇〇二）八月二一日。本名妻木賀予。熊本県熊本市生まれ。父は初代熊本大学学長・熊本学園大学学長であった鰐淵健之、母雅予の三女。第一高等女学校（現・第一高校）を経て、京都大学文学部仏文科に入学するが、法学部に転部。昭和三〇年（一九五五）卒業し、熊本日日新聞社社会部記者となる。三二年妻木宏道と結婚のため退職。一男一女を生む。三九年倉敷在住時、「ミュソッドの館」で『婦人公論』第七回女流新人賞佳作。四五年「クリスマスの旅」で「文芸賞」受賞。江藤淳が「筆の暢達さと作者の才気」を高く評価。以後『文芸』を中心に作品を発表。四七年六月作品集『クリスマスの旅』（河出書房新社）を出版。しかし、「『重いものを重く書く』ということが苦痛で、気恥ずかしく」（『歩きだす女』あとがき）しばらく執筆から遠ざかる。十年ほどの沈黙の後「逃げる兎」（『文芸』昭五七・七）を発表。奔放な愛に生きる女と心奥に愛を秘めながら、平凡な生活を捨てられない女を、対照的な乗馬スタイルで描き出した。乗馬は、障害競技に出場して賞を取るほどの腕前で、「遠乗会」（『歩きだす女』）でも乗馬が描かれた。六〇年五月、「キャグニイ」など一〇編を収めた短編小説集『歩きだす女』（砂子屋書房）出版。黒井千次は、その帯に「スピード感にのって一気に読み終った時、いずれも少し寂しげな主人公の女達」が「静かに蹲って次の動きに備えている。」「そんな印象に支えられた都会風で、現代的な、サムホールの個展に似た作品集」と書いた。平成一四年

（二〇〇二）二月白血病を発病し、八月二一日死去。一九年八月遺稿集『星の王子日本に帰る』（砂子屋書房）出版。「心を束縛する」ものから解放され、「自由にしなやかに生きること」を「夢見ながらつまずき倒れてゆく、心優しい人間を描く」（『歩きだす女』あとがき）ことを望んだ作家だった。この他『東京新聞』の「からむニスト」を五年ほど執筆し、好評を博した。

（村田由美）

海崎章子　かいざき しょうこ　小説家。昭和八年（一九三三）一月二二日〜。熊本県熊本市生まれ。本名古川喜美子。昭和二六年（一九五一）熊本市立高校卒。三三年画家であった古川泰隆と結婚。小学校六年の時、父親の本棚から持ち出して読んだ谷崎潤一郎「少年」の妖美な世界に圧倒され、作家になることを決めたという。三〇年八月から『詩と真実』同人。同誌一〇月号に初めて小説「断層」を発表した。その後『九州文学』『日本談義』にも次々と小説を発表。四七年一月から一一月まで『日本談義』に連載した「乳と密のあふれる国」で第一四回熊日文学賞を受賞。『日本談義』主宰で、選考委員でもあった荒木精之は、満州、日本、ヨーロッパを舞台とした「変転極まりない」一大ロマンを「たしかな構成、豊かなファンタジー、なまなましい描写力」で書き上げた「非凡な才能」と激賞した。平成六年（一九九四）八月、「文学の香り高い文芸誌にしたい」という「熱い想い」（『九州文芸』あとがき）を抱いて『九州文芸』を創刊。創刊号には「グレイシャーブルー（蒼い氷河）」三三七枚を一挙掲載した。年に三、四回の発行を予定していたが、七年に二号、八年に三号を出した後は出ていない。『熊本日日新聞』の書評欄や「きょうの発言」なども執筆している。

【参考文献】海崎章子「私の書棚」（『熊本日日新聞』平一一・三・三）

（村田由美）

海達公子　かいたつ きみこ　童謡詩人。大正五年（一九一六）八月二三日〜昭和八年（一九三三）三月二六日。長野県飯田町（現・飯田市）に生。父海達松一（貴文《たかふみ》）と母山ノ井マツヱの長女として、母の行商先で生まれた。その後父の居住地熊本県荒尾村万田（現・荒尾市）に移る。父母はともに徳島県由紀町阿部《あぶ》出身。大正三年（一九一四）一月から父は三井三池炭鉱万田坑に書記として入社していた。公子詩作への動機づけは父貴文であった。公子に日記をつけることを進めた。日記をつけることで、観察力や表現力を豊かにすることができた。また、家庭内で学芸会をやるなど、言語活動の場を与え、『コドモノクニ』などの絵雑誌なども買い与え、文学的環境作りもなされていた。『赤い鳥』大正一三年七月号掲載の「ひし」は、北原白秋の絶賛するところとなり、天才少女の名をほしいままにした。それは荒尾北尋常小学校二年生の時であった。「とがつたひしのみ／うらでもずがないた」（「ひし」）。

「愛児を死なして理に生きる」（公子死後貴文の手記）によれば「小学一年の頃から児童自由詩と童謡を五千編」作ったとある。『赤い鳥』ほか七〇数種の児童文芸誌や新聞・雑誌に作品発表。昭和八年（一九三三）三月一六日熊本県立高瀬高等女学校（現・玉名高校）卒業式の日、虫垂炎となり、腹膜炎に進み同月二六日心臓麻痺で死去。当年一六歳七カ月であった。「巡礼の御詠歌つづく菜種畠」が最後の句となった。

【参考文献】規工川佑輔『少女詩人海達公子の発掘』（平五・九、私家版）、同著『評伝海達公子「赤い鳥」の少女詩人』（平一六・八、熊日出版）

（中村青史）

梯久美子　かけはし　くみこ　ノンフィクション作家。昭和三六年（一九六一）～。熊本県荒尾市生。陸上自衛官であった父の転勤により、五歳の時、札幌へ転居する。北海道大学文学部国文科を卒業。大学卒業後、出版社勤務を経て、編集・広告のプロダクション経営をするが、平成一三年（二〇〇一）からフリーのライターとして新聞・週刊誌などでインタビューや取材記事を手がけ、『AERA』では人物ルポルタージュを執筆する。アメリカや硫黄島などの現地取材、遺族へのインタビューを含め二年間の取材をもとに、太平洋戦争末期の硫黄島における激戦を描いた『散るぞ悲しき―硫黄島総指揮官・栗林忠道』（平一八・七、新潮社）で第三七回大宅壮一ノンフィクション賞を受賞。戦争を知らない世代が書いた文学性の高い戦記として評価され、ベストセラーとなる。また、米・英など海外でも翻訳出版される。その後、同様なモチーフによる太平洋戦争に関連した取材、執筆が続く。二一年七月、敗戦時二十歳前後で偶々生き残った五人に話を聞き、死の体験や人生観をインタビュー記録として綴った『昭和二十年夏、僕は兵士だった』（角川書店）を出版。また、同年九月には天皇と戦争をキーワードにして五五人の遺書や遺稿を解説した『昭和の遺書』（文芸春秋）を出した。さらに、翌年七月には『昭和二十年夏、女たちの戦争』（角川書店）を出版。軍国の母、銃後の妻の婦徳が叫ばれた時代に青春を迎えた独身女性たちの証言を集め、時代の転換点をどのように捉えたかを聞き出している。二三年七月、学童疎開や空襲、進駐軍による占領といった体験を通して大人と子どもの姿を捉えた『昭和二十年夏、子供たちが見た日本』（角川書店）を出版している。八月一五日シリーズの後、二四年四月には、上京したその夜の出来事に人生の分岐点を探った青春ドキュメント『TOKYO　初夜ものがたり』（角川書店）を出版。東京で才能を開花させた地方出身者にインタビューし、高度経済成長期と重なった人生行路を綴っていて、視線が戦後へと移っている。

【参考文献】梯久美子『散るぞ悲しき―硫黄島総指揮官・栗林忠道』（平一八・七）、古江研也「散文月評」（『熊本日日新聞』平二一・八・二九、平二一・一一・二八、平二二・九・二五、平二三・八・二七、平二四・六・三〇）

（古江研也）

鹿児島やすほ　かごしま　やすほ　歌人。明治三二年（一八九九）九月八日～昭和五〇年（一九七五）一月一四日。福岡県早良郡入部村《いるべ》（現・福岡市）生。本名ヤスオ。父氏里信虎、母ミネオ。八人弟妹の長女。入部尋常高等小学校卒業。福岡貯金局をへて福岡銀行箱崎支店等に勤務。この前後、『国民文学』、『南方芸術』に出詠。大正一三年（一九二四）鹿児島寿蔵と結婚、上京し、「アララギ」に入会し、島木赤彦、後に岡麓に師事する。翌年、長女玲子（後の成恵）出産。人形作家、歌人である夫鹿児島寿蔵を生涯献身的に支える中、昭和二〇年（一九四五）一二月『潮汐《ちょうせき》』創刊と共に短歌を発表し始め、三七年、歌集『ひとりしづか』（新星書房）、昭和四六年七月、『しらかば』（新星書房）を上梓する。七五歳にて急逝後、遺歌集『はつゆきおこし』（昭五〇・一、高千穂書房）、三年忌歌集『はなとねこ』（昭五二・二、新星書房）、備忘録や随想を含む『鹿児島やすほ遺録』（昭六〇・九、新星書房）が出された。写実的な歌風のうちに、身近な動植物を慈しむ歌が目を引く。「乾きたる土をもたげしあくる日にひとりしづかに花穂たてたり」（『ひとりしづか』）「ひとり居の時を惜しめとみづからに云ひつつ物差しもて猫じゃらしをり」（『しらかば』）。歌集名「ひとりしづか」「しらかば」「はつゆきおこし」は全てやすほの愛した植物の名前である（『はつゆきおこし』後書）。

【参考文献】志村有弘編『福岡県文学事典』（平二二・三、勉誠出版）、「鹿児島やすほ追悼集［一］」（『潮汐』昭五〇・九）

（西　荘保）

柏木恵美子　かしわぎ　えみこ　詩人。昭和六年（一九三一）八月二九日～。福岡県穂波村（現・飯塚市）生まれ。二五年、福岡県立嘉穂東高等学校普通科卒業。在学中は文芸部に所属し、『詩学』会員となる。北九州市へ転居後、『さそり座詩集　第二集』（昭四五・一二、スコルピオン詩社）に参加。詩誌『プリズム』（昭四六創刊）を経て、岩下俊作と青木新六が創刊した詩誌『たむたむ』へ五号から参加。第一詩集『炭街《たんがい》』（昭五三・一一、詩学社）で第一五回[1]福岡県詩人賞奨励賞受賞。その後、児童文芸誌『小さい旗』や同人誌『青い花』にも参加。『幻魚記』（平一〇・五、書肆青樹社）で第三四回福岡県詩人賞受賞。平成一七年（二〇〇五）、第三八回北九州市民文化賞受賞。平成元年より八年、及び二〇年より二三年の終刊時まで詩誌『たむたむ』発行人を務めた。詩は小学校国語教科書や合唱曲にも採用されている。師事した岩下俊作の書誌研究も貴重な業績。そのほかの著書に『詩魂に寄せる』（平一六・一〇、書肆青樹社）、『ひとりぽっちの子クジラ』（平二三・六、銀の鈴社）『空の円卓』（平二四・一一、土曜美術出版協売）、『柏木恵美子詩集』（平二五・八、土曜美術出版販売）など。北九州市在住。

［1］受賞時は一二回とされたが、後年の事務局訂正で一五回になっている。

（中西由紀子）

片瀬博子　かたせ　ひろこ　詩人、翻訳家。昭和四年（一九二九）九月一八日～平成一八年（二〇〇六）七月九日。福岡県福岡市の生まれ。父・富田三郎、母・住子の次女。父は九州大学医学部の助手、母は歌人若山牧水の結社「創作」の同人。両親ともにクリスチャン。昭和七年（一九三二）、父の熊本大学赴任にともない熊本に移る。昭和一四年、父の北京大学赴任にともない中国の北京に渡り、そこで終戦を迎える。二一年、北京を引き上げて帰国、三重県四日市市の母の実家に寄遇。二二年四月、東京女子大学外国語英文科に入学、同年のクリスマスに日本キリスト国立教会で受洗。二七年、同大を卒業。同年四月、北九州市小倉西南女学院高等学校英語教諭に就任。翌年の九月に退任し、一一月、京都大学理学部の助手・片瀬彬と結婚して京都に住み、長男義《めぐむ》の誕生をきっかけに詩作を始める。三三年の秋、夫の九州大学赴任にともない福岡に移り、詩誌『地球』に入会。三八年長女の雅《みやび》誕生。四〇年、イスラエル政府による夫の招聘にともない一年間イスラエルに滞在し、福岡に戻った翌年の三月、詩誌『赤道』の創刊に携わる。五六年、教職者の一家とともにキリスト教会の開拓をはじめ、平成二年（一九九〇）、開拓教会イエス・キリスト博多希望教会を建てる。三年、福岡市についてのエッセイ「どこかに海の見える街」を『西日本新聞』に連載。ＮＨＫカルチャーセンターでエッセイ教室を受け持ち、月一回「文学散歩」と題する講話を、脳出血で倒れる五年五月まで五年間続ける。テープ録音した「文学散歩」における講話は、九年エッセイ集『西海遊歩』（石風社刊）として出版される。現在、第一詩集から第六詩集まで出版されており、それらの詩集の題名は全て『旧約聖書』の「詩篇」からとられている。暗喩法を用いた表現の多い作品全体にはカトリシズムの影が深く差し込んでいる。『キャスリン・レイン詩集』（昭三五、書肆ユリイカ）など訳詩集も多数ある。昭和五〇年（一九七五）に第五回福岡市文学賞を受賞、五五年に第一六回福岡県詩人賞を受賞。

（金　成妍）

勝野ふじ子　かつの　ふじこ　小説家。大正四年（一九一四）三月五日～昭和一九年三月二一日。鹿児島県薩摩郡入来町副田の生まれ。本名は勝野フジノ。父・勝野佐太郎、母・梅の六女。これは戸籍上であって、実母は佐太郎・梅の長女トミへ。父は不明。トミへは、ふじ子三歳の時、再婚し、のち五男四女をもうける。昭和二年（一九二七）、入来尋常小学校から鹿児島県立川内高等女学校へ進学。翌年、県立第二高等女学校へ編入学。ふじ子を溺愛していた戸籍上の兄勝野好虎と同居。甥の桑江兄弟も同居。二高女卒業後も、男所帯の主婦役を勤めながら、小説を書く。一〇年「異父妹」で鹿児島朝日新聞新年懸賞小説選外佳作、一二年「小春日」で三等入選。一四年、甥の桑江常聡が長崎で就職したのを機に、甥の世話の名目で一時期長崎に住む。この年第二期『九州文学』同人となる。『九州文学』昭和一四年七月号に発表した「蝶」は、第九回芥川賞選考会で「参考候補」ではあったが、宇野浩二によって『九州文学』臭さがないと評価された。「南国譚」（『九州文学』昭一五・八）、「うしろかげ」（『九州文学』昭一六・一〇）、「平田老人」（『九州文学』昭一七・一二）、「うしろかげ」「平田老人」は、「文芸推薦」の候補となる。一六年頃から肺結核の病状がひどくなり、故郷の入来町に帰郷。「老婆の記」は『九州文学選集』（昭一九・五）に収録。「安とおさくの話」（『九州文学』昭一九・三）が絶筆となる。恋人として親交のあった九州文学同人・田中稲城《とうじょう》が昭和一八年一二月に亡くなったあと、後を追うように一九年三月二一日没。肺結核の身ながら、福岡県八女郡矢部村の田中稲城（『第二期 九州文学』同人）のもとへ二度訪問し、田中との間に五〇通近い書簡が交わされている。

【参考文献】『勝野ふじ子小説全集』（平五・七、K&Yカンパニー）、みたけきみこ『みたけきみこと読む　かごしまの文学』（平一九・一一、K&Yカンパニー）

（みたけきみこ）

加藤みゆき　かとう　みゆき　歌人。昭和六年（一九三一）～。熊本県八代市生。本田秀吉、本田スエの五女。昭和二八年（一九五三）西南学院短期大学英文科卒。三三年、加藤友三郎と結婚。一男一女を授かる。幼い頃より兄妹らとかるた取りをするなど短詩型文芸に親しんでいたという。三六年、八代短歌会に入会。次いで、四二年、長女誕生を機に短歌結社「人間的」（現・「もくせい」）に入会。その後、内田守人の推薦を受けて「水甕」に入会。八代を拠点に本格的に歌作を始める。四六年「あかしや」（主宰・甲斐雍人）入会。四七年、第一八回角川短歌賞候補作となる。昭和五六年第一歌集『冬薔薇』（水甕社）刊行。「あかしや」に所属する一方で、平成四年（一九九二）「椎の木」（主宰・安永蕗子）入会。安永蕗子に師事し、古典文学や写実的な自然詠を学ぶ。一二年八月、甲斐雍人没後「あかしや」所属であった同人歌人たちとともに歌誌『しらぬ火』（年四回発行）を創刊。八代市を拠点とした新たな短歌雑誌を創出させる。一九年、自然や家族を題材にしながらも個にとらわれぬ幅広い視野と文体で日々を詠んだ『水脈』（平一八、梓書院）が第四八回熊日文学賞を受賞。「実るなき夢も怨嗟もひとまづは空《くう》に返してわが十三夜」など。平成二三年、第三九回県芸術功労者。現在も八代市を拠点とし、後進の育成に励んでいる。

（柴田文佳）

門田照子　かどた てるこ　詩人。昭和一〇年（一九三五）四月九日〜。福岡県福岡市生。父相羽守義、母藤の長女。二歳のときに父の病死のため母の実家へ戻り、祖父末次豊、祖母トキと暮らすが、四歳のときには母が結核のため入院し病没。復員してきた叔父が始めた貸本屋の小説を読みふけった。昭和二九年（一九五四）福岡県立修猷館高等学校を卒業し、昭和タイピスト学校へ半年通った後、有限会社振興木材に就職。のち九州電力株式会社に転職する。三五年門田保憲と結婚し、一男一女を出産。専業主婦になったものの自分を見失いがちな毎日にあせりを感じ、詩や随筆、川柳を投稿し始める。四五年三五歳のときにフジテレビ小川宏ショーの「私のイメージ」に詩が入選し、以後同番組に繰り返し応募するほか福岡市民文芸詩部門や、川柳誌『番傘』には雅号もんでんしょうこで投稿する。「野火」「匈奴」「木守」の同人となり旺盛な詩作活動に入る。五四年一一月の第一詩集『巡礼』（梓書院）は、姑フジの昔語りを題材に豊後訛りの話し言葉の作品が中心で、男性中心の封建的な社会で苦労した女の一生の辛苦や哀歓を力強く表現し、翌年に第一〇回福岡市文学賞奨励賞を受賞する。広く転載され縮刷版が刊行されるほか、劇団テアトルハカタや福岡現代劇場で舞台化される。平成四年（一九九二）一〇月に上梓された『満酌』（本多企画）は、『巡礼』の続編というべきもので、豊後訛りの話し言葉で女から見た戦争の辛酸を語っている。このころに「九州野火」「東京四季」「火盗」「えん」の同人となる。一方で昭和五六年六月に気管支喘息を発病し、以後三年間入退院を繰り返す。この壮絶な体験をもとに編まれたのが『アレルギー前線』（平一・五、花神社）で、死と隣り合わせにある患者たちを暖かく優しい視線で表現する。『過去からの返信』（平七・四、本多企画）は、散文詩で自分の一生を静かに語る。『抱擁』（平八・一一、書肆青樹社）は、一転してスイスを舞台にし、素朴で人情味あふれる人々と生活に目を見張る初々しい情感にあふれて、翌年第三三回福岡県詩人賞を受賞する。『桜桃と夕日』（平一六・一一、書肆青樹社、翌年第五回現代詩・平和賞受賞）と『終わりのない夏』（平一九・一〇、土曜美術社出版販売）は女の一生とその生活の一場面を切り取った作品群で、一遍の作品の中に年月を感じさせる今までの作風にユーモアが混じるようになった。『ロスタイム』（平二六・一〇、土曜美術社出版販売）で、第四五回福岡市文学賞を受賞する。作家活動を続けるほかに、小学生に空襲体験を語っている。

【参考文献】「門田照子年譜」『門田照子詩集』（平二一・一、土曜美術社出版販売）

（谷口佳代子）

金井光子　かない みつこ　詩人。昭和六年（一九三一）四月一三日～。熊本県熊本市生。本名山田光子。父金井善七《ぜんしち》、母笑《えみ》の次女。昭和二四年（一九四九）、熊本県立第一高等女学校を卒業。在学中より二、三の同人誌に詩を投稿し、卒業後、脊髄カリエスを患って療養中に創作に励み、詩誌『女流詩人』の同人となる。二六年、北川冬彦が提唱する『時間』のネオ・リアリズム運動に共鳴し、六月号より入会、翌二七年一二月号より同人となる。同時期、『詩と真実』に同人参加。山田菊三郎と結婚、家業の化粧品店の経営に携わりながら、一男三女を育てる。四三年、女の人生や事業を通した現実を批評的な直覚と簡潔な詩語で表現した詩集『太陽のコラプション』（昭四二・一一、時間社）で、第一〇回熊日文学賞（韻文部門）を受賞。平成二年（一九九〇）四月の北川冬彦没後、『時間』同人たちと詩誌『駆動』（年四回発行）の創刊に参加し、そこを拠点に詩作を続ける。一時期、『知性と感性』の同人、『日本談義』にも多くの詩を発表。昭和三七年、のちの熊本県詩人協会につながる熊本詩人連絡協議会の結成にかかわった。

【参考文献】『熊本の女性《ひと》一〇一人』（昭六二、熊日出版文化センター）、『創刊第三周年記念　時間詩集　1950―1952』（一九五三年版、昭二八・七、時間社）

（谷口絹枝）

金子みすゞ　かねこ みすず　童謡詩人。明治三六年（一九〇三）四月一一日～昭和五年（一九三〇）三月一〇日。山口県大津郡仙崎村（現・長門市仙崎）生。本名金子テル。父金子庄之助、母ミチの長女。兄賢助、弟正祐《まさすけ》がいる。三歳にて父を亡くし、遺族は仙崎で書店金子文英堂を営む。弟正祐は、のちに母ミチが再婚する叔父（ミチの亡妹の夫）上山《うえやま》松蔵（上山文英堂店主）の養子となる。大正九年（一九二〇）大津高等女学校（現・県立大津高等学校）を卒業後、母の再婚先の下関に移り、上山文英堂の販売員として働く。この頃よりペンネーム「みすゞ」で雑誌に童謡の投稿を始める。「信濃の国」にかかる枕詞「みすず刈る」に由来するという。『童話』『婦人倶楽部』『婦人画報』『金の星』に掲載され、特に『童話』の選者西条八十に認められ、「童謡作家の素質として最も貴いイマジネーションの飛躍がある」（『童話』大一三・一）と称賛された。『童話』誌上には「お魚」「大漁」など、のちに代表作とされる作品が発表され、この二作は『日本童謡集一九二六年版』（童謡詩人会編）に女性でただ一人掲載された。大正一四年、佐藤義美、島田忠夫、渡辺増三らの『曼珠沙華』に参加。その他、自選詩集『琅玕《ろうかん》集』を編み始める。一五年頃には第一童謡集『美しい町』、第二童謡集『空のかあさま』が完成。同年二月、書店員の宮本啓喜と結婚。上山文英堂の二階で新婚生活を始めるが、松蔵と啓喜の関係がこじれ、みすゞ夫婦は文英堂を出る。一一月長女ふさえ誕生。昭和二年（一九二七）啓喜を介して淋病に罹患。さらに啓喜より創作と手紙を書くことを禁じられ、徐々に創作より遠ざかっていく。四年、『美しい町』『空のかあさま』『さみしい王女』の三冊の遺稿集を清書し、西条八十と正祐に託し、一〇月より、ふさえの言葉を採集する『南京玉』を書き始める。翌五年二月二七日、啓喜と離婚するも、ふさえの親権をめぐって啓喜と争い、カルモチンで自殺。享年満二六歳。遺書を以て、命と引き換えにふさえを母ミチの元に留めた。

みすゞの生前に刊行された詩集はない。戦後、児童文学者・矢崎節夫が十六年間の調査の末、弟の正祐が保存していた遺稿集に出会い、『金子みすゞ全集』（昭五九・二、JULA出版局）を刊行。平成五年（一九九三）四月七日『朝日新聞』の「天声人語」で紹介されると大きな反響を呼び、八年度より小学校の国語の教科書に採択され始め、映画・ドラマ・舞台・CM・コンサートと取り上げられ、みすゞは広く知られるようになった。小さくて弱いものや、ある現象の気付かれにくい面に光をあてたみすゞ作品は、国内はもとより、海外でも数多く出版化されている。一五年四月、金子みすゞ記念館が長門市に開館。

【参考文献】矢崎節夫『童謡詩人金子みすゞの生涯』（平五・二、JULA出版局）、『金子みすゞ　生誕一〇〇年』（『別冊太陽』平一五・四、平凡社）、矢崎節夫監修『金子みすゞの110年』（平二五・一二、JULA出版局）

（西　荘保）

加納朋子　かのう　ともこ　小説家。昭和四一年（一九六六年）一〇月一九日〜。福岡県北九州市生まれ。夫は推理作家の貫井徳郎。文教大学女子短期大学部文芸科卒業。化学メーカーに勤めながら執筆活動を行い、平成四年（一九九二）、連作短編集『ななつのこ』（平四・九、東京創元社）で第三回鮎川哲也賞を受賞しデビューした。六年、『掌の中の小鳥』（平七・七、東京創元社）が第一七回吉川英治文学新人賞候補になる。七年、「ガラスの麒麟」で第四八回日本推理作家協会賞（短編および連作短編集部門）を受賞。一一月、第六回北九州市民文化奨励賞を受賞。同年、専業作家となる。ミステリーとファンタジーの要素をあわせ持つ作風で、日常にひそむ謎を解いていくストーリーが特徴。入れ子型の構造で読者を世界に引き込み、最終話で謎が解けるというスタイルが多い。『魔法飛行』（平五・七、東京創元社）、『月曜日の水玉模様』（平一〇・九、集英社）、『沙羅は和子の名を呼ぶ』（平一〇・一〇、集英社）、『スペース』（平一六・五、東京創元社）、『コッペリア』（平一五・七、講談社）、『レインレイン・ボウ』（平一五・一一、集英社）、『モノレールねこ』（平一八・一一、文芸春秋）、『ぐるぐる猿と歌う鳥』（平一九・七、講談社）など。近年は、ミステリー以外にも題材をとり小説を発表している。『七人の敵がいる』（平二二・六、集英社）では、PTAの問題をとおして仕事を持つ母親（ワーキングマザー）の奮闘と成長を描き、新たな読者層を獲得。同作品はTVドラマにもなった。二二年六月、急性骨髄性白血病の診断を受け闘病生活を余儀なくされる。生還記録『無菌病棟より愛をこめて』（平二四・三、文芸春秋）は、周囲の人たちに支えられながら過酷な治療を乗り切った体験を綴った。二五年、『ささら　さや』（平一三・一〇、幻冬舎）、『てるてるあした』（平一七・五、幻冬舎）に続く「ささら」シリーズ第三弾、『はるひのの、はる』（平二四・七、幻冬舎）を刊行。『ささら　さや』は「トワイライト　ささらさや」として映画化された。近著に『トオリヌケ　キンシ』（平二六・一〇、文芸春秋）。

（小野　恵）

神泉苑代　かみいずみ　そのよ　小説家。大正二年（一九一三）五月〜不明。佐賀県佐賀郡久保田村生まれ。本名・山門登美枝。旧姓は不明。昭和四年（一九二九）、高等小学校を卒業後、八幡製鉄所付属病院に八年間勤務。二五歳で上京、看護婦として転々とする。一五年『青衿派』に加入。この年、同誌に発表の「晩夏」が、第一一回芥川賞予選候補になる。選者から「職務に忠実な一看護婦の記録。恐らく事実の写生らしく、それだけの動かせぬ力はあるものの、文学としては余り未成である」（川端康成）とか「出来すぎるほど出来ている。しかしそれが却って何か物足りない感がする」（宇野浩二）と評された。翌年六月、山門理一と結婚、静岡市に居住。『新進小説選集昭和十六年度後期版』（昭一六、赤塚書房）に「晩夏」収録。

【参考文献】『新進小説選集』巻末、「作家略歴」『芥川賞全集　第二巻』（昭五七、文芸春秋社）、八田千恵子『佐賀の女性文学・人物編』未定稿（平二一、私家版）

（浦田義和）

神尾久美子　かみお くみこ　俳人。大正一二年（一九二三）一月二八日～平成二六年（二〇一四）一〇月二六日。福岡県京都《みやこ》郡苅田《かんだ》町生。本名は洋子《ひろこ》、旧姓は有馬。父・柳太郎、母・ヨシの長女。昭和一四年（一九三九）、県立京都高等女学校卒業。二六年に「菜殻火《ながらび》」入会、鍛錬会で桜島や九重高原を訪れ句作する。三一年に結婚、宮崎に移る。三四年、第三回菜殻火年間賞受賞。三八年、第五回菜殻火賞及び第六回四誌連合会賞受賞。四六年、「雲母」入会。四九年、第一回雲母九州大会賞受賞。五四年、第三回現代俳句女流賞、第一回椎の実賞及び宮崎市芸術文化功労賞受賞。五五年、宮崎県文化賞（芸術部門）受賞。五六年、第五回雲母選賞受賞。平成五年（一九九三）、「白露」同人。七年、日本画壇を代表する五〇人の新作「花と緑の日本画展」を見に行き、句作する。九年、「椎の実」主宰。「いまはただ秋風に向き夫の椅子」（『山の花』）など、五感に訴えかける自然描写に心情を託し、心情を実感できる句を作る。句集に『掌』（昭三八・一二、菜殻火社）、『山の花』（平一八・一〇、角川書店）などがある。

【参考文献】神尾久美子「駅路」（『白露』平七・六）、「新刊句集渉猟」（『俳句研究』平一九・二）、『自註現代俳句シリーズ第四期⑱　神尾久美子集』（昭五七・二、俳人協会）、『現代女流俳句全集　第六巻』（昭五六・四、講談社）

（河内重雄）

神近市子　かみちか いちこ　評論家、小説家。明治二一年（一八八八）六月六日～昭和五六年（一九八一）八月一日。長崎県北松浦郡佐々村小浦生。本名イチ。筆名に榊纓《さかきえい》もあり。父神近茂一（開業医）母ハナの二男三女の末子。四歳の時の父死去以来、一家は没落の一途を辿り他家に預けられた。一〇歳の時小説の面白さを知る。以来本に夢中になり、作家が生涯の目標になる。活水女学校の初等科三年へ編入学し英語を修得し中退、津田英学塾に入学、ロシヤ文学を愛読し人道主義的なものの考え方が形成される。在学中の明治四五年（一九一二）、『万朝報』の懸賞小説に応募し「平戸島」が当選。一〇月、『青鞜』に加盟、翌年脱退。大正三年（一九一四）、『東京日々新聞』の記者になる。社会主義に興味を持ち、四年大杉栄と恋愛関係に陥る。妻帯者の大杉が、伊藤野枝とも恋愛関係に入り「多角恋愛」を実行したため一一月八日、葉山日陰茶屋にて大杉を傷害。六年、保釈中の六ヶ月間に書き上げた『引かれものの唄』（大六・一〇、法木書店）には「一年余り前」妻子あるものとの恋愛により生まれ、郷里に預けられていて病死した子供・礼子への呼びかけと、傷害事件に至る詳細な心の動きが語られている。八年一〇月、出獄時には文学への強い信頼が生きる支えとなり文筆生活に入る。九年、鈴木厚と結婚。一男二女を得るが後に離婚。昭和三年（一九二八）、『女人芸術』（昭和七年六月号で終刊）に参加。九年六月、

『婦人文芸』創刊（昭和一二年八月号で終刊）。『灯を持てる女人』（昭二九・一〇、室町新書）等多数ある評論に比べて小説は数少ないが、珠玉の一篇は身分差故に叶わぬ子守娘の一途な恋心が印象的な「買われて行く娘」（大七）である。「村の反逆者」（『改造』大八・一〇）は、幼女期の僻村が舞台。後半生に自分の一生について書いた本が三冊ある。『一路平安』（昭二三・五、摩耶書房）、『私の半生記』（昭三一・一二、近代生活社）、『神近市子自伝―わが愛わが闘い』（昭四七・三、講談社）である。また、『何を為すべきか』（チェルヌイシェフスキー作、昭六、南北書院）等翻訳多数。翻訳は経済的な拠り所として市子の自立をたすけた。昭和二八年四月衆議院議員初当選以来一六年間議員生活を送り、その間、売春防止法の制定に尽力。「婦人解放への闘志」と「人間の愛」を生きる支えにしたというが、自伝の最後に記された「心意気」という言葉はその生涯に対する一貫した姿勢を表している。

【参考文献】神近市子・鈴木れいじ『神近市子文集一・二・三』（昭六一・一一、六二・一一、六三・一一、武州工房）、杉山秀子『プロメテウス 神近市子とその周辺』（平一三・四、新樹社）

（野本泰子）

川上小夜子　かわかみ さよこ　歌人。明治二九年（一八九六）四月二七日～昭和二六年（一九五一）四月二四日。本名、久城慶子《くしろよしこ》。福岡県八女郡三河村（現・八女市）生。旧姓、川口。父・深造、母・タミヨ。熊本の尚絅《しょうけい》高等女学校（現・尚絅高等学校）卒業。大正五年（一九一六）、上京し前田夕暮の『詩歌』入会。夕暮に川上小夜子の名を与えられる。七年、『詩歌』休刊のため、橋田東声《はしだとうせい》の『覇王樹』創刊とともにその同人となる。のち大正一四年、北見志保子、水町京子らと『草の実』を創刊。川上自身の言葉によれば当時「唯一の女流歌誌」（『朝こころ』）であったという。昭和八年（一九三三）、大阪に転居。一〇年、北原白秋主宰の『多磨』に北見と共に参加、『草の実』を離れる。一四年には『多磨』を離れ北見と『月光』を創刊。翌年、再度上京。一九年、第一歌集『朝こころ』（昭一九・三、京成社出版部）発表。戦後は昭和二一年、婦人文化社を結成して『婦人文化』（後・文芸雑誌『望郷』）を発行。二四年、北見、五島美代子らと『女人短歌』を創刊。二五年、福田栄一と共に『歌人クラブ』の編集発行責任者となる。同年木村捨録《すてろく》、水町と『林間』を創刊。また歌集『光る樹木』（昭二五・一〇、女人短歌会）発表。万葉集をはじめとする歌集や、源氏物語などの国文学の古典に造詣が深く、池田亀鑑の指導も受けている。また池田の推薦で昭和二二年より日本女子専門学校（現・昭和女子大学）で短歌を講じる。二六年、脳溢血により急逝。翌年、夫・久城修一郎により遺歌文集『草紅葉』（昭二七・四、望郷社）が刊行。「有明の月とはかかる淡さかとガラスを透し身に浴びてをり」（『草紅葉』）が代表歌とされている。三児の母であり、子供たちの事を詠んだ歌も散見される。また、「櫨の實取りに寄す」（『草紅葉』）では、同じ福岡県出身の白秋に触れて、自己の郷里の事を語っている。

【参考文献】『朝こころ』（昭一九・三、京成社出版部）、『草紅葉』（昭二七・四、望郷社）、『命ひとつが自由にて　歌人・川上小夜子の生涯』（平二四・二）、「川上小夜子略歴」、「追悼記」（『女人短歌』昭二六・七）、「川上小夜子年譜」、「川上小夜子追悼記」（『林間』昭二六・九）

（安河内敬太）

川島つゆ　かわしま つゆ　俳人、俳句研究家。明治二五年（一八九二）一月一〇日～昭和四七年（一九七二）七月二四日。埼玉県忍町（現・行田市）生まれ。三輪田高等女学校（現・三輪田学園）卒業。旧姓川島、本名沼田以志。旧号川島露石。昭和五年（一九三〇）紋章学の沼田頼輔に嫁したが、昭和九年死別。俳句は沼波瓊音《ぬなみけいおん》に導かれ、また、沼波の勧めで勝峰晋風に教えを受けるようになった。勝峰が主宰する『にひはり』『黄橙』などに江戸期俳人、俳諧師、連句の共同研究などを発表し、俳句や随筆を寄稿。また、勝峰の推挙で初めての著作『一茶俳句新釋』（大一五・一、紅玉堂書店）を出版した。女性俳諧研究者として草分け的存在である。松本義一の推挽により、昭和二六年、別府女子大学（現・別府大学）教授となり、四一年まで在任。全国大学国語国文学会、西日本国語国文学会などの各種委員をつとめるとともに、別府大学国語国文学会を創設、文学研究の基盤を築いた。のち、俳諧研究に専念。『一茶の種々相』（昭三・四、春秋社）、『日本古典文学大系　第五八巻　一茶集』（昭三四・四、岩波書店）をはじめ、一茶、芭蕉に関する著書が多い。実作者としては『玫瑰《はまなす》』（昭二・九、境地社）、『銀の壺』（昭一〇・四、交蘭社）の二冊の句歌詩集がある。晩年は『大分合同新聞』に多くの随筆を寄稿している。

【参考文献】古庄ゆき子『評伝川島つゆ　己が墳は己が手に築くべきである（上）』（平二六・一〇、ドメス出版）

（山本裕一）

河野裕子　かわの ゆうこ　歌人。昭和二一年（一九四六）七月二四日～平成二二年（二〇一〇）八月一二日。熊本県上益城《かみましき》郡御船町七滝生。父河野如矢《ゆきや》、母君江の長女。昭和二七年（一九五二）、滋賀県甲賀郡石部町に転居。甲西中学校時代、中城ふみ子の『乳房喪失』などを読み、作歌を始める。三九年、京都女子高校時代、歌誌『コスモス』に入会し、宮柊二に師事する。四四年入学した京都女子大学在学中に「桜花の記憶」五〇首で角川短歌賞を受賞。四二年、歌会で永田和宏に出会い、四七年に結婚、横浜に転居する。第一歌集『森のやうに獣のやうに』（昭四七・五、青磁社）刊行。五一年、永田が京都大学に赴任したことにより、京都市右京区に転居する。五二年、第二歌集『ひるがほ』（昭五一・一〇、短歌新聞社）で現代歌人協会賞を受賞。「たとへば君　ガサッと落葉すくふやうに私をさらつて行つてはくれぬか」の、激しい恋歌、「ブラウスの中まで明かるき初夏の日にけぶれるごときわが乳房あり」の、身体ごとの一途さ、どれもいわゆる生まれながらの歌人の印象が強い。五六年、第三歌集『桜森』（昭五五・八、蒼土舎）で現代女流短歌賞を受賞。「子がわれかわれが子なのかわからぬまで子を抱き湯に入り子を抱き眠る」の、母性に目覚めた自己を詠うに至る。五九年八月、永田の渡米に従い、渡米し、一二月、メリーランド州ロックビル市街の一軒屋に引っ越す。六一年五月、帰国し、滋賀県石部町岡出の家に住む。六二年、コスモス賞受賞。平成元年（一九八九）、京都市岩倉上蔵町に転居。二五年間籍をおいていた「コスモス」退会、翌年、「塔」に入会。五年、永田が主宰者となった「塔」の選者となる。九年、「耳搔き」三〇首で短歌研究賞を受賞。一〇年、第七歌集『体力』（平九・七、本亜弥書店）で河野愛子賞を受賞。「子をふたり産みしのみなりこの子らのみ母と呼びくるる死にたるのちも」の中年期にさしかかった母の子供への思いを素直に述べる。一二年九月、乳癌が見つかり、手術を受ける。一四年、第九歌集『歩く』（平一三・八、青磁社）で紫式部文学賞、若山牧水賞を受賞。二〇年七月、癌の再発、移転が見つかる。宮中歌会始詠進歌選者となる。二一年五月、第一三歌集『母系』（平二〇・一一、青磁社）で斎藤茂吉短歌文学賞、迢空賞を受賞。二二年、第一四歌集『葦舟』（平二一・一二、角川書店）で小野市詩歌文学賞を受賞。癌の進行の不安の中での自然体の歌いぶり。八月一二日、乳癌により死去。享年六四。「手をのべてあなたとあなたに触れたきに息が足りないこの世の息が」のように、死と誠実に向き合った絶唱を残す。エッセイ集、評論集多数。毎日歌壇、NHK歌壇選者。河野の肯定的な生き方への自己主張、全力投球に読み手は震撼させられてしまう。女性性を優先した、半ば無意識にとっさに口走る言葉の切れ味、おもしろさに特徴がある。

（永田満徳）

川端京子　かわばた きょうこ　俳人。大正一五年（一九二五）八月一一日〜昭和四四年（一九六九）一二月二七日。父大塚憲治、母ユキノの長女として、福岡県企救郡松ケ江村（現・北九州市門司区）に生まれる。昭和一五年（一九四〇）、福岡県立門司高女に入学。同校俳句同好会に入会し、岸秋渓子の手ほどきを受けた。秋渓子には生涯師事し、後年もその選を通していた。戦後の二八年には『雲母』への投句を始め、飯田蛇笏、龍太の指導を受ける。『雲母』（昭三九・五号）の作品欄巻頭句となった「凍ての中更ふ白衿をたのしみて」に見えるような、女性の感情を明快な表現で鮮やかに描き出している点が特徴的である。三五年には新茶句会を設立し、後進の育成にも力を注ぐが、四四年一二月二七日、交通事故により急逝。句集に没後に出版された『白衿』（昭四五・一二、牧羊社）がある。また北九州市門司区の小森江公園内には、『雲母』京都支社創立三〇周年記念俳句大会の特選一席となった句「陽の中の茶の花月日惜しみけり」を刻んだ句碑が立てられている。

【参考文献】川端京子『白衿』（昭四五・一二、牧羊社）、本田幸信『北九州近代俳人評伝』（平六・三、私家版）

（稲田大貴）

河本佐恵子　かわもと さえこ　詩人。昭和二六年（一九五一）六月二六日〜。福岡県糸島郡前原町《まえばる》（現・糸島市）生。昭和四八年（一九七三）、朝日北九州文化センター（現・朝日カルチャーセンター）で行われた詩人志摩海夫《しまうみお》の現代詩講座の第一期受講生となる。翌昭和四九年、志摩の発案で創刊された同人誌『未来樹』に、他の受講生達と共に同人として参加。志摩や岡田武雄などの指導を受けつつ作品を発表。当時は中村佐恵子名義。五六年、第一詩集『イカロスの末裔』（昭五五・一一、未来樹詩の会）が第一四回福岡県詩人賞の最終選考の対象である第二次候補詩集となる。また、同年福岡県詩人会入会。昭和五八年、『未来樹』の一部同人が中心となって創刊した『虹野』に平成一一年まで参加。この頃より河本佐恵子の名義を用い始める。昭和六二年に詩集『夢租界』（昭六二・一〇、夢工房らん）を発表。この時には結婚して三児の母となっていたようである。平成三年（一九九一）、詩集『夜の紅茶』（平三・六、本多企画）を発表。この作品に関して、「あとがき」には詩人の犬塚堯《いぬづかぎょう》の指導を受けたとある。平成八年、詩集『手紙はわたしを運べない』（平七・一二、本多企画）により、第三二回福岡県詩人賞受賞。第一詩集の『イカロスの末裔』に比べ、この詩集には日常の事物や生活といったものが、よりはっきりと現れている詩が多く収録されている。また『現代詩アンソロジー　北九州〝詩〟地図』（昭六二・三、北九州詩人懇話会事務局）などの北九州をテーマとした詩集に、土地の風物や、北九州と自身の関りなどを題材とした詩が掲載されている。更に『福岡県詩集　一九八七年版』（昭六二・一一、梓書院）、『福岡県詩集　一九九六年版』（平八・七、石風社）にも作品が掲載されている。平成一一年より個人詩誌『ねむりねこ』を発行。また、詩誌『禾（NOGI）』や『西日本新聞』にも作品を発表。平成一五年には詩集『かるい眩暈』（平一五・七、本多企画）を発表。

【参考文献】『虹野』（平九・六、平一一・一二、平一七・一二）、『福岡県詩人会会報』（昭五六・六、昭五六・九、平八・六）

（安河内敬太）

神沢利子　かんざわ　としこ　児童文学作家、詩人。大正一三年（一九二四）一月二九日〜。福岡県戸畑市（現・北九州市戸畑区）中原生まれ。本名トシ。父神沢正雄、母フミの第五子。母フミの父親は福岡日日新聞記者を務めた大隅捨虎。炭坑技師を務める父の仕事に従い、一歳で東京へ転出。三歳で北海道札幌、さらに樺太（現・サハリン）と転居する。九歳の折、オタスの杜（先住民指定居住地）でトナカイを放牧し、天幕生活を営む北方少数民族と初めて出会う。深い感銘を受け、のちの作品の原風景となる。昭和一二年（一九三七）、上京し自由学園普通科に転入するも、肺浸潤を発病し、病がちの日を送る。一五歳で『新女苑』へ投稿した掌編小説が川端康成の選で入選。一五年、文化学院美術部入学後、ひと月で文学部へ転部。同人誌『野葡萄』に参加、発表した詩が文学部長の佐藤春夫に認められる。在学中、鮎川信夫、田村隆一らの同人誌『詩集』に参加する。この頃、北方民族の少年少女を主人公に据えた「海豹昇天（ワカルパ物語）」を書いた。一八年、文化学院文学部卒業。善隣協会回教圏研究所に就職するも、長野県茅野へ一家で疎開したためすぐ退職。翌年、古河俊造と結婚。二二年に長女を、二四年に二女を得る。戦後、再発した結核の療養中に、童話作品の雑誌投稿を始める。三一年、岩崎京子、生源寺《しょうげんじ》美《はる》子《こ》らの同人誌『童話』を発行する「童話の会」に参加。与田準一やまど・みちおの指導を受けた。三三年一一月、初めての著書『タンポポのうた』（雨の日文庫第3集、麦書房）刊行。三六年一一月、『母の友』（昭三六・三）に発表した『ちびっこカムのぼうけん』（理論社）を今江祥智の推薦で出版、第九回産経児童出版文化賞推薦を受けた。四一年、武鹿《ぶしか》悦子、立原えりかからとこどものうたのグループ「鵞鳥の会」を結成、リサイタルを開くなどした。自らの幼少期を作品化した『流れのほとり』（昭五一・一一、福音館書店）で第二回日本児童文芸家協会賞、『いないいないばあや』（昭五四・一一、岩波書店）で第一九回日本児童文学者協会賞、第一七回野間児童文芸賞、『タランの白鳥』（平二・五、福音館書店）で第三七回産経児童出版文化賞大賞、『鹿よ　おれの兄弟よ』（平一六・一、福音館書店）で第五三回小学館児童出版文化賞、第三六回講談社出版文化賞絵本賞など、国内外の受賞多数。北方少数民族の雄大で清廉な生を書いた作品で評価が高く、命の連鎖を伝える作品が多い。また、代表作『くまの子ウーフ』（昭四四・六、ポプラ社）シリーズは長年小学校国語教科書教材に採用され、こどもたちに親しまれた。近年はその作品世界を展望する展覧会も相継いでいる。三鷹市在住。

【参考文献】図録『神沢利子の世界』（平一七・七、北海道立文学館）、カタログ『トコトン！神沢利子展〜いのちの水があふれだす〜』（平一九・一二、三鷹市）、リーフレット『くまの子ウーフとたのしい仲間たち神沢利子展』（平二〇・七、北九州市立文学館）

（中西由紀子）

岸本マチ子　きしもと まちこ　俳人、詩人。昭和九年（一九三四）一一月二九日〜。群馬県伊勢崎市上泉町に、父信次郎、母なつの次女として誕生。家業は伊勢崎銘仙の織元で、男児を望んだ父に小学校入学まで男として育てられる。父は赤井風信子の俳号をもち、俳句を身近な存在として育つ。伊勢崎市立南中学校の時に、白秋、朔太郎、光太郎等の詩を学ぶ。群馬県立伊勢崎女子高等学校卒業後、中央大学経済学部に入学。昭和三三年（一九五八）卒業と同時に、那覇市出身の同級生岸本幸博と結婚して、沖縄に渡る。三四年、長男出産。同年テレビ開局した琉球放送にアナウンサーとして入社する。翌年からのベトナム戦争で沖縄は前線補給基地となり、報道関係者として沖縄の現実に向き合う。三八年第三子出産後、退社。仕事を辞めた後の精神的な空白を埋めようと、「沖縄俳句会」に参加する。また、沖縄随一の繁華街桜坂に住まっていたため、離島からの出稼ぎの女性の生活を目の当たりにし、島の様子を伝えたいと願う。四一年俳誌『形象』に参加する一方、「琉球新報詩壇」へ詩の投稿を始める。四七年俳誌『天籟通信』に参加し、第一詩集『与那国幻歌』（昭四九・一一、天籟通信）を上梓する。沖縄の気候や歴史を濃厚に含んだ生命感あふれるテーマを、片仮名を多用する平易な言葉で表現している。第二詩集『黒風』（昭五三・四、オリジナル企画）で、第一回山之口貘賞を受賞する。四九年から俳誌『海程』（金子兜太）に参加し、五四年第一句集『一角獣』（オリジナル企画）を上梓する。「パパイア熟れ母子の会話海より来」など、沖縄の風土の中での生活を表現している。その後作句も作詩も途切れることはない。詩も地域に材を求めたものが多く、詩集では、『那覇市場界隈』（昭五六・五、花神社）、『コザ　中の町ブルース』（昭五八・一一、花神社、第一七回小熊秀雄賞）、『サシバ』（昭六〇・七、花神社、第一〇回地球賞）、『花でいご』（平一五・八、花神社）等がある。句集には、『残波岬』（昭五八・六、沖積舎）、『うりずん』（平六・七、牧羊社）、『縄文地帯』（平一一・九、本阿弥書店）、『通りゃんせ』（平二〇・二、角川書店）等があり、沖縄の初夏をさす「うりずん」をつかった「うりずんのたてがみ青くあおく梳く」など、沖縄の風土に関連する多くの句以外に、「さみしい夜は狐の面をつけて寝る」など女性の心情を表現する。平成元年（一九八九）から、俳誌『ＷＡ』を創刊主宰している。詩と俳句どちらかが余技という位置づけではなく、どちらも「命がけ」で作っていると自負している。他に沖縄の俳人篠原鳳作の評伝『海の旅―篠原鳳作遠景』（昭六〇・五、花神社）がある。

【参考文献】岸本マチ子「沖縄の海に呼ばれて―私の俳歴」（『俳句』五七巻七号、平二〇・六）、西山正「人間・語りだす肖像　岸本マチ子」（『サンデー毎日』平四・六・一四）、小澤克己『俳句の銀河』（平一八・一、本阿弥書店）

（谷口佳代子）

岸本みか　きしもと みか　小説家。昭和九年（一九三四）三月三一日〜。福岡県福岡市生。本名は谷本照子。父・有吉英次、母・ユキの一男三女の末娘。昭和一一年（一九三六）、満州の首都・新京（現・長春）に移住。二一年九月、博多に引き揚げ、市内に仮住まいをし、二二年に福岡県糟屋郡《かすや》大川村に転居。二四年、福岡県立香椎《かしい》高等学校に入学、ゴーゴリやツルゲーネフなどのロシア文学ほか外国文学に興味を抱く。二七年、福岡学芸大学（現・福岡教育大学）に入学、小説部を発足して機関誌『渦』を発行。大学二年の課程修了後、福岡で教職に就く。三三年、谷本啓と結婚し、三七年に長男の晃が誕生、五九年に離婚する。昭和三六年、福岡市立百道中学校英語教師となる。四五年、公立学校共済主宰の同人誌『文芸広場』に詩やエッセイを投稿、二〇周年特集号で年度賞受賞。四六年、四七年と続いて福岡市民芸術祭賞受賞。五〇年、土井敦子らと同人誌『らむぷ』を創立。五七年、日刊『フクニチ新聞』に「かがり火の恋」を連載することになり、ペンネームに岸本己佳を使う。同年、同人誌『午前』に入会。五八年、中学校を退職し、文筆活動に専念するようになる。六〇年、ペンネームを岸本みかに変更。六一年、福岡市通訳協会会員になる。六二年一一月、福岡市美術館で行われた井上正子水彩画自薦展を見に行く。六三年、第一八回福岡市文学賞（小説）受賞。平成三年（一九九一）、同人誌『季刊午前』の創立に参加、二二号まで編集委員を務め、「パンソリに魅せられて」（二〇号）、「生きる場所」（二二号）などを発表。六年、福岡文化連盟会員、福岡市民文芸エッセイの選者となる。同人誌『九州文学』に、九州の土地と結び付いた過去の記憶に対する屈託を抱える主人公が、過去の十年はこれからを生きるための貴重な時間だったと認識を改める姿を描いた小説「クライ　フォー　ザ　ムーン」（通巻五三六号、平二三）ほか、「ご恩に報いるべく」（通巻五二四号、星加輝光《ほしかてるみつ》追悼特集）、エッセイ「戴き物」（通巻五三一号）などを掲載。著書に、九州、福岡を舞台とした作品を収録する『残影』（昭六一・一〇、沖積舎）や、『炎の彼岸花　画家・井上正子』（平三・一〇、沖積舎）がある。

【参考文献】志村有弘編『福岡県文学事典』（平二二・三、勉誠出版）、岸本みか『炎の彼岸花　画家・井上正子』（平三・一〇、沖積舎）、「著者略譜」・「主な作品」（岸本みか『残影』昭六一・一〇、沖積舎）

（河内重雄）

北田倫　きただ りん　小説家、歌人。大正六年（一九一七）一一月一一日〜平成八年（一九九六）一二月二〇日。和歌山県有田市生まれ。父親は楠田鎮雄。両親は熊本県出身だが、本人は小倉男子師範付属小学校、福岡県立筑紫高等女学校を経て、福岡大学商学部を卒業。昭和一四年（一九三九）、北田光男との結婚にともない満州へ渡る。ハルビンの三井実雄に師事し、「満州歌人」同人、通化丁杏歌会会員となる。当時、満州中央銀行通化支店にいた山内正朋氏を中心として「竜泉ホテル」で歌会を開催したことが通化放送局より放送され、「満日歌壇」を通じて貴重な歌友を得る。昭和二一年に引き揚げ帰国。夫と一男三女とともに福岡市中央区大濠に住む。帰国後すぐに、夫婦で福岡市内に「ワールドバザール」を創業するも倒産。その後「ベスト電器」を夫と創業し、調査室長として企業経営に参加しながら、経営論に関する講演をこなし、自ら店頭にも立っていた。初めての小説「幻のホテル」は、昭和五六年四月から『フクニチ新聞』に連載され反響を呼び、同年一〇月に南風書房より刊行された。昭和一四年に満州に渡ってから通化事件・敗戦までを題材にした初の自伝的小説である。通化事件の主要舞台である「竜泉ホテル」は、夫の父・北田亀吉が経営していたものであり、「敗戦前後の動乱の満州において、時代に翻弄される主人公の恭子の苦難と苦闘は、異常な迫力に充ちて」（北川晃二、『幻のホテル』解説より）いると評された。この作品は、『フクニチ新聞』創刊三五周年記念の応募作品で、その審査員の北川晃二、佐木隆三、劉寒吉が同様に感動し、連載に至ったという。六五歳の時、この作品で昭和五七年度第一三回福岡市文学賞を受賞。その後、主人公一家の満州引き揚げ後の生活を描いた続編『アカシアよひそかに香れ』（昭五八・二、南風書房）は、同じく北田家をモデルにしたノンフィクションで、表紙・挿絵は『幻のホテル』同様、娘の有薗和子が手がけている。五九年七月、北川晃二・東野利夫と三人で季刊文芸誌『西域』を創刊し、自身も多くの作品を残した。また、通化事件を題材とした短編小説集『その薔薇は紅すぎる』（平三・三、南風書房）、『あなたは神を見たか』（平五・四、南風書房）、『オレンジが輝くとき』（昭五九・一〇、南風書房）、『星は煌きぬ』（平元・二、南風書房）など多くの迫力ある作品を書いており、小説の他に歌集『シーザーの花香る』（平二・三、南風書房）も残している。

【参考文献】『福岡県文学事典』（平二二・三、勉誠出版）、『幻のホテル』（昭五六・一〇、南風書房）、『アカシアよひそかに香れ』（昭五八・二、南風書房）

（酒井美紀）

北原志満子　きたはら　しまこ　俳人。大正六年（一九一七）六月十三日～。佐賀県神埼市飯町生まれ。父嘉次郎、母トウの一男二女の次女。江戸末期の戯作家蒲原大蔵は母の曽祖父に当たる。昭和五年（一九三〇）、旧制神崎高等女学校入学、九年卒。一二年、二〇歳で「毎日俳壇」等に投句を始める。一五年陸軍大将真崎甚三郎の甥の真崎正三と結婚。一八年に夫、ラバウルで戦死。二二年、森澄雄の「佐賀寒雷俳句会」を知る。二五年「偏西風」（加藤楸邨主宰）賞。二六年「寒雷」（二三年～三五年富永寒四郎主宰『偏西風』）同人。事務員を経て三三年洋裁店を開業。この年金子兜太を知る。『現代俳句全集』（昭三四、みすず書房）に百句収録。三七年「海程」（金子兜太主宰）同人、四七年阪口涯子「鋭角」に参加。五一年に戦後俳句作家シリーズ三一として『北原志満子句集』（海程戦後俳句の会）が刊行された。六〇年から佐賀新聞俳壇選者。佐賀県俳句協会理事。平成三年（一九九一）、佐賀県芸術文化功労賞受賞。花神現代俳句『北原志満子』（平八、花神社）での評に「全く健康な素地の所有者（略）最もドライなタイプ」（金子兜太「北原志満子」）「怒りも悲しみも濾過されて、すでに清冽な水の流れとなる（略）その清冽な水の水底深いところに原子の青白い火をかいまみる」（阪口涯子「北原志満子ノート」）とある。他の著書に『つくし野抄』（平一六、花神社）、共著『四季燦燦　佐賀五人自選句集』（平一六、書肆草茫々）がある。「星かぞえ骨をかぞえて眠り落つ」「蓬だんご作りくれないの婆となり」

【参考文献】『佐賀の文学』（昭六二・一、佐賀の文学編集委員会編、新郷土刊行協会発行）、花神現代俳句『北原志満子』（平八）、八田千惠子『佐賀の女性文学・人物編』未定稿（平二二、私家版）

（浦田義和）

北原東代　きたはら　はるよ　白秋研究家。昭和一八年（一九四三）～。東京都大森区新井宿（現・大田区）生まれ。翌一九年（一九四四）秋、父・清原光次の病死（三月）に伴い母・シズヲの生家である熊本県玉名郡弥富村（現・玉名市）に転居。昭和三七年、熊本県立玉名高等学校卒業。京都大学文学部に入学。フランス文学を専攻。京都大学心茶会に入会。久松真一博士を知る。四一年、同大大学院に進学。在学中、橘女子大学、花園大学棟の非常勤講師を勤める。四六年、京都大学大学院博士課程修了。北原白秋の長男・隆太郎と結婚。鎌倉市に転居。平成三年（一九九一）頃から、義父・北原白秋についてのエッセイ・論考を発表し始める。白秋に対する様々な誤解・憶測（白秋神道説、地鎮祭事件、福島俊子との不幸な恋愛説等）が広がっていることに対し、真実の白秋を伝えたいという思いから継続して研究している。

【参考文献】北原東代『父母たちへの旅』（平四・九、大東出版社）、北原東代『白秋片影』（平七・二、春秋社）、北原東代『白秋の水脈』（平九・七、春秋社）、北原東代『立ち上がる白秋』（平一〇・九、燈影社）、北原東代『沈黙する白秋』（平一六・一一、春秋社）、北原東代『白秋への小径』（平二〇・六、春秋社）、北原東代『響きあう白秋』（平二二・一、短歌新聞社）

（馬場純二）

きのゆり　きの ゆり　詩人。昭和二六年（一九五一）八月一四日〜。福岡県宗像郡（現・宗像市）生。本名城野ゆり。父城野計一、母清子の三女。福岡県公立古賀高等学校中退。俳句をたしなむ両親と、詩を好む姉に囲まれて育つ。一五歳の頃から詩を書き始め、高校中退後は家にこもって詩作に励む。父の俳句の友人に詩を褒められて詩の投稿を希望し、昭和四九年（一九七四）やなせたかし編集の詩の投稿雑誌『詩とメルヘン』に初登場する。叙情的でユーモラスで短い作風の詩が、『詩とメルヘン』の編集方針と合致して、多くの作品が掲載された。五〇年第一回詩とメルヘン賞受賞。『詩とメルヘン』の発行元であるサンリオから、投稿作品を中心に多くの詩集が出版された。『雨のようにやさしく』（昭五一・四）、『コスモスの花ことばは知らない』（昭五二・一二）、『白い翼のわすれもの』（昭五四・一）、『わがままな恋しかできなかったら』（昭五五・四）、『窓ガラスのかもめ』（昭五六・一〇）、『風は少女になりたくて』（昭五七・一二）など、長辺一八センチの掌サイズの小型の詩集が、牧村慶子らの挿絵がついてシリーズで出版されたほか、流行挿絵画家の永田萠と組んだ大判の詩集『一輪ざしのバラード』（昭五六・六）もある。細やかな目を日常生活に向け、平易な言葉で繊細な詩を綴った。結婚、男児出産、夫の転勤による二年間の京都暮らしなども、詩の材料となる。育児の喜びもまた、遠慮がちな生命の賛歌となって、詩に表現されている。平成三年（一九九一）八月の『一年に何度かは海の夢をみる』（サンリオ）にも、繊細な表現で少女の純情を表現したり、身の回りのものに細やかに心を寄せる短い詩が収録されている。平成一五年の『詩とメルヘン』終刊まで投稿を続け、編集者のやなせたかしに詩人として広く活躍することを奨励されたが、ほかの雑誌での活動はない。『詩とメルヘン』とともに時代を画した。

（谷口佳代子）

季巳明代　きみ あきよ　児童文学作家。昭和二八年（一九五三）一月一一日〜。鹿児島県出水市生。父橋元種起、母タケノの四女。本名今釜涼子。昭和四九年（一九七四）、聖徳学院短期大学幼児教育科を卒業し、保育士となる。五二年、今釜博泰と結婚、二女を得る。保育士の傍ら、創作童話を保育に取り入れたり、南日本新聞童話コーナー投稿や「出水文化の会」で作品を発表するなど、作家への道を歩み始める。六三年、それまでの幼年物とエッセイをまとめた『もも缶の詩』（昭六三・七、ジャプラン）を初出版。父の臨終にあたり、もも缶を食べる母の様子が表題。さらに、カメをいじめた小学生と先生とのふれあいを描いた『あかね色の手紙』（平三・八、ジャプラン）も刊行。また、児童文学者・北川幸比古氏に師事し、「百人舎」準会員として、二年間、幼年童話を学ぶ。以後、数々の公募入賞を果たす。主な受賞に、「ぽかぽかマフラー」で第二〇回アンデルセンのメルヘン大賞優秀賞受賞、「ヘルメットもぐら」で第三四回ジョモ童話賞優秀賞受賞、「居酒屋ひょうたん」で第一五回新美南吉童話賞特別賞受賞、「おじいさんとネコ」で第二〇回家の光童話賞優秀賞受賞。そして、「せんせいとおかしなかんじゃ」が第二一回毎日童話新人賞を受賞し、毎日新聞に四ヶ月連載される。年老いた名医のもとへ、こいのぼりやてるてるぼうずが治療を願い出る奇想天外な話で、『せんせいとおかしなかんじゃ』（平八・五、私家版）となる。二〇年には、おいもの天ぷらをほうばるハンガリー人との結婚話「天ぷら母ちゃん」が、『家族っていいね　3、4年生』（平二〇・八、PHP研究所）に収録される。さらに絵本として、ネコとニシキヘビとの友情話『ひげなしねこ』（平二二・二、フレーベル館）（平二六・一二、韓国で翻訳出版）や、いろいろなぬいぐるみと寝る順番を決める『じゅんばんこ！』（平二三・五、フレーベル館）（平二四、韓国、台湾、中国より翻訳出版）もある。その他、『ネバーランド』『こどものくに』『子どものひかり』『ちゃぐりん』『子どもの友』等に数々の作品を掲載。現在は、出水市生涯学習講座「おはなしつくり講座　書こ会」や、各地域の読み語りボランティアグループのスキルアップ研修会講師も勤めている。日本児童文学者協会会員、日本児童文芸家協会会員、子どもの本作家クラブ会員。

（植村紀子）

姜信子　きょう　のぶこ　ノンフィクション作家、翻訳家。昭和三六（一九六一）年六月二日～。神奈川県横浜市生。昭和六〇年（一九八五）、東京大学法学部を卒業し、広告会社に勤務。「ごく普通の在日韓国人」で第二回（昭和六一年度）ノンフィクション朝日ジャーナル賞、『棄郷ノート』で平成一三（二〇〇一）年度熊本日日新聞文学賞、『追放の高麗人』で平成一五年度地方出版文化功労賞を受賞。石牟礼道子に惹かれたこと、また当時の配偶者・今村智が熊本にUターン就職することに伴って熊本に移住。ラジオのパーソナリティ、フリーペーパーによる情報発信、音楽イベントの企画等の活動も展開した（現在は離熊）。在日韓国人というレッテルへの違和感、言葉の枠からこぼれ落ちてしまう現実への注視を契機に、あらゆる枠を越境していく旅を主題とする。そこには、人々を縛るさまざまな枠組みが形成された近代を問い直す姿勢が一貫している。ジャンル的にはノンフィクションに分類されるように見えるが、一方で事実の客観的記述は必ずしも重視されず、体言止めの多い詩的ともいえる叙述スタイルは、特定ジャンルへの編入を拒むものと言える。『日韓音楽ノート　〈越境〉する旅人の歌を追って』（平一〇・一、岩波新書）、『今日、私は出発する―ハンセン病と結び合う旅・異郷の生』（平二三・一一、解放出版社）、訳書『あなたたちの天国』（李清俊、平二二・一〇、みすず書房）等。映画『ナミイと唄えば』（平一八）の企画・原作も担当。

（跡上史郎）

清住朱実　きよずみ　あけみ　評論家。昭和二一年（一九四六）六月一四日～。熊本県球磨郡深田村（現・あさぎり町）生。本名中村朱実。毎日新聞社記者の父清住隆と母フサ子の一人子。その後、熊本市本庄に移る。熊本県立熊本高等学校を経て、昭和四四年（一九六九）、お茶の水女子大学文教育学部国文科を卒業。卒論のテーマは葛西善三。熊本県高等学校国語科教員となり、松橋高校、八代東高校坂本分校、同校本校に勤務。五五年、結婚を機に退職、二児を儲ける。季刊雑誌『暗河』の創刊（昭四八・一〇）メンバーの一人であった第一高等学校教員の福山継就《つぐなり》に執筆を強く勧められ、四九年一〇月『暗河』第五号に「森崎和江・序論」を載せたのが評論を書くきっかけとなった。以後、同誌を発表舞台に「島尾敏雄ノート」（第九号、昭五一・四）、「高群逸枝・その処女性の構図―『恋愛創性』をめぐって」（第一四号、昭五二・一）、「倉橋由美子小論―その方法をめぐって」（第一八号、昭五三・三）等意欲的に書き進め、結婚後筆を断つまでの四年間に七編の評論を発表する。『西日本新聞』の月評「西日本文学展望」（昭五一・四～昭五五・七）で渡辺京二は吉本隆明の影響を指摘しつつ、その「批評家的将来」を注目し（昭五一・五・二六）、最後の評論となる「世俗と抽象―森崎和江再論」（第二二号、昭五三・一二）に対して、「何よりも論理の骨組みががっしりしていて、追求力といい、展開力といい、一級のできばえである」と賞賛した。『暗河』においてのみならず、同時代においても女性の本格的な評論の書き手は稀有な存在である。平成六年（一九九四）、「『乙女』を生き抜く　高群逸枝生誕一〇〇年」（『毎日新聞』西部版一〇月二九日）で、一六年ぶりに評論を発表する。その他、『伝統と現代』四九号（昭五二・一一）、『婦人会報』第二号（昭五四・一二、岡山市）への執筆がある。暗河の会会員。

【参考文献】渡辺京二『地方という鏡』（昭五五・一二、葦書房）

（谷口絹枝）

清田由井子　きよた　ゆいこ　歌人、随筆家、書家。昭和一一年（一九三六）七月四日～。熊本県阿蘇郡久木野村河陰（現・南阿蘇村）生。父清田覚、母津夢《つむ》の三女。昭和三〇年（一九五五）熊本県立第一高等学校卒。歌誌『椎の木』同人、『梁』会員。現代歌人協会、日本文芸家協会会員。毎日女流展審査員、毎日書道展会員、日本書道美術院理事。昭和五五年第三二回毎日書道展毎日賞。昭和五八年第二五回熊日文学賞、六〇年第二回早稲田文学新人賞。歌は安永信一郎・蕗子父子に師事。伊藤一彦らと現代短歌南の会「梁」にて研鑽を積む。前登志夫の跋を添えて第一歌集『草峠』は昭和五八年雁書館から出版。「火のごときいま只今を生きをれば阿蘇ぞさみしき、阿蘇は雪降る」阿蘇に生まれ阿蘇に生きた人でないと詠めない歌の一つ。前登志夫は「山棲みの苦悩を凝視することによって得た、存在感をたたえた抒情」と評した。「桔梗《きちかう》のふくらむふかきむらさきもわが野ざらしの恋ひとつなる」。第二歌集『夢やむらさき』は六三年九月雁書館より出版。安永蕗子は跋の中で「清田由井子は、悲歌を終生のものとして身に秘めた」と書いている。「うつつなるわれに父母なき身の軽さされど淋しき身の軽さなり」、ある時は「夜の底に夜狐《やこ》の守り唄聴く冬は野狐のごとくに眠るほかなき」　阿蘇という太古の地にも文明の侵蝕を感じては「消えてゆく川の歳時もはろばろと馬入れ川に馬の幻」。平成六年（一九九四）一一月第三歌集『讃花』雁書館刊。自身のあとがきで「自然と人間一如のものである限り、生きながらえるための私の歌もまた月花なくしては生まれてこないからである」と。「野に棲めば桔梗刈萱賎が屋に琳派の月の出づるはうれし」「曼珠沙華火殻ほがらと燃え尽きてわが棲む村は縄文の闇」。第四歌集『耿《こう》』は平成二三年九月角川書店から出版。「澄みとほる空のしづくや龍胆は悲喜をわかたぬむらさきに咲く」「南阿蘇河陰《かいん》草国しぐれ来て野哭《のこく》の系譜いよいよ濡るる」。あとがきで「野に在る者は野に生きる人間の存在の照り翳りを歌うほかはない」という著者は、阿蘇の土神の化身か。なお「磨り置きて幾日か経たる墨の面《も》に干割れもたのし甲骨の文字」、書家なるが故の作もある。第五歌集『古緋』は「角川平成歌人双書」として平成二六年三月刊行。エッセイ面では、西日本新聞の「西日本読者文芸」欄で「うたの光芒」の連載や、『NHK短歌』での「話題の歌集」評の連載がある。

（中村青史）

【参考文献】『熊本人名録』（昭六一、熊日新聞社）

久志芙沙子　くしふさこ　小説家。明治三六年（一九〇三）一二月三〇日〜昭和六一年（一九八六）九月一三日。本名坂野《ばんの》ツル（筆名は久志つる、鈴木優美、安良城繁子、久志富佐子、坂野芙沙子など多数）。沖縄県首里の有力士族の家系、久志家に生まれるが、琉球処分、父の事業の失敗で家は没落していく。孤独癖から文学に親しんだという芙沙子は、沖縄県立第一高等女学校在学中に『女学世界』（博文館）に投歌し、「淋しくもまたゝく星を見つむれば星と我のみ生ける心地す」など度々入選を果たす。大正九年（一九二〇）に高女卒業後、代用教員として読谷小学校に赴任。一一年、台湾銀行に赴任する安良城《あらき》盛雄と結婚し、台北に移住するが、その後の昭和大恐慌で夫は失職し、求職のため転々とする。芙沙子は作家として立つべく、昭和五年頃協議離婚をし、当時、医学部進学予備校生だった坂野光《ばんのあきら》と共に上京（昭和三三年に入籍し、坂野との間に四男三女を得る）。昭和七年（一九三二）『婦人公論』六月号に「滅びゆく琉球女の手記」が掲載される。だが、作中に故郷を隠して生きる「琉球」出身者や痛ましい「琉球」の女性を登場させたところ、沖縄県学生会より、沖縄への誤解を生み就職難や結婚問題にも影響するなどの抗議に遭い、以後の連載が打ち切りになる。芙沙子は翌七月号の「釈明文」にて、文化、民族、差別にわたる持論を展開したが、この筆禍事件以後、『南島』（大宜味朝徳編集）七号、九号に小文を載せた程度で作家活動は沈黙。事件については、戦後早くに金城朝永による紹介があったが、昭和四五年に岡本恵徳が『沖縄タイムス』（一〇月二七、二八日）で取り上げてより注目され、さらに四八年、月刊『青い海』（通巻二七号）に「インタビュー　幻の女性作家　久志芙沙子が語る『滅びゆく琉球女の手記』筆禍事件のあとさき」「寄稿　四十年目の手記」が掲載されると、大きな反響を呼んだ。芙沙子は「今考えると現実を見てません。気負いばかりです」（「インタビュー」）と顧みるが、今日、芙沙子の文章は再評価されている。昭和六一年に死去。三回忌に合わせ、遺稿集『一期一会』（昭六三・九）が夫坂野光によってまとめられた。

【参考文献】『青い海』（二七号、昭四八・一〇）、金城朝永「琉球に取材した文学」（初出『沖縄文化』一〜四号、昭二三・一一〜二四・一二、所収『金城朝永全集　上』昭四九・一、沖縄タイムス）、岡本恵徳『沖縄文学の地平』（昭五六・一〇、三一書房）、勝方＝稲福恵子『おきなわ女性学事始』（平一八・一二、新宿書房）、銘苅純一「『滅びゆく琉球女の手記』の受容をめぐる一考察」（『地域文化論叢』九号、平一九）、坂野興編著『母と子の手記―

片隅の悲哀』（平一七・五）

（西　荘保）

久保より江　くぼ よりえ　俳人、随筆家。明治一七年（一八八四）九月一七日（一二月一七日説有り）～昭和一六年（一九四一）五月一一日。愛媛県松山市にて宮本正良・ヤスの長女として誕生。外祖父母の上野家に旧制松山中学に赴任した夏目漱石が下宿し、後に正岡子規が転がりこんだ縁で、幼少期に二人の知遇を得た。その後上京し、府立第二高等女学校卒業。明治三四年（一九〇一）春、医師の久保猪之吉と結婚（入籍は三六年五月一五日）。猪之吉は一高時代より歌人として活躍、当初はより江も短歌をたしなんでいた。猪之吉が四〇年一月、京都帝国大学福岡医科大学（九州帝国大学の前身）耳鼻咽喉科教授を拝命、これにともない夫妻で来福。大正三年（一九一四）、喉頭結核を患った長塚節が漱石の紹介で猪之吉を頼り九大病院を訪れ診察を受けるが、より江は懇意に長塚を介護したという。長塚の最後の歌集『鍼の如く』（昭四、冨士書房）にはこの福岡の日々が歌われている。福岡市大名町の久保邸には来福した高浜虚子や若山牧水が訪れ地元の文化人たちと交流、久保邸はさながら文化サロンの様相を呈した。福岡時代の柳原白蓮とも親しく、白蓮とより江、福岡鉱務署長夫人野田百枝子（茂重子）は福岡の三女王といわれた。大正二年には福岡初の文芸同人誌『エニグマ』が創刊され、夫妻で積極的に関わる。『エニグマ』は猪之吉の教え子である九大医学生らにより創刊されたが、『福岡日日新聞』、『九州日報』などの地元新聞記者、帝大教授、若山牧水、長塚節らの文人、白蓮をはじめとする富裕層の夫人たちの参加は久保夫妻の縁によるところが大きい。より江は大正七年より福岡の俳人清原枴童《きよはらかいどう》について俳句をはじめ、後に「ホトトギス」に参加。一三年七月には女性では初めてホトトギス発行所の例会に出席、以後例会の女性禁止は解かれた。より江の句は「たんぽゝを折ればうつろのひゞきかな」「猫の眼に海の色ある小春かな」など草花や飼い猫を題材にした素直で平明な味わいが特徴。文章も『エニグマ』や『ホトトギス』、地元新聞に多く発表した。妻の影響で猪之吉も俳句をはじめ、昭和九年（一九三四）には夫婦でホトトギス同人に推挙される。一〇年、猪之吉の九州帝国大学退官をまって夫妻は東京市麻布区笄町へ転居。一四年一一月一二日、猪之吉が死去。翌年一月には自宅が全焼するという災難に見舞われた。出火原因は猫が仏壇の蝋燭を倒したという説がある。著作に『嫁ぬすみ』（大一四・八、政教社）、『より江句文集』（昭三・五、京鹿子発行所）、『瑠璃草』※短編収録（明三七・九、伊藤時）がある。

【参考文献】図録『季節の歯車をまわせ　吉岡禅寺洞と「天の川」』（平一九・一〇、福岡市文学館）

（和泉僚子）

倉田千恵子　くらた ちえこ　詩人、歌人。明治四〇年（一九〇七）一一月一日～平成一三年（二〇〇一）五月三〇日。熊本県熊本市生。鹿児島県出身で樽丸作りを稼業とする父山口堯二と母静乃（通称名まさこ）の一人娘として育つ（弟は五歳で病死）。大正一三年（一九二四）、県立第一高等女学校を卒業。在学中に受けたダルトン・プランに基づく大正自由教育の影響が、その後の創作活動を促したようである。昭和二年（一九二七）頃、乾物屋を経営する倉田彌一郎と結婚、七人の子どもを育てる。昭和二七年七月に創刊された歌誌

『南風』に参加、その後『椎の木』、東京の『創作』の同人ともなり、長く作歌を続ける。三〇年一〇月、堀川喜八郎主宰の詩誌『群』(昭和三四年一一月)の創刊から参加し、三七年四月、藤坂信子、三河俊一らとともに『原語』創刊の中心メンバーとなる。四〇年一二月、「女性と云うヒューマンな立場」から「悪文明」への「挑戦」を図ろうとする趣旨で、ユニークな女性のみの詩誌『葡萄』(年四回発行)を創刊し、葡萄の会を主宰する。同誌は平成六年(一九九四)一〇月の九九号まで出された。昭和四一年四月、最初の詩集『髪』(燎原社)を出版、宮本宏一は「女体の宿命的な愛の渇きと奔放さ」を読みとっている(『葡萄』四号)。五一年一〇月に第二詩集『マスカット』(葡萄の会)、五九年一一月には第三詩集『像眼』(葡萄の会)を出版。その傍ら、三七年五月に『詩と真実』同人の竹中(緒方)惇、金井光子らと熊本詩人連絡協議会を結成し、のちの熊本県詩人協会(昭和四一年五月結成)につながる熊本地方での新しい動きをもたらす。四四年一一月、『葡萄』主宰で熊本の合同詩人祭を開催。亡くなる直前、『創作』に発表した作品を長女・澤村まち子が編集した歌集『花あかり』(平一三・四、私家版)が出版されている。「落ちつかず旅に過せしすぎゆきも一生の名残色褪せずあれ」(昭和五八年八月新人賞候補作)など。「芸林書道会」主宰。昭和六三年、熊本県文化功労章受章。

【参考文献】黒田達也『現代九州詩史　増補版』(昭四九・一〇、葦書房)、『葡萄　一〇〇号・倉田千恵子追悼号』(平一二・五、葡萄の会)

(谷口絹枝)

倉富洋子　くらとみ　ようこ　川柳作家。昭和三七年(一九六二)七月二四日〜。福岡県うきは市生まれ。大学で心理学を専攻し、商社に入社。二年後、長男出産を機に退社。平成二年(一九九〇)、次男出産後に編集プロダクションの仕事に就き、一年後独立してフリーライターとなる。この頃、時実新子の句集『有夫恋』で川柳と出会い、時実に師事。三年一二月、『アサヒグラフ』の「川柳新子座」に初投句。翌年「川柳展望」会員。「慈悲無用蟻の骸は蟻が曳く」で平成六年度アサヒグラフ新子座大賞受賞。時実新子に「一字の無駄もない」(『アサヒグラフ』平七・一・六／一三合併号)と賞される。七年、第一回時実新子文学碑記念川柳大賞、第八回火の木賞を受賞し、九月第一句集『薔薇』(編集工房円)を上梓する。翌年、『川柳大学』創刊に参加。一〇年、「川柳大学」第一回作家賞受賞。一二年七月『現代川柳の精鋭たち　28人集―21世紀へ』(北宋社)に参加。「わたくしがしずかに腐る冷蔵庫」「ひとひとりあやめた舌を湯に浸す」など、妖しく緊張感を纏うも、透明感を失わない句、「生きめやも口笛ひとつ携えて」と、しなやかな自然体の句など多様。一三年、なかはられいこと川柳誌『WE ARE!』創刊。短詩型の朗読会「マラソンリーディング」への参加や川柳イベント「WE ARE The Senryu」を開催するが、一五年、川柳活動を休止。二二年、個人サイト「Stage.B'」を立ち上げ、再始動。倉富にとって作句とは「自らの無意識を意識化する作業」(『現代川柳の精鋭たち』)という。

【参考文献】田口麦彦編著『現代川柳鑑賞事典』(平一六・一、三省堂)、『アサヒグラフ』(平七・一・六／一三合併号)

(西　荘保)

河野信子　こうの　のぶこ　評論家、女性史研究家。昭和二年(一九二七)九月二日〜。福岡県三潴《みずま》郡大木町の生まれ。昭和一九年

（一九四四）、柳河高女を卒業し、二三年奈良女子高等師範学校臨時教員養成所（数学科）卒。二四年、奈良女子高等師範学校研究科（哲学）中退。同年九州大学経済学部司書として勤務。三九年に退職。昭和三三年に谷川雁、上野英信、森崎和江らが創刊時の編集委員であった九州サークル研究会『サークル村』に参加。三四年八月、森崎和江らとガリ版の女性交流誌『無名通信』を発行。四二年三月から同名の個人誌を発行しつづけた（～第五六号、昭五七・六）。創刊から「女の論理」を連載（全五四回）。三六年からは『婦人九州』にも参加。「九州女性の暮らし」（昭三七・一〇～昭四〇・五）や、「九州女性風土記　火の国の虹」（昭四〇・八～?）と題する連載などを持った。九州における女性史に焦点を当てるなかで、五二年一月に刊行した『火の国の女・高群逸枝』（新評論）にみられるように高群逸枝再評価の気運もつくった。昭和五五年度第一一回福岡市文学賞（評論）を受賞している。評論は他に、『闇を打つ鍬―日本のナショナリティ序説』（昭四五・七、深夜叢書社）、『女の論理序説―族母的解放の始源』（昭四七・四、永井出版企画）、『女の論理Ⅰ』（昭四八・六、柳川・柳下村塾新書）、『恋愛論―異性を呼ぶ精神の核』（昭四九・四、三一新書）、『シモーヌ・ヴェーユと現代―究極の対原理』（昭五一・四、大和書房）、『近代日本女性精神史』（昭五七・四、大和書房）などがあり、創作には、童話『隠れ里物語』（昭五六・一一、三一書房）、小説『火の国の巡礼―八百比丘尼幻想譜』（昭五九・九、工作舎）がある。また、高群逸枝の批判的継承とアナール派との対応を基本的目標とした『女と男の時空　日本女性史再考』（全六巻別巻一、藤原書店、平七・九～平一〇・一〇）に編集代表として関わる。『Ⅰ　ヒメとヒコの時代―原始・古代』（平七、九）では「総序」「女神の時空へ」、野村知子との共著「律令期　族制・婚制をめぐる問題」を、『Ⅱ　おんなとおとこの誕生―古代から中世へ』（平八・五）には伊東聖子との共著「密教系女神・その光と呪性」を発表している。平成一五年（二〇〇三）七月より『第Ⅲ期サークル村』に参加。連載「媒介としての第三の性」（連載第三回より「媒介する性」と改題。全一一回）や、「尺八とサークル幻想譜」（第一二号、平一九・一二）を発表した。前者は、男、女という二極性では捉えきれない、自然界に多様に存在する性のあり方から歴史を捉え直しており、平成一九年九月に『媒介する性　ひらかれた世界にむけて』（藤原書店）として刊行している。

【参考文献】『無名通信』（創刊号、昭四二・三）、『第Ⅲ期サークル村』（創刊号、平一五・七）、『紋説』（Ⅲ－05、平二二・八）

（茶園梨加）

古賀悦子　こが えつこ　童話作家。昭和四五年（一九七〇）十月三一日～。佐賀県神埼市千代田町生まれ。本名・海老原悦子。佐賀大学大学院卒。平成八年（一九九六）『はじまりのうた』（アイキューブ出版）で、教育総研創作ファンタジー・創作童話大賞（選考委員、小松左京、畑正憲、里中満智子、角野栄子）受賞。「柔軟な発想」「構想の大きさ」「意外性のある展開」などが評価された。一六年から二年間、青年海外協力隊員としてアフリカ・ボツワナ滞在。絵本『おもやいどがしこでん』（平二〇、出門堂）のほかに、共著『佐賀の童話』（平一三、リブラン）、共著『トンボの自然観』（平一六、京都大学出版）がある。千葉県成田市在住。

【参考文献】『はじまりのうた』（平八、アイキューブ出版）、八田千恵子『佐賀の女性文学・人物編』未定稿（平二一、私家版）

（浦田義和）

古賀ユキ　こが　ゆき　小説家。明治四四年（一九一一）一〇月五日～平成二五年（二〇一三）一月一九日。福岡県久留米市京町生。昭和三年（一九二八）、久留米高等女学校卒業。戦時中は久留米地方裁判所の書記として勤務する。結婚後、二人の娘の母となる。昭和二一年、久留米市篠山町で司法書士を開業、福岡県の女性司法書士第一号であった。第二期『九州文学』同人として、古賀由紀の名で「岐路」（昭一三・九）と「途上」（昭一四・三）を、古賀ゆきの名で「投影」（昭一五・一二）を発表。「岐路」は、既婚者ながら相応に女遊びもする四十近い高等官の技師が、同じ事務所で働く女学校出の若いタイピストに思いを募らせていく経緯を男女双方の視点から描く。本人の談（『連文会報』昭六一・一二）によれば、『九州文学』では秋山六郎兵衛に師事した。秋山編『福岡県人物編』（昭一九・四、第一芸文社）には「久留米絣（井上傳の話）」を書いている。戦後は、三木一雄が編集発行人となり、有馬頼義、岩田礼、牛島春子、江崎誠致、斯波四郎、杉本寿恵男、高木護、林逸馬、松浦沢治、丸山豊などが執筆した戦後の久留米を代表する文芸同人誌『文学季節』に同人として参加。随想「妻」（創刊号、昭二六・五）、小説「アルバム」（九号、昭三〇・二）、小説「父」（一二号、昭三一・二）などを発表。同誌復刊（通巻一六号、昭三五・一二）の際には、編集委員の一人になっている。また、久留米連合文化会発行の『久留米文学』（昭三三年創刊、昭和二九年創刊の『連文』後継誌で現在に至る）では、久留米連合文化賞（昭五三）を受けた「坂道」や「妻」（平二一・五）などを発表するだけでなく、長く小説部門の選者を務めた。そのほか「墓参」（『芸林』昭三〇・二）なども ある。単行書に創作集『投影』（昭三一・一一、文学季節社）があり、表題作のほか、「父」、「兄の死」、「アルバム」、「途上」を収める。久留米連合文化会（常任理事）、婦人公論読書会、久留米市教育委員、国際ソロプチミスト、久留米クラブ（会長）など、多方面で久留米の文化活動に尽力し、昭和五八年、久留米連合文化会文化功労者。昭和六三年、久留米市功労者（小説）。平成九年（一九九七）、福岡県教育文化賞。久留米連合文化会名誉会員。享年一〇一歳。

（松本常彦）

五所美子　ごしょ　よしこ　歌人。昭和一九年（一九四四）一〇月一日～。茨城県水戸市生まれ。本名、河野《かわの》美子。父五所市郎治、母ミヨノの長女。四人兄弟の第三子。生後間もなく父母の郷里大分県宇佐市に転居し、高校までを過ごす。昭和四二年（一九六七）、九州大学文学部卒業。大分県の高校で国語科の教師を三年間務めた。四五年四月、結婚。翌年北九州市へ転居、高校の非常勤講師を務めることもあった。五七年、豊前歌会を契機に『牙』入会、主宰の石田比呂志に師事。五九年『未来』入会、その後退会。六二年、歌書『歌人上田秋成』（昭六二・一〇、雁書館）刊行。続いて第一歌集『緑暦』（昭六二・一一、雁書館）刊行。「風邪ひきてわれの臥しいる七階に八階を踏む足音聞こゆ」などの歌を収める。その他の歌集に『呑舟』（平三・九、ながらみ書房）、『三耳壷』（平七・一一、本阿弥書店）、『天姥《てんぼ》』（平一〇・八、砂子屋書房）、『和布刈』（平二〇・五、砂子屋書房）、『現代短歌文庫78　五所美子歌集』（平二一・九、砂子屋書房）などが、歌書に『太田遼一郎と「阿蘇」』（平三・六、梓書院）がある。『牙』を退会し、現在無所属。個人誌『和布刈通信』（平二一・一一創刊）を刊行する。北九州市門司区在住。

（中西由紀子）

後藤みな子　ごとう みなこ　小説家。昭和一一年（一九三六）一〇月二八日〜。長崎県長崎市生まれ。北諫早中学校、諫早高校、活水女子短大英文科卒業。父敏郎は長崎大学病院に勤務し、長崎大学学長も務めた。昭和二〇年（一九四五）八月、母の実家の福岡県添田町に母と疎開していたが、九日の長崎原爆により当時長崎中学二年生で勤労動員中だった兄を亡くす。母は被爆直後の浦上に向かい息子の死を看取るが、精神を病んでしまう。軍医の父が戦後に復員したが、父と娘の間で原爆の話をすることはなかった。大学卒業後、上京し、出版社に勤務。結婚・離婚の後、高円寺に住む。同人誌『層』に参加し、小説を書くことを薦められ、四六年、自身の家族をモデルにした小説「刻を曳く」（『文芸』一一月号）で文芸賞受賞。長崎原爆が家族の命を奪うだけではなく、母の精神を犯し、自らの結婚・妊娠にまで影響を及ぼすことを描いた。四七年八月、『刻を曳く』（河出書房新社）刊行。表題作の他、「三本の釘の重さ」「炭塵のふる町」を収録。四九年に北九州市に移り、放送の仕事に携わるようになる。また再婚し、娘が生まれた。五四年から五五年にかけて、雑誌『潮』に「地に生きる芸」を連載し、五六年三月、『女芸人聞書』（潮出版社）を刊行。原爆については長く書かなかったが、平成五年（一九九三）に父が、一〇年に母が亡くなり、娘も成人したことで、「浦上で黙って死んでいった人々の魂に少しでも寄り添うことができればと思いながら」（『樹滴』あとがき）再び書き始める。「樹滴」を同人誌『すとろんぼり』に一八年（創刊号）から二二年（八号）まで連載し、『樹滴』（平二五・七、深夜叢書社）を刊行。『すとろんぼり』には小説「高円寺へ」（九〜一二号）の他、松原新一への追悼文「文学をしっかり摑んだまま」（一三号）、エッセイ「『諫早』にて。」（一四号）を発表している。NHK北九州文化センター講師として文章教室を担当する他、北九州文学協会会長を務める。

【参考文献】『ラジオ深夜便』（平二〇・一二、NHKサービスセンター）

（楠田剛士）

近藤えい子　こんどう えいこ　随筆家。明治四三年（一九一〇）三月二〇日〜昭和五六年（一九八一）四月二三日。現在の長崎県江迎町猪調に柴山政太郎の長女として生まれる。平戸高等女学校卒。昭和二年（一九二七）、近藤益雄と結婚。益雄は荻原井泉水門下「炬火」同人で、同年六月に山口村（現・佐世保市）尋常高等小学校に勤務し、農村の綴り方教育に精進した。二〇年八月、長崎師範学校に通っていた長男耿《あきら》（昭和三年生まれ）被爆死。二五年より益雄は校長をやめて、佐々町口石小学校の特殊学級の担任となる。二八年、益雄と共に知的障害児の寮「のぎく寮」を開設し、生活を共にしながら療育にあたる。三八年二男原理《げんり》が成人の知的障害者の寮、「なずな寮」を開設し、「のぎく寮」は「のぎく学園」と改称された。三九年五月一七日、益雄自死。「のぎく寮」「のぎく学園」を引き継ぎ、五四年四月の閉園まで運営を担った。四三年第二回吉川英治文化賞受賞。著書に長崎県北部の上志佐村、五島列島の小値賀島、田平村などの小学校での暮しを描いた『厨にありて　教師の妻の手記』（昭一六・六、東洋閣）、知的障害児との共同生活を描いた『その花はまずしくとも』（近藤益雄と共著、昭三四・三、くろしお出版）、『報春花―のぎくの子らと26年―』（昭五五・五、明治図書出版）がある。

【参考文献】『近藤益雄著作集7』（昭五〇・五、明治図書出版）、近藤原理『障害者と泣き笑い三十年』（昭六一・四、太郎次郎社）、近藤原理『地域で障害

者と共生五〇年』（平一一・七、太郎次郎社）

（長野秀樹）

税所敦子　さいしょ あつこ　歌人。文政八年（一八二五）～明治三三年（一九〇〇）。文政八年三月、京都宮家付の武士林篤国の長女として聖護院村錦織（現・京都府）に生まれる。幼少より和歌に親しみ、千種有功《ちぐさありこと》に桂園派の和歌を学び、大田垣蓮月、高畠式部ら女流歌人と交流をもった。天保一三年（一八四二）一八歳、父死去。弘化元年（一八四四）二〇歳、薩摩藩士で京都詰であった税所篤右衛門篤之のもとに後妻として嫁ぐ。嘉永二年（一八四九）二五歳、長女徳子を出産。嘉永五年二八歳四月、夫篤之死去。翌六年四月、夫の故郷鹿児島に下る。その折りの歌日記『心つくし』は、心を砕き悩む意に「筑紫《つくし》」を掛けた題名で、上巻は夫との死別、その後判明した懐妊と誕生した男児の死、と苦難の相次ぐ中旅立つまでを描き、下巻は明石の人丸神社、吉備津神社、厳島に詣で、筑紫に入り、山鹿温泉を経て鹿児島到着までが述べられる。絶望の淵より故郷を後にし、見知らぬ地へ向かう心境を描いた紀行文は翻刻八回に及んだ。鹿児島鷹師の夫の実家は、姑、前妻の二女、亡夫の弟の家族から成る大所帯であったが、敦子は煩さ型の姑に仕え、遺児の面倒もよく見、その孝養は明治期の教科書にも取り上げられた。安政四年（一八五七）三三歳、藩主島津斉彬に見出され、世子哲丸の守役として出仕。この頃より高崎正風と歌道の交流深まる。安政五年、斉彬逝去。翌六年哲丸も早世し、敦子は悲嘆のあまり自害せんとするも姑に制止されとどまったという。文久三年（一八六三）三九歳、近衛忠房に嫁ぐ貞姫（斉彬養女）に従って上洛し、以後十二年間、幕末から維新にかけての近衛家に老女として仕えた。京都では旧知の八田知紀と新たに交流を深めた。明治六年（一八七三）、近衛家東京移転に際し、貞姫（忠房亡きあと光蘭院）に従って上京。この頃より仏教を篤く信仰する。八年五一歳、高崎正風、東久世通禧の推挙により、皇后の歌の御相手女官に抜擢され、三月宮中に召される。六月権掌侍に任ぜられ、九月正七位に叙せられる。女官名は楓内侍。既に宮中に出仕していた下田歌子に大きな影響を与える。二一年六四歳、一月従六位。一二月『御垣の下草』を出版（松井総兵衛刊）。本書の版下は能書家でもあった敦子の自筆である。二六年六九歳、一月正六位。二八年七一歳、『内外詠史歌集』（松井総兵衛）を発行。三〇年七三歳、従五位。明治三三年七六歳、二月四日牛込の自宅にて死去。特旨を以て掌侍に任じられ正五位昇叙。宮中での奉仕は二六年に及んだ。三六年娘徳子により『御垣の下草後篇』発行（吉川弘文館）。その歌作は「ぬば玉の夜吹く風のすがたまでおぼろに見えてちる桜かな　夜落花」（『御垣の下草』）のように繊細な感覚で自然を捉えた清明な叙景歌が多く、旧派では婦人の詠歌入門の集とされた。「古郷のもとの垣根を尋ぬれど菫つむ子はしらずぞありける　古郷菫」（同前）といった自然に対する人事への哀惜の歌も味わい深い。宮中での題詠歌、詠史歌にもすぐれ「木陰ともしらで過ぎゆく小車のながえの上にちるもみぢかな　路頭紅葉」（同前）など王朝絵巻を彷彿とさせる典雅な歌風である。

【参考文献】『明治女流文学集（二）』（『明治文学全集八一』、昭四一・八、筑摩書房）、『平成二十五年度 鹿児島大学附属図書館貴重書公開　島津氏と近衛家の七百年』（平二五・一二、鹿児島大学附属図書館）

（富原カンナ）

齊藤きみ子　さいとう　きみこ　児童文学作家、劇作家、小説家、表現教育研究家。昭和二四年(一九四九)一一月二八日～。本名齊藤公子。鹿児島県甑《こしき》島生、三才から大阪で育つ。昭和四三年(一九六八)、大阪文学学校シナリオ科卒業。直木賞作家・藤原審爾氏に人間論を学ぶ。四四年、結婚。四人の母となる。静岡にて、保育園運営や喫茶店経営をしながら、創作活動を行う。五六年、豊かな自然環境で子どもたちを育てたいと一家で甑島へ移住。島の自然や伝統行事に、子育ての知恵を学ぶ。島での子育てを綴ったエッセイは、『甑島のパパねずみ』(昭六〇・四、主婦の友社)として刊行された。また、漁師を父に持つ子どもの内面を描いた『とうちゃんの海　島物語』(平五・一一、近代文芸社)、魚付林《うおつきりん》の大切さを物語る絵本『魚をよぶ森』(平六・五、佼成出版社)も出版。『魚をよぶ森』は、読書感想画課題図書に選定された。さらに、劇作家としても活躍している。「竜のとぶ冬」は、謎の伝説の森を背景に少女の成長と人間愛を描き、劇団「風の子九州」により、全国で七年間に渡り公演を重ねた。さらに、それまでの経験を生かし、表現教育(ドラマ)を取り入れた総合的、全人的な教育方法を提唱。『思春期危機をのりこえる力』(平一二・七、一光社)としてまとめる。翌、平成一三年(二〇〇一)には、『西日本新聞』に「ドラマレッスン」として「表現教育とはなにか?」を連載した。現在、講演会活動も多数。日中現代教育学会会員、日本児童文学者協会会員、同鹿児島支部『あしべ』同人、日本青少年演劇作家協会会員、『小説春秋』同人。

(植村紀子)

斎藤史　さいとう　ふみ　歌人。明治四二年(一九〇九)二月一四日～平成一四年(二〇〇二)四月二六日。東京市(現東京都)四谷区生まれ。父斎藤瀏、母キクの長女。陸軍軍人で、歌人でもあった父に従い、小学校から女学校時代、旭川市、津市、小倉市と移り住む。大正一四年(一九二五)小倉高等女学校卒業後、再び旭川に住み、若山牧水に勧められて作歌を始めた。昭和二年(一九二七)、父の転任に伴い熊本市に移住。瀏の呼びかけで、地元の上田英夫、安永信一郎らが結成した「熊本歌話会」の雑誌や佐々木信綱の『心の花』に作品を発表した。三年、済南事変で中国に出兵した父は、帰還後、事件責任者として引退。五年父と共に熊本を去り東京に帰った。在熊中『九州日日新聞』(昭三・一一・二八)に「才媛佳人」として洋装の写真が掲載され、阿蘇湯の谷で開催されたアララギの歌会で詠まれた「こもごもにわれらが撫ずる緬羊の深毛の背は陽にぬくもれり」とともに紹介されている。六年前川佐美雄らと『短歌作品』(のち「日本歌人」)創刊。モダニズム的手法で注目される。同五月医師の堯雄と結婚。一一年、二・二六事件で父が禁固刑を受け、幼なじみの青年将校らが死刑となった。「濁流だ濁流だと叫び流れゆく末は泥土か夜明けか知らぬ」は、第一歌集『魚歌』(昭一五・八、ぐろりあ・そさえて)の一首だが、事件は大きな傷痕となって生涯その作品に影響する。二〇年、戦争の激化により父祖の地、長野に疎開、戦後も同地にとどまった。二三年信濃新聞社の懸賞小説に水ノ内藍の筆名で応募した「過ぎて行く歌」が一席受賞。唯一の長編小説で、終戦直後の生活が生き生きと描かれた。二八年七月の『うたのゆくへ』(長谷川書房)は、日本歌人クラブ第一回推薦歌集。三七年『原型』創刊、主宰。第一一回迢空賞を受賞した『ひたくれなゐ』(昭五一・九、不識書院）は失明した母、脳血栓で倒れた夫を看護する日々の中から生《せい》まれた。「死の側より照明《てら》せばことにかがやきてひたくれなゐの生ならずやも」。五二年『斎藤史全歌集』（大和書房）出版。六一年『渉りかゆかむ』（不識書院）で第三七回読売文学賞。平成五年（一九九三）女流歌人初の日本芸術院会員となる。六年『秋天瑠璃』で第五回斎藤茂吉短歌文学賞・第九回日本現代詩歌文学館賞受賞。九年、歌会始の召人。同五月、既刊の『斎藤史全歌集』に二冊を加え、第八版『斎藤史全歌集』別冊付刊行。同一二月第二〇回現代短歌大賞受賞。この年勲三等瑞宝章。一〇年第八回紫式部賞受賞。一二年、九一歳で『風翩翻《かぜへんぽん》』（不識書院）刊行。一三年乳癌の手術を受け、入退院を繰り返したが、旺盛な歌作への情熱は終生失われなかった。一五年一〇月『風翩翻以後』（短歌新聞社）刊行。昭和三二年一月から『熊本日日新聞』新年読者文芸の選者、三三年一月から「熊日読者文芸」（のち「熊日歌壇」）選者となり、平成一二年まで選者を務めた。

【参考文献】「才媛佳人」（『九州日日新聞』昭三・一一・二八）、『斎藤史全歌集』別冊（平九・五、大和書房）、斎藤史・樋口覚『ひたくれなゐの人生』（平七・一、三輪書店）

（村田由美）

坂井ひろ子　さかい　ひろこ　児童文学作家。昭一一年（一九三六）七月一二日～。福岡県甘木市生。本名凞子《ひろこ》。父谷喬一、母瀧代の二女。昭和二九年（一九五四）、福岡学芸大学（現・福岡教育大学）田川分校入学。三一年、同大学小学課程修了。翌年、同大学本校三年に編入、一二月に退学。三一年九月から翌年三月まで北九州市立大蔵小学校に勤務。三四年、西日本新聞記者の坂井美彦と結婚、二男を得る。児童文学の研究と普及に携わり、地域文庫の活動を始める。「第七回全国子どもの本と児童文化講座〈大分会場〉」（昭五〇・八）において、児童文学作家・評論家の砂田弘と出会い啓発され、児童文学を書く事を決意。五二年九月から北九州の児童文学同人誌『小さい旗』の同人となり作品を発表。五七年五月、同誌での連作をまとめた初の著書『父さんと母さんの火』（偕成社）刊行。北九州市戸畑区で取材したノンフィクション作品『走れ！車イスの犬「花子」』（昭六二・一二、偕成社）が第三五回サンケイ児童出版文化賞推薦作品に選ばれる。『ありがとう！山のガイド犬「平治」』（昭六四・六、偕成社）は『奇跡の山　さよなら、名犬平治』（平四、公開）として映画化されたほか、『盲導犬カンナ、わたしと走って』（平四・三、偕成社）など、ノンフィクションの児童文学作品を多く手がけている。戦時中、筑豊の炭鉱に強制連行された韓国人に取材した「闇の中の記憶　むくげの花は咲いていますか」で第二四回部落解放文学賞（児童文学部門）受賞、『むくげの花は咲いていますか』（平一一・五、解放出版社）として刊行。平成一二年（二〇〇〇）八月、夫と共にNPO「つくしクローバー会」の設立・運営に参加し、筑紫地区精神障害者生活支援センター「つくしぴあ」や作業所の設立に尽力。二〇年八月、夫との共著で『筑紫れくいえむ　米機 西鐵電車銃撃を追う』（西日本新聞社）刊行。近年は春日市や大野城市在住の参加者を中心に創作グループを結成、二一年七月より年四回文芸同人誌『筑紫山脈』を発行している。二三年、長年にわたる創作活動と児童文学の普及活動で第五一回久留島武彦文化賞を受賞した。

（佐藤響子）

坂口䙥子　さかぐち れいこ　小説家。大正三年（一九一四）九月三〇日～平成一九年（二〇〇七）二月六日。熊本県八代郡高田村（現・八代市）生。八代郡書記で、のち八代町長となる父山本慶太郎と母マキの次女。昭和八年（一九三三）、県立八代高等女学校を経て熊本女子師範学校第二部を卒業し、母校の代陽小学校に赴任する。一三年四月、台湾に渡り台中の北斗小学校に勤務するが、病気のため一四年三月に帰郷。一五年四月、台中で知り合った同郷の『龍燈』歌人で小学校教員の坂口貴敏と結婚のため、再び台湾に渡る。貴敏の病死した前妻の女児に加えて二人の男児を儲けて育てる。『少女倶楽部』読者文芸の「特選」歴（昭三・六）や、『日本談義』での小説「スミ」の連載（全五回、昭一四・七～昭一五・二）があり、貴敏の奨めで創作に取り組み、『台湾新聞』に「杜秋泉」「霧」等多くの短編小説を発表。一五年一一月、「黒土」が「台湾放送局十周年記念文芸」の特選となり、『台湾時報』から依頼されて一六年に「春秋」（四月）、「鄭一家」（七月）を執筆。一家三代を通して皇民化に翻弄される姿を描いた「鄭一家」は代表作となる。一七年には台湾新文学運動の旗手であった楊逵《やんくい》を知り、『台湾文学』に参加する。「時計草」（昭一七・二、検閲のため大部分が削除掲載）、「灯」（昭一八・四、第一回台湾文学奨励賞）、「曙光」（昭一八・七）、「盂蘭盆」（昭一八・一二）等を執筆。『台湾公論』の文芸時評欄で「力量ある作家」として激賞された。一八年九月に最初の小説集『鄭一家』（清水書店）、同年一二月に第二小説集『曙光』（成興出版部）を刊行。現在、植民地文学として注目される。二〇年四月、貴敏の転任に伴って子どもたちを連れて能高郡蕃地中原に疎開し、敗戦を挟んで一〇カ月間滞在。昭和二一年三月一家で帰国、八代の実家に身を寄せる。二五年より高等学校教員として玉名家政高校（現・玉名女子高校）、八代商業高校（現・秀岳館）に赴任し、三五年に退職。戦後は歌誌『斗鶏』、『日本談義』、『詩と真実』等の同人。二八年七月、蕃地への疎開体験を題材にした「ビッキの話」を『文学者』に発表、丹羽文雄に私淑する。同年一〇月、日本の植民地政策の傷痕をみつめた「蕃地」（『新潮』昭二八・一〇）で第三回新潮社文学賞を受賞。選者の河盛好蔵、伊藤整、丹羽文雄、川端康成らは、材料と主題、描写力ともに良く、女性の作品には珍しく力強いと推奨した。二九年三月、作品集『蕃地』（新潮社）を刊行。「蕃婦ロポウの話」（『詩と真実』昭三五・一二）、「猫のいる風景」（『日本談義』昭三七・二）、「風葬」（『九州文学』昭三九・三）で三度芥川賞候補となる。三六年四月、小説集『蕃婦ロポウの話』（大和出版）を刊行、三一年に急死した貴敏にささげる。三七年三月、二人の息子と東京に移る。四六年、台湾政府観光局からの招待で二五年ぶりに台湾を訪れ、楊逵との再会をはたす。昭和五三年、コルベ社より『坂口䙥子作品集』が二巻まで刊行。「蟷螂の歌」（『日本談義』全一五回、昭三五・一～昭三六・三）をはじめ私小説的な作品も多い。

【参考文献】高見順「小説総論―昭和十八年上半期台湾文学」（『台湾公論』昭一八・八）、窪川鶴次郎「台湾文学半ヶ年―昭和十八年下半期小説総論」（『台湾公論』昭一九・二）、垂水千恵「台湾文壇の中の日本人―坂口䙥子と台湾人作家」『台湾の日本語文学』（平七・一、五柳書院）、小笠原淳「坂口䙥子の半生」上・下（『熊本日日新聞』平二五・一一・一五、同一一・一六）

（谷口絹枝）

崎山多美　さきやま たみ　小説家。昭和二九年（一九五四）一一月三日～。沖縄県西表島（八重山郡竹富町）生。本名平良邦子《たいらくにこ》。ペンネームは西表島の廃村である崎山村に、西表で親しかった友人の名を組み合わせたもの。父・恵三。母・英子。両親は戦後、宮古より移住。エッセイ「コトバの風景」(『コトバの生まれる場所』収録)では、生まれ育った西表島西部の入植部落の特殊な言語環境について触れている。また、エッセイ「島を書くということ」(『南島小景』収録)では、西表島について「二〇代の半ば頃、小説を書いてみようと思い始めたとき、私の前に異様な気配を発して立ちはだかったのが、そのシマの巨きな影だった」と回想している。後コザ市(現・沖縄市)に移る。同市の高校では文芸部に所属し、昭和四六年(一九七一)東峰夫が「オキナワの少年」で芥川賞を受賞したことに衝撃を受ける。五三年琉球大学卒業。在学中は八重山芸能研究会に所属。また、卒業論文執筆のため、八重山の島々を巡って古謡を採取する。五四年、もと住んでいた島を出て、街で暮らす人々を描いた「街の日に」で第五回新沖縄文学賞佳作。六三年、位牌を移すため、夜の島に渡る父子を描いた「水上往還」が第一九回九州芸術祭文学賞最優秀作。また、同作で芥川賞候補となる。平成三年(一九九一)、島の祭事に携わる島外出身の女性と、その息子のかつての婚約者との交流を描いた「シマ籠る」で再び芥川賞候補となる。六年、上記二作に表題作を加えた作品集『くりかえしがえし』(平六・五、砂子屋書房)発表。そのほかの作品集としては、『ムイアニ由来記』(平一一・一、砂子屋書房)や、保多良《ホタラ》という島を舞台にした二編の作品からなる作品集『ゆらてぃく　ゆりてぃく』(平一五・二、講談社)。主人公が、今は音信不通となっている、かつて出版社につとめていた友人にまつわる奇妙な出来事に巻き込まれる表題作を収めた『月や、あらん』(平二四・九、なんよう文庫)がある。また、エッセイ集に『南島小景』(平八・一〇、砂子屋書房)、『コトバの生まれる場所』(平一六・二、砂子屋書房)の二作がある。組踊《くみおどり》をはじめとする沖縄の芸能にも造詣が深く、エッセイでもそれらについてしばしば触れている。

【参考文献】『南島小景』(平八・一〇、砂子屋書房)、『コトバの生まれる場所』(平一六・二、砂子屋書房)、『「シマコトバ」でカチャーシー』(『「私」の探求　21世紀　文学の創造2』平一四・一二、岩波書店)

(安河内敬太)

桜川冴子　さくらがわ　さえこ　歌人。昭和三六年(一九六一)九月二七日〜。熊本県水俣市生。本名竹添智美。父竹添勲、母用子の長女。青山学院大学文学部で万葉集を専攻し、古典和歌を好んで読んだという。卒業後、昭和五九年(一九八四)福岡女学院国語科教員となる。六〇年受洗。平成四年(一九九二)「長風」入会(〜平成九年)。八年長風新人賞受賞。九年一二月、第一歌集『六月の扉』(短歌新聞社)上梓。同年「かりん」入会、馬場あき子に師事。一五年一二月、第二歌集『月人壮子《つきひとをとこ》』(雁書館)上梓。同歌集により平成一八年第三六回福岡市文学賞受賞。学窓から故郷水俣の病、さらにはチベット、オランダと広がる世界を詠む。「遅刻する生徒の一群と交戦す騎馬民族の末裔として」「水俣病患者の写真なく■■■■■■■《ママ》■■■■■無言に抗議す」「沈黙のすずしさに見るフェルメール十七世紀のミルク零るる」など、歌材の広さ、長歌を含めた「表現へのあくなき意欲と挑戦」が評価された。一方、父への挽歌も多く収められ、歌の定型は悲しみの心を受け止める器であったという。第三歌集『ハートの図像』(平一九・八、短歌研究社)では隠れキリシタンを詠んだ。信仰あるいは、この世の生への問いかけが歌の原点にある。平成二五年九月、第四歌集『キットカットの声援』（角川出版）刊行。他に『馬場あき子と読む鴨長明無名抄』（平二三・一、短歌研究社）を共著で出版。現代歌人協会会員。「かりん」福岡支部長。

【参考文献】『二〇〇五福岡文学賞』（平一八・三、福岡市・福岡市文学賞運営委員会）、佐野豊子「桜川冴子さん―万葉集とキリスト教」（『かりん』平二三・七）

（西　荘保）

佐々木信子　ささき　のぶこ　小説家。昭和二八年（一九五三）〜。佐賀県唐津市鎮西町生まれ。本名・福田信子。唐津農高卒。文芸誌『玄海派』（昭和四一年唐津で創刊）同人。昭和五六年（一九八一）、「緋の袴」で県文学賞一席、同作で九州芸術祭文学賞佳作。六〇年「世は商い」でS氏賞（昭和四六年から設けられた唐津市の進藤三郎氏創設の県同人雑誌小説年間最優秀作賞）受賞。平成一二年（二〇〇〇）「ルリトカゲの庭」で北日本文学賞。一五年「エデンの卵」で第五一回地上文学賞（家の光協会）。共著に『佐賀版女流小説集』（平二、近代文芸社）がある。

【参考文献】『佐賀の文学』（昭六二、佐賀の文学編集委員会編、新郷土刊行協会発行）、八田千恵子『佐賀の女性文学・人物編』未定稿（平二一、私家版）

（浦田義和）

佐々木博子　ささき　ひろこ　ノンフィクション作家、劇作家。昭和一三年（一九三八）一二月二三日〜。福岡県八幡市（現・北九州市八幡東区）生まれ。父田中忠幸、母ツヤ子の三女。ペンネーム　桟《かけはし》比呂子。昭和三二年（一九五七）、福岡県立折尾高等学校卒業後、八幡製鉄所（現・新日鉄住金）に入社、四八年まで勤めた。四三年のカネミ油症事件をきっかけにノンフィクションを書き始める。同事件を題材にした『化石の街』（昭五一・五、望郷出版社）でデビュー、企業公害の複雑な問題を浮き彫りにした。『男たちの遺書』（昭五六・六、労働経済社）では、山野炭鉱ガス爆発事故の犠牲者遺族のその後を追った。国鉄赤字ローカル線廃止前後の周辺住民に取材した『沈黙の鉄路　国鉄ローカル線を行く』（昭五七・五、労働経済社）、『終着駅のないレール　廃止ローカル線は、いま』（昭六一・八、創隆社）や、教育現場に取材した『先生！オレタチのこと好きですか　デコボコ道を「九工でんしゃ」が走る〈教育現場探訪①私立実業高校〉』（昭五九・一二、パントマイム社）、『あかいくつをはいて〈教育現場探訪②障害児の教育〉』（昭六〇・九、ほっと社）など、多分野にわたり材を得てノンフィクションを発表した。その他、『メダリスト―水の女王田中聰子の半生』（平一・二、毎日新聞社）、桟比呂子名義の著書に、『うしろ姿のしぐれてゆくか―山頭火と近木圭之介』（平一五・六、海鳥社）、修験道の入門書を兼ねたガイドブック『求菩提山　私の修験ロード』（平一八・八、海鳥社）、北九州出身の劇作家の半生を書いた『やさしい昭和の時間―劇作家・伊馬春部』（平二〇・一〇、海鳥社）、『評伝　月形潔』（平二六・七、海鳥社）がある。劇作家としての作品に、「化石の街」、「八月のメモリ」など。中間市在住。

（小野　恵）

佐多稲子　さた　いねこ　小説家。明治三七年（一九〇四）六月一日〜平成一〇年（一九九八）一〇月一二日。本名佐田イネ。筆名窪川稲子もあり。父田島正文、母ユキ。若い両親の恋愛の結果誕生。長崎県長崎市の父方の大叔父田中梅太郎の家で生まれ、小間使いであった山本マサの私生子として届けられたが実父母の元で育てられ、結婚した実父母の養女として五歳で入籍。七歳時母死去。素地を育んだのは長崎の陽光等の自然であったが一一歳時に、父が一家をあげて上京、小学校五年で中退しキャラメル工場、料亭等で働く。読書へ導く等文学への入り口を作ったのは文学青年であった父の弟佐田秀実。丸善書店の女店員となっては同僚が貸してくれる本を手当たり次第に読み、詩誌『詩と人生』の準同人になり投稿。大正一三年（一八二四）、小堀槐三と結婚するが一年足らずで破綻。この結婚で葉子を得る。カフェに勤め、『驢馬』の仲間と巡り合い窪川鶴次郎と恋愛の末結婚。建造、達枝を出産。エンゲルスやレーニンの著作を読み、「キャラメル工場から」（『プロレタリア芸術』昭三・二）にてプロレタリア作家デビュー。昭和七年（一九三二）、日本共産党入党。小林多喜二等と非合法の連絡をとる。文化連盟と共産党とのパイプ役としての奔走は『歯車』（昭三三・一〇、筑摩書房）に活写。仕事か妻役割かに悩む『くれない』（昭一三・九、中央公論社）、母性と恋愛に身を裂かれる「乳房の悲しみ」（『婦人公論』昭一二・三）、『素足の娘』（昭一五・三、新潮社）等の自伝的小説はフェミニズム文学の薫り高い。一六年に中国へ、一七年に中国と東南アジアへ戦地慰問。二〇年、窪川と離婚。筆名を窪川稲子から佐多稲子に。戦地慰問を批判され、新日本文学会創立（同年一二月）の発起人に加えられず、自責の念に苦しむ。「私の東京地図」（『人間』昭二一・三）、「虚偽」（『人間』昭二三・六）、「泡沫の記録」（『光』昭二三・九）はこの体験に基づく。二六年除名処分。後無条件復党を経て三九年最終的党除名。「渓流」（『群像』昭三八・七）と「塑像」（『群像』昭四一・一）は党への「わが家意識」をテーマに。戦後に、『体の中を風が吹く』（昭三二・四、講談社）等都会の庶民の哀歓を描いた中間小説が多数ある。また、「水」（『群像』昭三七・五）に代表される短篇の名手。さらに『女性の言葉』（昭一五・一〇、高山書院）等女性の視点による随筆集多数。受賞作として以下のものがある。「女の宿」（『群像』昭三七・一〇）女流文学賞（昭三八）。原爆を受けた故郷の長崎を舞台にした『樹影』（昭四七・九、講談社）野間文芸賞（昭四七）、「時に佇《た》つ（その十一）」（『文芸』昭五〇、一一）川端康成賞（昭五一）、『夏の栞―中野重治をおくる―』（昭五八・三、新潮社）毎日芸術賞（昭五八）、『月の宴』（昭六〇・一〇、講談社）読売文学賞（昭六一）。さらに、現代文学への貢献に対し朝日賞（昭五九）を受けた。戦後、婦人民主クラブの創設に加わり四五〜六〇年まで委員長を務めた。尚、『佐多稲子全集』全一八巻（昭五二・一一〜五四・六、講談社）がある。

【参考文献】「生涯年譜」（『人物書誌大系二八　佐多稲子』平六・六、日外アソシエーツ）

（野本泰子）

貞刈みどり　さだかり　みどり　随筆家。昭和五年（一九三〇）八月一六日〜。福岡県八女市生。昭和二二年（一九四七）福岡県立八女高等女学校卒業後、農業を営んでいた実家の家事を手伝う。シベリア抑留から帰国し教員となっている貞刈惣一郎と二五年に結婚する。大学生になった娘の勧めで文学を志し、五六年に毎日新聞の文章教室に入会する。この教室が母体となった「毎日ペン・グループ（福岡）」の会員となり会誌『飛梅』に寄稿する。また同時期に『毎日新聞』の「はがき随筆」に投稿を始め、切り絵作家の戸田幸一と組んだ詩画集『心のうた』（平一〇・八、キューシャ）や『花のうた』（平一七・一〇、海鳥社）を上梓する。平成一八年（二〇〇六）八月、夫が語る戦争体験を文におこして『私たちの百年　惣ちゃんは戦争に征った』（海鳥社）をまとめる。平明で説得力のある文章で一兵士の心情を綴り、個人の体験や家族史をこえた歴史の重みを感じさせる。翌年この作品で第三七回福岡市文学賞を受賞する。また平成六年から「朔日」に入会して短歌を始め、平成二〇年に『花も花なる』（短歌研究社）を上梓する。

【参考文献】『福岡2006文学賞』（平一九・三、福岡市・福岡市文学賞運営委員会）

（谷口佳代子）

佐藤志満　さとう しま　歌人。大正二年（一九一三）一二月一一日～平成二一年（二〇〇九）七月二三日。鹿児島県鹿児島市生。郷里は福岡県京都郡苅田町。父伊森賢三、母キクの長女。大正六年（一九一七）、父が朝鮮総督府専売局人参専売開城出張所長となり、一家は開城に移った。一五年、京城第一高等女学校に入学。昭和六年（一九三一）同女学校を卒業し、東京女子大学国語専攻部入学。森本治吉《じきち》の講義が機縁で作歌を始め、八年に「アララギ」に入会。一〇年、大学を卒業し、一三年、歌人佐藤佐太郎と結婚する。以後、斎藤茂吉に師事し、「水上《みづかみ》よし」の筆名を用いた。二女を得た後、佐太郎主宰誌『歩道』創刊（昭和二〇年五月）に関わり、四三年より編集・発行人。六二年、佐太郎没後は主宰となる。夫佐藤佐太郎を後継して、美智子妃殿下の作歌の相談役にあずかり、皇后陛下時代も続いた。その他、現代歌人協会理事も務める。志満の第一歌集は四二歳、昭和三〇年三月『草の上』（白玉書房）である。長年佐太郎の厳しい批評眼のもとにあったが、佐太郎が志満の歌に「悪口を言ふ事もなくなり」（『草の上』後記）纏める事になったという。佐太郎は「観入が俗でなく表現も確か」、「一見平淡で底に潜む光輝がある」（『草の上』帯文）と志満の「写生」の資質を評した。同歌集で日本歌人クラブ賞を受賞。三八年、「断崖をなす砂採りしあらき跡いくつも見えて曠野はさびし」など「鹿島海岸」で第一回短歌研究賞、平成六年（一九九四）第七歌集『身辺』（平五・七、短歌新聞社）で第一回短歌新聞社賞を受賞。歌集は他に、『水辺《すいへん》』（昭三八・四、短歌研究社）、『渚花《しよくわ》』（昭四四・一一、同前）、『白夜《はくや》』（昭五三・一二、短歌新聞社）、『花影《くわえい》』（昭五七・一〇、角川書店）、『立秋』（『現代短歌全集8』昭六三・六、短歌新聞社）、『小庭《せうてい》』（平一〇・八、同前）、『雨水《うすい》』（平一二・一、同前）。さらに、自選歌集『淡き影』（現代歌人叢書、昭五六・三、同前）、『佐藤志満全歌集』（平一三・一〇、同前）、編著に『佐藤佐太郎百首』（平三・四、同前）などがある。「淡き影さくら花さく道にありしばらくこの世楽しめといはめ」（『花影』）などの日常詠の他、夫佐太郎との国内外を巡る頻繁な旅での旅行詠も多い。「白き夜の海にたなびく雲の間に日はのぼるらし上空の青」（『白夜』）は白夜の感動を詠んだ。平成二一年（二〇〇九）七月二三日、心不全にて逝去。享年九五歳。「鹿児島に生まれ北鮮に育ちたり東京にいま生終へんとす」（『歩道』平一六・七）は晩年の歌。没後、第一〇歌集『黄柑《くわうかん》』（平二二・一二、短歌新聞社）が刊行された。

【参考文献】『佐藤志満全歌集』（平一三・一〇、短歌新聞社）、「佐藤志満略歴」（『短歌研究』昭三八・四）、長澤一作「佐藤志満小論」（『淡き影』昭

五六・三、短歌新聞社)、「歩道短歌会」ホームページ(http://www5e.biglobe.ne.jp/~hodou/)

(西　荘保)

佐藤普士枝　さとう ふじえ　俳人。明治二九年(一八九六)二月二〇日〜昭和五〇年(一九七五)三月三〇日。出生本名、フジヱ。福岡県遠賀郡若松村(現・遠賀郡遠賀町)生。大正二年(一九一三)二月福岡県立小倉高等女学校卒業。四年六月、医師の佐藤八郎と結婚し、志賀島に住む。七年より吉岡禅寺洞のすすめで句作に入り、『天の川』に投句を開始。一一年三月、夫に従い小倉に移り、杉田久女、橋本多佳子、植田濱子らと交遊し句作に励み、『ホトトギス』や『玉藻』にも投句。昭和三年(一九二八)一一月一一日に高濱虚子を迎えた小倉広寿山福聚寺での句会にも、より江、禅寺洞、久女、濱子、公孫樹らと共に参加している。昭和二〇年代には『冬野』に投句。河野静雲に教えを請い、終戦直後におこった企救野句会では三〇年代までの間、主宰を務め、毎月第三日曜日の夜に小倉延命寺の佐藤宅で静雲を招いて句会を開いたという。没後、息子、二郎が遺句集『企《き》救野《くの》』(昭五一・七、私家版)を編む。「色鳥の来し日を吉と袷裁つ」等、七四五の句を所収し、序で赤迫雨渓は普士枝の句を「終始一貫して写生に忠実に、花鳥諷詠の道を実践されてある」と評した。

(田代ゆき)

佐藤幸乃　さとう ゆきの　画家、絵本作家、随筆家、詩人。昭和一四年(一九三九)一一月一八日〜。福岡県鞍手郡宮田町(現・宮若市)の貝島大之浦炭鉱に生まれる。旧姓、磯島。父は貝島炭鉱の炭鉱労働者、母は牛乳処理場でビンを洗う仕事をしていた。五歳の頃、毎日二〇枚程の紙を母から貰い絵を描いていた。鞍手高校在学時、同人サークル詩誌『詩の仲間』を刊行。発行所は、クレオン社(自宅)。後に夫となる佐藤龍一は、北海道立札幌北高校の文芸部に所属し、雑誌『素描』を発行。受贈誌一覧記載の『詩の仲間』を知り、幸乃との交流が始まる。昭和三三年(一九五八)四月、福岡学芸大学美術科に入学した。一八歳の時、西部女流美術展に初入選。貝島大之浦炭鉱二区のボタ山風景を描いた作品であった。三七年からは遠賀郡水巻町立水巻中学校に美術教師として勤める。同年四月佐藤龍一と結婚。四二年、貝島炭鉱病院にて長男・新、出生。翌年七月、同じ病院で父が六五歳で胃癌のため亡くなる。四五年次男・健が、五〇年に三男・崇が出生。五二年九月、一五年五ヶ月勤めた水巻中学校を退職後、有限会社北九州教販(昭和四六年に夫龍一が設立)の専従となる。閉山した水巻町の日炭高松炭鉱炭住の撤去がはじまると、カメラとスケッチブックをかかえて出向いた。父の一五回忌が近づいた、五五年五月二九日〜六月六日、個展「セイタカアワダチ草十年展」を北九州のカジキ美術画廊で開催。その後は、自宅アトリエにて絵画教室を主宰。翌年一一月、閉山後の貝島炭鉱を描いた『絵本　セイタカアワダチ草』(九州女流画家展事務局)を刊行。五九年七月には裏山書房より『草も花も翼も―セイタカアワダチ草紀行』を刊行している。父の一七回忌を記念し、父へ宛てた手紙形式で生い立ちを綴っている。画歴は、上記の他、読売アンデパンダン展・朝日女流美術展・県展・北九州平和美術展・今日の美術展・九州女流画家展・西日本女流美術展・第三世界とわれわれ展・あらくさ美術展などに出品した他、個展を度々開催。文芸同人誌『海峡派』同人、福岡県詩人会会員、北九州文学協会会員であった。著書は他に、『絵本砧姫物語』（平二・三、水巻みんなで創るふるさと会）、『アトリエの四季　さとうゆきの水彩画集』（平二一・一二、木星舎）がある。また、さとうゆきの名で詩集『立ち尽くす午後の』（平二一・一一、木星舎）も刊行している。『海峡派』などに発表した詩や未発表詩の他、死を目前にした夫との日々を綴った随筆「さよならの日まで」（『海峡派』平二〇・一一）を所収。同著には、亡くなった夫に呼びかけているともとれる詩「今朝」も収められている。「どうしても／こうしても／半年も／開かなかった／キッチンの小窓が／今朝／すっと／開いた／／風が／胸を／すっとさすって／ほら／やっぱり／あなただ／／まちがいない」。

【参考文献】佐藤幸乃『草も花も翼も―セイタカアワダチ草紀行―』（昭五九・七、裏山書房）、さとうゆきの『立ち尽くす午後の』（平二一・一一、木星舎）、佐藤龍一『龍の仕業―佐藤龍一青春記―』（平一九・一〇、愛宕山編集工房）

（茶園梨加）

鮫島康子　さめしま やすこ　俳人。大正七年（一九一八）七月三〇日～。福岡県生。昭和四五年（一九七〇）頃、広告代理店に勤めるコピーライターとしての仕事の息抜きとして、俳句を始める。口語俳句系の「形象」で前原東作、前原誠に師事し、休刊後は「鋭角」で阪口涯子に、「海程」で金子兜太に、「天籟通信」で穴井太に師事する。昭和六三年九月に刊行した第一句集『榛《はん》の木』（東京四季出版）の巻頭には、言葉のイメージを組み立てる鮫島の特徴をしめす「麻酔しずかにインカ帝国横たわる」が掲げられる。「鐘が止み魚が淋しくなる時間」「夢に鷺石降るように鷺ばかり」のように、具象の魚や鳥が句の中でいきいきと異なるイメージをまとっている。平成四年（一九九二）第二二回福岡市文学賞受賞。瀧春樹主宰の「樹《たちき》」に参加し句作に励む傍ら、六年から一〇〇回、八年四カ月にわたり「鑑賞・瀧春樹の俳句」を連載する。それらは『康子・春樹の俳句は友だち』（平一〇・一二、書心社）と『瀧春樹の俳句に遊ぶ』（平一五・一、書心社）にまとめられた。一七年二月第二句集『梅』（文学の森）を上梓。第一句集に掲載された句も多く所収された集大成となる。

【参考文献】『福岡'91文学賞』（平四・二、福岡市・福岡市文学賞運営委員会）

（谷口佳代子）

早良葉　さわら よう　川柳作家。昭和四年（一九二九）五月一九日～。福岡県福岡市生。本名樋口千鶴子。昭和二六年（一九五一）、胸を病み、国立屋形原療養所に入院中、「西日本柳壇」（岸本水府選）と「保健同人」（川上三太郎選）に投句を始める。「福岡番傘川柳会」を経て、三四年、「番傘」本社同人となる。四五年、雅号を早良葉とする。五〇年、「川柳展望」（時実新子主宰）の創立会員となり、五六年度第一二回福岡市文学賞を受賞、『早良葉川柳集』（昭五七・六、川柳展望新社）を出版する。また、「川柳グループせぴあ」にも所属し、五三年、主宰那津晋介の転出に伴い、「せぴあ」の代表を務めるが、五九年解散。昭和六三年近藤ゆかりと「せぴあ」を再結成。例会百回ごとに合同句集『せぴあ』（平八・一一、川柳グループせぴあ）、『せぴあII』（平一七・三、同前）を上梓。「あばよ夕陽心のままに足を向け」「チューリップ一本買ってホイサッサ」（『川柳集』）など、時実新子が「一刀彫のタッチ」（『川柳集』）と評したような、明確な輪郭や潔さ、あるいはリズミカルな句風が特徴。その中で、「乳房から萎えるおんなに月淡し」（『川柳集』）「わが乳房しまい忘れることはなし」（『せぴあⅡ』）と、〈女〉、〈乳房〉をテーマとする句が連綿と作られていく。「胸底に秘めたるドラマの主役は『乳房』。強くも弱くも、わが乳房なるゆえ、ゆれうごく」、「わが乳房はわが生き方なのだ」（『現代女流川柳鑑賞事典』）という。また、「割れてよい茶碗は割れず春となる」（『せぴあⅡ』）など、諧謔精神が光る句多数。

【参考文献】田口麦彦編著『現代女流川柳鑑賞事典』（平一八・一〇、三省堂）

（西　荘保）

重兼芳子　しげかね よしこ　小説家。昭和二年（一九二七）三月七日～平成五年（一九九三）八月二二日。北海道空知郡上砂川町生。父の植木喜久郎は採鉱学科出身で大正九年から三井砂川鉱業所勤務。昭和八年（一九三三）、上砂川三井小学校入学。一四年、父の転勤で福岡県田川市（三井田川鉱業所）に移る。一八年、田川高等女学校（現・西田川高等学校）卒業。軍需工場を経て勤めた軍の総務課で重兼暢夫を知る。二一年、日本キリスト教団田川教会で米倉次吉牧師により受洗。翌年、結婚。夫の実家で農家の大家族の嫁を経験後、建設省勤務の夫に従い、山口、東京、広島、高松、大阪、仙台など転勤生活が続く。その間に生後四ヶ月の娘を失うが、一女二男を育てる。ピアノ、合唱（新星日響合唱団）、短歌（一路短歌会）、文学講座（日本民主主義文学同盟）にも熱心で、朝日カルチャー（文学講座）の駒田信二「小説の作法と鑑賞」の受講生仲間と同人誌『まくた』を創刊。「水位」（創刊号、昭五三・一）が『文学界』（昭五三・三）転載。「ベビーフード」（『まくた』、昭五三・六）と「髪」（同、昭五三・九）で芥川賞候補。火葬場で働く男と老人介護施設で働く女の交流を描く「やまあいの煙」（『文学界』昭五四・三）で第八一回芥川賞。「主婦作家」のレッテルを逆手に、生と死の問題を中心に旺盛な執筆活動を展開。小説には、第一創作集『透けた耳朶』（昭五四・八、新潮社）以下、自伝的要素の濃い『やまあいの煙』（昭五四・九、文芸春秋）、社宅族を描く『うすい貝殻』（昭五五・一〇、文芸春秋）、不倫関係の男女を軸に戦争の影を描く『ジュラルミン色の空』（昭五六・二、講談社）、先天性股関節脱臼の苦しみを小説化した『ワルツ』（昭五六・九、文芸春秋）、血縁を主題にする『雛の肌』（昭五六・一一、中央公論社）、ハンセン病問題を追究した伝記小説『闇をてらす足おと』（昭六一・一一、春秋社）、性風俗で働く障害者を描く『熊笹の原に風の道』（昭六一・一二、中央公論社）などがある。『赤い小さな足の裏』（昭五六・一〇、潮出版社）、『女房の揺り椅子』（昭五九・三、講談社）などエッセイも多い。『はじめて文章を書く』（平二・一一、主婦の友社）は入門者向け文章作法。昭和五七年に上智大学教授で死生学を教えていたアルフォンス・デーケンが創立した初期の「生と死を考える会」の世話人として活動する。聖ヨハネ会桜町病院（小金井市）のホスピス運動や講演活動にも熱心で、障害者や福祉や医療関連の著作も多い。日韓の老人ホームのルポ『たたかう老人たち』（昭六一・九、女子パウロ会）、『聖ヨハネホスピスの友人たち』（平二・九、講談社）ほかがある。平成三年（一九九一）三月に癌を告知され、四月二四日に手術、三日後に夫が急死する。その衝撃と闘病生活の中で『いのちと生きる』（平五・八、中央公論社）、『さよならを言うまえに 重兼芳子「生と死」講演録』（平六・一〇、春秋社）ほかの著述を残す。平成五年八月二二日癌再発で死去、享年六六歳。

（松本常彦）

柴田佐知子　しばた　さちこ　俳人。昭和二四年（一九四九）一月一〇日〜。福岡県福岡市に生まれる。俳人の母のもつ俳句雑誌や句集を身近に育つ。昭和六一年（一九八六）母に勧められて読んだ伊藤通明句集『白桃』（昭五五・八、東京美術）に感動して作句を決心し、初めて作った句を添えて伊藤通明に手紙を書く。これが契機となって「白桃」に入会する。作句に励んで六三年には同人となり、平成元年（一九八九）に「神楽」で第五回白桃賞を受ける。「おひねりを鬼が受け取る黒神楽」など一五句からなる「神楽」を所収した第一句集『筑紫』（白桃叢書一五、平二・五、本阿弥書店）の序では、師の伊藤が進境の速さを絶賛する。五年に「己が部屋」で第七回俳壇賞を受賞する。第二句集『歌垣』（平六・七、富士見書房）、第三句集『母郷』（平一〇・七、角川書店）を上梓。日常を見つめて生活や思考を表現し、さらに両親も重要なテーマの一つとなっている。七年『歌垣』で第二五回福岡市文学賞を、一一年に『母郷』で第二二回俳人協会新人賞を受賞する。『白桃』の編集長を辞して、平成一五年三月一日、高倉和子らと『空』を創刊主宰する。この句誌は、「俳句は座の文学である」という考えのもと、一五年におよぶ空句会から生まれた。『空』は隔月刊ではあるが、毎月箱崎や筑紫で句会を催している。第四句集『垂直』（平二一・六、本阿弥書店）では、「大樹より風の起りし里神楽」のように、神楽がイメージ化普遍化し、長年詠みつづけた対象を昇華させている。また「梅干して死に絶えしごと昼の村」のような傍観者の視点を獲得した句の背景には、「この世に生を受け、滅びへと向かう自分もまた自然の姿そのものなのだという事実に向きあう貴重な十年」（あとがき）を過ごしたことがある。死ぬ「その日まで俳句と共に立っていたい」という真摯な姿勢を貫いている。

【参考文献】柴田佐知子「初学の頃」（『俳壇』二七巻一号、平二二・一）

（谷口佳代子）

芝憲子　しば　のりこ　詩人。昭和二一年（一九四六）一一月五日〜。東京都港区に生まれ、十歳で神奈川県川崎市に転居。川崎高等学校では、文芸部に所属し詩を発表する。顧問の平田好輝の紹介で『潮流詩派』に参加し、風刺詩を書くようになる。昭和四〇年（一九六五）横浜市立大学仏文科に入学後は、学生運動にも積極的に参加する。四五年に上梓した『東京の幽霊』（潮流出版社）では、都会の生活を風刺した。結婚後の四七年、夫の赴任に伴い沖縄に転居。各地に残る戦争の傷跡を目の当たりにする体験が、作風の転換を促す。現実に切りこむ姿勢の強い『詩人会議』に参加し「どんなに政治的なことを扱った詩でもちゅうちょなく書けるのだという勇気を身につけ」る。「ずらりとそろって／カチャカチャカチャ／骨たちが踊る／カチャーシー（略）これは俺の腕の骨ではない／でも今となってはどれでも同じ」（『骨のカチャーシー』昭四九、潮流出版社）と、反戦運動としての詩を書き始める。同様の『海岸線』（昭五四、青磁社）で、第三回山之内獏賞を受賞。以降同じ立場で詩作を続ける。家族と海外に住んだ体験を「記録という意味もあって（略）事実に忠実に」表現した詩も発表している。「世界の友と」（『さかさま階段』平成一六、OFFICE KON）は、「殺りくを素手でおしとどめようという一千万人／各国の言葉がこだまし／破壊の野を／桜色の曙光《あけぼの》が染めていく」と、破壊ではなく阻止する行動に焦点をあて、充実した生を表現している。

【参考文献】芝憲子『沖縄の反核イモ』(昭六一、青磁社)、くにさだきみ「詩人論(1)芝憲子」(『詩人会議』四二巻一〇号)、

(谷口佳代子)

島尾ミホ　しまお みほ　小説家・歌人。大正八年(一九一九)一〇月二四日～平成一九年(二〇〇七)三月二五日。父大平文一郎、母吉鶴の一人娘。鹿児島県鹿児島市ザビエル教会で誕生。奄美群島加計呂麻島で幼少期を過ごし、父より漢詩・和歌の手ほどきを受ける。東京の日出高等女学校卒業後、植物病理研究室(東京)の手伝いをするも、昭和一三年(一九三八)、病気のため加計呂麻島に戻り、一九年一一月、加計呂麻島押角尋常小学校の教員となる。同年一二月、海軍震洋特別攻撃隊隊長として、加計呂麻島に駐屯していた島尾敏雄と知り合う。島尾敏雄は、ミホの父文一郎の蔵書に興味を持ち、特攻基地から大平家を訪ねるようになり、いつしか心を寄せ合うようになる。敏雄に特攻出撃命令が出されたとき、ミホもまた死を決意するが、いわば死装束を纏ったまま敗戦となる。二一年三月、敏雄と神戸で結婚。二三年長男伸三誕生。二五年長女マヤ誕生。夫の作品を清書するうちに、次第に文学の世界に足を踏み入れ、代表作『海辺の生と死』(昭四九、創樹社、昭和六二年中公文庫刊)で、第一五回田村俊子賞、南日本文学賞を受賞。加計呂麻島の方言、島の風習、生の情熱が描き込まれたミホの作品は、「すさまじい」という形容が似合う。文章の陰影もくっきりとして、独自の文学世界を創出している。夫島尾敏雄が昭和六一年一一月一二日に死去して以来、喪服で過ごす。島尾敏雄の小説『死の棘』および敏雄による「『死の棘』日記」では、ミホと敏雄の夫婦関係は凄まじいが、ミホによる激しい感情の表出は、女性の古代的かつ根源的なエネルギーのあらわれと言える。平成九年(一九九七)、第二一回南海文化賞受賞。平成一一年、ロシアの映画監督ソクーロフ氏がミホを主役として映画『ドルチェ―優しく』を制作した。平成一九年三月二五日、独居していた奄美・名瀬市の自宅で脳内出血のため死去。

【参考文献】志村有弘・島尾ミホ編『島尾敏雄事典』(平一二・七、勉誠出版)

(みたけきみこ)

島本藤子　しまもと ふじこ　詩人。明治三九年(一九〇六)～昭和四一年(一九六六)。朝鮮生。帰国後福岡県新田原《しんでんばる》に育ち、福岡県立京都《みやこ》高等女学校卒業。父親が鉄道員だったといい、自身もまた門司鉄道管理局に就職。仕事の傍ら文学活動を行い、当時門司で活動していた『野火』に参加した。同誌の中心的人物だった東潤と結婚(のちに離婚)。第二期『九州文学』等の同人誌や『九州詩集 一九四七年版』(昭二二・三、燎原社)に作品を連ねるなど、北九州の同人誌上で活動した。また戦後には、自身の職場である門鉄において、労働者たちの詩の活動にも深く関わる。早い時期から『門鉄詩人』の集りに積極的に参加し、全国大会にも度々足を運んで全国誌『国鉄詩人』(二七号、昭二二)には「これからのわたくし――秋沢冨美子さんに――」と題して、働く者の詩を肯定する発言が掲載されている。レッドパージを経た昭和二七年(一九五二)、職場内サークル詩誌『門鉄詩人』創刊に際しては編集代表を務め、その後盛り上がりを見せた労働者たちの詩運動の黎明期に牽引役を果たす。「生活のうた」等、自身の生活に密着した詩作を行うとともに、「聞く雑誌」と称して女性を集めて労組婦人部文化祭を組織。詩人のみならず活動家と

しても、裁量を発揮した。

【参考文献】東潤「埋れ木の詩人・島本藤子」（『九州人』九九号、昭五一・四）

（田代ゆき）

下村梅子　しもむら うめこ　俳人。明治四五年五月七日〜。福岡県福岡市千代町生。父・芳松、母・そよの長女。大正一四年（一九二五）大分県立別府高等女学校に入学。在学時に世界文学全集、日本文学全集等を読み耽る。昭和四年（一九二九）同校卒業。五年台湾銀行員の下村利雄（非文）と結婚。一二月、任地の上海へ赴く。翌年高浜虚子と出会い、作った句が虚子選に入る。夫の転勤で昭和一二年（一九三七）東京、一五年南京、一八年台北と転々とする。終戦後二一年台湾より福岡県豊前市に引き上げる。後、尼崎市（昭二三）、西宮市（昭三六）、横浜（平一二）に居を移す。昭和二五年「かつらぎ」に入門。三六年、本位田重美に古典文学の講読を受く。後田中裕に師事。「かつらぎ」全国同人会会長、『かつらぎ新芽集』選者、社団法人俳人協会名誉会長。句集に『紅梅』（昭四二・一二、初音書房）、『砂漠』（昭五七・一二、かつらぎ発行所）、『長恨歌』（平元・七、富士見書房）、『六花撰』（平三・一二、富士見書房）、『下村梅子句集　花』（平一二・八、角川書店）。「屏風の図ひろげてみれば長恨歌」、「華清池や間なく時なくねむ落花」など、滞在時間の長かった中国に関する句や、「野を焼ける彼方つづくは水城らし」など、故郷の福岡県の風物を取りこんだ句が多く見られる。師の阿波野青畝《せいほ》に「多彩な古事に通暁す」る、「才器縦横にして多彩な詠ひぶり」（阿波野青畝「序」『紅梅』）と高く評価される。

【参考文献】下村梅子『下村梅子』（平八・八、花神社）、下村梅子『砂漠』（第三句集、昭五七・一二、かつらぎ発行所）、下村梅子『長恨歌』（第四句集、平一・七、富士見書房）、下村梅子『下村梅子句集　花』（平一二・八、角川書店）

（管　虹）

庄司祐子　しょうじ ゆうこ　詩人。昭和三一年（一九五六）一二月三日〜。千葉県安房郡和田町（現・南房総市）生。本名井上祐子。外房捕鯨株式会社を営む父庄司博次《ひろじ》、母操の長女。千葉県立安房高校を経て、昭和五四年（一九七九）、明治学院大学仏文学科を卒業。小学生の頃から日本と外国の詩を読み、高校、大学生時代から詩を書きためる。日本船主協会に就職と同時に、渋谷にあった産経学園の詩の教室に通い始め、講師の宮崎健三（当時、和光大学教授、詩人）の指導を受ける。五七年九月、熊本大学教員であった井上尚夫との結婚により熊本市に移り住む。一歳の長男を突然の病気で失い、一男二女を育てる。『現在』（堀田孝一編集）の五八年の創刊から参加し、平成八年（一九九六）一二月創刊の『アンブロシア』（藤坂信子編集）、同年九月創刊の詩と批評雑誌『九』（北川透、山本哲也編集、梓書房、全二五号）の同人を経て、平成七年一二月に創刊した個人誌『ＬＡＲＧＯ』を発表の拠点とし、現在に至る。一時期『地球』同人でもあった。南房総の海辺に生れ育ったことが詩の原風景を形成する。軽やかで哀しい存在感覚、平明な言葉で透明感のある詩は、新聞の詩時評などでその表現力が早くから注目される。昭和五七年（一九八二）九月、全編が散文詩の形式をとったはじめての詩集『蕾の話』（私家版）を出版。六一年、第四回熊本現代詩新人賞を受賞。長男へのレクイエムとなった第二詩集『キミに日なたを』（昭六二・一二、錬金社）、第三詩集『救命ボート』（平五・一二、石風社）と刊行。平成一八年（二〇〇六）、現在の生を子供時代の自己や自然との対話から浮き彫りにした第四詩集『和田浦の夏』（平一七・七、石風社）で第四七回熊日文学賞を受賞。「不穏な、容易に表現できないなにか」（山本哲也）を詩の言葉で捉え、その「根底には客観的批評の眼がある」（田中俊廣）と評される。音楽とのコラボレーションによる詩の朗読会を熊本、東京で開催。エッセイの執筆も多く、その他、熊本日日新聞映画評のメンバーを長く務めている。

【参考文献】宮崎健三「庄司祐子詩集『蕾の話』について」『蕾の話』（昭五七・九）、山本哲也「『私』をワキにおく―庄司祐子小景2」『九』第2号（平八・一二）、田中俊廣「ことばの森から」（『毎日新聞』西部本社版、平一七・一〇・八）、首藤基澄・安永蕗子・草野啓介・島田真祐「第四七回熊日文学賞　選考を終えて」（『熊本日日新聞』平一八・二・七）

（谷口絹枝）

城島久子　じょうじま ひさこ　歌人。昭和二年（一九二七）二月三日～平成一九年（二〇〇七）六月一五日。佐賀県神埼市神埼町神納生まれ。旧姓・角田。神埼高女卒。小学校教師。神埼町短歌会（伊東光男主宰）を経て「白鷺」所属。昭和五一年（一九七六）「蜂場の譜三〇首」で短歌研究新人賞。平成六年（一九九四）県文化功労賞。県文学賞短歌部門一席二回。詩誌『詩と真実』、『沙漠』、『九州文学』同人。福岡県詩人会会員、グループ「はてなの会」会員。詩集『ちょっと違うだけで』（平二〇、土曜美術社）がある。福岡県太宰府市在住。

【参考文献】八田千恵子『佐賀の女性文学・人物編』未定稿（平二一、私家版）

（浦田義和）

白石すみほ　しらいし すみほ　小説家。昭和一五年（一九四〇）～。佐賀県唐津市生まれ。本名白石須弥圃。昭和三一（一九五六）年佐賀県立東高校入学、三四年小倉西高卒。五六年佐賀童話の仲間の会機関誌『ブランコ』に参加。五八年から小説を書き始め、『玄海派』同人を経て、文学街社、全作家協会、日本文芸振興会会員。五九年「風の行くさき」でS氏賞。県文学賞一席二回、六〇年「地蔵のいる街」で九州芸術祭文学賞地区優秀作、平成四年（一九九二）「枇杷色のつぼ」で九州芸術祭文学賞地区優秀作。一一年「サンルーム」が全作家協会文学奨励賞を受賞。一七年受験勉強中の少年を訪れる霧の中の女性を描いた幻想小説「きつね峠」により、日本文芸大賞小説賞受賞。二〇年「本卦還り」にて第五回森田雄蔵賞（同人雑誌『小説と詩と評論』主催文学賞）受賞。二一年から個人誌『ふたり』発行。二二年「胎児の記憶」が第一七回九州さが大衆文学賞奨励賞受賞。著書に短編小説集『風の行くさき』（平一四、暮らしの手帖社）、『きつね峠』（平一六、新風舎文庫）、短編小説集『月あかり』（平一八、のべる出版企画）、『干支繚乱／佐用姫物語』（平二三、鳥影社）がある。

【参考文献】『佐賀の文学』（昭六二・一、佐賀の文学編集委員会編、新郷土刊行協会発行）、八田千恵子『佐賀の女性文学・人物編』未定稿（平二一、私家版）

（浦田義和）

白石弥生　しらいし やよい　小説家。昭和二一年（一九四六）一〇月二一日～。長野県生。長野県立篠ノ井高等学校卒業。昭和四三年（一九六八）より沖縄県在住。光文堂印刷勤務（昭和六三年退職）。昭和五六年ごろ、カルチャーセンターの創作教室において、大城立裕《おおしろたつひろ》や嶋津与志《しまつよし》の指導を受ける。五八年処女作「三面鏡」で第九回新沖縄文学賞候補となる。同年「熱帯魚」で第一一回琉球新報短編小説賞佳作。六一年、県外の住まいから沖縄にやってきた父と、夫と離婚し、子どもたちと那覇で暮らす娘の数日間の交流を描いた「若夏の来訪者」で第一二回新沖縄文学賞受賞。同年、離婚した夫の母親の祝賀会に出席せざるを得なくなった「ナイチャー」（「内地人」の意）の女性を描いた「生年祝《トシビー》」で第一七回九州芸術祭文学賞佳作。さらに同年、故人となった長野県の実母のことを尋ねに、ユタ（沖縄におけるシャーマンの一種）の元を訪れる女性を描く「迷心」で第一四回琉球新報短編小説賞受賞。また平成三年（一九九一）『琉球新報』に「新報短編小説賞受賞者競作シリーズ9」として、首里の弁財天堂の修復について取材を行う女性を描いた「弁財天堂物語」を連載（二・二五〜四・一三）。

【参考文献】『沖縄短編小説集―「琉球新報短編小説賞」受賞作品―』（平五・九、琉球新報社）、『新沖縄文学』（昭五八・一二、平一・一二）、「対談　で・あ・い・フ・レ・ッ・シ・ュ」（『かりゆしライフ』平二・一一）

（安河内敬太）

末永直海　すえなが　なおみ　小説家。昭和三七年（一九六二）五月一二日〜。福岡県北九州市に生まれ、東筑紫短期大学付属高校に進学。在学中から漫画を描いていた。その後、昭和五七年（一九八二）に北九州デザイナー学院グラフィックデザイン科に進学。卒業後、五九年に上京。舞台やテレビに出演。その頃、北九州市の実家が営んでいた小鳥屋が倒産し、両親が上京。六一年に漫画家、小林よしのりのアシスタントとなり、『ゴーマニズム宣言』の初代秘書を務める。作中にも「ピャーポ」という呼び名で登場している。小林よしのりのアシスタントを平成六年（一九九四）に辞し、二年間キャバレーや地方巡業などで歌手として生計を立てる。その後、八年に『薔薇の鬼ごっこ』（平九・一、河出書房新社）で第三回蓮如賞優秀賞を受賞し、作家デビューを果たす。本作は自らのキャバレー勤めの経験など、波乱万丈な実人生を描いた作品。受賞後第一作の『百円シンガー極楽天使』（平九・一〇、河出書房新社）も自伝的小説。本作は、文化庁JLPP主催、二〇〇四年度現代日本文学の翻訳・普及事業の第一回対象作品に選出され、英語、ロシア語などに翻訳出版されている。『アプルアプリケ』（平一四・四、角川書店）では北九州が舞台の一つになっている。その他の著作に『煩悩配達人』（平一二・六、小学館）、『浮かれ桜』（平一四・八、講談社）、『デパ地下★ガール』（平一九・一二、世界文化社）、『ママカノ』（平二〇・六、ポプラ社）などがある。鈴山キナコ名義でアートクレイ活動も行っている。

【参考文献】『アプルアプリケ』（平一四・四、角川書店）、「作家　末永直海　Official Site ナオミストリート」（http://outdoor.geocities.jp/demebuchan/）閲覧日二〇一二年五月四日

（稲田大貴）

末永文子　すえなが　ふみこ　小説家。昭和三年（一九二八）〜。福岡県築上郡築城町（現・築上町）生まれ。京都の壬生尼ヶ池にある福田寺の副住職を務める。元『文芸首都』同人。同誌には「尼寺にて」（三八巻五号、昭四四・五）、「骨」（三八巻一一号、昭四四・一一）などの稿を寄せている。著書には北原白秋の二番目の妻で、のち大徳寺僧侶の中村戎仙と結婚した詩人の江口章子の生涯を綿密に追った『城ヶ

島の雨―新説・江口章子の生涯』（昭五六・四、昭和出版）や、西本願寺の大谷光尊の次女として生まれ、柳原白蓮の親友でもあった歌人・九条武子の一生を取り上げた『まぼろしの柱ありけり―九条武子の生涯』（昭六一・七、昭和出版（のち探究社より『九条武子の生涯』（平七・五）として再刊））のような仏教に縁の深い人物を題材とした伝記小説が多い。他の著書に『洛中尼寺日記』（昭四九・一一、昭和出版）がある。

【参考文献】『まぼろしの柱ありけり―九条武子の生涯』（昭六一・七、昭和出版）

（稲田大貴）

杉田久女　すぎた ひさじょ　俳人。明治二三年（一八九〇）五月三〇日～昭和二一年（一九四六）一月二一日。鹿児島県鹿児島市平の馬場（現・平之町）生まれ。本名ひさ。父赤堀廉蔵、母さよの三女。官吏の父は鹿児島県庁に勤務したが、沖縄県庁転勤のため那覇へ転居。那覇で小学校に入学するが、すぐに台湾へ移る。明治三五年（一九〇二）、女子高等師範学校（現・お茶の水女子大学）附属高等女学校入学（三六年説もある）。四〇年卒業。四二年、杉田宇内《うない》と結婚し、小倉へ移り住む。宇内は愛知県の素封家の長男で、東京美術学校（現・東京芸術大学）西洋画科卒業、同研究科を中退し、福岡県立小倉中学校（現・小倉高校）の図画教諭を務めていた。四四年に長女昌子、大正五年（一九一六）に二女光子出生。同年秋、兄で俳人の赤堀月蟾《げっせん》が自宅に寄宿した折、俳句の手ほどきを受ける。当時『ホトトギス』で始まったばかりの女性投句欄「台所雑詠」で頭角を現し、八年、「花衣ぬぐやまつはる紐いろ〳〵」（『ホトトギス』六月号）の句で高濱虚子の激賞を受け、俳壇に広く知られるようになる。この頃、大阪毎日新聞懸賞小説で選外佳作となった「河畔に棲みて」など散文作品も旺盛に執筆した。が一一年、「足袋つぐやノラともならず教師妻」など三句（『ホトトギス』二月号）が、謹厳な中学校教師である夫との間に家庭不和を起こし、受洗。以後、橋本多佳子への指導のほか、俳句から遠ざかり教会活動を熱心に行う。一五年、病気療養中に再び俳句専心を決意。翌年より句作のほか、女性俳句評論にも力を入れた。昭和六年（一九三一）、高濱虚子選『日本新名勝俳句』（大阪毎日新聞社、東京日日新聞社共催募集）で「谺して山ほととぎすほしいまゝ」が応募一〇三二〇七句中の頂点二〇句「帝国風景院賞」に選ばれる。翌七年三月、俳誌『花衣』を創刊主宰（五号まで刊行）。同年、「無憂華の木蔭はいづこ仏生会」以下五句で初めて『ホトトギス』雑詠巻頭となり、『ホトトギス』同人推挙を受ける。翌年、翌々年と三度にわたり巻頭を得、充実の時を迎えるが、一一年『ホトトギス』十月号で日野草城、吉岡禅寺洞とともに同人を「削除」された。同人「削除」は例がなく、『ホトトギス』との方向性の違いが明らかだった他二人に対し、高濱虚子への傾倒深い久女の除名は俳壇に衝撃を与えた。以後、一四年までは僅かに作品発表が見られるが、その後は沈黙。失意のうちに句集の刊行を切望しながら戦時下の日を送った。福岡県立筑紫保養院（現・福岡県立精神医療センター太宰府病院）に入院の後、二一年一月二一日逝去。享年五五。入院先の関係で「狂死」を喧伝されたが、死因は腎臓病であることが明らかになっている。死後の昭和二七年、長女石昌子の編集により『杉田久女句集』（角川書店）が刊行された。

【参考文献】図録『花衣　俳人杉田久女』（平二三・一一、北九州市立文学館）

（佐藤響子、中西由紀子）

杉本章子　すぎもと　あきこ　小説家。福岡県八女郡福島町酒井田（現・八女市）生まれ。八女市立三河小学校、市立南中学校、福岡海星女子学院高校を経て、ノートルダム清心女子大学文学部国文科に入学。その後、金城学院大学大学院文学研究科修士課程に進学。専攻は近世文学で戯作に興味を持つ。昭和五四年（一九七九）、修士論文であつかった儒学者寺門静軒を描いた小説「男の軌跡」で第四回歴史文学賞佳作を受賞し、作家活動に入る。五八年『写楽まぼろし』（昭五八・五、新人物往来社）で第八九回直木賞候補に、六〇年「名主の裔」（昭六〇・一、「別冊文芸春秋」一七〇号）で第九三回直木賞候補となり、平成元年（一九八九）、光線画を生み出した明治の浮世絵師小林清親を描いた『東京新大橋雨中図』（昭六三・一一、新人物往来社）で第一〇〇回直木賞を受賞。九州在住の女性作家では初めての直木賞受賞者となる。幕末から明治初期を舞台にすることが多く、初期は『名主の裔』（平一・五、文芸春秋社）で「江戸名所図会」の作者斎藤月岑、『爆弾可楽』（平二・九、文芸春秋社）で四代目三笑亭可楽、『間諜』（平六・三、中央公論社）で洋妾《らしゃめん》のスパイおむらなど、実在の人物を主人公とした歴史小説的なスタイルが多い。平成一〇年（一九九八）、呉服太物屋の総領息子でありながら勘当された信太郎が活躍する「信太郎人情始末帖」連作がスタート。信太郎をはじめ主要人物がフィクショナルであるこのシリーズは約十年続き、杉本の代表作となるとともに新境地を拓いた。単行本は『おすず』（平一三・九、文芸春秋社）から『銀河祭りのふたり』（平二〇・八、文芸春秋社）まで七冊を数える。緻密な時代考証に支えられたやわらかな筆致が特徴。出久根達郎は信太郎シリーズ六作目の『その日』文庫版（平二二・五、文芸春秋社）解説にて「ここに、本当の、江戸の空がある」と評した。その他の著作に『東京影同心』（平二二・一二、講談社）、『春告鳥　女占い十二か月』（平二二・四、文芸春秋社）、『お狂言師歌吉うきよ暦』（平一七・一〇、講談社）。昭和五八年、第一四回福岡市文学賞受賞。平成元年、第一四回福岡市文化賞受賞。二年、第二回福岡県文化賞受賞。一四年、第八回中山義秀賞受賞（福島県白河市）。平成二七年（二〇一五）一二月四日、乳がんにて死去。享年六二歳。

【参考文献】図録『福岡と芥川賞・直木賞　その作家と作品』（平一六・六、福岡市文学館）

（和泉僚子）

杉山武子　すぎやま　たけこ　評論家。昭和二四年（一九四九）九月二〇日～。福岡県三潴《みずま》郡三潴町（現・久留米市）に父原勝一郎、母圭子の長女として生まれた。本名、岩元三津子。昭和四三年（一九六八）、県立久留米高等学校卒業、筑紫女学園短期大学国文科入学。五三年、岩元泉と結婚。福岡市、前原市に住んだ後、平成一二年（二〇〇〇）から鹿児島市在住。小さいころ読んだ「フランダースの犬」や「アンネの日記」に感動、書くことへの眼が開かれた。大学在学中から創作活動をはじめ、杉山武子のペンネームを使い始めた。昭和五九年に評論「土着と反逆　―吉野せいの文学について―」（『農民文学』189）により農民文学賞受賞。この雑誌に次々と発表された評伝には、「人が光を当てないような人たち。そんな人たちが確かにいた、そんな時代があったことをちゃんと書くことで、その人や時代が生きて受け継がれていくのではないかと思う」「私の目を通してその人が生きていた証《あかし》を記し、それが私がこの世に生きていた証にもなるのです。」（「インタビュー　福岡市文学賞（小説・評論部門）を受賞した杉山武子さん」（『福岡２００１』平一二・四、プロジェクト福岡）という杉山の思想が貫かれている。三八歳のころから三年間、北川晃二の文芸教室で学んだ。平成元年（一九八九）に小説「晩夏」で福岡市民芸術祭市議会議長賞受賞。五年の暮れから家族でアメリカ旅行をした。以後、多くの紀行文を発表。九州大学勤務の後は不動産会社で「宅地建物取引主任」資格を取得するなど、職業人としての生活のかたわら執筆活動を続け、二〇代のころから温め続けた樋口一葉論を平成八年から『海』に二年半にわたって連載。一一年に『夢とうつせみ』として私家版で刊行、この年の福岡市文学賞（小説・評論部門）を受賞した。鹿児島転居に伴い専業主婦生活に転換して、五〇代に入るころにホームページ作りを思い立ち、一二年一月一日に『杉山武子の文学夢街道』を公開した。また、『南日本新聞』に「思うこと」と題するエッセイを一〇回連載（平一四・一二・二二〜一五・二・二〇）。『国文学　解釈と鑑賞』平成一五年五月号の「特集・樋口一葉」には『ゆく雲』試論」が掲載された。翌一六年一一月に一葉が新五千円札の肖像に選ばれたのを機会に、大西巨人の推挙もあって、新版『一葉樋口夏子の肖像』（平一八・一〇、績文堂出版）を刊行。二二年五月『矢山哲治と「こをろ」の時代』（績文堂出版）刊行。二三年一一月『土着と反逆　〜吉野せいの文学について〜』（出版企画あさんてさーな）刊行、吉野せい論の他、猪狩満直論、渋谷黎子論、三野混沌論も収録した。吉野せい論、渋谷黎子論は、『第Ⅲ期サークル村』にも再録された。『農民文学』会員。

【参考文献】「杉山武子作品リスト」（http://www5a.biglobe.ne.jp/~takeko/pen.htm）、山崎真由美「杉山武子著『一葉樋口夏子の肖像』」（『国文学　解釈と鑑賞』平一九・九）

（狩野啓子）

須山ユキヱ　すやま ゆきえ　小説家。大正六年（一九一七）一月二五日〜平成一三年（二〇〇一）一月二七日。福岡県田川郡（現・田川市）に生まれる。福岡県田川高等実業女学校（現・福岡県立東鷹高等学校）を卒業後、福岡県書記を経て、九大理学部数学教室に勤務。昭和二二年（一九四七）、「法悦」で鎌倉文庫女流新人賞を受賞。昭和三七年に夫とともに富山県射水郡小杉町（現・射水市）へと移る。昭和五六年には「林雪」で北日本文学賞選奨を、五九年に「延段」で中央公論女流新人賞を受賞。「延段」を含む九編を収めた短編集『延段』（昭五九・一〇、菁柿堂）を同年刊行。『延段』のあとがきでは、生まれた日、田川が大雪であったエピソードを紹介し、雪への愛着を表している。須山作品の雪は、あまり雪の降らない九州から憧れた、イメージとしての雪である。そのため、主に富山を舞台として描かれる雪は明るい印象を与える。他の著書に『九十九しゃんの店』（昭六三・四、青弓社）、『紫式部幻影』（平三・一、青弓社）などがある。

【参考文献】『延段』（昭五九・一〇、菁柿堂）

（稲田大貴）

世良絹子　せら きぬこ　児童文学作家。大正一四年（一九二五）二月九日〜平成一四年（二〇〇二）八月一二日。宮城県登米郡登米町（現・登米市）生まれ。父山本康三、母節の二女。四人兄弟の第三子。父親の転勤に伴い、生後すぐに宮崎県東臼杵郡（現・延岡市）に移り、以後熊本市、鹿児島市、久留米市に転居。旧久留米高等女学校（現・福岡県立明善高等学校）を卒業。昭和一八年（一九四三）九月、福岡県立女子専門学校（現・福岡女子大学）を繰り上げ卒業。当時歌を詠み、『アララギ』などに投稿していた。同年一〇月より九州帝国大学医学部生理学教室に研究補助員として勤務、二一年五月退職。翌年六月、京都市内で高校教諭をしていた世良忠彦と結婚。京都在住中には、夫の教え子で後に児童文学者となる安藤美紀夫（昭和五～平成二）とも交流を深めた。二七年より福岡県小郡市に住む。二九年、日本児童文学者協会へ入会。福岡支部機関紙『火の国』（昭二八・六創刊）に二号（昭二九・一）から参加した。三〇年一一月、同誌所属の北九州在住者による児童文芸誌『小さい旗』が創刊され、世良は第二号（昭三一・二）へ「台風の中の風たち」を発表し同人となる。第二七号（昭四六・新春特大号）は、長編「海に開く道」一篇のみ掲載、同作は、『海にひらく道』（昭四六・一二、太平出版社）として出版された。平安時代の九州を舞台に、日韓の少年の友情を描き出し高く評価された。主な著書に『あっちゆきだよヒャータ』（昭五〇・九、フレーベル館）、『光の川』（昭五一・一〇、ポプラ社）、『ダンプカーをおいかけろ（フレーベル館の幼年創作童話12）』（昭五五・一、フレーベル館）、『お日さま笑い―光ちゃんがわらった』（平八・五、ポプラ社）がある。また、横谷輝氏責任編集による「児童文学同人誌シリーズ・8」が小さい旗同人編『犬となでしこの服と和平どん』（昭四六・四、牧書店）として刊行され、世良の「赤土の台地の上で」が収録された。在住した小郡市の歴史や風俗にも造詣が深く、同市「七夕の里づくり委員会」（現在は解散）に所属、同会発行の小冊子『七夕ぼん』（平七・七）に、「小郡の犬飼さん」など民話三編を掲載した。晩年は闘病しながら創作を続け、『小さい旗』の中心メンバーの一人として後進の指導に力を注いだ。

【参考文献】『小さい旗第四四号〈創刊二〇周年記念特大号〉』（昭五〇・一〇、小さい旗の会）、『小さい旗第一一六号〈世良絹子追悼特集〉』（平一四・一〇、小さい旗の会）

（小野　恵）

園田節子　そのだ せつこ　歌人。大正十二年（一九二三）十月一二日～。佐賀県唐津市生まれ。昭和一九年（一九四四）東京女子高等師範（現・お茶の水女子大）卒。一九年の大村高女勤務から三六年唐津西高校辞任まで高校教師。その間、二一年唐津に出来た「道草短歌会」や二五年復刊された『姫百合』（昭和八年二月～九年九月、佐賀の碇登志雄創刊）に参加。四七年には、「女人短歌会」（長沢美津総帥）の九州西部支部を唐津に創設。五六年、武雄に白鷺短歌会創立、機関誌「白鷺」主宰。長男を一一歳、次男を二六歳で亡くす。昭和五三年（一九七八）から平成二一年（二〇〇九）まで佐賀新聞歌壇選者。平成七年から「朝音」（太田青丘主宰）選者。二〇年、地域文化功労者文部科学大臣表彰。日本歌人クラブ名誉会員現代歌人協会会員。日本現状詩歌文学館評議員。主な著書に『是念』（昭四三、短歌研究社）、『枯木の塔』（昭四九、短歌研究社、姫由理叢書第二八篇、女人短歌叢書第二四一篇）、『有明の波』（昭五九、短歌嘶聞社、姫由理叢書第五〇篇、女人短歌叢書第四三五篇）、『秘色の湖』（平五、短歌研究社）、亡き二児にちなんで白鳥座の二重星アルビレオを題にした『わが星アルビレオ』（平一五、短歌研究社）、最近著に『アルビレオその後』（平二三、私家版）がある。共著として戦後の歌壇を担当した『佐賀の文学』（昭六二、新郷土刊行会）。『肥前の新しい歌枕』（平三、白鷺短歌会）がある。歌に「画面ながら眼合ひたりベンガルの子が差し出す掌よ何与ふべき」（『枯木の塔』）「天地のしづくの如き人間の命か吾と抱きしめて立つ」（『アルビレオその後』）など。

【参考文献】『佐賀の文学』（昭六二・一、佐賀の文学編集委員会編、新郷土刊行協会発行）、八田千恵子『佐賀の女性文学・人物編』未定稿（平二一、私家版）

（浦田義和）

曽原紀子 そはら のりこ 小説家。昭和三六年（一九六一）大阪教育大学卒業を卒業後小学校教師となる。宮崎県の教職員による文芸誌『しゃりんばい』に投稿していたのを、同誌の編集委員長である鶴ヶ野勉氏に誘われ、宮崎の同人誌『龍舌蘭』に参加。平成八年（一九九六）、同誌の第一四五号に『棘になる』を発表。『どんぐり』で一三年第四回みやざき文学賞第一席。一九年戦争をテーマにした子ども向け絵本『フラッシュ』（鉱脈社）、また二〇年に第一作品集となる『遮断機』（鉱脈社）を刊行。二十五年『青いうぶ声』で第四三回九州芸術祭文学賞の佳作を受賞。不妊に悩む女性や、教師を辞めた女性が十二歳で妊娠してしまった少女と出会ったことで自分自身を取り戻す話など、妻として、母親として、教師として、女性の体験ならではの鋭い視点で、日常の喪失と回復、そのかたちを巧みに描きだした作品で高い評価を得ている。

【参考文献】『遮断機』（平二〇・三、鉱脈社）

（伊福満代）

大悟法静子 だいごぼう しずこ 歌人。明治四四年（一九一一）六月二一日～平成一八年（二〇〇六）二月五日。福岡県若松市（現・北九州市若松区）生まれ。本名静《しず》。父守田繁吉、母フジの五女。姉の三苫京子は若山牧水『創作』に加入していた。福岡県立若松高等女学校（現・若松高等学校）卒業。たまたま上京していた京子が病に倒れ、看護のため上京したことをきっかけに、昭和四年（一九二九）創作社に加入。五年九月号から青谷桐子の名で『創作』に歌を発表。八年四月、若山牧水の助手であった大悟法利雄と結婚。戦時中、利雄の郷里大分県中津に疎開。二一年一月、利雄が『新道』を創刊、編集を手伝い自身も歌を発表した。三〇年五月、一家で上京。一〇周年を期に『新道』廃刊後、三一年五月号から再び『創作』に歌を発表。四〇年一二月、第一歌集『短歌日記』刊行。「君が道けはしきにつきしたがひてここまでは来つこれからもなほ」「帰り来てまず母を呼ぶ子等の声この井戸べぞと知らすわが声」などの歌を収める。五四年度牧水賞受賞。六〇年一一月、第二歌集『続短歌日記』刊行。平成元年（一九八九）九月、第一・二歌集からの選集『大悟法静子集』（日本全国女流歌人叢書〈第32集〉、近代文芸社）刊行。三男二女（長男は夭折）があり、学習塾を経営しながら夫を支えた。中津市大悟法村に『創作』の分裂の危機に奔走する青年利雄のやぶれ靴が縁」の歌碑がある。

【参考文献】「略年譜」（自筆）（『大悟法静子集』に収録）

（佐藤響子）

大道珠貴 だいどう たまき 小説家。昭和四一年（一九六六）四月一〇日～。福岡県福岡市生。昭和五九年（一九八四）福岡県立福岡中央高等学校を卒業。幼い頃から絵を書くのが好きで漫画家に関心を持つ。以来、詩や短歌を書き始め、一九歳からは小説や脚本を書き、自流の文章の手法を獲得。太宰治の『人間失格』を読んだのがきっかけになり、作家を目指す。二四歳の時、放送局の脚本募集の佳作に選ばれ、脚本家としてスタート。平成一二年（二〇〇〇）、「裸」で第三〇回九州芸術祭文学賞最優秀賞を受賞し、『文学界』（平一二・四）に掲載され、小説家としてデビューした。この「裸」は一九歳の主人公の「あたし」を中心とする博多が舞台になった作品で第一二三回芥川賞候補となり、「スッポン」（『文学界』平一二・一〇）が第一二四回芥川賞候補、「ゆううつな苺」（『文学界』平一三・一二）が第一二六回芥川賞候補となり、話題を呼ぶ。平成一五年、「しょっぱいドライブ」（『文学界』平一四・一二）で第一二八回芥川賞受賞。この作品は今までの九州を舞台にした作品とは異なって大道にとって新境地を開く契機となった。その後『傷口にはウオッカ』（平一七・一、講談社）で第一五回Bunkamuraドゥマゴ文学賞を受賞。その他、『ミルク』（平一六・九、中央公論新社）『素敵』（平一六・一二、光文社）、『たまたま……』（平一七・五、朝日出版社）、『後ろ向きで歩こう』（平一七・七、文芸春秋）、『ハナとウミ』（平一七・九、双葉社）を次々と刊行。初のエッセイ集『東京居酒屋探訪』（平一八・九、講談社）では、気の置けない仲間とともに食と酒を囲むひとときを通して、日常の暮らしぶりや過去への思いが語られていく。また『ケセランパサラン』（平一八・九、小学館）、『蝶か蛾か』（平一八・一二、文芸春秋）、『オニが来た』（平一九・二、光文社）、『ショッキングピンク』（平一九・八、講談社）、『立派になりましたか？』（平二〇・一、双葉社）、『きれいごと』（平二三・一二、文芸春秋）を刊行し、これ以外にも多数の作品がある。

【参考文献】「すばる文学カフェ　ひと　大道珠貴」（『すばる』平一七・四）、『福岡の文化と芸術　Wa Vol.6』（平一二・一〇、福岡市文化芸術振興財団）

（朴　順伊）

高樹のぶ子　たかぎ のぶこ　作家。昭和二一（一九四六）年四月九日～。山口県防府市生まれ。本名鶴田信子。高木恭介、良子の間に二人姉妹の長女として誕生。昭和五四年（一九七八）一二月、福岡の同人誌『らむぷ』に発表した「揺れる髪」が翌年の『文学界』（昭五五・二）に転載され注目を浴びる。五五年、文学界新人賞に応募した「その細き道」が『文学界』（昭五五・一二）に掲載、第八四回芥川賞候補となる。この年鶴田哲朗と再婚。その後「遠すぎる友」「追い風」で連続して候補となり、五九年一月、「光抱く友よ」が第九〇回芥川賞を受賞。戦後生まれ初の女性作家、主婦作家ということで話題となった。以後は意欲的に作品を発表。西日本新聞社含む五社での連載小説『銀河の雫』（平五・九、文芸春秋社）、『蔦燃』（平六・九、講談社）など福岡市を舞台にした作品もある。ドラマ化、映画化された作品も多数。五九年第九回福岡市文化賞受賞。平成六（一九九四）年『蔦燃』で第一回島清恋愛文学賞受賞。七年『水脈』（平七・五、文芸春秋社）で第三四回女流文学賞。一一年『透光の樹』（平一一・一、文芸春秋社）で第三五回谷崎潤一郎賞受賞。一五年第一〇回福岡県文化賞受賞。一八年『HOKKAI』（平一七・一〇、新潮社）で第五六回芸術選奨文部大臣賞受賞。二〇年紫綬褒章受章。芥川賞ほかいくつかの文学賞選考委員を務める。一八年より九州大学特任教授に任命され、九州大学アジア総合政策センターを拠点とした「SIA《サイア》（Soaked in Asia）」を開始。高樹が五年間でアジア十ヶ国を訪ね、作家や人々と交流し、そこから得たものを作品や講演、ドキュメンタリー等で発表するプロジェクトである。『新潮』誌上には各国の作家の作品と高樹の書き下ろした短編を並列して掲載。二三年SIA終了後、高樹の作品は『トモスイ』（平二三・一、新潮社）として刊行、短編「トモスイ」（『新潮』平二一・四）は二二年、第三六回川端康成文学賞を受賞した。

【参考文献】『高樹のぶ子BOOK　ロング＆ワインディングロード』（平一七・三、マガジンハウス）、図録『福岡と芥川賞・直木賞　その作家と作品』（平一六・六、福岡市文学館）、『週刊文春』（平一六・一二・九）

（和泉僚子）

高崎綏子　たかさき やすこ　小説家。昭和九年（一九三四）一月一日～。宮城県仙台市外記町（現・仙台市）生まれ。父藪地千城、母喜久の長女。三人兄弟の第一子。父親の転勤に伴い徳島、姫路などに住んだ。昭和三二年（一九五七）、小学校の教職にあった高崎蔵之と結婚、以後北九州に住む。五七年より『海峡派』同人として小説を書き始める。六三年、「僕のいる場所」で九州芸術祭地区最優秀作、「夢の起点」（平一・九、九州電力『おんなのエッセイ入賞作品集』）で九州電力文学賞「女のエッセイ」特選、平成三年（一九九一）、「水滴」（『周炎』平三・四）で第一回岩下俊作賞を受賞した。他に平成元年（一九八九）、「地上漂流」で第一回フェミナ賞候補、三年、「木語」で婦人公論女流新人賞候補にあがる。エッセイ集『夢の起点』（平七・五、梓書院）は、昭和六二年（一九八七）～平成六年（一九九四）に書いたエッセイから二八編を自選収録した。村田喜代子が跋文を記し、小説とはひと味違う高崎の「心の世界」を「彼女のもう一つのいい素顔」と評した。その他の著書に、短編集『魚の樹』（平一〇・四、梓書院）、短編集『マーガレット日記』（平二〇・八、発表社）がある。同著収録の「埠頭の犬」（平一〇・八、『海峡派83号』）は、『文学界』の「同人誌月間ベスト・ワン」後半期優秀作候補にもなった。平成九年より俳誌『自鳴鐘』の同人としても活躍、平成一四年度の自鳴鐘賞を受賞した。北九州市門司区在住。

（小野　恵）

高瀬千図　たかせ ちず　小説家。昭和二〇年（一九四五）一二月一二日～。長崎県西彼杵《にしそのぎ》郡、現在の長与町生まれ。県立長崎西高校を経て県立熊本女子大を卒業後、上京し、出版社に勤務した。「私が生まれ育ったのは長崎の小さな漁村である。祖父の代までは漁師だった。どの家もひどく貧しかった。家の前には河があり、その家の生活をささえているこれも小さな手漕ぎの舟が繋いであった。」（なぜ方言でなければならないか」『西日本新聞』夕刊。平一・一一・一〇）「河」はおそらくは長与川。高校の同窓に故久本三多葦書房社長がいる。「イチの朝」（『早稲田文学』昭五九・三、五九年上期、芥川賞候補）の主人公イチや『天の曳航』（平一・八、講談社）の主人公知恵の暮らす町も、こうした著者の生まれ故郷の環境と重なる部分がある。一時、勝目梓と結婚したが後に離婚。森敦に師事し、中上健次、紀和鏡夫妻とも交友があり、二人から小説を書くことを強く勧められたという。著書に『風の家』（昭六二、講談社、第一回三島賞候補）『夏の記憶』（平八・六、葦書房）『道真』（平九、日本放送出版協会）などがある。

【参考文献】「往来・作家高瀬千図」（『朝日新聞』平八・九・一二）、「現代の『国生み』神話　高瀬千図さん」（『西日本新聞』夕刊昭六三・一〇・一〇）

（長野秀樹）

高千穂峰女　たかちほ みねじょ　俳人。明治二八年（一八九五）一月一〇日～昭和六二年（一九八七）三月三日。福岡県田川郡弓削田《ゆげた》村

(現・田川市)生まれ。本名ユキヱ。糸飛炭坑坑主である角銅朝太郎の長女。大正二年(一九一三)五月二〇日、英彦山神宮宮司高千穂俊麿と結婚、三男一女を得る。昭和五年(一九三〇)、英彦山探勝俳句会で初めて作句し、参加していた杉田久女の勧めで俳句の道に入る。七年、吉岡禅寺洞主宰の「天の川」に加入、白百合と号した。戦中戦後は作句を中断。昭和三〇年、還暦記念に句集『日子《ひこ》のかげ』出版(俳号白百合)。同年、飯田蛇笏主宰「雲母」に加入。この頃峰女と改号した。三六年、石原八束《やつか》主宰『秋』発刊に際し同人として加入。三九年一一月、句集『磐境《いわさか》』(英彦山神社講社)出版。四一年二月、英彦山鷹巣原に句碑「鳥翔つや孤もおぼろなる嶺の涯」建立。昭和五一年、傘寿記念句集『祀り』出版。また、出版した三句集から選集した『彦のみやしろ』を刊行している。没後、遺族により句集『花散るばかり　英彦山に生きる　高千穂峰女句集』(昭六三・三、葦書房)が編まれる。同書と石昌子編『杉田久女遺墨』(昭五五・四、東門書屋)、『杉田久女遺墨〈続〉』(平四・九、東門書屋)には、久女から峰女に宛てた手紙が写真版で掲載されている。五六年一一月、英彦山大権現に句碑「権現のえにしにつどふ岩もみぢ」建立。

【参考文献】「英彦山の文学碑をたずねて」(『琅玕』第27号、昭五四・二、福岡県立田川高等学校文芸部)、大石實編著『福岡県の文学碑　近・現代編』(平一二・九、海鳥社)、高千穂英文「英彦山と文学　杉田久女と高千穂峰女」(『図説　田川・京築の歴史』平一八・一一、郷土出版社)

(佐藤響子、中西由紀子)

高塚かず子　たかつか　かずこ　詩人。昭和二一年(一九四六)二月六日~。島根県邑智郡川本町生まれ。長崎県大村市野岳町在住。本名御厨和子。曽祖父品川河秋は地元で俳句誌『霧の海』を主宰し、妻は琵琶の師匠、祖母トミは柳雅園の俳号を持つ。叔母榮子は短歌を作り、高塚は高校時代から作品をノートに書き写していた。母カヨは晩年に詩作を始め、高塚はカヨと榮子の共著『生きる』(平一二・一、非売品)を編んだ。三歳で父哲夫の元を離れ、一三歳まで長崎県五島有川町太田郷で祖母に育てられた。昭和三五年(一九六〇)、一四歳のとき安保闘争で樺美智子が亡くなった日に詩を書き始める。三六年、長崎西高校入学。同級生に伊藤一長(元長崎市長)がいた。一八歳のとき、吉原幸子の詩に出会い衝撃を受ける。四〇年九月、一四歳から一八歳までの詩をまとめた『存在以前』(私家版)発行。吉原幸子に送ると返事が届く。四一年三月、活水女子短期大学英文科卒業後、就職のため上京。同年五月、吉原幸子と会い、家事手伝いとして一年間同居する。また『詩学』『同時代』『マドモアゼル』などに詩を発表する。四四年、長崎に戻るが、その後も吉原との交流は続いた。五八年、新川和江と吉原幸子が創刊した『ラ・メール』に加わり、終刊(平五)まで参加。高塚にとって『ラ・メール』は「人間として生き続けていく希望を与えてくれた」(H氏賞受賞のことば)。平成四年(一九九二)、第九回ラ・メール新人賞受賞。五年一二月、詩集『生きる水』(思潮社)発行し、第四四回H氏賞受賞。二一年、第一九回伊藤静雄賞受賞。『存在以前』のエピグラフに「—水の中にいるとき、私はなんとすばらしく/〝私自身〟に帰れたことであろうか。—」とあるように「水」そして「海」は高塚の詩の中心モチーフである。生命を運び循環・螺旋する「水」は、過去・現在・未来の時間を流れ、川が流れ込む「海」は故郷の海・始原の海として生命を包み込んでいる。その他の詩集に『天の水』(平一〇・八、思潮社)、『水の旅』(平二三・三、思潮社)がある。詩誌には個人詩誌『海』(平二発刊)、野田桂子・原田幸子らとの同人誌『三人』(平一七発刊)、同じ大村市在住の馬場敦子との同人誌『かるとぅしゅ』(平二二発刊)がある。また、作曲家堀内貴晃との共著『混声合唱とピアノのための組曲　猫祭』(平一二、河合楽器製作所出版部)、2007ビエンナーレいしかわ秋の芸術祭での「組曲『水の旅』初演コンサート」の作詩、長崎県鶴南特別支援学校の新校歌の作詞なども手がけた。

【参考文献】『詩学』(平六・六)、『続・人物しまね文学館』(平二四・五、山陰中央新報社)

(楠田剛士)

鷹取美保子　たかとり みほこ　詩人。昭和二六年(一九五一)一二月二五日～。福岡県北九州市八幡西区鷹の巣生。昭和四七年(一九七二)三月西南女学院短大英語科卒業。昭和五〇年カリフォルニア州立大学留学。帰国後、志摩海夫の現代詩講座をきっかけに本格的に詩作に入り、五一年『未来樹』の同人となって、作品の発表を開始する。同詩の会より第一詩集『氷柱花』(昭五七・九)を刊行。五五年、北九州詩人協会会員。『子午線』『BO』(長崎)同人を経て、平成七年より『花』(東京)同人。また、昭和六一年より個人詩通信『あん』の発行を始める。同誌kid's eyesコーナーには娘、知花の詩作も載り、知花の高校卒業の折りには、小学生以来の詩を纏めて『こたえのない問い』(鷹取知花、平一三・九、花宴社)を刊行した。日本現代詩人会、日本詩人クラブ、福岡県詩人会会員。「母を自宅で介護した四年二ヶ月の日々の中から生まれた」(あとがき)という『千年の家』(平一七・六、本多企画)で、平成一八年(二〇〇六)、第四二回福岡県詩人賞受賞。ほか詩集に、『血縁の野』(昭六〇・二、花宴社)『冬の柘榴』(平二・一、本多企画)『億年の耳』(平二三・九、砂子屋書房)がある。

(田代ゆき)

高群逸枝　たかむれ いつえ　詩人、評論家、女性史研究家。明治二七年(一八九四)一月一八日～昭和三九年(一九六四)六月七日。本名橋本イツエ。熊本県下益城郡豊川村(現・宇城市松橋町)生。小学校教員で漢詩人でもあった父高群勝太郎(号は嵓泉《がんせん》)、母登代の長女(弟二人、妹一人)。豊かな自然に囲まれた山村で少女期を過ごし、神隠しにあった体験などが自然に一体化する思考や直観を育て、作風を形成した。妻や子供にも漢文素読などを教えた父の存在は、逸枝の文才の開花に大きな影響を与える。明治三九年(一九〇六)の手稿本『十三才集』にはじまり、詩歌や文を綴った小冊子づくりは女学校時代まで続いた。熊本女子師範学校を退学処分となった後、熊本女学校四年に編入学。その翌年大正二年(一九一三)三月同校四年を終了し、鐘淵紡績の女工を経て、三年四月より小学校代用教員を務める。五年末より、文芸雑誌を通して人吉で代用教員をしていた橋本憲三と交際が始まるが、しばしば憲三との恋愛に苦悩し、六年一〇月、教職を辞す。翌七年、四国遍路の旅に出、『九州日日新聞』に一〇五回(同年六月六日～一二月一六日)にわたって「娘巡礼記」を連載して大評判となる。この時期、新聞へ破調短歌を投稿。八年、憲三と婚約同居するが、九年、単身で上京。翌一〇年、生田長江に認められて『新小説』四月号に、予言者としての詩人観から「ひとりの野性的な娘」(『火の国の女の日記』)の自伝的物語を書いた長編詩「日月の上に」を掲載。同年六月に『日月の上に』(叢文閣)、『放浪者の詩』(新潮社)の二冊の詩集を刊行し、尖鋭な女性詩人として注目された。その直後、憲三に熊本に連れ帰られるが、一一年に二人で再上京、男児を死産した。歌集『妾薄命』(大一一・六)、詩集『東京は熱病にかゝつてゐる』(大一四・一二)、評論集『恋愛創性』(昭一・四)などを刊行。昭和五年(一九三〇)、平塚らいてうらと無産婦人芸術連盟を結成、三月に『婦人戦線』を創刊し、アナーキズムの立場から盛んな評論活動を展開する。六年七月より、東京府下荏原郡世田谷に建てた通称「森の家」にこもり、生涯をかけた日本女性史研究に没頭する。一日一〇時間以上の研究生活は、平凡社勤務の憲三が全面的に支えた。また、『大日本女性人名辞書』(昭一一・一〇、厚生閣)の刊行を機に高群逸枝著作後援会が発足した。一三年六月、『母系制の研究』(厚生閣)を刊行、それから一五年を経て、戦後の二八年一月に『招請婚の研究』(講談社)を刊行。この二著は、家父長的な「家族制度」は日本古来の制度とする従来の学説を覆すことによって、女性解放運動に理論的根拠を与えたといわれる。続いて『女性の歴史』全四冊(昭二九・四~昭三三・七、講談社)を刊行。その他に『恋愛論』(昭二三・一〇、沙羅書房)、『日本婚姻史』(昭三八・五、至文堂)などがある。戦中は、皇国賛美の女性論を執筆した。没後、理論社から『火の国の女の日記』(昭四〇・六)、『高群逸枝全集』一〇巻(昭四一~四二)が刊行された。

【参考文献】橋本憲三編集『高群逸枝雑誌』(昭四三・一〇~昭五一・四・全三一号、憲三没後、昭五五・一二終刊号)、高群逸枝「今昔の歌」『熊本日日新聞』(昭三四・一・五~四・一四、一〇〇回連載)、『暗河　一四号　小特集・高群逸枝』(昭五二・一、葦書房)

(谷口絹枝)

滝勝子　たき かつこ　詩人。大正一五年(一九二六)四月二一日~昭和五〇年(一九七五)四月二二日。福岡県福岡市生。福岡女学院卒。結婚後、夫に随い佐世保市や島根県へ移るが、昭和二八年(一九五三)九月福岡市へ戻り、三一年四月より『詩科』に参加。詩作の発表を開始して、同会発行の井上寛治『不安について』(昭三三・一一)の編集を手掛けるなど、精力的に活動した。同じ頃、九州詩人祭にも参加し、『九州詩集　一九五七年版』に作品を連ねている。三三年三月より『ALMÉE』に参加。黒田達也の編に拠り、第一詩集『最後の女』(昭三六・三、ALMÉE の会)を刊行。四五年、同じく『ALMÉE』に発表した二三編の作品を集めて第二詩集『渡る』(昭四五・六、思潮社)を刊行。表題作は「はじめに恥があった」とうたい出され、少女の身売りを綴る。「『身売り』の観念とはまったく無縁に私たちは一生を過せるはずはなく」、女は「『渡る』ために起るさまざまな現象(摩擦)にさらされるとき、女性としての辛さの感情の内部構造に、その身体(受身の性)的骨格が重複している筈である」(『福岡県詩人会会報』二二号、昭四六・三)と自ら語って、代表作となった。四六年、同著書で第一回福岡市文学賞受賞。「女としての業の暗さと怨念の重みと生の深渕に耐えている作者の姿が感じられる。福岡の女流では、この詩集を超えることの出来る者は、当分あるまいと思われる詩集である」(「選考経過」『福岡'70文学賞』昭四六・三、福岡市教育委員会・福岡市文芸運営委員会)と絶賛を受ける。更に同年、第七回福岡県詩人賞を受賞し、野田寿子に続き二人目の女性の受賞となった。その後も『ALMÉE』を中心に詩作を続け、また、福岡県詩人協会とも三四年の発足以来会員として積極的に関わりを持ち続けたが、活動の途上、四九歳の若さで逝去。「癌の宿」(『ALMÉE』一五〇号、昭五〇・二）が最後の作となった。

【参考文献】「滝勝子追悼特集」（『ALMÉE』一五三号、昭五〇・六）、境忠一「辺境のひとを語る」（『ALMÉE』一一四号、昭四五・九）

（田代ゆき）

竹下しづの女　たけした しづのじょ　俳人。明治二〇年（一八八七）三月一九日～昭和二六年（一九五一）八月三日。福岡県京都《みやこ》郡稗田村（現・行橋市）生まれ。本名静廼《しづの》。父宝吉、母フジの長女。富裕な豪農である生家にて、教育熱心な両親のもと育つ。明治三六年（一九〇三）、開校したばかりの福岡県女子師範学校（現・福岡教育大学一部）入学。三九年卒業。この間、同郷で私塾水哉園出身の末松房泰《ふさひろ》（末松謙澄兄）に小説や漢詩の指導を仰いだ。地元の久保小学校、稗田小学校訓導を経て、四四年、小倉師範学校（現・福岡教育大学一部）助教諭となる。音楽と国語を担当。翌年、福岡農学校（現・福岡農業高等学校）教諭の水口伴蔵を婿に迎え結婚、二男二女を得る。結婚後は離職。

大正八年（一九一九）、俳誌『天の川』主宰の吉岡禅寺洞より指導を受け、句作を始める。翌年八月号の『ホトトギス』において、「短夜や乳《ち》ぜり泣く児を須可捨焉乎《すてつちまをか》」などの句で女性俳人初の巻頭を獲得。彗星に例えられるデビューを果たす。しかしその後、俳句の理論的問題に突き当たり句作を中断。昭和三年（一九二八）、福岡に高濱虚子を迎えた第二回関西俳句大会（「天の川」社主催）を機に俳句を再開した。八年、農学校校長となって二年足らずの夫が急逝。生活を支えるため、四六歳で福岡県立図書館司書となる。一二年三月、長男竜骨（吉信）の福岡高校俳句会が中心となり、高等学校俳句連盟結成。機関誌『成層圏』の創刊にあたり、中村草田男と共に指導を行う。連盟は会員の進学に伴い学生俳句連盟と改称。一六年の『成層圏』廃刊までに金子兜太、香西照雄らを輩出した。辞職後の一五年、第一句集『颯《はやて》』刊行。「緑蔭や矢を獲ては鳴る白き的」「紅塵を吸うて肉《しし》とす五月鯉」「汗臭き鈍《のろ》の男の群に伍す」などの句を収める。二〇年八月、竜骨死去。深い喪失の中、敗戦を迎える。戦後の農地改革に際しては、所有地確保のため故郷に戻って米作りを営み、福岡の子らへ届けたという。母親を看取った後、病臥、死去。享年六四。

漢詩文の素養豊かな作風は「詰屈」と評されるが、近代女性の気概を詠んだ佳句が多い。杉田久女、久保より江らと並び、女性俳人の多かった福岡俳壇の一時代を築いた。没後、香西照雄の編集で『定本竹下しづの女句文集』（昭三九・三、星書房）刊行。

【参考文献】『句碑建立記念 竹下しづの女』（昭五五・三、竹下しづの女句碑建立期成会）、井上洋子「紅塵を肉《しし》として…竹下しづの女と『成層圏』」（『叙説』Ⅱ、平二・八）、竹下健次郎編『解説しづの女句文集』（平一二・一〇、梓書院）。

（中西由紀子）

竹下文子　たけした ふみこ　児童文学作家。昭和三二年（一九五七）二月一八日～。福岡県門司市（現・北九州市門司区）生まれ。本名非公開。一歳半で神戸に転居したが、門司の祖父母を毎年のように訪ねていた。昭和五〇年（一九七五）、東京学芸大学教育学部に入学。幼稚園教育を専攻し、在学中より童話を書き始めた。五三年、「月売りの話」で日本童話会賞を受賞、同作を含む『星とトランペット』（昭五三・一〇、講談社）を刊行した。五四年、大学を卒業し出版社に勤める。同年、第一七回野間児童文芸推奨作品賞を受賞。五五年、画家の鈴木まもると結婚。六〇年、『むぎわらぼうし』（昭六〇・五、講談社）で第八回絵本にっぽん賞を受賞。幼児向け絵本、ファンタジー風の児童書など著書は百冊を超える。長男の乗り物好きをきっかけに生み出された『クレーン クレーン』（平三・一一、偕成社）、『ピン・ポン・バス』（平八・九、偕成社）、『せんろはつづく』（平一五・一〇、金の星社）など、「のりもの絵本」シリーズがある。また、「おてつだいねこ」シリーズ、「こいぬのチップ」シリーズなど夫・鈴木まもるとの共著多数。平成六年（一九九四）、旅する船乗りの黒ねこ・サンゴロウの冒険を描いた「黒ねこサンゴロウ」シリーズで第一七回路傍の石幼少年文学賞、二一年、『ひらけ！なんきんまめ』（平二〇・一一、小峰書店）で第五六回産経児童出版文化賞フジテレビ賞受賞。「黒ねこサンゴロウ」シリーズや「ドルフィン・エクスプレス」シリーズの港町の描写のいくつかは、門司港のイメージが反映されている（本人談）。その他主な著書に、『みけねこレストラン』（昭六三・一二、偕成社）、『シナモン・トリー』（平九・一〇、パロル舎）、『クッキーのおうさま』（平一六・二、あかね書房）、『青い羊の丘』（平二三・七、角川書店）、『ならんでる ならんでる』（平二五・三、偕成社）など。静岡県在住。

（小野　恵）

武田京子　たけだ きょうこ　評論家。昭和八年（一九三三年）七月二五日～。山口県山口市生。宮崎県西都市出身。旧姓矢野京子。父矢野修一、母静子の長女。昭和三二年（一九五七）、お茶の水女子大学文教育学部卒業。大学卒業後、小学館、主婦の友社、国土社勤務を経て、昭和五一年より女性問題評論家として、評論活動に入る。早稲田大学講師。主婦業、親子関係、夫婦関係、女性の老後などの問題を中心に評論活動を展開。平成一六年（二〇〇四）高齢者のための文化発信誌『しにあ』を創刊、編集長となる。著書に、『主婦からの自立』（昭五六・一二、汐文社）、『壁のなかの主婦たち―女たちの〝現在〟を問いなおす』（昭五九・一二、汐文社）、『わが子をいじめてしまう母親たち―育児ストレスからキレるとき―』（平成一〇・七、ミネルヴァ書房）、『生き方を迷ってしまう女たち―いま悩んでいるあなたに贈る20章』（平成一五・一二、ミネルヴァ書房）など多数。所属団体として、お茶の水女子大学教育研究会、高齢化社会をよくする女性の会等で、ワークショップ、講演会において活発な運動を展開している。

【参考文献】「高齢者の文化発信の場を―季刊誌『しにあ』を元大学教授が発刊　有田浩子」（『毎日新聞』朝刊、平一六・五・二二）「『老女はなぜ家族に殺されるのか』出版、武田京子さんに聞く―増える『家族介護殺人』事件（インタビュー）」（『東京新聞』朝刊、平六・一〇・五）

（大坪利彦）

竹野美智代　たけの みちよ　歌人。昭和四年（一九二九）一二月二日～。熊本県菊池市生まれ。昭和二〇年（一九四五）県立菊池高等女学校卒。二七年竹野弘と結婚。祖母、母ともに短歌を詠み、歌は身近にあった。特に農婦でありながら病に倒れる直前まで歌を詠んだ祖母の影響は大きい。二〇年若山牧水の高弟黒木傳松に師事し、「創作」に入社。その後「弦」「椎の木」「白鳳」などを経て黒木傳松主宰「杉」創刊と同時に入社。三三年第三回角川賞候補となる。歌誌『短歌』女流競詠などに出詠。三六年黒木傳松の死後、荒木茅生主宰「炎歴」所属。五〇年「創作」復社。五二年「牧水賞」次席。五五年荒木精之に請われて『日本談義』一月号に「農婦の歌」一〇〇首を寄せたことがきっかけで歌集出版を勧められ、同年一一月、三四年間に詠んだ歌から一〇〇〇余首を選び『麦馬車』を出版。第二二回熊日文学賞を受賞した。「すぐ汗とあふれむ水よ農婦わが五臓六腑を洗ふほど呑む」には、労働の激しさとともに農に生きる充足感が感じられる。安永蕗子は「農風景を歌いながら、農の通念を超えた美しさ、やさしさ、そして哀愁といった情念が、鮮やかに立ちのぼっている」とし、「日章旗遠く翩翻たるが見ゆもはや止まらぬ春の拡がり」などは「農の立場」から「自立」した「見事な観相」と高く評価した。平成八年（一九九六）主宰荒木茅生の死により「水晶」同人となる。菊池短歌会にも所属し、宗不旱の顕彰活動なども行っている。

（村田由美）

【参考文献】安永蕗子「竹野美智代歌集『麦馬車』」（『熊本日日新聞』昭五五・一二・二八）、竹野美智代「あとがき」（『麦馬車』）

竹森ハツヱ　たけもり はつえ　小説家、詩人。大正四年（一九一五）二月四日〜昭和五九年（一九八四）九月二一日。筆名、遠山サチ。福岡県遠賀郡芦屋町船頭町にて呉服商「松尾屋」を営む小田綱吉の三女として生まれる。昭和四年（一九二九）三月一三日の芦屋大火で生家が焼け、没落する。折尾高等女学校（現・福岡県立東筑高校）を昭和六年三月卒業後、NHK福岡放送局に勤める。この頃から「遠山サチ」の筆名で作品を書くようになる。昭和一一年二月『南風』第九輯に小説「山茶花」を発表。女性の仕事が男性の補助的役割しか果たさないことに不満を抱くタイピストの織江を描く。「男に都合のいいやうにばかり出来てゐる社会にあつては、女は何処迄も被圧制者の立場にある」。詩人、中島四五六の紹介で知り合った竹森久次と、昭和一三年一月に結婚。一男二女に恵まれる。久次は九州評論社の代表であった。昭和二一年一月、九州評論社の創設に参加した井上光晴は、ほぼ三年間のあいだ竹森家で昼食を用意して貰うなど身内同然の交流を持ったという。昭和五九年九月二一日没。享年六九。詩人であった兄不二夫（本名藤男、明四一〜昭一二、享年三〇）の作品も収めた『遠賀川―不二夫・ハツヱ遺稿集』（昭六〇・七、五月書房）に、小説、詩、短歌を収録。かねてより兄の遺稿を気にしていたため、夫久次は「兄妹の作品をまとめて一本にした方が喜ぶだろうと考え」（「あとがき」）、編集した。

【参考文献】『遠賀川―不二夫・ハツヱ遺稿集』（昭六〇・七、五月書房）

（茶園梨加）

田島安江　たじま やすえ　詩人、随筆家。昭和二〇年（一九四五）九月二三日〜。大分県杵築市生。昭和三九年（一九六四）大分県立杵築高等学校を卒業。四三年福岡女子大学を卒業し、大分県庁に二年間勤務した。退職後、出版社勤務。校正者、ライター、編集者などを経て、平成元年（一九八九）にシステムクリエート有限会社を設立。編集プロダクションとして書籍を多数編集。得意ジャンルである文芸を活かし、平成一四年出版社「書肆侃侃房《しょしかんかんぼう》」を設立した。一方、詩人としては詩集『金ピカの鍋で雲を煮る』（昭六〇・一〇、花神社）、

『水の家』（平四・九、書肆侃侃房）を刊行し、『博多湾に霧の出る日は、』（平一四・一二、書肆侃侃房）で第三九回福岡県詩人賞受賞、『トカゲの人』（平一八・一一、書肆侃侃房）で第三七回福岡市文学賞を受賞、二五年一〇月『遠いサバンナ』（書肆侃侃房）を刊行した。また地域の文化活動や日韓を結ぶ文化イベントのマネジメントの功績が認められ、平成一七年ライターズ・ネットワーク大賞・特別褒賞を受賞した。翌年、田島安江編の『四季六双　西日本新聞夕刊コラム「四季」集』（平一八・六、西日本新聞社）が出版されるが、田島はこの中で「四季六双　柚の抄」を担当し、その名の通り、季節を話題にし、移ろいやすい人の心とは反対に移ろわぬ自然の営みを描いた。さらに平成一八年九月より詩誌『侃侃』を発行。その他、著書『もう一冊のゆりちかへ　テレニン晃子さんとの日々』（平二三・二、幻冬舎）、共著として『今、親に聞いておくべきこと』（平一七・一〇、法研）などを出版。そして田島が代表を務める「書肆侃侃房」もまた、福岡を拠点とした地方の出版社でありながら、地域の特性を生かした精力的な出版活動が評価され、二二年にライターズ・ネットワーク大賞を受賞した。

【参考文献】『文学賞事典　賞名　受賞者名　総索引　明治初期～２００３』（平一六・五、日外アソシエーツ編）、「ライターズ・ネットワークNews」http://www.writers-net.com/平二二・六・七）

（朴　順伊）

多田智満子　ただ ちまこ　詩人、随筆家、翻訳家、仏文学者。昭和五年（一九三〇）四月六日（戸籍上は四月一日）～平成一五年（二〇〇三）一月二三日。福岡県若松市（現・北九州市若松区）生まれ。本名加藤智満子。父多田精一、母ちよの二女。銀行員である父の転勤により、幼少期を京都や東京などで過ごす。昭和一七年（一九四二）、京都府立京都第一高等女学校（現・京都府立鴨沂《おうき》高等学校）入学。二〇年、東京桜陰高等女学校（現・桜陰高等学校）に編入学。二三年、卒業し東京女子大学文学部英文学科に入学。在学中、矢川澄子と交友を結び、ポール・リーチ神父にフランス語・文学の個人指導を受ける。二六年、卒業し慶應義塾大学文学部英文科に編入学、西脇順三郎らに師事した。二九年、矢川に誘われ、学習院大学独文科の学生が中心となった同人誌『未定』に参加。同誌には後に渋澤龍彦が参加、親交を結ぶ。同人誌では三八年から『たうろす』に、五一年から『饗宴』に参加した。三一年結婚、神戸に移り住み、一男一女を得る。同年五月、第一詩集『花火』（書肆ユリイカ）刊行。以後、詩集『闘技場』（昭三五・七、書肆ユリイカ）、『薔薇宇宙』（昭三九・三、昭森社）、『鏡の町あるいは目の森』（昭四三・三、昭森社）、『贋の年代記』（昭四六・八、山梨シルクセンター出版部）、『季霊』（昭五八・六、沖積社）、『祝火』（昭六一・一〇、小沢書店）等を刊行。『蓮喰い人』（昭五五・一〇、書肆林檎屋）で第五回現代詩女流賞、『川のほとりに』（平一〇・四、書肆山田）で第一六回現代詩花椿賞、『長い川のある國』（平一二・八、書肆山田）で第五二回読売文学賞受賞。評論・随筆では『鏡のテオーリア』（昭五二・二、大和書房）、『魂の形について』（昭五六・一〇、白水社）、『花の神話学』（昭五九・六、白水社）、『夢の神話学』（平成一・三、第三文明社）、『十五歳の桃源郷』（平一二・九、人文書院）などがある。翻訳では、三九年六月に、初の訳書となるマルグリット・ユルスナール『ハドリアヌス帝の回想』（新しい世界の文学14、白水社）を刊行。雄渾な訳文は、三島由紀夫を「ほんとに女なのか」と驚かせたという。ユルスナール作品は他三冊を訳す。その他の訳書に、『サン＝ジョン・ペルス詩集』（昭四一・五、思潮社）、アントナン・アルトー『ヘリオガバルスまたは戴冠せるアナーキスト』（昭五二・八、白水社）などがある。昭和六二年から英知大学（現・聖トマス大学）に仏文科教授として勤務し（のちに大学院宗教文化研究科となる）、平成一四年（二〇〇二）に退職、名誉教授となった。平成八年度神戸市文化賞を受賞。平成一三年一一月、子宮頸癌が見つかり入院。一五年、肝不全のため逝去。享年七二。

海外でも評価が高く、幾度も著作が翻訳されている。Jeffrey M.Angles 訳 "Forest of Eyes:Selected Poems of Tada Chimako" (University of California Press, 2010) は二〇〇九年日米友好基金日本文学翻訳賞（通称、ドナルド・キーン翻訳賞）を受賞した。

（佐藤響子、中西由紀子）

多田尋子　ただ ひろこ　小説家。昭和七年（一九三二）一月一九日～。長崎県に生まれる。本名石亀博子。日本女子大学国文科卒。下の息子が大学生になったのをきっかけに、四九歳にして朝日カルチャーセンター横浜の「小説作法と鑑賞」に通い、小説を書き始める。「作家になろうなんて思ってなかった」と振り返りつつも、「同じ行くなら間違いのない先生につこう」と考え、別の教室ではあるが重兼芳子を輩出したことで有名な駒田信二の教室を選んだという。多田作品には「〝単身〟として生きようとする男女が登場する」（川村湊）と評される。教室で出していた文集『蜂』から出発し、第九六回芥川賞候補となった「白い部屋」（『海燕』昭六一・一〇）では、主人公の夫の出身地を九州、おそらく長崎に設定し、共に夫に先立たれながらも良好な関係を保つ主人公とその母の生活を軸に、二人の間に横たわる夫婦のあり方や独り身になった後の人生設計における、そこはかとない溝を描いた。「直接文芸誌に書くようになった」という、続く「単身者たち」（『海燕』昭六三・一二）では、母から逃れられず結婚も就職もせずに四二歳を迎え、今となっては「自分以外の人間との深いつながりを持ちたくなっている」女が、母の死後、初めて職を得、お互いを侵食せず、それでも「つながっている」という安心感を得られる相手を見つけていく様子を描き、第一〇〇回芥川賞候補作となった。後、デビュー作から五年の間に、「嘆きと恨み」を全身に纏った母をはじめ、「何かいつも見当ちがいに大騒ぎをする」母方の女系の血を絶つことで、夫や義家族の負担、そして自分の生んだ娘への呪縛を解き放とうとする女の抵抗を描いた「裔《すえ》の子」（『海燕』平一・四）の他、「白蛇の家」（『海燕』平一・一〇）、「体温」（『群像』平三・六）、「毀れた絵具箱」（『文学界』平三・一〇）で、芥川賞候補となる。家族制度や結婚制度に疑問を投げかけた作品が多い理由について、多田は、本質的に「『人間は一人だ』という意識」が核にあり、「せめて死ぬまでの間、片方だけが仕合わせで、片方だけが不幸、というのではない人間の組み合わせっていうのではないか」ということにこだわるからだと述べている。

【参考文献】「新人作家33人の現在　多田尋子」（『文学界』平二・五）、川村湊「今月の文芸書『臆病な成就』多田尋子」（『文学界』平二・一〇）

（池田静香）

立川敏子　たちかは としこ　歌人。大正一一年（一九二二）四月一四日～。福岡県八女市生。二宮冬鳥に師事し、昭和二二年（一九四七）

「高嶺」入会。編集同人となる。第一歌集『すみれ火』（昭三六、新星書房）、次いで『ゆき鳥』（昭四〇、同前）を刊行。三三年より四七年まで「女人短歌」にも在籍。四五年、葛原妙子と超結社の「大田区短歌連盟」設立に参加。四八年季刊誌『弥生』創刊、主宰となる。歌集はさらに『或は虹』（昭四七・六、初音書房）、『月咲樹』（昭五五、蒼土社）、『桜《さくら》傘《からかさ》』（昭六二・九、角川書店）など出版。昭和四一年、夫の口底に腫瘍が見つかり、手術し、一時は危機を逸するも、以後、死に至る闘病生活は二〇年以上に及ぶ。「夫の口底は火口のごとく肉萌えき黙して共に耐へてゆく日を」（『或は虹』）など病と闘う夫と自分、「愛しけやしあなはしけやし散りてゆく日日片片にまたも逢はめやも」（『月咲樹』）など無常なる自然、過ぎゆく時間への愛惜を、時に痛切に、時に情緒深く詠む。夫の七回忌を迎え、平成六年（一九九四）七月、闘病の記録と自らの歌を交えた歌文集『蟹』（角川書店）と歌集『天のとり舟』（同前）を出版。「をみなごの春や重ねていくそ度おぼろ月夜のさくらに濡るる」（『天のとり舟』）など幻想的な歌風でもある。東京在住。なお、作家名のふりがなは、『立川敏子歌集』『蟹』の表記に依った。

（西　荘保）

【参考文献】『立川敏子歌集—雪月花—』（日本現代歌人叢書66、昭六二・三、芸風書院）、『蟹』（平六・七、角川書店）

たつみや章　たつみや　しょう　児童文学作家、小説家。昭和二九年（一九五四）七月二日〜。埼玉県大宮市（現・さいたま市）生。神奈川県逗子市で育つ。熊本市在住。本名廣瀬賜代。父益子正和、母栄子の長女。昭和五二年（一九七七）に明治大学文学部史学地理学科を卒業。同年、廣瀬正照と結婚し、一男三女を儲ける。昭和五八年、夫と死別。その後、育児と家事に明け暮れる現実からの逃避で、ＳＦ小説を書き始める。昭和六四年から秋月こお名義でライトノベルを書き、たつみや章名義の「たける」で小説ウィングス優秀賞を受賞。『ぼくの・稲荷山戦記』（平四、講談社、第三二回講談社児童文学新人賞・第三四回熊日文学賞）、『夜の神話』（平五、講談社）、球磨郡水上村を舞台にした『水の伝説』（平七、講談社　第四三回産経児童出版文化賞ＪＲ賞）、この三作は柳田國男『遠野物語』を原点とし、日本人の霊的なものに対する感覚や考え方の復権を提唱し、愚かな現代人を告発する。縄文から弥生への移行時の闘争を描いた「月神」四部作（講談社）の第一作『月神統べる森で』（平一〇）で第三四回野間児童文芸賞を受賞。また『イサナ』（講談社）二部作は、熊本の不知火海を舞台に、古墳時代の海洋民族を描いた。小学低・中学年対象には『じっぽ』（平六、あかね書房）、『ムツゴロウ大統領がんばる』（平九、汐文社）などがある。熊本市議を一期務める。その他、ＮＰＯ活動を多彩に行っている。

（堀畑真紀子）

【参考文献】『初茜』18・26号（熊本子どもの本の研究会）

田中ひな子　たなか　ひなこ　小説家。昭和一一年（一九三六）七月二四日〜。大分県大分市生。医師の家庭に育ち、大分舞鶴高等学校を経て、昭和三四年（一九五九）京都女子大学卒業。大阪文学学校で学ぶ。『VIKING』同人。『新文学』第一六号（昭四一・四）に発表した「善意通訳」が第五五回直木賞候補作となる。東京オリンピック開催直前、外国人団体客のアルバイト通訳となった女性の視点から、時にドタバタを交えつつ、異文化交流の困難さをユーモラスに描いた小説である。絵画・音楽への造詣が深く、「開化の季節―女性洋画家の草分け・神中糸子」（『黎明の女たち』昭六一・一、神戸新聞総合出版センター）「クンスト・デル・フーゲ―黎明のピアニスト・廣田美須々」（『女たちの群像』昭六四・一〇、神戸新聞総合出版センター）など、女性芸術家の半生も小説化した。諷刺の効いた辛口随想集『ひなのたわごと』（平九・六、編集工房ノア）、四季折々の感慨を綴ったエッセイ集『ひなの四季』（平一四・五、編集工房ノア）を相次いで出版。後者で第二七回井植文化賞を得た。初期短編「かがり火」（『新文学』昭四〇・七）は、冒頭と末尾に「豊後生れの漁師」庄八を登場させ、信仰への疑念を庶民の視点から描いたキリシタンものである。

【参考文献】『ひなのたわごと』、『ひなの四季』

（高木伸幸）

田場美津子　たば みつこ　小説家。昭和二二年（一九四七）九月五日～。沖縄県浦添市大平生まれ。五歳の頃父と生別。昭和五九年（一九八四）母と死別。嘉数学園沖縄高等学校を卒業後、一時琉球政府に勤める。その後琉球大学短大部を卒業。五四年、女主人公の青年に寄せるほのかな恋情が、砂糖黍刈りの場面を通して描かれている「砂糖黍」を『新沖縄文学』四三号に発表（後に「さとうきび畑」と改題し『さとうきび畑』に所収）。作中の青年は、かつての父でもあり砂糖黍缶詰工場の経営者である米人にそのかされてハワイに渡っていくという結末に沖縄の政治状況が挿入されている。同作が第五回新沖縄文学賞佳作受賞。選者から「さわやかなういういしさ」（島尾敏雄）、「血縁とか故郷とかにかかわる象徴的なドラマ」（大城立裕）、「文章は柔軟、且つすなおで、ユニークさに溢れている」（牧港篤三）と評価された。その後上京し、作家・文芸評論家の駒田信二の朝日カルチャーセンター「小説教室」に学ぶ。六〇年「感応分析」（『青い海』）発表。同年、アルバイト先の男性との間にできた胎児を堕胎する場面を描いた「仮眠室」で第四回海燕新人文学賞受賞。選考委員大庭みな子、中村真一郎、瀬戸内晴美からその「古風」さを指摘されたが、三浦哲郎は「文章感覚にはなかなか鋭く思い切りのいいところがあって」と評価した。授賞式の折り、作家干刈あがたを知る。六一年「水の記憶」（『海燕』）、六二年「無音」（『海燕』）、六三年「猫のように」（『海燕』）発表。その後、沖縄に帰郷。同年「感光」（『新沖縄文学』七五号、後に「レーザー光」と改題し、『さとうきび畑』所収）発表。同年『仮眠室』（福武書店）出版、同著で第二二回沖縄タイムス芸術選賞奨励賞受賞。平成二年（一九九〇）、女性達の住む理想郷を描いた幻想小説「女狐コンコンなぜなくの」（『沖縄タイムス』二月四日～三月一七日連載全四一回、後に「オクレと亜織のうまれ島」と改題し、『さとうきび畑』所収）を発表。平成五年より一九年まで学校法人嘉数学園沖縄女子短期大学・同付属高校寮監。二四年「インナーチャイルド」（『うらそえ文芸』七号）発表。二五年、第二創作集『さとうきび畑』（出版舎Mugen）刊行。

【参考文献】田場美津子『仮眠室』、田場美津子『さとうきび畑』、『新沖縄文学』四三号（昭五四）、『海燕』四巻一一号（昭六〇）、『沖縄文芸年鑑2007』（平一九、沖縄タイムス社）

（浦田義和）

田吹繁子　たぶき しげこ　歌人。明治三五年（一九〇二）一月一三日～昭和六三年（一九八八）四月二二日。大分県大野郡上井田村朝地《あさぢ》（現・朝地町）生まれ。旧姓、羽田野。直入高女（現・竹田高校）卒業後、日本女子大学国文学部に進む。昭和三年（一九二八）六月、『大分歌人』創刊に関わり、羽田野繁子の名で多くの作品を発表。昭和一二年、師である茅野雅子が、日本女子大の門下生を集めて創立した短歌会「茅花会」に参加。昭和一三年、関東高女で教鞭を執り、教え子らに短歌の指導をする。また同年七月に東京で『八雲』（目白台厚徳書院）創刊、会員は東京女子大の卒業生や在校生、関東高女の教え子などであった。戦争が激しくなった昭和一九年八月に、六誌を合併して『八束穂』を出した。東京の空襲が激化したため帰郷し、昭和二一年に田吹行雄と結婚、別府に住む。戦後、『現象』同人（五号を発行後、『朱竹』と改題）となるが、昭和二三年一月に退会、別府にて『八雲』を復刊する。また同年、ジャンヌ・グランジャンと長島寿義が国際短歌運動を始め、国際短歌の会が創立されると、その会員となって日本支部の九州支部長を務めた。昭和三七年、大分合同新聞社の「文化賞」を受賞。昭和四五年からは大分県歌人クラブ会長を務める。歌集に、ジャンヌ・グランジャンの歌集日本版である『桜』（昭三四、新星書房）、八雲短歌会の『白菊』（昭四一）などがある。平易な表現で自然を写した歌風で、作品に「由布の山いただき近く夢をよぶ一ひらの雲ひるがへりゆく」「兵あまたいのちすてたるこの丘はいま秋草の花にうもるる」「あかね波にきざみて流れゆくセーヌ河あり今目の前に」「けむりのたちのぼる町近く見え城下の海蒼くすみたり」「いつまでも車窓につきて来し月をネオンの町に入りて失う」など。昭和六三年四月二二日、八六歳で死去。自身の歌集は一冊も出していないが、多くの会員を持つ『八雲』を主宰し、大分県の歌壇を長年牽引し、優れた功績を残した女性歌人である。

【参考文献】小方悟『現代の肖像・百歌人』（昭五九・一一、四季出版）、八雲短歌会『田吹繁子生誕百年記念合同歌集 紫華鬘』（平一五・五）、山田繁伸『おおいたの歌碑を歩く』（平一八・一、大分合同新聞社）

（野坂昭雄）

千代原真智子　ちよはら まちこ　評論家、詩人。昭和二六年（一九五一）～。福岡県生まれ。都内の短期大学を卒業後、東京の田無《たなし》中央図書館で三〇数年間、司書として勤務。子どもたちへの絵本の読み聞かせの活動や地域の読書会に加わる。日本児童文学者協会会員。絵本の評論では「すばる書房－絵本評論」優秀賞を、創作では「毎日小さな童話大賞」山下明生賞などを受ける。『日本児童文学』や『親子読書』などの雑誌に絵本の批評・書評などを多数執筆。詩集に『パリパリサラダ』（平五、新読書社）がある。「詩のある図書館」（『少年詩・童謡の現在』平一五、てらいんく）には、言葉の面白さ、不思議さ、意味の深さなどを伝えることができる「詩」との出会いのきっかけを作ってあげることが、図書館員の一番の役割だと述べている。また、「感じるという今の子どもたちに育てて欲しい感性に視点をあてた絵本の一部を紹介」した『絵本評論』（平二一、てらいんく）によると、絵本との出会いは『ふるやのもり』（昭四四、瀬田貞二再話、福音館書店）に始まるという。図書館で勤務するようになって初めて絵本と「対面」することになったが、『ふるやのもり』との出会いは自分にとって一撃を食らったようなカルチャーショックだったと述べている。

（金　成妍）

築地正子　ついじ まさこ　歌人。大正九年（一九二〇）一月一日～平成一八年（二〇〇六）一月二七日。東京都小石川生まれ。父・築地宜雄（よしお）、母・レツの次女。父は気象学者（地球物理学）で宮崎滔天の甥、母は滔天の姪。昭和七年（一九三二）東京府立第三高女（現・東京都立駒場高等学校）に入学。校友誌『泰山木』に短歌を投稿し始める。一二年実践女子専門学校国文科入学。講師の國学院大学・高階正秀教授に指導を受け、一六年母の影響で佐佐木治綱『鶯』（後『心の花』）同人となる。二一年四月、父の退職（旧制松本高等学校長）を機に、父の生家・熊本県玉名郡六栄村永塩（現・長洲町永塩）に両親と移住。以後五六年間熊本に住む。伊藤一彦は、「築地は終生熊本人となり得なかった。東京人でもなく、熊本人でもない宙吊りの意識が築地の歌には底流している。」と評す（『築地正子全歌集』）。農村生活を続けながら生涯独身を通し、両親の面倒を見ながら作歌を続けた。歌は、自然と人間との調和的な生を孤高の高みから歌ったものが多い。河野千絵は、「豊かな自然環境の中に棲みながらも、都会人としての自らの気質に葛藤を抱え、『人間としていかに生きるか、いかに死ぬか』を常に自問し続けた」とし、熊本で六〇〇坪の土地を耕しながら両親を看取るという生活は、「八方塞がりの中で懸命に自己を守ろう」としたものであり、「生きてゆく意味を見出す手段として短歌を選んだ」と評す（「築地正子の短歌」『「場所」の詩学』生田省悟他編、平二〇・三、藤原書店）。第一歌集『花綏列島《かさい》』（昭五四、雁書館）は、「個々がそれぞれに引き受けるしかない生命の厳しさ」を基点として築地の「己の生に矜持を持つ者への共鳴と憧憬がこめられている」と評される（河野千絵）。後年は、自然との共生を経て、自然を多角的・交感的に謡うようになった。変化の結実点が第四歌集『みどりなりけり』である。平成一二年（二〇〇〇）左手首骨折、療養生活に入る。一四年長洲町を出て、実姉・道宅（西東京市）へ転居。一八年一月二七日、死去。享年八六。主な受賞歴は、昭和三四年第一回竹柏賞受賞。五五年『花綏列島』で第二四回現代歌人協会賞受賞。六〇年『菜切川』（雁書館）で第二八回熊日文学賞受賞。六一年『菜切川』で第一〇回現代短歌女流賞受賞。平成一〇年『みどりなりけり』（砂子屋書房）で第一三回詩歌文学館賞受賞。平成一一年第三四回熊本県文化懇話会文芸賞受賞。代表歌に「卓上の逆光線にころがして卵と遊ぶわれにふるるな」（『花綏列島』）、「蝶の眼に見えてわが瞳に見えぬものこの世に在りて闇に入る蝶」（『みどりなりけり』）。

【参考文献】築地正子『築地正子全歌集』（平一九・一、砂子屋書房）、伊藤一彦『歌の自然　人の自然』（平一五・一一、雁書館）、河野千絵「築地正子の短歌」（『「場所」の詩学』生田省悟他編・平二〇・三、藤原書店）、築地正子「東京育ちの農として」（『アサヒグラフ』増刊号、昭六一・一二、朝日新聞社）

（馬場純二）

司凍季　つかさ とき　小説家。昭和三三年（一九五八）一〇月三〇日～。大分県佐伯市出身で、現在は大分市に在住。本名は大原久美子。法政大学文学部日本文学科を卒業。大学では近代日本文学を専攻しており、卒業論文は「佐多稲子論」であった。また純文学の同人誌も発行している。数年間の会社勤めの後、平成元年（一九八九）

九月刊の島田荘司『奇想、天を動かす』（光文社）を読んで感激し、著者宛にファンレターを出したのがきっかけで作家になる。「司凍季」というペンネームも島田の命名による。三年九月、島田荘司の推薦文を付した『からくり人形は五度笑う』（講談社ノベルス）で華麗なデビューを飾り、その後も新本格推理小説家として、四年に『蛇つかいの悦楽』（立風書房、後に『蛇遣い座の殺人』と改題して光文社文庫刊）、五年に『首なし人魚殺人事件』（光文社カッパ・ノベルス）、『毒のある果実』（角川書店）、『さかさ髑髏は三度唄う』（講談社ノベルス）などを発表。新本格派の中でも数少ない女性作家として注目される。八年には『悪魔の水槽密室「金子みすゞ」殺人事件』（カドカワノベルズ）を発表し、みすゞブームが本格的に到来する前に、彼女の人生を作品のモチーフに用いた作品を発表している。また、彼女の作品に登場する一尺屋遙（一尺屋《いっしゃくや》は大分の地名にあり、現大分市佐賀関町辺りに見られる）は、普段は大分で農業を営む、ブランド好きだがスケべな男性という、これまでとはひと味違ったイメージの探偵である。その他、大分県の温泉地・湯布院を舞台にした『湯布院の奇妙な下宿屋』（平七、講談社ノベルス）をはじめ、大分に関することが作中にたびたび登場する。それまでにも、彼女の作品には〈社会派〉的な要素が含まれていたが、一〇年五月刊の『屍蝶の沼』（光文社カッパ・ノベルス）では本格的に〈社会派〉に取り組み、そのストーリーは戦中に日本軍が極秘に開発していた毒ガスを背景とした複雑なものとなっている。同年に発表した竜崎幸シリーズ『学園街の〈幽霊〉殺人事件』（講談社ノベルス）の後、平成一三年にホラー小説「幻の骨董屋」を『ミステリマガジン』に掲載したのを最後に、一〇年以上作品を発表していなかったが、フィリピン・ダバオ移民だった実の祖母から聞いたという戦中の話を、最初に『地獄蛍』と題して平成二四年に三〇冊のみ自費出版し、翌年には『椰子の血――フィリピン・ダバオへ渡った日本人移民の栄華と落陽』（原書房）と改題して発表。これまでの作風とはまったく異なり、実の祖父母と実母がダバオで体験した戦争の生々しさを見事な筆致で描いた作品である。この単行本の帯を担当した島田荘司は、「二十年ほど前、彼女の作家デビューを後押しした私だが、そうか、彼女はこれを描くために作家になりたかったのかと、今気づいている。」と記している。

（野坂昭雄）

柘植周子　つげ　ちかこ　歌人。昭和一一年（一九三六）三月三〇日～。熊本県人吉市生。医師であった父牧田智と母静子の長女。熊本県立人吉高校を経て、昭和三三年（一九五八）、熊本女子大学（現・熊本県立大学）国文科卒業。翌年、高校教員の柘植治人と結婚、二男を得る。夫の転勤に従う生活を送るが、四八年、「椎の木」に入会し、安永蕗子に師事したのがきっかけとなり、定型のなかに自己を投入することができるよろこびを得る。五四年、現代短歌南の会「梁」に参加。五七年、第四回県民文芸賞（短歌部門）一席選出。六三年一二月、はじめての歌集『風の翼』（雁書館）を刊行。平成六年（一九九四）、第二歌集『紅葉山河』（平五・一一、砂子屋書房）で第三五回熊日文学賞を受賞。「対象と自分が真っすぐ向かい合っている」「長い射程で現実と切り結んでいる」（「受賞決定までの選考経過」『熊本日日新聞』平六・一・一〇）と推された。「窓の外に啼く鳥のこゑ打ち消して俗情のごと湯が沸騰す」「パックよりコップに移す牛乳のつひにましろきことのやさしさ」など。同一七年八月、第三歌集『眉月』（梓書院）を刊行、さらに自在な世界へと変貌する。「散りかかる白萩の花身にうけてあゆめば生死遊びのごとし」など。昭和五〇年代より勉強を続けている心理学は、短歌世界に密接に関わっているという。平成二二年、現代歌人協会会員。複数の公民館で自主講座「短歌教室」の講師も務める。

【参考文献】安永蕗子「定型詩への純真な発動」『風の歌』の解説、安永蕗子「第三五回熊日文学賞、受賞者と作品紹介」（『熊本日日新聞』平六・一・一七）、「人　柘植周子さん」『熊本日日新聞』（平六・一・一〇）、三枝昂之「柘植周子歌集『眉月』　命見つめつつも自在に」『熊本日日新聞』読者文芸・書評（平一七・九・一九）

（谷口絹枝）

辻文子　つじ ふみこ　俳人。大正八年（一九一九）一月八日～。福岡県福岡市生。福岡県立福岡高等女学校卒業。第二次世界大戦後、専業主婦に飽き足らなく思い、俳句を志す。昭和二七年（一九五二）四月、野見山朱鳥主宰の『菜殻火《ながらび》』創刊号に初投句。四一年に同人。二九年、五十嵐播水主宰の『九年母《くねんぼ》』（神戸市）にも投句を始める。四三年、夫とともに渡米し、アメリカ各地の大学の俳句関係蔵書を調査、アメリカ在住のアメリカ人による俳句活動や英訳俳句について、『菜殻火』に紹介する。四五年朱鳥没後は、野見山ひふみに師事。五五年一月「還暦にあたり」今までの「人生メモ」として第一句集『鯨尺』（菜殻火社）を上梓し、翌年第一一回福岡市文学賞を受賞。「撫子はやさし流人の島に咲く」など、やわらかな感受性に溢れた作風を得意とする。林十九楼《とくろう》主宰の「つくし」（福岡市）に入会し、五七、五九、六一年につくし賞を受賞する。平成一一年（一九九九）八月『時空』（菜殻火社）を上梓。世界各国をめぐった海外吟を、多く収録する。「沙漠灼け方位失ふ時空なし（ゴビ砂漠）」など異国の風光を静かに受け止め、穏やかに愛でている。このような客観的な視線は日常生活にも注がれ、「夫病めば万物すべて冬ざれて」のように、悲しみや淋しさも慟哭にはならず、しみいるように表現されている。また茶道教授としての来歴も長い。

【参考文献】『福岡'80文学賞』（昭五六・三、福岡市教育委員会・福岡市文学賞運営委員会）

（谷口佳代子）

津田治子　つだ はるこ　歌人。明治四五年（一九一二）～昭和三八年（一九六三）九月三〇日。佐賀県松浦郡生。昭和四年（一九二九）一八歳の時ハンセン病発病。九年、熊本回春病院に入院。「病み崩《く》えし身の置処《おきど》なくふるさとを出でて来にけり老父《おいちち》を置きて」「いつ逢はむたどきも知らに老父が吾の自動車《くるま》にむきて佇たちゐつ」当時を回想して昭和一三年にこのような歌を詠んだ。回春病院で受洗、ベタニヤノマリアの名を受ける。エダ・ライト女史が教母。一一年アララギ会員田中光雄により短歌の指導を受け、翌年、「檜の影短歌会」に入会。さらに一三年「アララギ」に入会し、土屋文明に師事。一五年菊池恵楓園に移る（回春病院は翌年二月解散）。その年「老父の在処《ありど》もしらに癩院に吾は二十九のとしを迎ふる」と詠む。一八年古川敏夫と結婚。一六年に断種法が施行されていた。「産むことも育《はぐく》むことも赦されぬ身をさびしとも思はざりけり」。昭和二四年、第二次世界大戦が始まろうとする一六年四月オーストラリアに強制退去されていたライト女史が、熊本へ帰ってきた。治子はその感激を次の歌に託した「日本を恋ひ帰り来て白髪の倖うすく病むミス・エダ・ライト」「癩を病む私達を吾子と呼び相見まく欲り帰り来ましき」「豪州の花の種子などたづさへて帰り来ましぬ癩病む吾らに」。昭和二五年夫敏夫と死別。二七年谷章三と再婚。三〇年、一三年から二八年までの作歌から選んで『津田治子歌集』出版（白玉書房）。三八年、腹膜炎となる。「高窓に三日月の光かすかなるこよひも腹部重苦しくて」「あつき湯ものどをとほらずなりてより十日餘りはたつにやあらむ」「こころよく果汁が喉を通りたり九月十四日早暁」そして九月三〇日没。

夫谷幸三は、昭和二九年から三八年までの歌から選んで、『雪ふる音』出版（昭五九・三、白玉書房）。五味保蔵はその序文で「燃えるやうな信仰心と、作歌に対する執念」と評した。さらに昭和五六年三月、内田守人を委員長とする刊行委員会が『津田治子全歌集』（石川書房）刊行。その跋文で藤原哲夫は「生の根源を問い、苦難を超ゆる道を示し、格調高い歌」と評した。津田治子は『短歌研究』『短歌』『熊本日日新聞』などに一五八六首を発表した。

【参考文献】『津田治子全歌集』（其刊行委員会、昭五六・三、石川書房）、『雪ふる音』（昭五九・三、白玉書房）

（中村青史）

土田晶子　つちだ　あきこ　詩人、俳人。昭和七年（一九三二）一月二五日〜。大分県生まれ。北九州市門司区在住。『海峡派』に昭和五一年（一九七六）の一〇号より参加し、「菫区Ⅰ」「菫区Ⅱ」「通話音」などの詩作を発表。また五五年からは『たむたむ』に参加。詩「夏」「港の譚歌」などを発表。土田の『たむたむ』への思い入れは深く、終刊まで同人として所属した。その他、『PARNASSIUS』、『えん』、『蟻塔』などの同人詩誌にも参加。五七年、北九州芸術祭で詩「三色菫」が金賞を受賞。詩集『通話音』（昭六三・二、発表社）で、平成元年（一九八九）に福岡県詩人賞を受賞。『通話音』のあとがきで芥川賞作家村田喜代子は、土田の詩が「空虚で抽象的な体から出」、「生ま身から遠」いことから、「机上派もしくはキョーヨー詩人」と評されていることについて、土田を「なみはずれた上等な受信機」と呼び、「この受信機が内包する容量不明の生ま身をこわいとおもう」と、豊かな感受性とそれに隠れた内面の濃密さを指摘している。その他の詩集に『菫区』（昭五九・一〇、私家版）、『譚―草の径』（平七・七、梓書院）、『草木渉猟記』（平一八・一二、梓書院）がある。また俳人としても活動しており、俳誌『自鳴鐘』に参加。句作のほか、『自鳴鐘』五百回記念俳句評論に第一席で入選した「台所の異変―横山房子俳句の一側面」（平二・五）など俳句評論も行っている。

【参考文献】『敍説Ⅲ―01　特集・北九州』（平一九・八、花書院）

（稲田大貴）

筒井茅乃　つつい　かやの　平和活動家、随筆家　昭和一六年（一九四二）八月一八日〜平成二〇年（二〇〇八）二月二日。長崎県長崎市上野町に生まれる。永井隆・緑夫妻の二女（長女と三女は夭逝）。市立山里小学校、私立純心中学校、同高校、長崎大学学芸学部卒。被爆時には兄誠一《まこと》と共に長崎市郊外の三ツ山町木場（現在の長崎市川平町）に疎開しており、直撃を免れた。母は即死。父隆の二六年五月一日の死をみとった。その後、「長崎如己の会」相談役として、平和活動を行い国内各地で講演などを行った。死去翌日の二月三日には永井隆生誕一〇〇年の記念式典が行われた。著書に娘和子に、原爆の恐ろしさと父永井隆の生涯を語り聞かせる形式をとっている児童書『娘よ、ここが長崎です』（松岡政春・保田孝写真、昭六〇・六、くもん出版）がある。

【参考文献】永井誠一著『永井隆　長崎の原爆に直撃された放射線専門医師』（平一二・五、サンパウロ）、『朝日新聞』（平二〇・二・三）、『西日本新聞』（平二〇・二・三）

（長野秀樹）

綴敏子　つづり　としこ　歌人、随筆家。大正六年（一九一七）九月七日～平成一八年（二〇〇六）六月二八日。熊本県熊本市生。熊本県立第一高等女学校時代に上田英夫の教えを受け歌作を始める。昭和一一年（一九三六）熊本県立女子師範卒業。二〇年熊本日日新聞社秘書課に勤務。二二年、短歌結社「水甕」に入会。働きながら歌作を続ける。二三年、熊本初の女性労働基準局労働基準監督官となる。同年、第一歌集『郷愁』（出版社不詳）。二六年より出水中学校教諭となり以後、中高の国語教諭として働く。昭和三一年、慶応義塾大学文学部を通信制で卒業。三九年、随筆集『湧き出づる泉の如く』（日本談義社）を刊行。四二年四月に「公孫樹」短歌会を設立。翌四三年一二月に短歌結社「公孫樹」を立ち上げ短歌誌『公孫樹』を創刊する。四七年歌集『暁の雨』（日本談義社）で古典を尊重しながらも叙情性豊かな作品群が評価され、第一四回熊日文学賞を受賞。「雪の原に君逝きしよりふるさとに降る薄雪もふかき翳もつ」など。昭和五二年熊本県立第一高等学校教諭を定年退職後、万葉集を学ぶために熊本大学法文学部研究生となる。古典研究の成果として、論文集『萬葉の抒情』（昭五六、教育出版センター）を出版。平成九年（一九九七）熊本県芸術功労者。平成一八年六月二八日、肝臓がんのため死去。

（柴田文佳）

恒成美代子　つねなり　みよこ　歌人。昭和一八年（一九四三）三月一八日～。大分県豊後高田市生まれ。昭和三八年（一九六三）、就職のため福岡市に転居。若い頃より童話を執筆したり、俳句や短歌を新聞に投稿し楽しんでいたが、二〇代に詩人一丸章の女性史講座を受講し感銘を受け、一生をかける文芸として短歌を選んだ。四七年二月、手島一路主宰のゆり短歌会に入会し歌を始める。鶴逸喜に師事。五〇年、第一八回短歌研究新人賞候補。五一年、第三回短歌新聞新人賞候補。同年八月、第一歌集『早春譜』刊行。同年短歌結社「未来」に入会、近藤芳美に師事。昭和五一年度（第七回）福岡市文学賞（短歌部門）受賞。平成一〇年（一九九八）、歌集『ひかり凪』で第六回ながらみ書房出版賞受賞。「颸」同人。現代歌人協会会員。日本歌人クラブ会員。歌集に『早春譜』（昭五一・八、葦書房）、『季節はわれを』（昭六二・六、雁書館）、『夢の器』（平四・六、ながらみ書房）、『ひかり凪』（平九・三、ながらみ書房）、『ゆめあはせ』（平一四・五、砂子屋書房）、『小春日和』（平一八・六、ながらみ書房）、『暦日』（平二四・七、角川書店）、歌論、書評、エッセイ集の『うたのある歳月』（平二二・八、本阿弥書店）。現在は福岡市博多区竹下在住。第一歌集『早春譜』に「あわあわと冬終る日の陽はさしてその明るさをもちて君来る」と歌われた夫と離別。第二、第三歌集には別れの傷み、受容、ゆるやかな再生が歌われている（「待つことを否みながらも眠らざるまなこはゆきぬ光る把手（ノブ）へと」『季節はわれを』、「卓燈のあかりをよせて何をなす何をなしてもたれも見てゐず」『夢の器』）。また、ワーキングウーマンとして職場を歌う「また一人やめゆく人を阻止できず赤い財布を贈りて別る」（『ひかり凪』）や、地元である福岡を題材とした「博多区のここは竹下　眼を凝らし君と捜せど銀河は見えず」（同前）などの歌群も恒成の特色である。昨今は新しいパートナーを得、初々しさと孤独を経験した女性の諦観が相俟って、静かな軽みのある歌を生み出している（「鳥骨鶏の卵のやうなさびしさに流し灯籠ほのかにともる」、「遠空にはや眉月のかかりゐて何があつてももう逃げないさ」『小春日和』）。

【参考文献】恒成美代子『うたのある歳月』（平二一・八、本阿弥書店）、『福岡'76文学賞』（昭五二・三、福岡市教育委員会・福岡市文学賞運営委員会）

（和泉僚子）

角田房子　つのだ ふさこ　ノンフィクション作家、評論家、小説家。大正三年（一九一四）一二月五日～平成二二年（二〇一〇）一月一日。東京府（現・東京都）生。角田本人の言葉によれば「日本橋生まれの江戸っ子」（『味に想う』）。本名、フサ。旧姓、中村。福岡県立福岡高等女学校（現・福岡県立福岡中央高等学校）に学んだ後、福岡女学校（現・福岡女学院大学）英文科を卒業。「柳原白蓮」（『言論は日本を動かす―⑥【体制に反逆する】』）には角田が福岡に在住していた当時、実際に顔を合わせた伊藤伝右衛門の印象が記されている。昭和一四年（一九三九）、渡仏。毎日新聞記者の角田明と結婚。三二年、明の海外勤務に伴ってフランスに再度滞在。その際にソルボンヌ大学に学ぶ。以後も多くの国を訪問。三五年、執筆活動を開始、『文芸春秋』に「旅路の果ての軽業娘」（昭三五・六）を発表。この作品を始め、豊富な海外滞在経験を生かし、外国に生きる日本人の体験と心情を扱った作品は数多い。また、東ドイツから西ドイツへと渡った女性を取り上げたルポルタージュ「東独のヒルダ」（『文芸春秋』昭三六・一二）及び、その他の作品で文芸春秋読者賞を、ヨーロッパに関する豊富な知識を用いて書かれたロマンス風の小説「風の鳴る国境」（『婦人公論』昭三九・五～四〇・五）で婦人公論読者賞をそれぞれ受賞。その他にも現地訪問や関係者へのインタビューなど、精力的な取材をもとに書かれたノンフィクションを中心として、多くの作品を発表。陸軍大将今村均を取り上げ、新田次郎文学賞を受賞した『責任―ラバウルの将軍今村均』（昭五九・五、新潮社）を始め、旧日本軍軍人を取り扱った作品では、主に伝記的手法を用いて日本の近代を描いている。更に日本と朝鮮半島の歴史に関する著作があるが、これは自らを含む多くの日本人が、両者の歴史に無知であるという意識から書き始められたものである。主なものとしては、朝鮮王妃暗殺事件を取り扱い、新潮学芸賞を受賞した『閔妃《ミンビ》暗殺　朝鮮王朝末期の国母』（昭六三・一、新潮社）などがあり、晩年には豊臣秀吉の朝鮮出兵を扱った作品も構想している。平成七年（一九九五）、東京都文化賞受賞。

【参考文献】「著者略歴」（『さまよう愛国心』昭三六・一〇、文芸春秋新社）
角田房子「柳原白蓮」（『言論は日本を動かす―⑥【体制に反逆する】』昭六一・二、講談社）、『味に想う』（平五・一、中央公論社）、「帝国陸軍軍人の品格を問う」（『昭和の戦争　保阪正康対論集』平二一・七、朝日新聞出版）
角田房子「共通の歴史認識を求めて」（『鏡のなかの日本と韓国』平一二・二、ぺりかん社）

（安河内敬太）

角田真由美　つのだ　まゆみ　小説家。昭和二二年（一九四七）五月一〇日〜。熊本県熊本市新町生。父吉津一人、母ミツ子。県立第一高校を卒業後、昭和四三年（一九六八）内外工業株式会社に勤務。四六年退社し、角田隆弘と結婚。同年夫の転勤に伴い茨木市に移る。その後、大阪、兵庫、長野、東京に転居し、五二年香港、五九年タイに移り住み、六一年帰国する。昭和四三年から『日本談義』の同人となり、同年に『詩と真実』に参加。四五年「さよなら」（『詩と真実』昭四五・九）が『文学界』ベスト五に入る。平成一年（一九八九）「砂の家族」（『詩と真実』平一・八）が『文学界』ベスト五に選ばれ、作家賞の候補となる。さらに、七年夫と離婚した主人公が老いた母と娘と絶望的な生活をする「渇水」（『詩と真実』平七・一二）で第五回小谷剛文学賞（旧作家賞）の候補となり、注目される。八年にも「白蟻」（『詩と真実』平八・一）が続けて『文学界』ベスト五に入る。一〇年には、夫が単身赴任中の主人公が義父を看ながら老いを考える「残照」（『詩と真実』平一〇・一二）が第二七回詩と真実賞となる。さらに一三年、姉妹の愛憎、醒めた現実意識を揺曳させながらも、時代と重なった新生の息吹を巧みに描いた「赤い絵」（『詩と真実』平一三・三）が『文学界』でベスト五に選ばれる。一七年、異様な三人の関係性を描いた「虹色の虫」（『詩と真実』平一七・六）でも『文学界』ベスト五入りを果たしている。

その後も「薄暮」（『詩と真実』平二〇・四）、「赤い爪」（『詩と真実』平二一・一一）とどす黒い感情を怖いほど実感させる作品が続く。人生を諦めかけていた父と子の話である「巣の中の小さな芽」（『詩と真実』平二三・一二）においても、隣人のまとわりつく親切心が隠し味となっていて、心の闇や陰湿さをテーマに優れた短編に実力が発揮されている。定年退職後の穏やかな日常に忍び寄る妻の認知力低下への不安を手際よく印象づけた「見知らぬ私」（『詩と真実』平二三・一二）に窺えるように、モチーフの独創性、安定した作風からいえば、『詩と真実』の中核となるベテラン作家といえる。

【参考文献】古江研也「散文月評」『熊本日日新聞』（平二一・一一・二八、平二二・一一・二九、平二三・一二・二四）、松本常彦「文芸同人誌評」『読売新聞』夕刊（平二一・一一・一〇）、角田真由美への聞き取り（平二四・一二・二〇）

（古江研也）

寺井谷子　てらい　たにこ　俳人。昭和一九年（一九四四）一月二日〜。福岡県小倉市（現・北九州市小倉北区）生まれ。父横山白虹、母房子の四女。俳人である両親の下、十歳で俳句を始めるが特別な指導は無く、一門人として投句、句会参加を重ねたという。自身は父白虹の教育方針について、放任主義ならぬ「放牧主義」と語っている。昭和四一年（一九六六）、明治大学文学部演劇学専攻卒業。同年より横山白虹主宰の『自鳴鐘』編集に携わり、翌年同人となる。四五年結婚、二子を得る。六一年、第一句集『笑窪』（昭六一・一〇、沖積舎）刊行。「春の夜の浴槽《ゆぶね》に胎児との浮力」「死後も桜が合わせ鏡の奥の奥」などの作品を収める。平成四年（一九九二）、第三九回現代俳句協会賞、第二五回北九州市民文化賞受賞。編集長、副主宰を経て、一九年、母房子逝去後『自鳴鐘』主宰を継承。現代俳句協会副会長を務める。

「人寰《じんかん》や虹架かる音響きいる」など、鋭敏な感覚と理知的な構成を特徴とする。他の句集に『以為《おもえらく》』（平五・一〇、富士見書房）、『未来』（平一〇・六、角川書店）、『人寰』（平一三・五、毎日新聞社）、『母の家』

(平一八・四、角川書店)、『夏至の雨』(平二七・四、角川学芸出版)など。写真と俳句をコラボレーションした『街・物語』(平六・一二、葦書房有限会社)のほか、エッセイ集『紙の碑』(平一八・七、飯塚書店)など刊行。特に『風の言葉　九州俳句歳時記』(平二二・一一、文学の森)は、多くの九州ゆかりの俳人と作品を紹介し、俳論の仕事としても貴重。

(中西由紀子)

土井敦子　どい あつこ　小説家。赤沼真通子も筆名。大正一五年(一九二六)一二月一五日～。宮城県仙台市生。本名赤沼松子。父徳永源治、母ナミ。幼少の頃より読書家で、特に明治文壇の人々に関心を持つ。また、吉田松陰と姻戚関係にあること(大叔父が松陰の妹と婚姻)を父親から繰り返し聞かされ、幕末史に興味を抱くようになる。山口県立防府高等女学校卒業。昭和二〇年(一九四五)四月結婚。福岡に移住。二女を得る。二八年、『地標』同人となり、以後『芸術季刊』『現代作家』に参加。昭和五〇年一月「わたしたちの乾きを満たしてくれるもの」として、表現の場を求め、女性だけの文芸誌『らむぷ』を創刊(のちには男性も参加)。五一年「高野詣」で第一〇回北日本文学賞選奨。五六年一一月『姫胡蝶花《ひめしゃが》』(葦書房)を出版。修験の山、求菩提山の興亡を、座主家を中心に描いた。本書で五七年第一二回福岡市文学賞を受賞し、これを機に日本山岳修験学会に所属する。この年、藤沢周平に師事する。その後、昭和六三年四月『天《あま》翔《かけ》る〈高場乱《たかばおさむ》〉』(新潮社)出版。女性でありながら一生男子として生きた幕末の漢学者・眼医高場乱の生涯を描く。平成元年(一九八九)七月、『読売新聞』に発表した掌篇小説「鳥の宮」が『掌篇小説集』(創思社出版)に所収される。三年五月『彼岸への道』(近代文芸社)を出版。同書は日本図書館協会選定図書となる。さらに、求菩提山にまつわる小説『岩洞御女《うどんごぜ》』(平一一・五、近代文芸社)、自叙伝的な『花筏』(平一五・一、近代文芸社)を出版。一六年から三年間、西日本文化サークルで「やさしい小説の書き方」の講座担当。その文芸誌『みずかがみ』を一七年一月創刊。平成二一年(二〇〇九)一二月『藤衣』(近代文芸社)を出版。空海と、丹後一の宮の祝部、海部《あまべ》氏の厳子姫(のちに淳和天皇の女御となる)を中心に、歴史、宗教、文学の融合する境地を描いた。その他、『ふくおか歴史散歩』第五巻(平八・三、福岡市)、第六巻(平一二・三、同)にも執筆。『九州文学』復刊号(平六・一)より同人。日本文芸協会会員。

【参考文献】「創刊にあたって」(『らむぷ』創刊号、昭五〇・一)、「土曜サロン　土井敦子さん」(『西日本新聞』夕刊　昭六三・五・二)、土井敦子「いささかの　塵もめでたや　事始」(『みずかがみ』七号、平二三・一二)

(西　荘保)

富崎喜代美　とみさき きよみ　小説家。昭和三九年(一九六四)～。佐賀県佐賀市川副町生まれ。福岡女学院短大卒。佐賀県文学賞一席三回(平一一～平一三)。平成一四年(二〇〇二)「かたつむり」が九州文学賞佳作に。一六年、「魔王」が江古田文学賞に。同年、「あいた口がふさがらない僕の家」がNHKオーディオドラマ奨励賞。一八年「カラス」が第五三回地上文学賞受賞。「田んぼの神」でてんぷす文芸大賞。一九年「水底の月」が浦和文学賞奨励賞。二二年「石をうむ」で北九州文学協会文学賞受賞。二三年「桜の忌」が第六回全作家文学賞。最近作に「魔法の鏡」(『九州文学』平二三・夏)、「愛しい人たち」（『動物のいるはなし』平二三・一、書肆草茫々）がある。
【参考文献】八田千恵子『佐賀の女性文学・人物編』未定稿（平二二、私家版）、佐賀新聞インターネットサイト、図書新聞インターネットサイト
（浦田義和）

富田住子　とみた　すみこ　歌人。明治三九年（一九〇六）～昭和六二（一九八七）年。三重県四日市生まれ。三重県立高等女学校（現・三重県立津高等学校）卒業。昭和四年（一九二九）、若山牧水の結社「創作」の同人となり、若山喜志子に師事する。七年、夫の赴任に伴い熊本市に、一四年からは北京に住み終戦を迎える。二一年帰国、北九州の小倉に移った。二五年一月、仰木《おおぎ》実らの短歌誌『波動』の同人となる。仰木は富田の歌を「手堅い写実の表現は、現実と取組んで老練である」と評した（『波動』昭二六・一、創刊一周年記念特集号）。三二年六月、第一歌集『燔祭《はんさい》（創作社叢書　第二五篇）』（新星書房）を刊行。富田はキリスト教者で、題名は旧約聖書に因む。若山喜志子は序で、初期の「心奥からの鋭い情感の閃き」を仄めかす作風から、「内面へ深く澱んだ感傷をモチフ」とした作風へと進化したと評した。「黄塵の層なし濁る地平の果に白けおちゆく日をかへりみぬ」、「見下ろしの家並みを低く煙這へり愛憎狭く此処に老いゆく」など。あとがきで自身の歌を「わたくしの人生であると共に、わたくしのひそかな心の火花」であると述べている。歌集に『紫霜天《しそうてん》』（昭三九・九、新星書房）、『冬日輪（創作社叢書　第八八篇）』（昭四九・一〇、新星書房）、『冬日輪以後（創作社叢書　第二〇九篇）』（昭和六三・五、新星書房）がある。二女の片瀬博子（昭四～平一八）は、詩人・翻訳家として活躍した。
（小野　恵）

富田豊子　とみた　とよこ　歌人。昭和一四年（一九三九）一月二五日～。熊本県飽託郡河内町（現・熊本市河内町）生。熊本県山鹿市在住。昭和三二年（一九五七）熊本県立第一高等学校卒業。三六年熊本女子大学（現・熊本県立大学）家政学科卒業。卒業と同時に教師をしていた富田隆政と結婚。着付け講師の職をしながら二児を授かる。生活は満ち足りたものであったが、文学的な飢餓感を感じていたという。四八年誘われていった「短歌の会」に指導者として訪れていた安永蕗子に出会い、翌年短歌結社「椎の木」入会。安永蕗子に師事する。五四年、現代短歌南の会「梁」に参加。六〇年、抒情的な世界観を持ちながらも現代社会を鋭く表現した「花粉症の猫」で第二八回『短歌研究』新人賞候補となる。「部品など取りはずしたるほがらかさ廃車置場に降る春のあめ」など。六一年、第八回県民文芸賞一席。六二年第一歌集『漂鳥』（雁書館）刊行。平成八年（一九九六）第二歌集『秋霊』（砂子屋書房）刊行。第三歌集『薊野』（平一六、砂子屋書房）では、戦死した父の慰霊の旅や夫の死などを作者の心情とともに丁寧に詠みあげている。二二年、第四歌集『火の国』（ながらみ書房）を刊行。現在、山鹿を拠点とした山鹿石人短歌会の会長も務め、精力的に活動している。
（柴田文佳）

豊増幸子　とよます　ゆきこ　歌人。大正四年（一九一五）八月四日～平成一七年（二〇〇五）四月二八日。兵庫県明石市生まれ。明石高女専修科卒。昭和六年（一九三一）「水甕」入社。二八年（一九五三）年鳥栖で「旭短歌会」を結成、昭和四六年同地で歌誌『麦の芽』創刊。五一年（一九七六）から佐賀新聞歌壇選者。文芸同人誌『城』同人。

日本歌人クラブ会員。佐賀県歌人協会会長。「水甕」評議員、佐賀県支部長。日本文芸家協会会員。夫は、戦時中特殊潜航艇「回天」の隊長であり、戦後帰還。鳥栖市八坂神社境内の歌碑の歌「春雷に覚されて疼きくるもののあり明日は出さむ青き封筒」は三二年〜三九年の作、佐賀県護国神社境内の歌碑の歌「放たれて平和の鳩も問ひをらむただに重ねし終戦の日を」は四九年〜五九年の作である。
随筆集『ふるさと紀行』(昭四八、城叢書)、『肥前おんな風土記』(昭五一、佐賀新聞社)、『佐賀の冠婚葬祭』(昭五六・二、佐賀新聞社)、『新肥前おんな風土記』(平六・八、佐賀新聞社)他に三二年から五九年までの五九三首を収めた歌集『青い封筒』(昭六二、短歌研究社)がある。
【参考文献】『佐賀の文学』(昭六二・一、佐賀の文学編集委員会編、新郷土刊行協会)、『青い封筒』(昭六二・九、短歌研究社)、八田千惠子『佐賀の女性文学・人物編』未定稿(平二一、私家版)

(浦田義和)

鳥越碧　とりごえ　みどり　小説家。昭和一九年(一九四四)五月一七日〜。福岡県八幡市(現・北九州市八幡東区)生。父鳥越潔、母榮の長女。昭和三五年(一九六〇)、西南女学院高等学校入学。卒業後、三八年、同志社女子大学学芸学部英語英文学科入学。四二年卒。カネボウ・ディオール、川鉄物産の社長秘書を経て、五八年からフリーライター。平成二年(一九九〇)、小学生の頃から好きだった尾形光琳をテーマに時代小説「雁金屋草紙」を執筆、第一回時代小説大賞を受賞(翌年一月に講談社より出版)。受賞後第一作『あがの夕話』(平三・一〇、講談社)では、豊前小倉細川藩の国窯「上野焼」に題材を取り、開祖上野喜蔵尊楷の妻可奈を主人公に置いた。『後朝—和泉式部日記抄』(平五・一〇、講談社)、『萌がさね—藤原道長室明子相聞』(平八・八、講談社)では平安時代の女性を描く。『想ひ草』(平一三・四、講談社)、『蔦かずら』(平一四・一、講談社)では現代女性を主人公とした短編に挑んだ。『一葉』(平一六・二、講談社)は樋口一葉の生涯を小説化。『漱石の妻』(平一八・五、講談社)、『兄いもうと』(平一九・七、講談社)の正岡律、『花筏　谷崎潤一郎・松子　たゆたう記』(平二〇・一一、講談社)など、文学者の陰にあった女性を主人公にした作品群がある。『波枕　おりょう秘抄』(平二二・二、講談社)では、坂本龍馬暗殺後の妻おりょうの後半生を描いた。近著に『秘恋　日野富子異聞』(平二六・一二、講談社)など。横浜市在住。

(佐藤響子)

中川由記子　なかがわ　ゆきこ　小説家。昭和二五年(一九五〇)四月二日〜。熊本県熊本市大江町に父西忠俊、母ヤスの娘として生まれた。昭和四四年(一九六九)熊本県立第一高等学校卒業。五〇年福岡教育大学養護課程卒業。同年六月に中川公詞《こうじ》と結婚。現在、久留米市在住。大学四年の夏休みに、幻の大作に挑んだが原稿用紙二〇数枚で消え去った。ノーマン・メイラーの『夜の軍隊』に勇気を与えられてやっと書き出せたのは二六歳の時だった。五一年に「現代文芸研究所」に入り、川端信に具体的な指導を受ける。昭和五四年第四回現代文芸賞を受賞した「月のある風景」は、『一九七九年　現代文芸作品集』(昭五四・一二)に掲載された。昭和六二年「しのび笑い」が九州芸術祭文学賞福岡県地区優秀作に選ばれ、『九州芸術祭文学賞作品集一八』(昭六三・三、九州文化協会)に収録された。これをきっかけに、北川晃二が主宰していた『西域』に作品を掲載するようになった。平成三年（一九九一）には『季刊午前』創刊と同時に同人となり、現在に至っている。『月のある風景』（平一一・一二、花書院）の「あとがき」に、初めて小説を書いた時に「目の前にありありと素晴らしい作品の姿が見えていても、実際に書き出してみると文章が出てこない」という現実を知った驚きに始まり、「思えばいつも、いかにかけないかと思い知るところからやっと書き出しているような気がする」と二〇数年後の心境を記している。

（狩野啓子）

【参考文献】「郷土の本　『月のある風景』中川由記子著」（『西日本新聞』平一二・三・一二）

長崎夏海　ながさき なつみ　児童文学作家。昭和三六年（一九六一）六月三〇日〜。東京都文京区生。父長崎一之、母ソイ子の次女。長崎夏海は旧姓、平成一六年（二〇〇四）結婚して、現在は町田夏海。昭和五五年（一九八〇）、都立城北高校を卒業。『星の王子さま』が好きで児童文学作家を志す。また、サリンジャーの『ライ麦畑でつかまえて』やヘッセの『デミアン』を読み、物語は魂を救うと確信する。高校卒業後、図書館勤務、ファッションモデル、喫茶店でのアルバイトをしながら創作活動を続けた。六一年、ミュージシャン矢沢永吉の歌が引き金となった『A　DAY』（昭六一・三、アリス館）でデビュー。思春期の不良少年を描いた。以降、複雑な家庭環境の中、懸命に生き方を模索する中学生を扱った『夏の鼓動』（平六・八、偕成社）、『マイ・ネイム・イズ・・・』（平七・九、ポプラ社）等、次々にヤングアダルト作品を発表。そして、綺羅星のような六編を収めた『トゥインクル』（平一一・六、小峰書店）で、平成一二年（二〇〇〇）、第四〇回日本児童文学者協会賞を受賞した。その後も『ライム』（平一八・一一、雲母書房）を発表し、二六年、『クリオネのしっぽ』（平二六・四、講談社）で第三〇回坪田譲治文学賞受賞するなど、思春期の内面を見つめ続けるストーリーテラーである。エッセイも『長崎夏美の直球勝負』（平二四・二、プラス通信社）として発表。一方、幼年物も得意とし、砂鉄集めの好きな少女と腰を痛めたお相撲さんの心温まる交流を描いた『ちきゅうのなかみ』（平八・一〇、小峰書店）は、第四三回読書感想文課題図書となった。また、しゃらんしゃらんと星のまたたく音がするという『星のふるよる』（平一六・四、ポプラ社）や夕焼けを見ながらおむすびを食べる親子を綴った『ゆうやけごはん　いただきます』（平一九・四、ポプラ社）は、共に読書感想画課題図書に選ばれた。その他『土星のわっか』（平一〇・一一、佼成出版社）、『うちゅうのはて』（平一一・八、国土社）、『いちばん星、みっけ！』（平一七・三、ポプラ社）等、星の世界を身近に、まっすぐな目の子どもたちを数多く書いている。さらに、平成一八年、かねてから海のそばで暮らしたいという夢を叶えるため、鹿児島県沖永良部島へ夫婦で移住した。趣味のスキンダイビングをしながらウミガメと出会い、創作し続けている。島での経験をもとにした幼年童話『あらしのよるのばんごはん』（平二〇・一一、ポプラ社）、『ふねにのっていきたいね』（平二二・五、ポプラ社）、『おなかがギュルン』（平二四・一、新日本出版社）も刊行している。上記以外にも著作は多数。現在も沖永良部島在住。

（植村紀子）

永嶋恵美　ながしま えみ　小説家。昭和三九年（一九六四）八月二六日〜。福岡県生まれ。広島大学文学部哲学科卒業。夫とは同大学同学科で知り合い結婚。大学卒業後は出版社や占いの編集などの仕事を転々とし、息子を出産後、仕事を減らし時間が出来たため、かねてより興味のあった小説を書き始める。（中学二年生の時、集英社の『小説ジュニア』の新人賞に応募するが落選。）平成六年（一九九四）、小説「ZERO」で第四回ジャンプ小説・ノンフィクション大賞を受賞。その後、一二年九月に小説『せん－さく』（幻冬舎）でデビューする。この作品は、日常生活の中に蠢く暗い部分や誰にでも起こりうる諸問題が交錯する、いわば「多様な伏線をはじめとする趣向を凝らしたミステリー」（長谷部史親、『せん－さく』文庫版解説より）である。他に、『彼方』（平一五・九、双葉社、のちに改題・大幅加筆修正し『記憶—ニライカナイより—』として平成二三年一月に双葉文庫より出版。）、『転落』（平一六・七、講談社）、『災厄』（平一九・一一、講談社）、『明日の話はしない』（平二〇・一〇、幻冬舎）などにおいて、「人間の悪意」や「絶望」といった種々の問題をテーマにしたミステリーを書いており、ドメスティック・サスペンスの旗手として注目されている。泥棒猫ヒナコの事件簿シリーズ、また『小説すばる』『小説推理』その他の雑誌における短編小説など、精力的に活動する一方、別名義・映島巡（えいしまじゅん）としても活動。ゲームノベライズや漫画原作などを手がけている。日本推理作家協会会員。

【参考文献】永嶋恵美『せん－さく』（平一二・九、幻冬舎）

（酒井美紀）

長瀬正枝　ながせ まさえ　脚本家、ドキュメンタリー作家。昭和九年（一九三四）四月〜平成一一年（一九九九）四月一三日。旧満州大連生。二歳の時に、安東市に転居。昭和二〇年（一九四五）八月安東市朝日小学校五年生の一学期に敗戦を迎える。翌年一〇月朝鮮経由で引き揚げ、博多港に上陸。大牟田市立白川小学校、私立不知火女子中学校、県立大牟田北高校を、それぞれ卒業。昭和三三年熊本県立熊本女子大学（現在・熊本県立大学）文学部国文学科卒業後、名古屋市立中学校国語教諭を経て、名古屋女子大学高等学校国語講師に就任、平成元年（一九八九）に退職。昭和四五年より同人雑誌『裸形』同人としての創作活動や、NHKのラジオ、ドラマ等の脚本執筆をはじめる。後、中部ペンクラブ理事としても創作や公演活動で活躍。主な作品にNHKラジオドラマ「密告」「逃げ水」「風紋のさざめき」「ある日曼陀羅寺」「もやい舟」「婚期」「美しき漂い」、NHKテレビ「中学生日記」などがある。著書に満鮮国境の安東で激動の時代を生き抜いた女性を描いた『お町さん—敗戦の安東・サスペンスドキュメント』（昭六一・一一、かのう書房）や、教育現場で自ら観察した学生の悩み・対人関係、また教育制度への見直しなどを描いた『点数がほしい—青春の悩み』（『NHK中学生日記』二七、平七・四、ポプラ社）などがある。

【参考文献】長瀬正枝『点数がほしい』（『NHK中学生日記』二七、平七・四、ポプラ社）

（管　虹）

永畑道子　ながはた みちこ　ノンフィクション作家。昭和五年（一九三〇）九月二七日〜平成二四（二〇一二）年六月二四日。熊本県熊本市生。歌誌「椎の木」を創刊した歌人の安水信一郎の次女で、歌人の安永蕗子は姉にあたる。熊本県立第一高等女学校、第五高等学校（旧制）を経て、昭和二八年（一九五三）熊本大学法文学部東洋史学科卒。熊本日日新聞社初の女性記者として入社。退社後、福音館書店『母の友』編集部を経て、昭和三八から作家、評論活動を始めた。最初は『私の親子論』（昭五三、明治図書）、『ＰＴＡ歳時記』（平三、新評論）などの教育論が多かったが、柳原白蓮、与謝野晶子、波多野秋子などの評伝を執筆、著書『野の女～明治女性生活史』（昭五六、新評論）『炎の女～大正女性生活史』（昭五七、新評論）などを通して、女性史研究の新分野を開拓した。大正期の恋愛事件に関わる女性を描いたものが多くなり、晶子と有島武郎の間に恋愛があったとする『夢のかけ橋』（平二、文芸春秋）『華の乱』（昭六二、新評論）は代表作となった。特に、『恋の華・白蓮事件』は昭和六〇年、日本文芸大賞ノンフィクション賞を受賞し、ドラマ化された。その他、北村透谷や高場乱、高群逸枝などに関する著書もある。現場主義の行動派の作家で、講演活動も活発に行った。女子美術短期大学教授、平成七年（一九九五）から一三年まで熊本近代文学館長を務めた。

【参考文献】「永畑道子さん死去」（『熊本日日新聞』平二四・六・二五）

（永田満徳）

中原綾子　なかはら　あやこ　歌人、詩人。明治三一年（一八八九）二月一七日～昭和四四年（一九六九）八月二四日。父は長崎税務監督局長を務めた子爵曽我祐保《すけやす》で、母トセとの間に、二女として長崎県長崎市に生まれる。父の任地であった大阪、神戸、朝鮮と転じ、女学校時代から東京で暮らす。大正四年（一九一五）三月、東洋高等女学校卒。母から本格的な歌の手解きを受けたことはないものの、「旧い歌」を詠み歌会へ行く母の姿から歌に親しみ、一四歳頃には『少女世界』（博文館）に初めて作文を投書し一等となる。高女卒業の頃まで、旧姓または「彩子」の名で同誌に投稿。『少女世界』主筆の沼田笠峰が主宰した「たかね会」にも一八歳頃まで参加し「対話劇めきしものや短歌」を発表。他に、「同人誌めいたものに随想」を書いたという。

大正六年、一九歳で貿易商中原斗一と結婚、まもなく長男正雄を出産。「漠然と敬慕」していた与謝野晶子に弟子入りを願い、七年、「詠みためていた短歌の中から若干を清書」し、新詩社へ郵送。これを機に、晶子に師事。毎月の短歌会へ参加する。第二期『明星』で活躍。入門四年目には、晶子が選んだ歌を集めた第一歌集『真珠貝』（大一〇・一一、新潮社）を上梓。晶子から「最近現れた閨秀歌人の随一者」と讃えられ、鮮烈なデビューを飾った。本書に収めらた「刻々に引きづられ行く死の扉タンタジイルのごとく哭《な》けども」「ああヨハネ斥けられて忿《いか》りたるサロメの舞は怖ろしと知れ」などは、自由劇場で上演されたメーテルリンクの戯曲「タンタヂイルの死」（小山内薫訳『三田文学』明四五・四）に触発されたものである。続く第二歌集『深淵』（昭二・一二、交蘭社）は、晶子からの「もう一々眼を通すには及ばぬ」という信頼の言葉とともに送り出された。「疲れたる人はわれらに従へと秋の木の葉の貴《あて》やかに散る」など一息に詠まれた歌が特徴的で、本書において「彼女生得の美的感覚と女王性を貫いた歌の世界」（明石利代）を構築したと言われる。まもなく、第三歌集『みをつくし』（昭四・一一、太白社）を上梓。綾子は後年、若き日の歌について「一人の若い女人の人間記録に過ぎません」と述懐するが、昭和一一年（一九三六）には離婚に至る、一六歳年上で「文芸（略）には疎い」斗一との難しい生活や、昭和一二年から二一年まで結婚生活を送った小野俊一との出会いといった実生活の苦悩を、創作の原動力とした。詩集『灰の詩』（昭三四・五、彌生書房）は、発表前年に結核で亡くなった俊一との関係を詠んだもの。

この間、昭和二年の第二期『明星』終刊後、吉井勇が同四年に創刊した『相聞』（翌年『スバル』と改題）に参加。六年八月には自らで『いづかし』を創刊した。戦後においては、昭和二二年に第三期『明星』に参画し、二五年からは高村光太郎、佐藤春夫、堀口大学らを顧問に第三期『すばる』（後の『スバル』）を刊行した。昭和二九年以降は原水爆実験禁止運動にも積極的に関わった。

【参考文献】「はたちのうた・自序」（『歌集　はたちのうた』昭三一・五、スバル社）、「中原綾子氏年譜」（『詩界』昭三五・一一）、中西悟堂「中原綾子君のこと」（『詩界』昭四四・一一）、著者代表川田順『現代短歌全集第四巻』（昭五六・七、筑摩書房）、本林勝夫・岩城之徳編『現代名歌鑑賞事典』（昭六二・三、桜楓社）、松本和男編著『歌人　中原綾子』（平一四・一、中央公論事業出版）

（池田静香）

中原澄子　なかはら すみこ　詩人。昭和四年（一九二九）〜。別名、平田澄子。母は詩人、小説家の平山冨美子。佐賀県伊万里町（現・伊万里市）生。のち天草に転居する。昭和二一年（一九四六）熊本県立本渡高等女学校を、二五年京都女子専門学校を卒業。国語教師となる。織田隆一主宰『詩人』（小倉）誌上に詩作の発表を開始し、のち『沙漠』に属す。中原厚『繋留索《けいりゅうさく》』にも関わり、詩作品を発表。繋留索百円文庫として第一詩集『ドアの内部』（昭四一・七）を刊行。その後、いったん詩作を離れるが再開。平成五年（一九九三）、九州詩人懇話会会員。岡田武雄の主宰する『詩塔』同人となり第四号（平五・一二）は中原による編。福岡県詩人会会員。平成六年九月より『虹野』同人。平成八年一一月以来、個人詩誌『地平』の発行を続け、誌上発表した天草に住む原爆被災者への聞き書きは、『天草へ帰った被爆者 正／続』（平一七・四／一一、創言社）にまとめられ、更に『中原澄子詩集 長崎を最後にせんば——原爆被災の記憶』（平二〇・八、コールサック社）で詩作品として昇華した。同著書で平成二一年（二〇〇九）第四五回福岡県詩人賞受賞。ほか詩集に『中原澄子詩集』（日本現代女流詩人叢書第四〇集、昭五八、芸風書院）『詩集 海へつづく石段』（平六・一〇、林檎舎）『詩集 母の岸』（平九・一〇、私家版）『そぞろおもい』（平一九・五、石風社）『中原澄子詩集』（平二〇・一、石風社）、編著書に『小倉陸軍造兵廠改訂版』（平二四・九、創言社）がある。

（田代ゆき）

名嘉真恵美子　なかま えみこ　歌人。昭和二五年（一九五〇）一二月二六日〜。沖縄県糸満町（現・糸満市）生。琉球大学法文学部国語国文学科で糸満方言を研究し、昭和四七年（一九七二）卒業。県立高校教員となる。結婚を機に上京。四年ほど東京に住む。その後、沖縄に戻り、再び県立高校に勤務。昭和六一年一〇月「かりん」入会。馬場あき子に師事。「沖縄の地に短歌の新風を」という思いで作歌する。平成一〇年（一九九八）一二月出版の第一歌集『海の天蛇《てんぽう》』（短歌研究社）には、「虹よ虹よ光る天蛇よ戦場に滾りしものら喰らひつくせよ」（天蛇とは沖縄宮古方言で虹のこと）、「標準語にふかく染まりぬ祖母と母の針突《はじち》にあをく透く手を離れ」など沖縄の方言、言葉を取り込んだ歌を収める。翌一一年第三三回沖縄タイムス芸術選賞奨励賞受賞。さらに第二歌集『琉歌異装』（平二四・五、短歌研究社）では琉歌のリズムと発想を短歌に生かすことを意識し、琉歌の本歌取りや、琉歌の形式「仲風」（七・五・八・六音）に倣った「もはや岩はかたくもなくてそれ以上にかたきはこころ」など沖縄詠も試みる。琉球大学大学院教育学研究科修士課程に進学し、摩文仁《まぶに》朝信《ちょうしん》の短歌を研究。現在、沖縄タイムス紙歌壇時評を担当。

【参考文献】名嘉真恵美子『海の天蛇』（平一〇・一二、短歌研究社）、『琉球異装』（平二四・五、短歌研究社）、渡英子『詩歌の琉球』（平二〇・六、砂子屋書房）

（西　荘保）

仲町貞子　なかまち　さだこ　小説家。明治二七年（一八九四）三月二二日～昭和四一年（一九六六）六月一六日。長崎県南高来郡大三東《おおみさき》村（現・島原市有明町）生。本名柴田オキツ。父眼科医柴田薫（内科兼任）母ふさの長女。一人っ子として両親からの溢れんばかりの愛情と共に、父からは儒教精神と知性を、母からはキリスト教信仰を受け継ぐ。明治四四年（一九一一）、長崎県立高等女学校本科卒業。在学中、『女子文壇』を愛読し和歌を学び文学への関心が芽生える。卒業後間もなく、養子縁組で医師濱田彌三郎と結婚、夫の学生時代から共に京都に居住、大正一二年（一九二三）頃、大分県別府に転住。一四年、別府に滞在していた新鋭詩人北川冬彦と知り合い共に東京に出奔。一時京都や故郷に住むのを余儀なくされた後、昭和三年（一九二八）、改めて上京、北川と同居。四年、仲町貞の筆名で詩を発表。五年、北川らの『時間』創刊に参加するとともに、各誌に詩を発表。七月、濱田彌三郎と結婚解消。九月、託児所経営に奔走。六年、『時間』と井上良雄らの『詩と散文』とが合併し『磁場』が創刊（昭七終刊）されて小説に転じ、宮本のりの筆名で小説発表。七年、『麺麭《ぱん》』創刊に参加し、筆名を仲町貞子として小説や随筆を発表。八年、『作品』『文学界』『文芸』等各誌に作品を発表。「音《おと》吉」（『麺麭』昭八・一二）は、作中人物と作者の「初々しさとおおらかさ」を印象づけるインパクトある小品である。一一年六月に刊行された第一小説集『梅の花』（砂子屋書房）の表題作「梅の花」（『文学界』昭九・八）は、「原初的混沌と清澄」（田中俊廣）という「明暗のコントラスト」（同）が鮮明に描かれていて、まさに、「感性の絵巻」（梶原謙三「仲町貞子」（『麺麭』昭八・七、梶原謙三は井上良雄の筆名）を想わせる作品である。八年頃より北川と別居したが、一二年、井上良雄との結婚を公表（入籍昭和一三年三月）。一四年七月、随筆集『蓼《たで》の花』（砂子屋書房）を刊行。一五年、養子の長男（七歳）急逝。この頃から文筆活動途絶。小説家としての活動は、一五年までの約一〇年間。昭和四一年、白血病にて逝去。一〇月、井上良雄編集発行の『父と母のこと』（井上おきつ著）刊行。作品はすべて短篇であり、その素材の多くを故郷に得ている。「精神世界を培った」（田中俊廣）のは、故郷の自然と風土も大きく影響している。平成三年（一九九一）一一月に『仲町貞子全集』（砂小屋書房）刊行。

【参考資料】田中俊廣『感性の絵巻　仲町貞子』（平一六・五、長崎新聞社）

（野本泰子）

中村うさぎ　なかむら　うさぎ　小説家、随筆家。昭和三三年（一九五八）二月二七日〜。福岡県門司市（現・北九州市門司区）生まれ。本名典子《のりこ》。昭和四一年（一九六六）、横浜に移り、捜真女学校中学部・高等学部卒。五一年、大阪に移り、翻訳家を志して同志社大学文学部英文学科に入学、現代アメリカ文学を専攻。卒業後、繊維商社に勤務したのち、コピーライターとなる。昭和六二年結婚、平成元年（一九八九）離婚。ゲーム雑誌のライターを経て、ライトノベル『極道くん漫遊記』（平三・六、角川書店）で作家デビュー。同シリーズは一三巻まで続くベストセラーとなった。ジュニア向けファンタジー小説の他にエッセイも発表し、ブランド物を買い漁る生活を書いた『女殺借金地獄《おんなごろしカードのじごく》—中村うさぎのビンボー日記』（平九・四、角川書店）、『ショッピングの女王』（平一一・九、文芸春秋）などで人気を集める。九年、ゲイの中国人男性と再婚。ホストクラブ通い、整形や豊胸手術、風俗店勤務など、自らの体験を赤裸々につづったエッセイを発表し続けている。二五年、原因不明の体調不良で一時心肺停止に陥った体験を『死からの生還』（平二六・三、文芸春秋）、『他者という病』（平二七・八、新潮社）に記した。小説に『愛と資本主義』（平一四・一一、新潮社）、『プロポーズはいらない』（平一九・二、中央公論新社）など。事件や犯罪に関わった女性を取材した『女という病』（平一七・一〇、新潮社）や、拒食・過食、自殺未遂を経験した女性の聞き書き『鏡の告白』（平一九・一〇、講談社）などルポルタージュ作品も多い。

【参考文献】清野由美「現代の肖像　ゆがんだ魂のサンプル　ファンタジー小説家中村うさぎ」（インタビュー）（『AERA』平一三・一〇）、CW編集部編集部編『執筆前夜　女性作家10人が語る、プロの仕事の舞台裏。』（インタビュー）（平一七・一二、新風舎）

（佐藤響子）

中村きい子　なかむら　きいこ　小説家。昭和三年（一九二八）三月二〇日〜平成八年（一九九六）五月三〇日。鹿児島県姶良《あいら》郡横川町植村（現・霧島市）生。父安永喜兵衛、母安永キヲの三女。昭和一七年（一九四二）、女学校受験に失敗ののち、愛知航空機に就職。一九年横川に帰郷。敗戦後、農林中央金庫鹿児島支所に勤務（昭和三四年まで）。鹿児島大学夜間部の聴講生として経済学を学ぶ。労働者の文学サークル『南日本文学』『創造』に参加し、飯島弘と出会う。昭和二六年、両親が離婚する。このとき母キヲは七〇歳を超えていた。三一年、飯島弘と結婚。翌年、懐妊するも心臓肥大のため母体優先で人口流産。このころ、夫・飯島弘、郷田良とともに同人誌『原点』を創刊。三三年、『サークル村』の阿蘇集会に参加する。以後、積極的に執筆し、『サークル村』の機関紙に小説「かやかべ」「間引子」「としなもん」ほかを発表。『無名通信』にも執筆する。『原点』のきい子の文章を読んだ鶴見俊輔に見い出され、『思想の科学』に母キヲをモデルとした小説『女と刀』を連載する。光文社よりカッパ・ノベルス・ジャイアント・エディションの一冊として出版される。昭和四二年、『女と刀』により第七回田村俊子賞を受賞。同年、『女と刀』はテレビドラマ化され、TBS木下恵介アワーで二六回にわたり、放映される。また同年母・キヲが八六歳で死去。本人もまた受賞後の多忙のなかで、昭和四四年、脳血栓で倒れ、平成二年（一九九〇）心臓弁膜症の手術をして健康を回復するまで、ほとんど執筆・発表することはなかった。しかしながら、『女と刀』は講談社文庫となり、劇団文化座が舞台化し、女優鈴木光枝と佐々木愛母娘が『女と刀』を上演した。五年には、思想の科学社から自伝『わがの仕事』が上梓され、同時に『女と刀』も新装豪華版が出版された。平成八年五月三〇日、脳梗塞にて死去。「おのれの意向」を貫く意志的な女性たちの生き方を柱として、薩摩士族の誇りと同時に、その制度への精神的依存を痛烈に批判した『女と刀』は、郷土・鹿児島に大きな足跡を残した。

（みたけきみこ）

【参考文献】みたけきみこ『みたけきみこと読む　かごしまの文学』（平一九・一一、K&Yカンパニー）

中村汀女　なかむら　ていじょ　俳人。明治三三年（一九〇〇）四月一一日～昭和六三年（一九八八）九月二〇日。熊本県飽託郡《ほうたくぐん》画図《えず》村（現・熊本市東区江津）生まれ。本名破魔。村で有数の地主で村長も務めた斎藤平四郎・テイの一人娘。大正六年（一九一七）熊本県立高等女学校卒業後、同補習科入学、七年卒業。同年一二月拭き掃除の際にできた「我に返り見直す隅に寒菊赤し」など三句を『九州日日新聞』（現・『熊本日日新聞』）に投稿。選者の三浦十八公に絶賛され、句作開始。八年『ホトトギス』初入選。十八公上京後は、宮部寸七翁《すなお》の指導を受けた。長谷川零余子の『枯野』にも投句し、杉田久女らと知り合う。九年一二月中村重喜と結婚。翌年税務官吏の夫と上京後は、句作を中絶。仙台、名古屋、大阪など任地を転々とし、二男一女を出産。昭和七年（一九三二）三月横浜に住んでいたとき、久女が『花衣』を創刊し、請われて句作を再開。七月高浜虚子を訪ね、立子の『玉藻』にも参加。汀女の句はやがて『ホトトギス』巻頭を飾るようになり、九年同人となる。一一年夫の転勤に従い再び仙台に住むが、一二年東京転任後は、東京に定住。日常の些事を詠んだ女性俳句は「台所俳句」と揶揄されたが、汀女は決してひるまず、「ひとりの女の明け暮れに、感じ浮かぶ想いを、ひとりだけの言葉にのせ文字にする」（『汀女自画像』）ことに尽くした。一五年「咳の子のなぞなぞあそびきりもなや」など名句の多い初句集『春雪』（三省堂出版。虚子が娘立子の句集『鎌倉』の「姉妹句集」と評し、ホトトギス女流俳人の双璧と見なされる。一九年『汀女句集』（甲鳥書林）。二二年四月『風花《かざはな》』創刊主宰。同年『春暁』（目黒書店）『半生』（七曜社）、二三年『花影』（三有社）、二六年『都鳥』（書林新甲鳥）と次々と句集を出版。二七年『日本経済新聞』、二八年『主婦の友』『熊本日日新聞』の俳壇選者となる。ゆかりの深い「熊日俳壇」の選者になったことを喜び、「懐しい故山のことをもつともつと偲べといつてくださるやうに思はれ」（『熊本日日新聞』昭二八・一・六）ると抱負を語り、選句は三六年間、死の直前まで続けられ、昭和六三年一〇月一八日まで掲載された。昭和三一年中国訪問。四〇年、四四年には欧州旅行。三四、五年から講演やテレビ出演が増え、平易な解説によって俳句を広めた功績は大きい。俳句の手引き書として『俳句の作り方』（昭二八）、『俳句をたのしく』（昭四三）など。随筆も定評があり『ふるさとの菓子』（昭三〇、中央公論社）、『その日の風』（昭五四、求龍堂）など。四五年熊本県近代文化功労者。四六年最愛の母死去。「冬の雨なほ母たのむ夢に覚め」と詠んだが、「江津湖畔に私の句想はいつも馳せてゆく」（『汀女句集』昭一九）と述べた汀女の故郷への思いは生涯変わらなかった。五三年NHK放送文化賞受賞。五五年文化功労者。五九年日本芸術院賞受賞。死後正四位勲二等瑞宝章追賜。全ての句を収めた『中村汀女全句集』（平一四、毎日新聞社）がある。
【参考文献】今村潤子『中村汀女の世界』（平一二・六、至文堂）
（村田由美）

中本たか子　なかもと　たかこ　小説家。明治三六年（一九〇三）一一月一九日～平成三年（一九九一）九月二六日。山口県豊浦郡角島村（現・下関市）生。父幹雄、母ユキノの長女。本名タカ子。山口県立山口高等女学校卒。山口県内三カ所で小学校の教員を勤めた後、昭和二年（一九二七）上京。三年、横光利一の推薦で『創作月刊』四月号に短編「アポロの葬式」を発表し、翌年、『女人芸術』に参加。『新潮』『文芸春秋』『改造』等に作品を発表し、小説集『恐慌』（昭五・五、臨川書房）『朝の無礼』（昭五・五、天人社）『鬪ひ』（昭五・七、改造社）を相次いで刊行するなど、プロレタリア作家としての地歩を築く。非合法活動により、二度の検挙を経て昭和九年から三年の獄中生活を送り、この体験をテーマとした「白衣作業」（『文芸』昭一二・八）により芥川賞候補となる。一六年に蔵原惟人と結婚。戦中は古典に親しみ、紫式部に関する小説的伝記を書く。戦後は砂川基地拡張反対事件をテーマにした『滑走路』（昭三三・九、宝文館）、新島ミサイル試射場設置反対をテーマにした『はまゆう咲く島』（昭四三・八、新日本出版社）など権力に挑む社会的弱者の姿を描いた小説の他、若き日の闘争と青春を回想した『わが生は苦悩に灼かれて』（昭四八・一、白石書店）などを発表した。
【参考文献】『愛は牢獄をこえて　伝記・中本たか子』（平一一・三、大空社）『やまぐちの文学者たち』（平二五・二、やまぐち文学回廊構想推進協議会）
（中原　豊）

中山千夏　なかやま　ちなつ　小説家。昭和二三年（一九四八）七月一三日～。熊本県山鹿市生。本名前田千夏。麹町女子学園高等部を卒業。生後宮崎市に、さらに四歳の時大阪府布施市（現・東大阪市）に転居。小学校一年生の時、府内で初めてできた児童劇団「劇団ともだち劇場」に入り演技を学ぶ傍らで、ラジオ、映画、民放テレビに出演。小学五年生で「母」に出演しているのを菊田一夫が注目し、昭和三四年（一九五九）芸術座の「がめつい奴」に子役として抜擢され、脚光を浴びる。芸能活動のため東京へ転居する。その後、東宝演劇部の専属俳優として舞台出演を続け、ラジオ、テレビと活躍の場を広げていった。四五年東宝との契約を解除しフリーとなると、テレビの司会やドラマに主演。歌手としても子役時代の実績や高校の時NHKの人形劇「ひょっこりひょうたん島」で多くの挿入歌を歌った経験から子ども番組を担当、本格なデビュー作「あなたの心に」はレコード大賞新人賞候補となった。俳優、声優、歌手などマルチタレントとして活躍する一方、七〇年安保闘争と重なる女性解放運動にも参画し、政治団体、革新自由連合の代表の一人となる。昭和五五年（一九八〇）、参議院議員選挙に当選し一期務める。その後は、一市民としての活動を行い、平成一六年（二〇〇四）には「おんな組いのち」を結成して反戦、反DV、死刑廃止を主張している。一九年に東京港区から伊東市に転居、伊豆半島に住みダイビングを楽しみながら「在日伊豆半島人」を名乗っている。
文筆活動は、昭和四五年頃から発表し始め、『週刊文春』に「天下の大物」を二年にわたって連載した短文が評価され、本格的な執筆に入る。四五年八月の童話『よそのそよ』が最初の単行書。『子役の時代』（昭五五・六、文芸春秋）で第八一回直木賞候補になり、『羽音』

『ミセスのアフタヌーン』で連続三回ノミネートされる。平成一六年には絵本『どんなかんじかなあ』(平一七・七、自由国民社)で日本絵本大賞受賞。ネットで体験した恋愛を綴ったノンフィクション『妖精の詩』(平一八・六、飛鳥新社)は、「ポップ・カルチャー・アワード」出版部門のベスト作品に選ばれている。また、女性の体を解説した『からだノート』(昭五二・六、ダイヤモンド社)、増補改訂版『新・からだノート』(平九・一〇、ネスコ)はロングセラーとなっている。その他、子どもたちに人権を説いた『妹たちへの手紙』(昭五九・六、国土社)、『男たちよ!』(昭五二・五、話の特集)、『偏見人語』(昭五六・一〇、文芸春秋)、『「古事記」に聞く女系の木霊』(平一五・九、お茶の水書房)、自分の母子関係を考察した『幸子さんと私』(平二一・八、創出版)などあり、その著作は、五〇冊を超える。女性に対する偏見や差別に対して積極的に関わり、自然体で取り組む姿勢が多くの支持を得ている。

【参考文献】『幸子さんと私』(平二一・八、創出版)、「直木賞候補者リスト」

(古江研也)

夏樹静子　なつき しずこ　小説家、随筆家。昭和一三年(一九三八)一二月二一日~。東京府港区芝西久保巴町(現・東京都港区虎ノ門三丁目)に生まれた。父五十嵐小太郎、母きぬの長女。本名は出光《いでみつ》静子。中学時代から小説を書き始めた。後に推理作家になる兄五十嵐均(本名鋼三)から、ミステリーの面白さに導かれた。兄との合作に『βの悲劇』(平八・七、角川書店)がある。現在までに約三〇〇作を発表、昭和四七年(一九七二)福岡市文学賞、六二年福岡市文化賞、平成一三年(二〇〇一)福岡県文化賞等数多くの賞を受賞している。昭和三二年、日本女子大付属高校を卒業し、慶應義塾大学文学部英文科に入学。在学中の三五年に江戸川乱歩賞に応募した「すれ違った死」が最終審査に残ったのを契機に、NHKの推理番組「私だけが知っている」のレギュラーライターとなり、約三〇本の脚本を執筆した。昭和三八年一〇月、出光芳秀《よしひで》と結婚。義父出光弘は当時新出光石油株式会社社長であった。夫が福岡本社勤務のため、福岡市鳥飼に新居を構えた。三九年三月、大橋団地に転居。結婚後は、夫の反対もあり、作家活動を止めて主婦専業を務めた。四〇年七月、若久団地に転居。四二年五月に長女淑子を出産後、母性という感情を書きたいという思いを抑えられず、『天使が消えていく』を書いて昭和四四年の江戸川乱歩賞に応募、佳作入選した。母と子のテーマはライフワークとなる。同年の「見知らぬ敵」(『推理ストーリー』八月号)から夏樹静子のペンネームを用い、以後旺盛な執筆活動に入った。四四年一〇月には、長男秀一郎が誕生した。四七年九月に野間本町に転居するまでの七年間暮らした若久団地は、作家夏樹静子を誕生させた場所であると言えよう。『蒸発』のような福岡を舞台にした小説が、ここで次々に生み出された。五八年には、「なんきんはぜの/葉音がきこえる。」で始まる詩句が刻まれた詩碑が建てられた。団地の老朽化による再生事業に伴い、撤去が予定されていたこの詩碑が、一転、住民の強い要望によって移転保存されることになったと『西日本新聞』(平二五・一・四)は伝えている。一時期、夫の転勤で名古屋市に移住したが、福岡に戻り大池《おおいけ》に在住している。ミステリー以外の作品も次々に発表。また、『量刑』(平一三・六、光文社)刊行後に、平成一五年一一月から四年間、福岡地方裁判所委員会副委員長を務めた。この経験に言及したものとして、「地裁委員会を振り返って」

（『自由と正義』平一九・八）がある。裁判制度への関心から『裁判百年史ものがたり』（平二二・三、文芸春秋）をまとめた。エラリー・クイーンに私淑し、親交があった。『Wの悲劇』はオマージュとして書かれた作品である。海外での翻訳も多く、平成元年には、仏ロマン・アバンチュール賞を受賞した。

【参考文献】『九州の顔』上（昭四八・八、夕刊フクニチ新聞社）、「著者年譜」「著作目録」（『夏樹静子作品集』第一〇巻　昭五七・一二、講談社）、『福岡県人名録　1988』（昭六三・三、西日本新聞社）、花田俊典『清新な光景の軌跡　―西日本戦後文学史―』（平一四・五、西日本新聞社）、「当代一流　作家夏樹静子」（『ともろう』二一号　平二〇・四、九州電力）、『福岡県人物・人材情報リスト　2011』（平二二・一二、日外アソシエーツ）、「KOMA INTERVIEW」（『博多独楽』平一一・八）

（狩野啓子）

波田愛子　なみた　あいこ　歌人。明治二三年（一八九〇）三月一五日～昭和四七年（一九七二）九月二一日。熊本県熊本市生。本名竹下八重子。実父鈴木藤三郎（明治二三年三月三〇日死亡）、二本木遊郭鶯楼竹下弥次郎の養女となる。明治三九（一九〇六）年弁護士川上直行と結婚。夫の女狂いに苦しむ。大正三年（一九一四）森園天涙らの『山上の火』に「なみだの女」というしのび名で「君いずら今宵は誰の玉の手にまかれて妻をにくみたまうや」などの歌を投稿。四年一一月東京の莫哀社から『待宵草』を波田愛子で出版。美貌で数奇な運命の持ち主として知られ、「南の白蓮」とうたわれた。一三年離婚。翌年上京東洋大学社会科入学、卒業後九條武子経営の六華園という感化院の保護司となるも一年後退職。昭和三年（一九二八）陸軍糧秣本廠機関紙『糧友』記者。一五年帰熊、世安天満宮の巫女。二六年横手町正立寺住職により剃髪、妙栄尼と改名、世安町無漏寺の庵主となる。「名だたりし波田愛子を訪ねゆくと高群逸枝も吾もをとめにて」と、かつて弁護士夫人愛子を訪ねた日比野友子は、「三十余年をへだてて逢ひし無漏寺に尼さがし君のなほ美しく」と昭和三五年一〇月出版の内田守人著『波田愛子の歌心仏心』の序歌として詠んでいる。三七年一一月にはこの無漏寺を去った。七四歳であった。荒木精之らはその翌年妙栄尼が剃髪した正立寺境内に歌碑を建立した。「露わける山ふところに寝に行くや小鳥ら白き腹見せてとぶ」という歌が刻まれた。四七年九月八二歳で亡くなるまでの彼女は孤独とわびしい歳月であったと言う。内田守人はその年一〇月五日の『熊本日日新聞』に「波田愛子さんを悼む」を書いている。

【参考文献】豊福一喜『近世肥後女性伝』（昭二九・一一、日本談義社）、内田守人『波田愛子の歌心仏心』（昭三五・一〇、私家版）、内田守人編著『波田愛子と高宮安子』（昭四八、金龍堂書店）

（中村青史）

西沢杏子　にしざわ　きょうこ　詩人、児童文学作家。昭和一六年（一九四一）四月二六日～。佐賀県佐賀郡川副町生まれ。鹿島高校卒。昭和六〇年（一九八五）、童話「とかげのはしご」で「毎日新聞小さな童話大賞」受賞。それ以来『トカゲのはしご』（昭六一、理論社）『壊された約束』（平二、山口書店）、『さかさまの自転車』（平六、国土社）、『〝まちんば〟しつてる？』（平一五、そうえん）『カタツムリの親子　くるりんまいごになる』（平二〇・一、旺文社）、『ほうねんまんさくむらまつり「ありがとう」がいっぱい！』（平二一・九、チャイルド本社）、『青い一角のギャロップ』（平二二・五、角川学芸出版）など、そうえん社、旺文社、チャイルド本社などから多数刊行し、最近も、『青い一角の龍王』（平二四・七、朝日学生新聞社）、『朝日小学生新聞』連載を単行本にした『青い一角の少女』（平二四・一〇、朝日学生新聞社）を刊行している。また、詩集『虫の落とし文』（平九、朝日新聞社）、詩集『虫の曼陀羅』（平一〇、朝日新聞社）、詩集『虫の葉隠』（平一三、花神社）、詩集『有象無象』（平一四、花神社）、詩集『陸沈』（平一五、花神社）を出し、詩集『ズレる？』（平一七、てらいんく）で、翌平成一八年第一五回丸山豊記念現代詩賞を受賞する。「少年詩にふさわしい直截な生命の歌とともに、作者自身のケ（褻）の部分の表明と、作者の個性でもあるシニカルさとがコミになって独自の世界を作り出している」（きどのりこ「西沢杏子詩集『ズレる？』によせて」）や「人間語以外の言葉に堪能であるらしい」（清水哲男「跋」『序・破・急』平二〇、花神社）と評されている。最近も、詩集『虫や草やあなたやわたしやむしゃくしゃや―西沢杏子詩集』（平二三・四、てらいんく）などを刊行している。日本児童文学者協会、日本文芸家協会会員。東京都在住。

「わたしが好きなのは／あなたのなかで／すでに動かなくなったものではないか／と／思う夜がある」（『ズレる？』）

【参考文献】詩集『ズレる？』、『序・破・急』、八田千恵子『佐賀の女性文学・人物編』未定稿（平二一、私家版）

（浦田義和）

西田宣子　にしだ のぶこ　小説家。昭和二〇年（一九四五）七月八日～。福岡県嘉穂郡生まれ。父二保政司、母キヌエの長女。昭和四四年（一九六九）、福岡教育大学中学校教員養成課程卒業。専攻は国語科。卒業後、（株）「九州ミツミ」に入社し社内報の編集に携わる。四七年、西田敏美と結婚。子どもの頃より読書を好み、作文が得意だった。四〇歳になった時、自分の人生に対する焦りを感じたが、小説はあくまで読む側であり書くことには結び付かなかった。四〇代半ばになって文章を書き始め、北川晃二氏に師事。氏が編集発行を務める『季刊午前』に参加。平成一七年（二〇〇五）より編集委員を務める。女性の内面を丁寧に描いた作品を数多く発表。平成三年度福岡市民芸術祭賞受賞。第二三回（平成四年度）九州芸術祭文学賞にて福岡県地区優秀賞受賞。平成一〇年度、第二九回福岡市文学賞受賞。『チョウチンアンコウの宿命』（平二五・七、梓書院）出版。

（樋脇由利子）

西村桜東洋　にしむら おとよ　評論家。明治三八年（一九〇五）年四月一〇日～昭和五八年（一九八三）八月二四日。佐賀県鳥栖市儀徳町生まれ。福岡県立久留米高等女学校（現・明善高校）を経て日本女子大学社会学科卒。昭和四年（一九二九）いわゆる「四、一六事件」（日本共産党検挙事件）に連座。肺結核により保釈出獄後、敗戦まで病気療養。女性初の福岡県日本農民組合連合会書記・会計になる（清家とともに）。昭和一九年から十八年に及ぶ飛行場建設反対の席田闘争に参加。福岡県農民会館に管理人として居住。著書に『板付飛行場物語　怒りの席田』（昭四九・一〇、九州文庫）、『故西村桜東洋の遺稿集』（昭五九・八、小川洵編集・刊行）がある。

【参考文献】八田千恵子『佐賀の女性文学・人物編』未定稿（平二一、私家版）、インターネットサイト「スカラベ広場Ⅱ」

（浦田義和）

西村しず代　にしむら しずよ　小説家。昭和五年（一九三〇）二月一一日〜。長崎県対馬市生まれ。対馬高女卒。本名・西村倭代。昭和五二年（一九七七）、佐世保で井上光晴の文学伝習所に参加。六〇年に佐賀文学伝習所（平成二年まで）を結成し、その間『佐賀文学』創刊、平成一七年（二〇〇五）まで同誌の代表を務める。一八年「海峡に陽は昇る」で第一三回九州さが大衆文学賞奨励賞（選者・北方謙三、夏樹静子、森村誠一）受賞、同作に対して「朝鮮通信使の様子が目に見えるように描かれています。ただ、主人公の行動は、この時代の娘にしては大胆ですね。」（夏樹）などの評がある。共著に『文学伝習所の人々』（昭六三・一、講談社）、『狼火はいまだあがらず―井上光晴追悼文集』（平六・五、影書房）、『短編小説集２００２』（佐賀文学同人会、佐賀新聞社）がある。

【参考文献】『文学伝習所の人々』、八田千恵子『佐賀の女性文学・人物編』未定稿（平二一、私家版）

（浦田義和）

西村光代　にしむら みつよ　小説家。大正五年（一九一六）六月四日〜昭和五九年（一九八四）一〇月八日。熊本県宇土市網田《おうだ》町生まれ。五歳の時、両親が病没したため、母方の叔母・西村家の養女となる。養父の勤務に伴い小学校一年から台湾で過ごし、高雄州立第一高等女学校を卒業。戦前に福岡に帰り、昭和一九年（一九四四）一〇月結婚。三男を得るが、結婚生活は破綻し、夫とは別居を続けた。一七歳の頃から柳原白蓮に師事し、短歌を作った。第一次『九州文学』の同人となり、昭和一八年七月号に「故郷の祭」（随筆）が初掲載。二〇年、養父を亡くし、戦後宇土に疎開。三一年三月から『詩と真実』同人となり、初の小説「焼けたオルゴール」（昭三二・六）を掲載する。また『日本談義』にも参加。三四年五月には盲目で性的不能となった定助と、その妻しんの生々しい性を描いた「定助としん」を発表。また台湾を舞台にした「僻地」（『詩と真実』昭三三・八』）もある。その後、母親に依存する夫への不快感を「蛞蝓《なめくじ》」に象徴して描いた「ナメクジ」（『詩と真実』昭四〇・二）では、独特の研ぎ澄まされた感覚を発揮した。昭和三〇〜四〇年代にかけて盛んに小説を発表。特に二人の青年の間で揺れる未亡人の濃厚な性を描いた「紫茉莉《おしろいばな》」（『詩と真実』昭四〇・一二）は『文学界』（昭四一・二）に転載され、芥川賞候補となった。四三年上京。その後、大阪、熊本、鹿児島、千葉と転居。五六年一月『紫茉莉』（創林社）を刊行。「紫茉莉」「夕靄」（『詩と真実』昭三六・七）、「路」（『九州文学』昭四一・五）、「地蟲」（『詩と真実』昭四二・一二）、「定助としん」が収録されている。

【参考文献】「西村光代さんを悼む」（『詩と真実』昭六〇・五）、西村光代「思い出の中で」（『詩と真実　荒木精之追悼号』昭五七・四）

（村田由美）

西村慈　にしむら よし　歌人。大正二年（一九一三）一月二三日〜平成一四年（二〇〇二）七月一三日。熊本県不知火村（現・宇城市）生。昭和四年（一九二九）熊本県立松橋高等女学校卒業。高女時代国語教師大島義徹に短歌の指導を受ける。二一年一月歌人の西村光弘と結婚。二七年歌誌『南風』同人。第一歌集『海の砂のごとく』（昭三九、日本文芸社）出版。第二歌集『冬の風鈴』を四八年一一月短歌新聞社より刊行、第一五回熊日文学賞受賞。「如何ならむ実りに逢ふとふ約もなくて淋しきみ冬風鈴」「光るまで拭きこみし廊歩みつつ思ふ光るまで拭きし忍従」「かなしみは言にしがたく冷えそめし秋の厨の水使ひき」など生活に密着した歌風。作者も「生活の哀歓を短歌に表現することに生甲斐」（『海の砂のごとく』あとがき）、「歌は常に生活に深く根をおろした真実の叫びを、しかもそれらはさわやかな瑞々しい韻を伝えるものでありたい」（『冬の風鈴』あとがき）と述べている。平成六年（一九九四）第三歌集『祷《いのり》のかたち』（短歌新聞社）を出版。八年度熊本県芸術功労者に選ばれる。

（中村青史）

西本弥生　にしもと　やよい　俳人。昭和五年（一九三〇）三月二日〜平成三年（一九九一）三月一三日。和歌山県日高郡生。本名中川弥生。海辺の恵まれた自然の中で育ち、昭和一九年（一九四四）に大阪の看護学校へ入学するが、翌年の終戦で和歌山に帰る。和裁や洋裁を学んだのち、神戸の洋裁店に勤務して服飾デザイナーとなる。二六年結核のため帰郷し、回復後結婚。三一年喀血して入院。姉を頼って来福し、福岡市東区の八木病院で、重富一男（のちの楢崎一男）を中心とした入院患者たちの俳句グループと出会う。横山房子の「風花に眸もやして逢ひしこと」の素材の新鮮さに魅かれて作句をはじめる。三二年横山白虹、房子主宰の「自鳴鐘」、橋本多佳子主宰の「七曜」に入会する。三三年第一回自鳴鐘新人賞を受賞。三四年に病気のため離婚。三五年右肺全摘出の手術を受けるが、療養の傍ら作句に励む。三六年第二回フクニチ新聞俳句賞、翌年第二回俳句評論賞、四〇年度第一八回自鳴鐘賞を受賞する。四一年福岡東病院を退院する。五〇年一一月、第一句集『百日紅《さるすべり》』（自鳴鐘発行所）を上梓。九死に一生を得た手術にもかかわらず「霧の壁叩きて医師の声さぐる」のように強さをにじませ、楢崎一男の死には「夕焼の腕に冷えゆく一男の馬鹿」と詠んで慟哭を表現する。また生へと繋がるような、女性の性をテーマにした句も多い。翌年第六回福岡市文学賞を受賞。デザイナーとしての活躍と共に作句は滞るが、昭和六一年一〇月に第二句集『風むらさき』（石風社）を上梓。「いつからか合わぬ歯車夏の雲」のような諦観がにじむ句が登場し、「とめどなく雪降る明日へ切り鋏」と洋裁を材にして、毎日の繰り返しの中に明日を静かに見つめようとする姿勢が表現されている。第一句集から作風は変化しているが、作句の契機となった横山房子の句と同じように、通底して自然が中心ではなく自身が中心となった俳句の世界が築かれている。また『日高川』（昭六一・一〇、石風社）には、学生の頃から療養中までの回顧録と、豊かな黒潮を望む故郷を思わせる町を背景にして様々な女性をえがいた短編小説が収録されている。平成三年（一九九一）三月一三日喘息治療で入院中喀血して死去。

【参考文献】『自鳴鐘』五一二号（平三・五）

（谷口佳代子）

二沓ようこ　にとう　ようこ　詩人、随筆家。昭和三五年（一九六〇）〜。福岡県朝倉市生まれ。福岡教育大学卒業。朝倉市立三奈木小学校教諭を経て、詩人である渡辺玄英と結婚。平成元年（一九八九）に詩学新人賞受賞。新聞・雑誌にコラムやエッセイ、書評を執筆する傍ら、郷土の作家やミステリー小説をテーマに市民講座、文化サークルの講師も務める。また『詩学』『パルナシウス』『火焔樹』などの同人誌に詩を発表し、平成五年五月に発行された詩集『火曜サスペンス劇場』では、妊娠・出産で変わっていく自分の体に対する戸惑いや心細さ、恋愛や子育ての実体験を詩に表している。「気のせいだよとかれは言う」や「五〇〇メートルの言えてるたち」など、その作風は「若いエスプリがあって、切れ味がいい。組詩風の長編は新しい感性が捉えた風俗味が息づく。読んだあとの巧いドラマーのリズムを聞いたような快感がのこる」（犬塚堯、『火曜サスペンス劇場』解説より）と評されている。彼女と同様の経験のある女性は誰しも共感できるような内容を、独特のリズムと言葉で表現した詩は評価が高く、平成六年にはこの作品で第三〇回福岡県詩人賞を受賞している。その後『西日本新聞』紙上に、エッセイ「瞑想する身体　妊娠ミステリー」（平一四・一〇・二～四）や「みすてりぃ歳時記」（平二一・九・一四～平二三・一〇・二九）を連載しながら、平成二一年七月には、詩誌『耳空』を創刊。この雑誌は当初、友人の毛利一枝、樋口伸子らとともに女三人で発行し、詩の枠にとらわれず女同士で楽しむつもりだったが、夫の渡辺玄英を通して文芸評論家・詩人の北川透と知り合い、彼らを含めた同人五人での創刊となった。内容は、詩はもちろん、訳詩、写真、連載エッセイなどがあり、二沓は「レディに捧げるミステリ小説」「詩人に捧げるミステリ小説」（ともにエッセイ）などを連載している。また、平成二〇年からは九州芸術祭文学賞の選考委員を務めている。

【参考文献】二沓ようこ『火曜サスペンス劇場』（平五・五、ミッドナイト・プレス）、『耳空』創刊号（平二一・七）

（酒井美紀）

野上弥生子　のがみ　やえこ　小説家、翻訳家。明治一八年（一八八五）五月六日～昭和六〇年（一九八五）三月三〇日。大分県北海部郡《きたあまべぐん》臼杵町《うすきまち》（現・臼杵市浜町）に、小手川常次郎（二代目角三郎）、マサの長女として生まれた。本名は小手川ヤヱ。小手川家は祖父の代から醸造業を営んでいた。常次郎が弟・金次郎に始めさせた味噌・醤油製造業が、現在のフンドーキン醤油である。明治二八年（一八九五）四月に臼杵高等小学校に入学すると、元臼杵藩士で小中村清矩《こなかむらきよのり》社中の国学者・久保会蔵（千尋）から『源氏物語』や漢学、和歌について学んだ。また高等小学校を卒業後は、慶應義塾出の後藤熊生から英語を習う。高等小学校卒業後、一年間を臼杵で過ごし、三三年四月に上京、叔父豊次郎の家に下宿して、巌本善治が校長をしていた明治女学校普通科に通った。同校では青柳有美と戸川秋骨に英語を習う。この頃、弥生子は回覧雑誌に作品を書き始めた。三五年九月に、同郷の野上豊一郎が文学を志して上京、一高に入学し、翌年秋頃から弥生子は豊一郎の下宿を訪ねるようになる。弥生子は同級の中でただ一人明治女学校高等科に在籍しつづけ、三九年に卒業。その後同校は廃校となり、弥生子は最後の高等科卒業生だった。同年八月、東京に留まりつづけるために、まだ大学二年生の豊一郎と結婚（入籍は四一年一〇月）。漱石の木曜会に出入りする豊一郎に感化されて習作『明暗』を書き、漱石の批評を受ける。その後、実母の嫁入りのことを描いた写生文「縁《えにし》」が漱石の推薦で明治四〇年二月の『ホトトギス』巻頭を飾る。大分弁の情味豊かな短編である。それ以降、弥生子は次々と中短編を発表していった。大正一一年（一九二二）九月発表の代表作『海神丸』では、故郷・臼杵で実際に起こった遭難事故を素材に、極限状態の人間を描いた。また一五年九月の『大石良雄』のように、歴史小説も試みる。関東大震災での親友・伊藤野枝の死、また芥川龍之介の自殺などを経て、最初の長編『真知子』

（昭三・八〜五・一二）や「若い息子」や「哀しき少年」などで社会問題を提起。戦中は、法政大学村があった北軽井沢に疎開。戦後になっても旺盛な創作は続き、昭和二二年（一九四七）に日本芸術院会員。翌二三年には戦前に書き進めていた「黒い行列」（昭一一）、「迷路」（昭一二）を改稿して『迷路』第一部、第二部として出版。二五年に夫・豊一郎が死去。三一年に『迷路』全六部が完結した。昭和四〇年に文化功労者に選ばれ、四六年には文化勲章を受章する。四七年五月より『新潮』に長編の自伝的小説『森』（未完）を連載し、自らの学生時代以降について詳しく描き出している。同年九月には臼杵市名誉市民第一号となる。昭和五五年六月には『野上弥生子全集』（岩波書店）の刊行開始。死去の翌年、臼杵市の生家に「野上弥生子文学記念館」が開館した。故郷・臼杵への思いは強く、「ふるさと断章」（『婦人之友』昭一五・七）の中で「私の故郷は、今は特長もない小さい田舎の港町であるが、文化史的に見ると、いろいろ面白いものを持っている。」と記し、作品でもしばしば故郷を題材としている。

【参考文献】宇田健編『野上弥生子ふるさと作品集』（平一〇・六、大分県教育委員会）、狭間久『野上弥生子の道』（昭六二・一、大分合同新聞社）、古庄ゆき子『野上彌生子』（平二三・三、大分県教育委員会）、渡辺澄子『野上彌生子研究』（昭四四・一二、八木書店）

（野坂昭雄）

野木京子 のぎ きょうこ　詩人。昭和三二年（一九五七）一一月一四日〜。熊本県八代郡坂本村（現・八代市）生。父瀬川栄一郎、母隆子の次女（二兄一姉）。十条製紙（現・日本製紙）社員であった父の勤務地で生まれ、生後六カ月まで過ごす。その後、父の転勤に伴って東京都、所沢市、芦屋市、所沢市と移り住む。兵庫県立芦屋高等学校を経て、昭和五五年（一九八〇）立教大学文学部英米文学科を卒業。翌年、野木大助と結婚、二男を得る。夫の転勤で札幌市、仙台市、広島市と移り住むが、夫が起業した現在は横浜市に在住。詩との出会いは、中学生の時に読んで衝撃を受けた宮沢賢治の「眼にて云ふ」だったという。高校、大学時代に少し詩を書いていたが、三二歳ころに次男の就学をきっかけに、再び詩作を始める。平成一四年（二〇〇二）七月創刊の詩誌『マンドラゴラ』（一八年七月の四号で休刊）、および一九年三月創刊の詩誌『スーハ！』に同人として参加し、現在に至る。平成七年七月、最初の詩集『銀の惑星その水棲者たち』（矢立出版）を発表。一二年一〇月出版の第二詩集『枝と砂』（思潮社）により、不在のいのちを蘇らせる詩想と宇宙的な感覚を持ち、ひそやかな言葉で理知的に積み上げる作風の詩人として知られるようになる。一九年、第三詩集『ヒムル、割れた野原』（平一八・九、思潮社）で、第五七回H氏賞受賞。「ヒムル」とは天国や空を意味するイディッシュ語。「生と死の隔てを超えた世界に触れようとしている」（川口晴美）詩の原風景には、生地であった八代の球磨川が故郷としてイメージされている。球磨川は三歳だった次兄が病死するという出来事に結びつく場所であった。本詩集のなかで詩を書く動機を記した「絶え間なく失い続けているので詩を書く。（中略）音のしない声をからだの外に出してしまう。」という文章は、この詩人の資質を的確に言い表すものといえよう。その他、エッセイ集に『空を流れる川――ヒロシマ幻視行』（平二二・一〇、ふらんす堂）があり、平成二二年より『中国新聞』の読者投稿欄「中国詩壇」の選評を担当している。なお、『スーハ！2号』（平一九・八）の「特集・福井桂子を読む」では、同人とともに、福井桂子が同年九月に亡くなる二カ月前にインタビューをし、また、同誌一〇号（平二五・六）では、その前年の一月に故人となった新井豊美の書誌の作成に携わっており、それらは資料的にも注目される。

【参考文献】新井豊美「惑星からの声を聴く」（『枝と砂』栞、平一二・一〇）、野木京子「声の恐怖、ひそやかな響き」『マンドラゴラ』一号（平一四・七）、「人」欄（『熊本日日新聞』平一九・四・八）、川口晴美「詩はいま」（『熊本日日新聞』平一九・四・一六）、野木京子「鼓膜の奥を流れる川」（『熊本日日新聞』平一九・五・二〇）、吉田文憲「〝雑神〟の蠢き」（『ヒムル、割れた野原』栞、平一八・九）。

（谷口絹枝）

野田寿子　のだ ひさこ　詩人。昭和二年（一九二七）八月二日～平成二四年（二〇一二）一二月一三日。佐賀県三養基郡旭村（現・鳥栖市）生。自宅は福岡県春日市。本名上尾《かみお》壽子《ひさこ》。夫上尾龍介。昭和一九年（一九四四）東京府立第四高等女学校（現・東京都立南多摩高等学校）卒。二三年日本女子大学国文科卒。二八年、結核のため帰郷し、福岡県立明善高等学校勤務となり、五八年まで三〇年間高校教諭を勤めた。二八年詩誌『母音《ぼいん》』に参加。三六年には片瀬博子の薦めで詩誌『地球』に参加。詩塾「ハテナの会」を主宰。昭和四一年福岡県詩人賞、五六年福岡市文化賞、平成一一年（一九九九）丸山豊記念現代詩賞を受賞。詩集に『台風圏』（昭二八・一〇、昭森社）、『五月の祭』（昭三二・一、昭森社）、『黄色い鉄かぶと』（昭三七・一、地球社）、『そこに何の木を植えるか』（昭四八・二、詩学社）、『やっぱり歌えない』（昭五六・一〇、地球社）、『眼』（平三・九、地球社）、『野田寿子詩集』（日本現代詩文庫70　平四・一一、土曜美術社出版販売）、『母の耳』（平一〇・七、土曜美術社出版販売）等がある。『晩紅拾遺』（平一六・一二、本多企画）の中の「杖」は、日高徹郎のポッドキャスティング番組『名作を読む　TEDの声』に一七年一一月に収録された。また、エッセイ集に『若い教師への手紙』（昭六一・一二、径書房）等がある。平成二四年一〇月には、女性の視点で社会と向き合った詩人の集大成として『野田寿子全作品集』が土曜美術社出版販売から刊行された。森崎和江「無明の華―野田寿子さんへの手紙」、崎村久邦「野田寿子の到達」、伊藤桂一ほかの『野田寿子全作品集』の出版を祝って」が収録されている。野田の作品で最も注目を集めたのは、第三詩集『黄色い鉄かぶと』に収められた「月経」であろう。アウシュビッツの惨状に喚起されたこの詩には、野田が詩の言葉を生む拠点が、激しく謳われている。「―そこだけは／いつもじぶんがいるというかくれがを／おんなはもっている〃そこにいけば／つかれたてあしに血がのぼり／とおいはじめやとおいゆくてが／じぶんのまんなかにつらぬいて／よみがえってくるばしょを／おんなは みんなもっている〃」と謳い出され、「きこえるか／狩り場のまんなかを歩いてくる女達の足音が〃灼けはてた土地にさまよう息子を呼びながら／創られた姿そのままに歩きだした女たち〃むすこたちをうばいかえすのだ／息絶えた月経を かれらにそそぎこむのだ〃そこにしか女はいない／自分をとりもどしに行く女たちに／もうかくれがはない」と、女の死刑執行人になってしまった息子を奪い返すためには、女が自分を取り戻すしかない、という決意で終わるこの詩に、山平和彦が曲をつけて発表したが、タイトルと内容が公序良俗になじまないとして発売禁止になった。平成二四年老衰のため逝去、八五歳。

【参考文献】原田種夫『西日本文壇史』（昭三三・三、文画堂）、『福岡県人名録』（昭六三・三、西日本新聞社）、花田俊典『清新な光景の軌跡　―西日本戦後文学史―』（平一四・五、西日本新聞社）、『筑紫の詩人たち　―福岡県の現代詩史―』（平一六・一一、小郡市立図書館野田宇太郎文学資料館）草倉哲夫『鑿　評伝野田寿子』（平二四・六、朝倉書林）、『野田寿子全作品集』（草倉哲夫・坂田トヨ子 山田由紀乃・大串朋子編集　平二四・一〇、土曜美術社出版）

（狩野啓子）

野溝七生子　のみぞ なおこ　小説家、比較文学研究者。明治三〇年（一八九七）一月二日～昭和六二年（一九八七）二月一二日。兵庫県姫路に、野溝甚四郎、正尾の二女として生まれた。野溝家は代々豊後竹田の出で、岡藩の領主中川家に仕えた家柄。父・甚四郎は自然斎と号した歌人で、岡藩の勤王家として知られる。また岡藩の「由学館」頭取、「経武館」塾頭も務めている。維新後は陸軍に士官、七生子も幼少期は父の赴任先である姫路、鳥取、金沢、丸亀、大分などで過ごした。明治三八年（一九〇五）に甚四郎死去。大正元年（一九一二）年に大分市荷揚町に移り、香川県立丸亀高等女学校から大分県立大分高等女学校に転入、本科第十期生（大正二年度）として卒業。本科第三回卒業生には、後に北原白秋の妻となる佐藤菊がいた。五年には同志社女学校英文科に入学、この頃ダダイストの辻潤や宮島資夫を知る。同志社卒業後、大分高女時代の親友・辛島きみの影響で東洋大学専門学部文化学科（西洋哲学）に入学。一二年、「山梔《くちなし》」を『福岡日日新聞』の懸賞小説に応募し、翌年特選となる。一五年九月、『山梔』を春秋社より刊行、また白秋の『近代風景』に参加して短編やエッセイを発表する。同年、フランス空軍将校のピエール・ドフルノーを知り、その交流を『アルスのノート――昭和二年早春』（死後刊行、展望社）に綴った。同じ頃、佐藤菊との縁で、後に七生子のパートナーとなる編集者の鎌田敬止も知る。昭和三年（一九二八）には長谷川時雨主催の『女人芸術』にも参加し、小説発表の場を広げていった。八年、辛島きみの兄・紅葉の紹介で花田清輝を知る。一五年七月、『女獣心理』（八雲書林）を刊行。戦後は、短編集『南天屋敷』（角川書店）、『女獣心理』（風樹書院・白塔書院）、短編集『月影』（青磁社）などを発表するも、肺疾患のため二三年頃に擱筆する。二六年より、成瀬正勝に請われて東洋大学文学部国文科で教鞭を執り、森鷗外とドイツ文学に関する研究で業績を重ねる。四二年に東洋大学を定年退官後は、一時期、鹿児島の南日本短期大学でも教鞭を執った。五五年、短編集『ヌマ叔母さん』（深夜叢書社）刊。五七年五月、『文芸春秋』連載中の大杉栄伝「諧調は偽りなり」で、瀬戸内寂聴が辻潤と七生子のロマンスに触れたが、事実誤認があり、七生子も故人として扱われていた。瀬戸内とは和解したが、翌年にはこの事件の影響で長年暮らしていた新橋第一ホテルを出て老人専門病院に入院。昭和六二年、心不全が原因で九〇歳で死去。昭和五七年に竹田市名誉市民となり、蔵書の一部は生前、竹田市立図書館に寄贈されている。

【参考文献】江黒清美『「少女」と「老女」の聖域』（平二四・九、学芸書林）、小倉文雄『愛宕の里別巻十二　岡藩校と庶民教育』（非売品、大分県立図書館蔵）、鮫島満「鎌田敬止と野溝七生子」（『日本古書通信』平二〇・四）、寺田操『尾崎翠と野溝七生子』（平一三・五、白地社）、『野溝七生子作品集』（昭五八・一二、立風書房）、林礼子『希臘の独り子：私にとっての野溝七生子』（昭六〇・一二、林礼子出版事務局）、矢川澄子『野溝七生子というひと――散けし団欒』（平二・一、晶文社）

（野坂昭雄）

野見山ひふみ　のみやま ひふみ　俳人。大正一三年（一九二四）八月二八日〜。福岡県稲築村（現・嘉麻市）生まれ。本名、ヒフミ。父末崎達蔵、母ハルの四女。兄四人姉三人。昭和一九年（一九四四）、福岡県立保健婦学校（現・福岡県立大学）卒業。二一年、俳人野見山朱鳥《あすか》と結婚。二子を得る。二三年より朱鳥指導の下俳句を始め、『ホトトギス』へ投句。主宰の高濱虚子へ師事する。二七年、朱鳥の新生『菜殻火《ながらび》』創刊に従い、同人となる。三一年より『菜殻火』発行主管。昭和四五年、朱鳥の没後主宰を継承する。作品に「泣けば子が何故に泣くかと秋の暮」「天武の妃ここより出でし返り花」など。句集に『秋の暮』（昭三三・二、菜殻火社）、『野に遊ぶ』（昭五一・一二、創美社）、『花文鏡』（昭六三・八、本阿弥書店）、『藍の華』（平一八・四、角川書店）、『雛の別れ』（平二四・六、菜殻火社）ほかがある。

（中西由紀子）

橋本多佳子　はしもと たかこ　俳人。明治三二年（一八九九）一月一五日〜昭和三八年（一九六三）五月二九日。東京市本郷区龍岡町（現・東京都文京区湯島）生。本名多満《たま》。父山谷《やまたに》雄司、母津留の長女。母方の祖父山谷清風は、山田流箏曲検校を務めたとされ、幼時よりその名跡を継ぐため琴の稽古に励んだ。湯島尋常高等小学校卒業後、私立女子美術学校（現・女子美術大学）へ進学を希望するが、病のためかなわなかった。祖父の後継として琴の「奥許」を受け、芸事に精進する。大正六年（一九一七）、建築請負業大阪橋本組の創立者橋本料左衛門二男豊次郎と結婚。「たか子」と改名する。夫の北九州赴任に伴い八年、小倉へ転居。小倉市中原（現・北九州市小倉北区）の高台に櫓山荘を新築し移り住んだ。瀟洒な西洋館の櫓山荘は地域の文化サロンとして賑わい、多くの文化人を迎えた。小倉滞在中に四女を得る。一一年、櫓山荘で高濱虚子歓迎句会が開かれたことをきっかけに、杉田久女から俳句の手ほどきを受ける。久保猪之吉・より江夫妻、横山白虹、神崎縷々、竹下しづの女ら福岡俳壇での交流を深めた。昭和四年（一九二九）、大阪へ転居し、後に師事する山口誓子と出会う。この頃、俳号を「多佳子」とした。一〇年、新興俳句運動が勢いを強める中、「ホトトギス」を脱し「馬酔木」に参加した山口誓子と行動を共にする。以後、正式に誓子へ師事し、『馬酔木』同人となる。一六年、第一句集『海燕』（昭一六・一、交蘭社）を刊行。戦中、奈良県生駒郡伏見村字菅原（現・奈良市あやめ池）へ疎開し、戦後も留まった。終戦間もなく、西東三鬼、平畑静塔らかつての新興俳句系俳人と知り合い、奈良俳句会を起こす。二三年、三鬼らと山口誓子を主宰に迎え『天狼』創刊。創刊号に寄せた「いなびかり北よりすれば北をみる」は終生の代表句となる。同時に僚誌『七曜』を創刊。指導役となり、二五年より主宰を務めた。二六年、第三句集『紅絲』（目黒書店）刊行。「雪はげし抱かれて息のつまりしこと」「雄鹿の前吾もあらあらしき息す」など、女性のエロスを開示した句が俳壇に衝撃を与え、高く評価された。晩年まで「天狼」重鎮、「七曜」主宰として精力的に各地を巡った。三八年、肝臓癌のため死去。「雪の日の浴身一指一趾愛し」「雪はげし書き遺すこと何ぞ多き」の句を遺す。その他の句集に『信濃』（昭二二・七、臼井書房）『海彦』（昭三二・二、角川書店）『命終』（昭四〇・三、角川書店）、句文集『菅原抄』（昭四四・一二、七曜俳句会）などがある。

【参考文献】図録『橋本多佳子　雪はげし抱かれて息のつまりしこと』（平二二・四、北九州市立文学館）

（中西由紀子）

橋本武子　はしもと　たけこ　歌人。大正二年（一九一三）六月一二日～平成四年（一九九二）三月一三日。山口県大島郡周防大島町生。塩田主の父橋本友右衛門と母フジの長女。久賀高等女学校卒。在学中に独学で作歌を始め、昭和一四年（一九三九）、歌人・齋藤瀏《りゅう》に師事して、才能を一気に開花させた。二一年、周防大島町に青潮短歌会を立ち上げて歌誌『青潮』を創刊し、以後当地の歌壇の発展に尽くした。二四年三月の『黒髪抄』を始めとして、『黒衣』（昭三二・八）、『ゆく水』（昭四七・七）、『水辺唱』（昭六〇）の四冊の歌集を出版。昭和六一年五月には合同歌集『青潮』を出版した。「永遠をふかくは思へをみなわれ今日のうつつの黒髪を愛づ」（『黒髪抄』）のような、洗練された言葉による繊細さと言い切りのよい表現を特徴としている。昭和三〇年に第一回齋藤瀏賞と山口県芸術文化奨励賞、昭和五四年に山口県文化功労賞を受賞した。

【参考文献】『橋本武子全歌集』（平一八・五、青潮短歌会）、『やまぐちの文学者たち』（平二五・二、やまぐち文学回廊構想推進協議会）

（中原　豊）

橋本美代子　はしもと　みよこ　俳人。大正一四年（一九二五）一二月一五日～。福岡県小倉市（現・北九州市小倉北区）生まれ。本名、柴山美代子。父橋本豊次郎、母多佳子の四女。実業家の父が構えた生家は櫓山荘と呼ばれ、小倉の文化サロン的存在だった。母は俳人の橋本多佳子。昭和四年（一九二九）、大阪転居。帝塚山学院女学部卒業。奈良県生駒郡（現・奈良市あやめ池）へ疎開し、戦後も留まる。二三年、母多佳子が指導した「七曜」句会に初参加、後同人となる。以後、多佳子の薫陶を受けつつ、「天狼」で山口誓子に師事した。三〇年、結婚。翌年、「画家持てるものさらけ出し枯野描く」などで天狼賞受賞。三三年、『天狼』同人。上京後、第一句集『石階』（昭四九・六、牧羊社）に「構へなき天に花火が進み入る」「さくらんぼ笑《えみ》で補ふ語学力」などの句を収める。津田清子の『沙羅』『圭』同人を経て、平成元年（一九八九）『七曜』復帰。翌年奈良へ戻り、三年、堀内薫から主宰を継承した。

他、句集に『巻貝』（昭五八・六、牧羊社）、『あくあ』（平九・一、ふらんす堂、実姉小布施呉爾子との共著）、『七星』（平一〇・九、本阿弥書店）がある。最新句集『プラハの月』（平二〇・一〇、角川書店）は、故郷に因んだものから一転、「好きな旅の一齣」を書名にしたとして、「深い意味がないのも何となく私らしい」と綴る。恬淡とした中に宿る上品なユーモアは独自の句風でもある。

（中西由紀子）

波多江敦子　はたえ　あつこ　俳人。昭和八年（一九三三）～。長崎県南高来郡有家町（現・南島原市）生まれ。子育てが一段落した昭和五三年（一九七八）、西野理郎との出会いで俳句の道にはいる。西野の「現代俳句勉強会」に発足と同時に参加。その後、西野の勧めで赤尾兜子《とうし》の「渦」に参加するが、六〇年に赤尾が没したことを契機として同会を退会。その間、岡田芝兆の『櫟』、『九州俳句』に参加し、西野に誘われる形で、竹本健司の『國』に参加。五八年、九州俳句賞受賞。「國」の支援を受け、五九年に現代俳句協会会員となる。翌年には「蕗の薹昼は油断をしてをりぬ」などの句で現代俳句協会新人賞を受賞。六一年には俳句・個人部門で北九州市民文化賞を受賞し、同年には自ら「もんじ俳句会」を発足させ、世話人となる。六二年、『小熊座』（主宰・佐藤鬼房）同人となる。著作には『句集 炎えん』（「國」俳句会、昭六二・七）、『句集 みおつくし』（平九・七、「小熊座」俳句会）がある。彼女の句は、「桐咲くを海の谺と思ひけり」など、「女性の感性の記録」（竹本健司）と評され、日常の叙述性を超えた感性の描出が特徴である。

【参考文献】『句集 炎えん』（昭六二・七、『國』俳句会）、『句集 みおつくし』（平九・七、「小熊座」俳句会）

（稲田大貴）

秦夕美　はた ゆみ　俳人。昭和一三年（一九三八）三月二五日〜。福岡県生。高山夕美の号も持つ。本名秦由美子。幼少の頃から詩や作文を好み、文学を志して日本女子大学国文学科に入学後、俳句のグループに参加する。昭和三三年（一九五八）たまたま手にした婦人雑誌に掲載されていた藤田湘子に手紙を出し、『馬酔木』の若手グループ「青の会」に参加する。三四年結婚して福岡市に移住、翌年に長男出産。一人息子の小学校入学を機に、作句を再開する。三九年藤田湘子主宰の『鷹』の創刊同人となる。四三年九月高山夕美の名で『仮面』（鷹俳句会）を上梓。「鷹」を退会し、赤尾兜子《とうし》主宰の「渦」へ移る。『泥眼』（昭五二・三、端渓社）『勅使道』（昭和五六・三、俳句研究新社）と高山夕美の名で上梓。五六年の兜子急逝以後、師につかない。また実父の死後、夫や息子と共に秦の姓を継ぎ、以後の作品では秦夕美と名のる。この二つの出来事で、大きく作風が変化する。「ただよふもなびくも女身秋の風」のような繊細な言葉を重ねた「筑紫櫛」で、昭和五八年に第一三回福岡市文学賞を受賞。同年三月歌集『万媚《まんび》』と句集『万媚』を同時に出版。歌は馬場あき子に師事し、実父への哀惜を詠ったものだが、以降歌集の出版はない。一方句集『万媚』は「源氏の絵巻」と副題にあるように、虚構世界の構築を目指す。以後この作風に磨きをかけ「俳句は言葉遊び」と明言して、様々な工夫を凝らす。初めに主題と構成を決め、見開いたページの文字の配列まで考えて作句し出版する。たとえば『妖虚句集』（昭六一・四、冬青社）では謡曲が、『孤獨浄土』（昭六二・七、書肆季節社）ではギリシャ悲劇や平家物語が主題になる。また『十二花句』シリーズは、花をテーマにした俳句を挟んだ短編小説集であり、『逃世鬼《とうせき》』（平六・二、邑書林）は、千字文の千の漢字を、それぞれの頭においた千句が収録されている。吟行句ばかりを集めた句集『銀《ぎん》荒宮《こうく》』（平五・五、邑書林）がある一方、『夢香志《むかし》』（平八・一一、邑書林）では「まつさきに椿落ちけり石の上」のように、夫の死後半年間の心情を詠む。また赤尾兜子、三橋鷹女、宮澤赤黄男らの句を解釈した『火棘《かきょく》―兜子憶へば―』（平七・七、邑書林）『夢の柩―わたしの鷹女』（平一一・一一、邑書林）『赤黄男幻想』（平一九・七、富士見書房）がある。平成九年（一九九七）から個人誌『GA』を季刊で発行している。

【参考文献】『福岡'82文学賞』（昭五八・三、福岡市教育委員会・福岡市文学賞運営委員会）

（谷口佳代子）

浜名理香　はまな りか　歌人。昭和三八年（一九六三）六月一一日〜。熊本県熊本市生。三人兄弟の末っ子として生まれる。昭和五八年（一九八三）八月、熊本大学文学部在学中に兄の紹介で石田比呂志と阿木津英に出会う。同年、短歌結社「牙」の会員となり短歌を始める。六一年「牙作品賞」受賞。六二年、大学四年時に第一歌集『銀のノブ』（「牙」短歌会）を出版。その後、高校教諭として働く。平成元年（一九八九）に熊本県民文芸賞短歌部門第一席。六年第二歌集『月兎』（砂子屋書房）。一五年第三歌集『風の小走り』（平一四、砂子屋書房）で熊本県文化懇話会新人賞を受賞。軽やかな口語文体を用いながらも厳格な歌の骨格を持つ歌人として評価される。「声帯の今朝は震えの涼やかに喉の奥まで春立ちにけり」「鉄棒にわが身蹴り上げ逆さまにこの世見しこと一度もあらず」など。平成二四年「牙」の主宰であった石田比呂志没後、同人の仲間たちと短歌雑誌『石流』を創刊。二五年『流流』（平二四、砂子屋書房）にて第五四回熊日文学賞を受賞

【参考文献】『同時代としての女性短歌』（平四、河出書房新社）

（柴田文佳）

濱野京子　はまの　きょうこ　児童文学作家。昭和三一年（一九五六）七月一八日〜。父親の出身地である熊本県熊本市で生まれ、生後まもなく東京に移り住む。埼玉県さいたま市在住。本名濱野京子。早稲田大学第二文学部卒業。小学六年生で初めて物語を書き、一〇代まで書き続ける。その後中断。四十歳の頃、仕事ばかりの生活に疑問を抱き、再び物語を書き始める。毎日児童小説コンクール優秀賞（平一一）、最優秀賞（平一四）を受賞。同一性障害を問題とした『竜の木の約束』（平二二、あかね書房）は、最優秀賞作を改稿したものである。現在は会社勤めをしながらの作家活動。デビュー作は『天下無敵のお嬢様！1』（平一八、童心社）で、現在も巻を重ねている。濱野は作品を通じて、「異質なものとの出会いによる発見、それが人生を豊かに」すると主張し、「大切なのはあなたが存在すること」と訴える。主人公達は、自己をも他者をも肯定しながら、自分探しの解決の糸口を見つけていく。作品には『その角を曲がれば』（平一九、講談社）、『フュージョン』（平二〇、講談社、第二回JBBY賞）、『トーキョー・クロスロード』（平二〇、ポプラ社、第二五回坪田譲治文学賞）、『レッドシャイン』（平二一、講談社）、『碧空の果てに』（平二一、角川書店）、『白い月の丘で』（平二三、角川書店）などがある。

【参考文献】『西日本新聞』（平二三・三・二九）、濱野京子「『フュージョン』—自作を語る—」（『子どもの本棚』平二一・一）

（堀畑真紀子）

林京子　はやし　きょうこ　小説家。昭和五年（一九三〇）八月二八日〜。長崎県長崎市東山手町生まれ。本名宮崎京子。父宮崎宮治、母サヱ。四人姉妹の三女。父が三井物産上海支店に勤務していたため、幼少期のほとんどを上海で過ごす。昭和二〇年（一九四五）、戦局が悪化したため父を残して家族で帰国し、長崎県立高等女学校三年に編入する。同年五月、三菱兵器製作所大橋工場に学徒として動員。同年八月九日、長崎市に原爆が投下され、動員先の大橋工場で被爆。被爆地をさまようが、下宿先まで帰り着く。翌日、母と長姉が迎えに来て諫早市に帰る。二二年、長崎県立高等女学校を卒業。同年四月に長崎医科大学付属病院厚生女学部専科に入学するが、三ヶ月で退学。長崎を離れて生活をはじめ、二六年、林俊夫と結婚し、二年後に長男が誕生する。三七年、早稲田大学出身の夫の勧めで、保高徳蔵主催の同人誌『文芸首都』に参加し創作活動を始める。同期の同人に中上健次、津島佑子らがいた。三八年、『文芸首都』に初めて活字になった作品「青い道」が掲載される。四九年一一月、離婚。

五〇年、自身の被爆体験を語り被爆記録を読むことによって、被爆三〇年後の現在を描いた「祭りの場」（単行本は昭五〇・五、講談社）で群像新人賞と芥川賞を受賞。五八年、少女時代の記憶と三六年ぶりに再訪した中国の現在とを往還する『上海』（昭五八・五、中央公論社）で女流文学賞を受賞した。六〇年から六三年まで長男の家族と共にアメリカで生活し、平成一一年（一九九九）には世界で初めて核実験が行われたトリニティ・サイトを訪れた。他の作品に、『やすらかに今はねむり給え』（平二・六、講談社、谷崎賞）、『長い時間をかけた人間の経験』（平一二・九、講談社、野間文芸賞）などがあり、一七年、『林京子全集』（日本図書センター）全八巻にこれまでの作品を集成し、二〇〇五年度朝日賞受賞。二三年七月、岩波ブックレットより『被爆を生きて―作品と生涯を語る』（島村輝＝聞き手）を刊行した。

【参考文献】『林京子全集』（平一七・六、日本図書センター）

（楠田剛士）

林芙美子　はやし ふみこ　小説家。明治三六年（一九〇三）一二月三一日～昭和二六年（一九五一）六月二八日。福岡県門司市（現・北九州市門司区）生まれ（下関市説あり）。本名フミコ。母林キク、父宮田麻太郎。生まれてすぐ、宮田が下関で質物を扱う店「軍人屋」を構え成功、明治四〇年（一九〇七）頃には本店を若松に移す。四三年旧正月のころ、キクは芙美子を連れ店員の沢井喜三郎と家を出る。四月、長崎市勝山尋常小学校入学、のち佐世保市八幡女児尋常小学校に転校。翌年一月、下関市名池尋常小学校へ転校。沢井は古着商を営み、生活は比較的安定していたが、大正三年（一九一四）店が倒産。一〇月、鹿児島市山下小学校に転校。この後、五年五月に尾道第二尋常小学校に転校するまでの行跡は不明。「九州炭坑街放浪記」（『改造』昭四・一〇）によると、両親に従って九州各地や筑豊の炭坑街を行商していたと思われる。七年四月、尾道市立高等女学校に入学、師に恵まれ文学にめざめる。一一年三月、県立尾道高等女学校卒業、明治大学に通う初恋の岡野軍一を頼り上京。翌年九月、関東大震災で罹災し一時尾道に帰るが、再び上京し職を転々としながら、アナーキスト詩人らと交流した。一三年七月、友谷静栄と詩誌『二人』を創刊（三号まで）。この頃から『放浪記』の原型となる「歌日記」を書き始める。昭和三年（一九二八）一〇月、雑誌『女人芸術』に「秋が来たんだ―放浪記」を発表、好評を得て断続連載となる。四年六月、第一詩集『蒼馬を見たり』（南宋書院）刊行。五年七月刊行の『放浪記』（改造社）がベストセラーとなり、その印税で翌年一一月、シベリヤ経由で渡欧。パリに滞在し、考古学者森本六爾《ろくじ》ら留学生と親しくした。生活のために原稿を書きながら、音楽・美術など芸術の先端に触れた。ベルリン大学の留学生白井晟一《せいいち》を知り恋をする。六月、帰国。一〇年九月に刊行した『牡蠣』（改造社）が、客観小説として高く評価され作家としての地位を不動のものとした。やがて戦時色が濃くなり、一二年一二月の南京陥落、翌年九月の漢口攻略に際し、報道員として派遣。従軍体験は『戦線』（昭一三・一二、朝日新聞社）、『北岸部隊』（昭一四・一、中央公論社）に結実した。一七年一〇月、陸軍報道部の徴用に応じ、八ヵ月間南方視察に赴く。同年五月帰国、一二月、男児を養子とし泰《たい》と名付け、翌年、緑敏と泰を林家に入籍。終戦まで信州上林温泉、角間温泉へ疎開。終戦後は「吹雪」、「河沙魚《かわはぜ》」、「骨」など、心身ともに傷ついた庶民に寄り添った短編を次々と生み出した。流行作家として、新聞や雑誌の連載のほか、随筆、紀行文の執筆や講演に追われた。二三年一一月に発表した「晩菊」で女流文学者賞を受賞。二六年四月から「めし」を『朝日新聞』に連載、同月、『浮雲』（六興出版社）刊行。疲労による心臓弁膜症が悪化し、同年六月二八日、心臓麻痺にて急逝。

【参考文献】図録『生誕110年林芙美子展』（平二五・四、北九州市立文学館）

（小野　恵）

原初枝　はら はつえ　歌人。明治二七年（一八九四）七月二二日～明治四五年（一九一二）三月一九日。佐賀県武雄に生まれる。警察官の父の転勤に伴い、佐賀市、東京、佐賀県鹿島、伊万里、韓国・京城、唐津と転々とした。韓国には、明治三九年（一九〇六）から四三年まで。京城小学校、京城女学校で学び、脚気で退学した。その間、四一年頃から雑誌『少女の友』（実業之日本社）に短歌や作文を投稿、評判を呼んだ。夭折した少女歌人を惜しみ、『少女の友』編集長星野水裏が遺稿集（日記、手紙、短歌収録）を編集、刊行した。昭和六一年（一九八一）、富士町の山中潤氏ら町の有志の手で富士小学校の校庭に歌碑が建立された。碑には「雪降れり炬燵に入りていま一度おとぎ噺をのう母上よ」という、母の死を悼んだ明治四五年一月に作られた歌が刻まれている。他に「若うして消ゆるさだめの悲しかり涙流れてなほ悲しかり」と同じく母を悼んだ歌がある。遺稿集『しのぶ草』（星野水裏編・非売品）がある。

【参考文献】『佐賀の文学』（昭六二・一、佐賀の文学編集委員会編、新郷土刊行協会発行）、『富士町史下』（平一二・三、富士町史編さん委員会）、八田千恵子『佐賀の女性文学・人物編』未定稿（平二一、私家版）

（浦田義和）

原口真智子　はらぐち まちこ　小説家。昭和二六年（一九五一）一二月四日～。福岡県飯塚市に生まれる。父大和秀彦、母博子の第二子、長女。子供の頃より読書を好み、中学生のときに文芸愛好会を創設し、福岡県立修猷館高等学校では文芸部に所属する。昭和五〇年（一九七五）早稲田大学政治経済学部を卒業した後、東京銀行に就職するが、翌年退職し、原口啓一郎と結婚する。夫の転勤で北九州市をへて埼玉県大宮市、福岡県京都郡、東京都渋谷区、埼玉県朝霞市へと引っ越す。二女を出産の後小説を書き始め、福岡県在住のときに、九州芸術祭文学賞（昭和五八年「海の太陽」）を受賞し、北川晃二の勧めで『午前』（のち『季刊午前』）に投稿を始める。北川晃二と同じく、この頃知り合った森敦も、生涯の師と仰ぐ。『西域』にも小説を発表し、平成四年（一九九二）九月初期作品集『神婚《かみよび》』を立風書房より上梓する。所収された「神婚」「艶葉木」「リリース・コール」「かなしい雪男」は、さまざまな年齢の女性のさまざまな目覚めを描き、「電車」では感覚の崩壊を斬新に描いて第二三回北日本文学賞（平一）を受賞している。平成五年第二三回福岡市文学賞受賞。七年「クレオメ」（『季刊午前』一〇号）で母娘の愛への執着の差を描き、文学界一九九五年下半期同人雑誌優秀作を受賞し、第一一四回芥川賞候補となる。以後『文学界』や『小説現代』に短編を執筆する。平成一〇年の「花を産む」（『小説現代』六月号）は、遺伝子操作で花の珍種を生み出す男性を主人公にして、新たな展開をみせる。一五年一一月に初の長編小説『ふたたびの雪』を講談社から上梓する。心の底に秘めた強い罪悪感を背負って生きていこうとする男女の出会いを描いたもので、罪と解放というテーマに取り組み、深く切り込んだ作品となっている。

【参考文献】図録『福岡と芥川賞・直木賞　その作家と作品』（平一六・六、福岡市文学館）

（谷口佳代子）

比嘉美智子　ひが　みちこ　歌人。昭和一〇年（一九三五）一一月一五日～。沖縄県那覇市生。父宮城唯繁、母照子。昭和二〇年（一九四五）二月、戦争激化のため熊本に学童疎開し、終戦後帰郷。灰燼に帰した那覇の街に驚愕したという。若山牧水に惹かれ中学より作歌を始める。琉球大学文理学部国文学科在学中の三〇年、「アララギ」（土屋文明選）に入会。その頃、基地問題、沖縄の島ぐるみ土地闘争が起こり、「二十歳になりて先づ得し吾が権利基地化反対運動に堂々と署名す」（後、講談社刊『昭和萬葉集』に収録）と時事詠を作り始める。以後、沖縄の社会状況を詠むことは最も大きな課題となっていく。大学卒業後、高校教員を三五年間続ける中、昭和四九年七月、第一歌集『月桃のしろき花びら』（現代沖縄歌人叢書4）を上梓。高校時代からの折節の歌を収めるが、前掲の時事詠の他、歌集名となった「月桃の白き花びら口にふくみ感傷ありて君に逆らふ」など相聞歌も含む。「地中海」「コスモス」「くぐひ」を経て、六三年「未来」に入会し、近藤芳美に師事。平成八年（一九九六）一〇月、第二歌集『青き地球』（短歌新聞社）を刊行。「ぼろぼろの遺書よ遺髪よ三十年経て今母校に還りつきたり」「沖縄女性の生みたる米兵イラクに死す葬儀もなべて沖縄風なる」など、沖縄の歴史、風土、現実を深く見据え、また「大鋏頭上に舞はせオカガニは産卵すると身を震はする」など、生命、自然への祈りを詠む。同歌集にて第三一回沖縄タイムス芸術選賞大賞受賞。その後、「海に生《あ》れまた還りゆく生命ぞと青藍の雫　掌《てのひら》に置く」など海を詠んだ作品を多く収めた『一天四海』（平一七・一二、短歌研究社）、琉球の古名「宇流麻」を歌集名にした『宇流麻の海』（角川平成歌人双書、平二三・三、角川書店）を上梓。退職後は、琉球新報カルチャー講師、「花ゆうな短歌会」主宰、沖縄タイムス歌壇選者などを務める。沖縄エッセイスト・クラブ会員で、エッセイと評論『旅路遥けし』（平二・五）も出版。

【参考文献】『月桃のしろき花びら』（昭四九・七、沖縄歌人クラブ）、『青き地球』（平八・一〇、短歌新聞社）、比嘉美智子「うたものがたり」（沖縄エッセイスト・クラブ編著『サバニ』平二六・四、新星出版）

（西　荘保）

樋口伸子　ひぐち　のぶこ　詩人。昭和一七年（一九四二）三月三日～。熊本県人吉市生。一家は宮崎県東臼杵郡椎葉村、福岡県鞍手郡宮田町（現・宮若市）を経て、昭和二四年（一九四九）、福岡市に転居。西南学院大学文学部英文科中退後、四一年、早稲田大学第二文学部仏文科卒業。四五年、九州大学図書館司書となり、定年まで勤務。五一年に最初の詩集『1284年の風＝ハーメルンの笛ふき男＝』（昭五一・一二、葦書房）を刊行。「ハーメルン物語」を素材に長詩一篇のみを収める。巻末に付された自作解題「私の中の笛ふき男」は、少女の瞳に映し出された幻燈の物語が、詩的幻影として再来し、同じ物語を宿す多くの本や映像と響きあうことで、詩として結晶するプロセスを語る。それは詩誌『蟻塔』（昭和五四年創刊）掲載の初期の代表作「一人称の迷宮」、「燃ゆる娘　ジャンヌ・ダルク」、「わたしの幻海灘」などにも通底し、詩人が、もう一人のアリス、もう一人のジャンヌ・ダルク、もう一人のオンディーヌをみつめる世界の感触を伝える。『蟻塔』は、ごく初期の発行人は一丸章だが、編集人は樋口で発行所（蟻塔舎）も樋口方であった。樋口には、「彼方からの郷愁（タデウシュ・カントールの演劇『死の教室』）」、「わたしのコトバ体験抄」、「苦よもぎの詩人《パウル・ツェラン》」、など、詩や映画に関する散文の寄稿も多い。新聞などにも多くの書評やエッセイを書いており、『読売新聞（西部版）』（平成一五年～二四年）では詩の「時評」を担当した。『蟻塔』の成果は、それ以前の詩も若干含む第二詩集『夢の肖像』（昭五九・五、石風社）として結実し、書物と図書館の近未来を想定した虚構世界の断片が鏡のように乱反射する第三詩集『図書館日誌』（平二・一一、石風社）へと展開する。第四詩集『あかるい天気予報』（平一〇・九、石風社）は、『蟻塔』のほか、新たに参加した小柳玲子を代表とする『そして、』（平成五年創刊）および『六分儀』（平成九年創刊）などに発表した詩を含む。この詩集で一九九八年度日本詩人クラブ新人賞を受賞。第五詩集『ノヴァ・スコティア』（平二二・一〇、石風社）は、主に『六分儀』発表の詩を収める。第一詩集の宛先人とも言うべき阿部謹也の「日常生活の中で樋口さんは詩人」という帯文の言葉が、いかにもふさわしく、第一詩集以来の種々の詩の試みが、日常を異化する軽快さと自由さを備えて賦活されている。北川透、二沓よう子、毛利一枝、渡辺玄英とともに「耳空組」を結成し『耳空』（平成二一年～二五年、全一〇号）の同人として活動。平成二三年度福岡市文化賞（文学・詩）を受賞。

【参考文献】坂本正博「現代詩人論」（『紋説』平二四・六）

（松本常彦）

平山冨美子　ひらやま　ふみこ　詩人、小説家。明治四一年（一九〇八）一月二七日～平成八年（一九九六）一一月二五日。愛媛県生。別名、比良山文子。本名、吉田テル子。北九州、筑豊に移り、嘉穂高等女学校に進む。結婚後は、佐賀県伊万里、熊本県天草本渡に移り住む中に文学活動を開始し、第二期『九州文学』に同人参加する。当初、若松の火野葦平宅へ原稿を持参したのだといい、随筆「天草島について」（昭一七・二）、評論「文学者の使命」（昭一七・七）、小説「冬旅」（昭一八・八）等、次々に作品を発表。昭和一九年（一九四四）三月「女流作家小説特輯」に掲載された「西下路」は、鉱夫頭、刈田雄三郎の気骨ある振舞いと、それに動かされる人々の性情を細やかに描き出し、のち著書の標題作ともなった。二二年八月『天草文学』創刊に参加。二四年『白亜紀』、二五年『浜木綿』、二八年『黄金部落』、『九州作家』創刊同人と、北九州や、居住する天草を中心に積極的に同人誌活動に参加した。四七年六月『海容』創刊同人。生前に、詩歌集『海』（昭六二）、作品集『西下路』（平七・八）が長女で詩人の中原澄子によって刊行されている。

（田代ゆき）

弘津千代　ひろつ　ちよ　劇作家。明治三四年（一九〇一）一月五日～昭和五八年（一九八三）七月二九日。山口県柳井市伊保庄生。婿養子である父弘津完介（旧姓角井）と母マツの長女。県立広島高等女学校を経て、日本女子大学国文学科卒。在学中から劇作家中村吉蔵に師事して劇作に励み、大正一四年（一九二五）には「吉田御殿」（原題「天樹院」）が帝国劇場で上演された。昭和九年（一九三四）に宝塚劇場、新橋演舞場で上演された「妖鱗草紙」（後に「蛇性の淫」と改題）で作家的地位を確立。一二年には、「或る女」（有島武郎作・脚色）が築地小劇場で上演された。歴史上の人物に題材をとり、男尊女卑を美徳とした当時の日本の生活様式に対する強い抵抗を表出した作品が多い。八二歳で没するまで、三〇編に及ぶ戯曲、評論、一三編の少女向け歴史小説等を残している。

【参考文献】林えり子『日本女子大桂華寮』（昭六三・二、新潮社）、『やまぐちの文学者たち』（平二五・二、やまぐち文学回廊構想推進協議会）

（中原　豊）

福田須磨子　ふくだ すまこ　詩人・随筆家。大正一一年（一九二二）三月二三日～昭和四九年（一九七四）四月二日。長崎県長崎市浜口町生まれ。青果卸商の父福田猶次郎、母サキの次女。昭和一三年（一九三八）、長崎県立長崎高等女学校卒業。一四年、長崎県西彼杵郡高浜村の高浜小学校に代用教員として赴任する。一在村詩人の影響から文学に関心を持ち始め、短歌同人『青い港』、のち『アララギ』に入る。一九年、長崎男子師範学校会計課に勤務。二〇年、師範学校小使室で原爆に遭い全身に打撲傷を負う。父母と長姉は自宅で爆死。三〇年にエリトマトーデスと診断されるなど、被爆後は病と貧困に苦しみながら生活する。三〇年八月九日、詩「ひとりごと」が『朝日新聞』ひととき欄に掲載された。この詩は原爆後十年目に完成した平和祈念像と自らの生きる苦しみを描き、大きな反響を呼ぶ。特にこの詩をきっかけにして長崎生活をつづる会との交流がはじまり、入会。サークル誌『生活をつづる』や文集に原稿を寄せた。三一年三月、ガリ版の第一詩集『ひとりごと』（長崎生活をつづる会）刊行。三三年三月、第二詩集『原子野』（現代社）刊行。三四年に西町原爆被災者の会を発足させ、三五年に日米安保条約改定反対の運動に参加するなど、反原爆の運動に関わるようになる。三八年七月、第三詩集『烙印』（長崎原爆被災者協議会）刊行。四〇年七月、生活記録『生きる』（長崎原爆被災者協議会）刊行。四二年五月、『生きる』をリライトした「われなお生きてあり」第一回を轟龍造のすすめで同人誌『詩賊』に掲載し、第二回から『九州文学』に連載。四三年七月、『われなお生きてあり』（筑摩書房）を刊行し、第九回田村俊子賞を受賞。四三年八月、石井忠編著『反原爆―長崎被爆者の生活史』（未来社）で福田の戦後史がまとめられる。没後の五〇年八月、長崎市爆心地公園に福田須磨子詩碑が完成し、翌年四月二日から福田須磨子忌のつどいを毎年開催している。

【参考文献】長崎の証言の会編『原子野に生きる―福田須磨子集―』（平一・四、汐文社）

（楠田剛士）

福田万里子　ふくだ まりこ　詩人。昭和八年（一九三三）三月三一日～平成一八年（二〇〇六）八月一二日。東京市渋谷区（現・東京都）に生まれる。旧姓大坪。昭和一三年（一九三八）、父の郷里佐賀市に帰郷。二〇年県立佐賀高等女学校入学。二四年改称した佐賀県立佐賀高等学校の文芸部で活動。二七年佐賀高校を卒業後、時事通信社佐賀支局入社。二九年創刊された佐賀高校OB文芸誌『じゅねす』同人となる。三〇年文芸同人誌『城』参加。翌年福田正人と結婚、福岡市に住む。三六年、黒田達也発行の同人誌『アルメ』に参加。以後福田姓で発表。四〇年第一詩集『風声』（思潮社）出版。四二年夫の転勤で名古屋へ転居。四五年近所の詩人新井豊美と詩画誌

『うぁん』創刊、五七年二三号まで続ける。四六年第二詩集『夢の内側』（思潮社）出版。四九年『夢の内側』で第三回東海現代詩人奨励賞受賞。四八年日本画を習う。翌年日本現代詩人会入会。五〇年第二二回新美術協会展で入選。五二年新美術協会展で新作家賞受賞。同年夫に伴い福岡市に転居。五四年第三詩集『発熱』（詩学社）出版。五五年夫に伴い新潟市に転居。五七年詩誌『海溝』創刊。六一年第四詩集『雪底の部屋』（土曜美術社）出版、地球賞候補になる。夫とともに大阪府枚方市に転居。絵がパリでPARIS TOP ART賞、受賞。平成三年（一九九一）、『日本現代詩文庫五〇　福田万里子詩集』（土曜美術社）が出版される。七年第五詩集『柿若葉のころ』（土曜美術社）出版。親しい詩人から「深い思索の人であった」「やさしい表現の中に人生の問いをしのばせ、この世の美と真実を探っている」（下村和子「解説」『福田万里子全詩集』）「花を愛し限りなく花に近づいた、美しい精神を持った人」（鈴木比佐雄「解説」『福田万里子全詩集』）と評されている。

【参考文献】『福田万里子全詩集』（平二〇・一一、コールサック社）、『佐賀の文学』（昭六二・一、佐賀の文学編集委員会編、新郷土刊行協会）

（浦田義和）

福間明子　ふくま めいこ　詩人。昭和二三年（一九四八）〜。長崎県生。長年福岡市に居住後、平成一五年（二〇〇三）六月に住居を京都に移し、平成二四年六月にまた福岡に移す。詩誌『蟻塔』（昭和五四年四月、福間明子・樋口伸子らによって創刊、平成一四年九月、第五〇号で終刊）同人、福岡県詩人会会員。所属詩誌『きょうは詩人』。詩集『原色都市圏』（昭六一・八、石風社）、『東京の気分』（平一五・一〇、夢人館）がある。詩誌『詩と表現　水盤』に詩「サカナのしんり」（四号、平二〇・八）「見上げれば空」（九号、平二四・二）など多数発表。その他、詩誌『孔雀船』（望月苑巳の主催により昭和四六年に創刊）に詩「正しくない泣き方」（七八号）、「それからのキリン」（七九号）などを、詩誌『索《さく》』に「はかなきは　ふじのはなちる」（四一号）「連鎖」（四二号）などを、詩誌『きょうは詩人』に詩「山笑う」（N0.4）などを、詩誌『something8』に詩「子煩悩な黄金虫」などを発表。また、アンソロジー詩集『大空襲三一〇人詩集』（平一一・三、コールサック社）には「八月の校庭」が収録されている。昭和六一年（一九八六）に第一七回福岡市文学賞と、『原色都市圏』で第二〇回福岡県詩人賞を受賞。

【参考文献】福間明子『原色都市圏』（昭六一・八、石風社）、福間明子『東京の気分』（平一五・一〇、夢人館）、平野宏『詩と表現　水盤』（四号、平二〇・八、「水盤」編集室）、同誌五号（平二一・五）、同誌六号（平二二・二）、同誌七号（平二二・一〇）、同誌九号（平二四・二）

（管　虹）

藤坂信子　ふじさか のぶこ　詩人。昭和九年（一九三四）八月二七日〜。熊本県八代郡竜北町（現・氷川町）生まれ。本名沖津信子。父藤坂正人、母初枝。熊本大学教育学部を卒業後、昭和三二年（一九五七）に小倉市に転居、西南女学院中学校に勤務する。三五年に熊本市に転居。三八年五島昭と結婚する。四六年に死別。その後五〇年に沖津正巳と再婚。沖津は、国立ハルピン学院卒業。応召され、終戦時は陸軍参謀本部ロシア課長だった。熊本県文化懇話会副会長、エフエム中九州社長を歴任し、平成一三年（二〇〇一）八月八日八四歳で死去。

昭和三六年一一月初めての詩集『あなたでないだれか』（思潮社）を出版。四八年六月には詩集『われらのものがわれらを去る』（私家版）を出す。五三年に詩誌『地球』同人となる。五四年一一月詩集『野分』（詩学社）、エッセイ集『リルケを辿る』（鉱脈社）を出版し、第二二回熊日文学賞を同時受賞する。『野分』は、女性の寂しさを野分に託した詩集として高く評価される。五七年九月、日本現代女流詩人叢書の一冊としてそれまでに書いた詩をまとめた『藤坂信子詩集』（芸風書院）を出版。平成八年（一九九六）に『アンブロシア』を創刊して主宰する。一七年八月、日米の親の間に生まれ、神の羊として布教に努めたキリスト教社会主義者の牧師の丹念な評伝『羊の闘い 三浦清一牧師とその時代』（熊日新聞社情報文化センター）を出版。二一年八月、新・日本現代詩文庫シリーズとして『藤坂信子詩集』（土曜美術出版）を出版、前年までの詩が掲載されている。

【参考文献】藤坂信子への聞き取り（平成二四年一二月一九日）、『文化懇話会名簿92』（平四、熊本県文化懇話会）

（古江研也）

藤崎美枝子　ふじさき みえこ　俳人。大正五年（一九一六）一月一日～平成九年（一九九七）一〇月二七日。「ホトトギス」の俳人の富田秋良と土岐和貴子の三人兄弟の長女として東京に生まれる。本名藤崎ミエ。伯父に歌人の土岐善麿がいる。昭和八年（一九三三）東京府立第六高等女学校を卒業し、翌年東京女子美術専修科を修了する。父をとおして俳句に親しみ、いつかはと思いながら成長する。一二年結婚して二女一男を出産。育児がすんでから俳句を始めようと思っていたが、夫の勧めと協力で作句をはじめる。夫の転勤で小倉在住のときに、高浜虚子と星野立子（虚子の次女、はじめて女性が主宰する『玉藻』を創刊）の来福が契機となって、二二年頃より『玉藻』と『ホトトギス』に投句を始める。虚子没後は、高浜年尾（虚子長男）、稲畑汀子（年尾次女）に師事する。昭和三〇年より地元福岡の『冬野』（河野静雲主宰）に投句を始め、静雲没後は小原菁々子に師事する。五五年に『ホトトギス』の同人となり、後進の指導にあたる。汀子没後、五九年高木春子（虚子五女）主宰の『晴居』に投句を始める。六〇年八月第一句集『下萌』（東京美術）を上梓し、昭和六三年第一八回福岡市文学賞を受賞する。「文机は吾が拠り処野菊挿し」のような、生活をやわらかい視線で見つめる写生の句風が確立している。さらに「子の願ひ心に重く炉辺にあり」など家族をテーマに心情を詠む句も多い。平成七年（一九九五）一二月、夫の一周忌に第二句集『初花』（西日本新聞社）を上梓する。風景を写生した「たっぷりと雨をふふみし白牡丹」のような句がある一方、「還りませ今この胸に星月夜」のような、ひかえめながらも心情を吐露する句が収録されている。虚子の花鳥諷詠を受け継ぎ、「迷うことなく五十年近く」（「あとがき」）写生を旨とする句風を貫く。平成九年一〇月二七日肺癌のため死去。

【参考文献】『冬野』五八巻二号（平一〇・一）

（谷口佳代子）

藤野千夜　ふじの ちや　小説家。昭和三七年（一九六二）二月二七日～。福岡県北九州市小倉北区生まれ。本名、高迫《たかさこ》久和《ひさかず》。男性であることに違和感を持ち、現在は女性として生活している。千葉大学教育学部に入学。卒業後、出版社に就職し漫画雑誌の編集に携わるが退社。その後に小説を書き始め、平成七年（一九九五）、「午後の時間割」（『海燕』平七・一一）で第一四回海燕新人文学賞を受賞し、本格的な執筆活動に入る。「おしゃべり怪談」（『群像』平一〇・五）で第二〇回野間文芸新人賞受賞、「恋の休日」（『群像』平一一・五）で第一二一回芥川賞候補となる。一二年一月、「夏の約束」（『群像』平一一・一二）で第一二二回芥川賞を受賞。同性愛者のカップルを描いた本作のほか、『少年と少女のポルカ』（平八・三、ベネッセ・コーポレーション）では男子校の高校生が性同一性のゆらぎに直面する様が描かれ、ジェンダー規範の中で浮き上がる違和感が描出されている。これらの作品は性別の問題をモチーフにしていると思われがちだが、著者は「そんな表面的なことではないと思っている」（『西日本新聞』平一二・一・一五、朝刊）と述べており、藤野の作品の基軸をなすのは、さらに大きく、自己と世界との間にある違和、あるいは〈ズレ〉である。芥川賞受賞後第一作で、映画化（監督・中村義洋、主演・多部未華子）もされた『ルート225』（平一四・一、理論社）は、「私」と弟のダイゴが、現実とちょっと違うパラレルワールドに迷い込む物語である。ちょっと違う、という違和感を引き受け、自身とのズレを孕む世界での生を受け入れる様子を描いている。また複数の一人称の語りで構成される『ベジタブルハイツ物語』（平一七・四、光文社）では、コミュニケーション不全という誤配によって生じる違和感を引き受けるなかで見出される、生きることの実感を描き出している。他の著作に『中等部超能力戦争』（平一九・五、双葉社）、『願い』（平一九・七、講談社）『ネバーランド』（平一九・一一、新潮社）など多数。

【参考文献】『敍説Ⅲ－01　特集・北九州』（平一九・八、花書院）

（稲田大貴）

藤本由香里　ふじもと ゆかり　評論家、漫画研究者。昭和三四年（一九五九）八月一三日～。熊本県矢部町生。別名白藤《しらふじ》花夜子《かやこ》。満一歳頃熊本市に移住。全国の貸本の最終的な集積地だった熊本において、濃厚な貸本・古本屋文化の中で漫画に親しみながら育つ。東京大学教養学部を卒業後筑摩書房に勤務。編集者を経て平成二〇年（二〇〇八）より明治大学国際日本学部教員。代表作『私の居場所はどこにあるの？　少女マンガが映す心のかたち』（平一〇・三、学陽書房）は、恋愛、性、家族、仕事等をめぐって、ときに少女たちを縛る罠でもあり、また新たな価値観を提示する希望ともなる少女マンガの変遷を、積極的に著者の個人史と絡ませつつ論じ、高く評価された。ジェンダー・セクシュアリティ論への関心は『快楽電流　女の、欲望の、かたち』（平一一・三、河出書房新社）へと展開していく一方、少女マンガの原点を家庭の中から生まれた傷に見出す姿勢は、『少女まんが魂　現在を映す少女まんが完全ガイド&インタビュー集』（平一二・一二、白泉社）や、『愛情評論　「家族」をめぐる物語』（平一六・二、文芸春秋）へと結実していく。また、編集者時代には、上野千鶴子・小倉千加子・富岡多恵子『男流文学論』（平四・一、筑摩書房）等、多くの話題作を手掛けている。

【参考】「藤本由香里講演会」（平成二四年七月二一日、於熊本県立図書館）

（跡上史郎）

布施伊夜子　ふせ いよこ　俳人。昭和一三年（一九三八）四月二四日～。宮崎県宮崎市生。昭和三二年（一九五七）宮崎県立宮崎大宮高等学校卒業後、宮崎県病院事務局勤務。三三年、二〇歳で結婚。一男一女をなすが、三六年夫と死別。小学校勤務を経て、四六年より宅地建物取引業「布施事務所」を自営。大宮中学校時代に国語の川野正一（元・宮崎市市史編纂室）に作文の個人指導を受けて以来、文章を書くことに興味を抱き、小学校勤務時に同僚の教師に勧められ昭和四〇年神尾季羊主宰の「椎の実」に参加。当時のことを「季羊先生に好きなように作らせて頂いたおかげだ」と感謝していたとおり、四二年度より五年連続して『椎の実』作家賞に選ばれ、めきめきと頭角を現す。「父といる花菜で海が買えそうな」「手毬唄みづうみ窪むところなし」など。幅広い視野と価値観によって詠まれる自由な作風は高い評価を得て、昭和四六年第一回宮崎芸術文化賞を受賞。その後藤田湘子主宰「鷹」にも参加し作風を広げ、四七年鷹新人賞を受賞する。五六年に初めての句集『花期』（鷹俳句会）、その後、平成二年（一九九〇）『荒樫』（本阿弥書店）を出版。一二年に鷹・日光集作家、鷹同人会会長に就任、翌一三年には、『椎の実』樹冠作家となる。『宮崎日日新聞』「宮日俳壇」の選者として地元の俳句指導にも務め、現代俳句協会会員、みやざき文学賞の俳句審査員としても宮崎の俳句活動に尽力し、平成一五年宮崎県俳句協会会長に就任。一六年にはこれまでの俳句をまとめた『布施伊夜子集』（ふらんす堂）を出版。県内各地で俳句会や教室を持ち、多くの後進を育成する指導者として活動している。

【参考文献】『宮崎県の俳句（戦後篇）』（平七、宮崎県俳句協会）、布施伊夜子・神尾季羊『現代の肖像　仕事に生きる女性（南九州）』（昭六二、東京四季出版）

（伊福満代）

鮒田トト　ふなだ とと　小説家。昭和三六年（一九六一）六月二五日～平成二三年（二〇一一）一月六日。佐賀県多久市生。生まれてまもなく岡山県倉敷市に移り住むが、幼少期に母親の実家のある宮崎県都城市に移住。本名吉盛眞奈美。父吉盛政春、母美砂子の長女。鹿児島大学教育学部卒業。平成一三年（二〇〇一）、吉盛匠美の名前で応募した「雑食食堂」が第四回みやざき文学賞佳作入選。当時は宮崎市内で事務の仕事をしていたが、一四年に母親が髄膜炎にかかり看病のために実家に戻る。植物人間となってしまった母親を看ながら、みやざき文学賞の運営委員の足立正男氏に誘われ宮崎の同人誌『龍舌蘭』に参加。一五年（『龍舌蘭』一六一号）実体験をもとに植物人間の母親を看る娘の話「迦陵頻伽」を発表し注目をあびる。翌一六年「ディスポーザブル」（『龍舌蘭』一六二号）を発表し高い評価を得て、この年、「純粋階段」で第二二回大阪女性文芸賞を受賞。更に「揺揺」（『龍舌蘭』一六四号）を発表する。先の見えない母親の病の辛さと自身の心の病を作品として世に生み出すことによって浄化しようとするかのように書き続け、一七年「彼ノ星ノ名前」を発表。この年に地元の文学関係者が開催した宮崎の女性文学者の討論会にパネリストの一人として壇上に上がり「どうして小説を書くのですか？」という質問に「自分の心の内にあるドロドロとして嫌な部分を、言葉にして全て吐き出したいからです」と答えていた。この時の堂々とした応答に誰も気付かなかったが、後日、見知らぬ大勢の人の前で話さねばならないという討論会に心理的負担を感じ精神安定剤を服用して会場に臨んでいたことがわかり関係者を驚かせた。その繊細な心から描かれる独特な感性とユニークな表現を織り交ぜた緻密な文章が高く評価され、翌年の平成一八年には「観用家族」

が第三六回九州芸術祭文学賞佳作を受賞、『文学界』四月号に転載された。また、『季刊文科』（鳥影社）の同人作家特集に「アレキサンドライト」を発表。その後も、「蝶の問題」（『龍舌蘭』一六八号）、「西瓜ノ子ノ奈良漬」（『龍舌蘭』一六九号）を発表。「天国泥棒」（『龍舌蘭』一七一号）は『季刊文科』四一号に、「犬猫降りの日」（『龍舌蘭』一七二号）は『文学界』平成二〇年六月号に、それぞれ転載された。しかし、平成二〇年に「ベロニカベルシカ」（『龍舌蘭』一七五号）を発表後、かねてから病床の身であった体調が悪化し創作が途絶え、『龍舌蘭』の会員との連絡も途切れがちになった。二一年の年末には肝臓を悪化し宮崎大学医学部附属病院に救急搬送されたこともあり、以降病に臥せる生活となり、平成二三年一月一〇日、『龍舌蘭』発行人の岡林稔氏のもとに訃報が届いた。死因は心不全及び多臓器不全とのことで、享年四九歳、そのあまりにも早すぎる死に、『龍舌蘭』には嘆き惜しむ声が続々と寄せられた。

【参考文献】『龍舌蘭　鮒田トト追悼特集号』（一八一号）

（伊福満代）

文月あや　ふみづき あや　児童文学作家。昭和一三年（一九三八）七月二六日〜。東京都生。本名宮内規久子。青山にあった早蕨幼稚園で久留島武彦氏の講演童話を聞いて育つ。父宮内盛文、母五子の長女。父の死により、八才より親の故郷鹿児島県日置市へ移り住む。日置市鶴丸小、東市来中より、県立鶴丸高校へ入学。昭和三三年（一九五八）鹿児島県立短期大学英文科卒業。在学中は、山と文学の手ほどきを上村盛雄氏に受ける。三九年海江田恭暢と結婚。二女一男を持ち、以後転勤生活になる。同人誌『し・い・ど』に参加。阪田寛夫、鶴見正夫等に師事する。平成元年（一九八九）、小学生への憧れや興味や希望を満載した『ユニホームの一年生』（平一・三、ひさかたチャイルド）を刊行。翌年、続編『先生になりたい男の子』（平二・四、ひさかたチャイルド）も出版。先生になりたくて、〇×の練習もする愛らしい主人公と担任とのさわやかな物語に胸打たれる。また、二一年には、がんこ者のおばあさんが孫によって心を開いていく『まご　まご　たまご』（平二一・三、幻冬舎ルネッサンス）も出版した。現在、在鹿の親兄弟の世話のため、東京—鹿児島を往来の生活。

（植村紀子）

古木信子　ふるき のぶこ　小説家。昭和二〇年（一九四五）八月二一日〜。熊本県熊本市生。父関角《せきずみ》一彦、母幸枝の三女。昭和三九年（一九六四）、県立第一高等学校卒業。翌四〇年、熊本放送にアナウンサーとして入社。四七年、古木常七商店社員の古木勝行との結婚を機に退職、男児二子を儲ける。六〇年頃からラジオ局ＦＭＫのパーソナリティを務め、現在は朗読や文章講座の講師も務める。

創作を始めたきっかけは、育児に明け暮れる生活の中で、自己表現の手段を求めたことにある。三四歳の昭和五四年、「文章を書く会」に入会し、二〇年間にわたって中本環熊本大学教員の指導を受ける。六一年、認知症の老人を語り手にした小説「交差点」で熊本県民文芸賞を受賞。六二年「枯野」、平成二年（一九九〇）「瓦坂」でそれぞれ九州芸術祭文学賞県代表に選出される。平成元年、「手袋」で北日本文学賞選奨受賞。平成九年、夫婦や親子の関係などを描いた短編一〇編から成る最初の小説集『交差点』（平八・一一、古木勝行発行）によって第三八回熊日文学賞を受賞。ストーリーテラーの資質を活かしたその作風は、「小説展開の仕方が抜群にうまい」「語りのうまさ」「ずば抜けた文章力」(選評)を称揚された。一二年、福岡市の同人誌『季刊　午前』に入会、同誌に小説やエッセイを精力的に発表する。初老の夫婦が辿る心理と情景を巧みに描いた「寒の森」(二九号、平一五・九)は『文学界』全国同人誌評奨励作に選ばれた。また、「去りて果てなん」(三九号、平二〇・九)、「岬」(四六号、平二四・二)等が注目される。一二年五月、小説集『雨と晴れの間』(葦書房)、一八年八月、小説集『寒の森』を刊行。その他、放送原稿集『桃はじめて笑う』(平五・三、エフエム九州)がある。最近では、二五年三月、山鹿市の八千代座で上演された琵琶語り「桜峠」の原作を執筆。

【参考文献】「人」欄(『熊本日日新聞』平九・一・一四)、「選評を終えて」(『熊本日日新聞』夕刊、平九・一・二〇)、長野秀樹「西日本文学展望」(『西日本新聞』平二〇・一〇・三一)、「全国同人雑誌評」(『文芸思潮』平二四・夏号)

(谷口絹枝)

邉見(辺見)京子　へんみ きょうこ　俳人。大正一二年(一九二三年)八月一七日〜平成二六年(二〇一四)三月二二日。鹿児島県指宿市生。昭和三〇年(一九五五)指宿の療養所に於いて俳句をはじめる。四〇年「鶴」に入会。石田波郷、石塚友二に師事。四四年「壺屋の唄」により第一五回角川俳句賞受賞。受賞作は、苗代川、龍門司窯を題材とした「昼寝陶工壺より口のくらかりき」など、五十句。五三年、句集『黒薩摩』(永田書房)を出版。五五年、南日本出版文化賞受賞。「流れては噴く煙はも去年今年」「秋澄むとひびこまやかに白薩摩」など郷土鹿児島に根ざす句が多い。五五年より「鶴」の鹿児島支部の形である「唳(れい)」を主宰。新人の指導につとめる。実生活では「鶴」同人の夫、岩元時夫とともに長年薩摩料理店を経営。「泡盛に足裏まろく酔ひにけり」「うすきもの重ねて着るや夏の葱」といった食材、料理をめぐる瑞々しい句も秀逸。

【参考文献】淵脇衛『かごしまの俳句』(『かごしま文庫』⑨、平五・六、春苑堂出版)

(富原カンナ)

本田節子　ほんだ せつこ　歌人、ノンフィクション作家。昭和六年(一九三一)二月二四日〜。熊本県菊池郡泗水村(現・菊池市)生。父前田政記、母まちえの次女。昭和二三年(一九四八)熊本県立菊池高等女学校(現・菊池高校)卒業。二五年本田正敏と結婚、六二年死別。二男の母。短歌は女学校在学中黒木伝松に師事。「防空壕の口黒々と開きゐるに野バラは白く垂れてゐにけり」と作ったら「防空壕の口黒々と廃れしに野いばらの花垂れてゐにけり」と添削され、以後終生伝松の愛弟子となる。二六年七月、プリント歌誌『幾山河』を創刊、「創作」熊本支部の歌会も活発になると、それらへ参加して作歌に励む。三一年二月、伝松の手書きプリント歌誌『杉』が創刊され、その後半は歌そのものよりも伝松一家との関係が深まる。伝松が精神に異常をきたすようになると、まさ子夫人は本田夫妻を何かと頼りにした。節子の夫正敏は弁護士であり、かつて伝松が代用教員であった小学校の生徒であった。伝松が入院すると節子は親身の介護を惜しまず、『杉』の編集発行に尽くした。昭和三六年八月『杉』が廃刊すると、会員の希望を受け『炎歴』を創刊した(五〇年一二月廃刊)。四四年一一月、黒木伝松遺稿集『野鍛冶以後』を編集発行。四七年九月、九州歌人連絡協議会事務局担当。四九年一月〜六月熊日コラム「きのうきょう」執筆。五一年度民放祭娯楽部門でRKK制作「とんからりん幻想」を企画、全国優秀賞を受賞。五三年二月〜四月、熊日RKK特派員として東海大学「望星丸」一世に乗船、各地を取材。歌誌『かりん』会員(昭五三〜六三)。五六年〜七年月刊誌『望星』に「女を生きる」を連載、六二年より同誌に「キャプテン孫七航海記」連載(平五・一〇、東海大学出版会)。六一年一一月『小百合葉子と「たんぽぽ」』(東海大学出版会)。TKU開局記念番組「祖国よ、王朝よ」六一年一二月放送、テレビ教養番組部優秀賞受賞。六三年七月『朝鮮王朝最後の皇太子妃』(文芸春秋)。親鸞聖人遺跡、蓮如上人遺跡、インドの釈尊聖地と取材旅行、平成七年(一九九五)より「熊日宗教欄」に「日日妙好」連載(平九・二、熊本出版文化会館)。一五年一〇月『歌人黒木伝松　歌と評伝』(熊本出版文化会館)。『蘆花の妻、愛子—阿修羅のごとき夫なれど』(平一九・一〇、藤原書店)。本田節子は足で書く作家である。『日日妙好』の資料編もそれを証明しているし、その序文で高千穂正史は「本田さんは、とにかく、すぐ、そこへ行く。そしてその道を歩く」と書いている。

【参考文献】『熊本人名録』(昭六一、熊日新聞社)、本田節子「わたしを語る一瞬一瞬の花」連載『熊本日日新聞』(平二四・一二・一〜平二五・一・二二)。

(中村青史)

正木ゆう子　まさき ゆうこ　俳人。昭和二七(一九五二)年〜。熊本県熊本市若葉生。父正木武之、母美恵子の姉兄兄の四人の末っ子。父も母も俳句を嗜んでいた。家業は写真館。幼い頃は病弱。昭和四三年(一九六八)、熊本高校入学。四六年、お茶の水女子大学入学。雑司ヶ谷に下宿。四八年、兄浩一に勧められて『沖』に投句する。『沖』三周年記念大会に出席し、「沖二十代の会」のメンバーや「沖」の先輩たちと初めて会う。俳句を始めて以降、熊本へ帰省のたび、浩一と兄の親友野田裕三と俳論を戦わす。五〇年、お茶の水女子大学卒業。広告制作会社でコピーライターになる。五二年、笠原正孝と結婚し、牛込に住む。六一年一〇月、第一句集『水晶体』を私家版で出版。「いつの生《よ》か鯨でありし寂しかりし」など、どんな内容でも俳句にしてしまう言葉に関するセンスのよさは天性のものがある。平成三年(一九九一)、浩一が癌で入院したのを機に、葉書の往復で俳句を作り合う。五年四月、四九歳で亡くなった浩一の一周忌に遺句集『正木浩一句集』(深夜叢書社)を編集刊行。六年一月、第二句集『悠　HARUKA』(富士見書房)刊行。「かの鷹に風と名づけて飼ひ殺す」などは凛々しい主観がすぐれた韻律によって作品に刻みつけられている。八年、岦谷道に誘われて、俳句と連句の同人誌『紫薇』の創刊に参加。九年、『俳句研究』の「俳誌展望」を半年担当、一〇年、『俳句』の「合評鼎談」を宇多喜代子・小澤實とともに一年間担当、一一年、『俳句』の「俳句月評」を半年間担当する。宗左近・中原道夫とともに俳書展を開く。一二年、俳論集『起きて、立って、服を着ること』(平一一・四、深夜叢書社)で俳人協会評論賞を受賞。一三年、能村登四郎の後を継いで、読売新聞俳壇選者となる。一四年三月、『現代秀句』(春秋社)刊行。一五年、第三句集『静かな水』(平一四・一〇、春秋社)で芸術選奨文部科学大臣賞を受賞。二一年六月、第四句集『夏至』(春秋社)刊行。他に、『十七音の履歴書』

（平二一・七、春秋社）、『ゆうきりんりん—私の俳句作法』（平二一・九、春秋社）、『一句悠々—私の愛唱句』（平二一・一一、春秋社）などがある。熊本日日新聞俳壇選者でもある。「水の地球すこしはなれて春の月」「潮引く力を闇に雛祭」「揚雲雀空のまん中ここよここよ」「しづかなる水は沈みて夏の暮」。宇宙に対する鋭敏な感覚が他者の内に眠る感覚を引き出しているところに特徴がある

【参考文献】『正木ゆう子集　セレクション俳人20』（平一六・八、邑書林）、小川軽舟「正木ゆう子—宇宙との交感」『現代俳句の海図』（平二〇・九、角川学芸出版）

（永田満徳）

松浦初恵　まつうら　はつえ　小説家、随筆家。大正一一年（一九二二）～平成一七年（二〇〇五）二月一六日。佐賀県佐賀市生まれ。昭和一三年（一九三八）県立佐高女卒。本名・松浦ハツエ。三三年「菱の花」が雑誌『婦人生活』の大型懸賞小説に当選。三八年の第一回佐賀県文学賞で「悲礼」が一席となる。三九年夫の松浦沢治と『文学佐賀』創刊、又同じく四一年『玄海派』創刊、同誌に農民作家山下惣一も参加。四九年「蝕む日々」で第六回S氏賞受賞。平成六年（一九九四）鉄道ローカル線無人駅の土手に並ぶ桜並木周囲の生活風景を描いた「窓」で日本随筆家協会賞を受賞した。「女性の感性を生かした風物の描写にすぐれ」（富岡行昌『佐賀の文学』）などと評されている。現代随筆選書『風の見える丘』（平七・二、日本随筆家協会）がある他、共著に『女流小説集　佐賀県版』（平二一・一、近代文芸社）などある。日本文芸家協会会員。

【参考文献】『佐賀の文学』（昭六二・一、佐賀の文学編集委員会編、新郷土刊行協会発行）、八田千恵子『佐賀の女性文学・人物編』未定稿（平二一、私家版）

（浦田義和）

松永千秋　まつなが　ちあき　川柳作家。昭和二四年（一九四九）一二月三〇日～。福岡県三潴郡大木町生。本名松永千種。父松永好一、母照子の三女（九人兄弟の五番目）。小学校の担任の先生による本の読み聞かせが以後の読書好きに繋がる。柳川商業高等学校（現・柳川高等学校）卒業後、証券会社に勤めるが、六年後に退社。その後、会社時代の先輩、田岡千里（当時「番傘」本社同人、「久留米番傘川柳会」会長）に誘われて川柳に出会い、「番傘」本社同人となる（現在退会）。昭和六〇年頃「川柳人間座」（大牟田）、平成三年頃「川柳新京都」（京都）に投句を始める。平成一二年（二〇〇〇）より「川柳木馬」（高知）の「次代を担う昭和二桁生まれの作家群像」に参加。同年七月『現代川柳の精鋭たち28人集——21世紀へ』（北宋社）に参加、出版。その後、川柳誌『バックストローク』（平成一五年一月創刊）、『川柳カード』（平成二四年一二月創刊）の創刊同人となる。一八年一二月『セレクション柳人18　松永千秋集』（邑書林）上梓。「魂の半分ほどは売りやすし」「にんげんがほろほろ降ってくる奈落」など、この世の裏面部をさらりと詠んでみせる。また、「屋根裏に匿しておいた母の声」「おとうさん今も柱の疵ですか」など家族を素材に、その関係性を衝いたもの、「ナイフ研ぐかすかに青を零す指」など独自な感覚を表出する作品群もある。平成五年度、一六年度久留米市文学賞、平成九年度久留米市芸術奨励賞を受賞。その他、久留米番傘川柳会誌『かすり』の編集を担う。

【参考文献】『セレクション柳人18　松永千秋集』（平一八・一二、邑書林）、田口麦彦編著『現代女流川柳鑑賞事典』（平一八・一〇、三省堂）

（西　荘保）

松原伊佐子　まつばら　いさこ　小説家。昭和一一年（一九三六）三月一日～平成一八年（二〇〇六）八月一六日。熊本県熊本市横手町生まれ。本名功子。昭和三三年（一九五八）熊本女子大学文学科卒。その後家業の印刷業に従事する。四五年『詩と真実』同人となる。四八年三十歳前後の娘三人と両親の葛藤を巧みに描いた「巨人の城」で第三回（昭和四七年度）九州沖縄芸術祭文学賞最優秀賞受賞。平成一三年（二〇〇一）十月、『詩と真実』に「コンステレーション―家族関係―」を発表。嫁姑の争いのため家から脱出した子どもたちが戻ってくるといった短編で、家族の微妙な心理的陰影が丁寧に描かれている。また、一五年七月には、老年性認知症の母親を娘が退職して介護する話を短編に仕上げた「白いポット」を『詩と真実』に発表。『詩と真実』六九〇号（二〇〇六）に追悼記事が掲載されている。

【参考文献】『九州沖縄芸術祭文学賞作品集三』（昭四八・二、九州沖縄文化協会）

（古江研也）

松原一枝　まつばら　かずえ　小説家、ノンフィクション作家。本名、古田一枝。大正五年（一九一六）一月三一日～平成二三年（二〇一一）一月三一日。山口県（現・周南市）生。父親が満鉄勤務のため大連で育つ。昭和七年（一九三二）、大連の彌生高等女学校卒業、福岡県女子専門学校（現・福岡女子大）進学。松原が『作文』（大連で昭和七年創刊）同人と知った大塚幸男の勧誘で、昭和一三年九月創刊の第二期『九州文学』同人となり、小説「海濱ものがたり」（昭一三・九）、「手紙（「大小有議」欄）」（昭一三・一一）、「保坂さんの紹介（「大小有議」欄）」（昭一四・一）、小説「木賊刈」（昭一四・二）、随筆「春立つ日」（昭一四・四）を発表。同人会で矢山哲治と知り、一四年の上京後も『こをろ』グループとの交友が続く（『文士の私生活』）。大連と福岡での体験や交友は、松原の創作の母胎となる。年頃の少年少女とその家族を描いた『故郷はねぢあやめ咲く』（昭一七・一一、天佑書房）と続篇『雲は風を孕んで』（昭一八・一二、同）は、「大連の地元を書いたと喜ばれ、満州で売れに売れて版を重ねた」（『幻の大連』）。大連関係の著作は、『藤田大佐の最後』（昭四七・一、文芸春秋）、『電灯が三回点滅した…』（昭五七・三、エイジ出版）、『いつの日か国に帰らん』（昭五八・四、講談社）、『今はもう帰らない中国残留日本妻の四十年』（昭六一・七、海竜社）、『大連ダンスホールの夜』（平六・一〇、荒地出版社、のち中公文庫）、『幻の大連』（平二〇・三、新潮新書）など多い。昭和二〇年八月四日、大蔵省勤務の古田忠家と結婚。翌年、長男誕生。二五年一〇月九日、夫が結核で死亡。牧田暁一の筆名で歌を作っていた夫の追悼文集として『牧田暁一を憶ふ』（昭二九・三、古田一枝）を編む。二七年、「現在の会」に参加。二九年、亀井勝一郎主宰の『詩と真実』同人となる。三二年、亡夫の縁で大蔵省税関研修所職員となる。四〇年、亀井の仲介で宇野千代と中村天風を知る。『中村天風「箴言」に学ぶ積極人生のすすめ』（明石信吉と共編、平六・五、日新報道）以下、天風関係の著作も多い。宇野の励ましで矢山を描いた「お前よ美しくあれと声がする」を『早稲田文学』（昭四四・九

〜一一）に連載。同題の単行書（昭四五・三、集英社）で第一〇回田村俊子賞受賞。その他の小説には、藤原氏を描く歴史小説『藤かゞみ』（昭三八・一〇、河出書房新社）や人妻の不倫を問題にした『万葉夫人』（昭四九・二、サンケイ新聞社出版局）などがある。また昭和文壇の一面を描く仕事として『改造社と山本実彦』（平一二・四、南方新社）や『文士の私生活』（平二二・九、新潮新書）などがあり、晩年まで旺盛な執筆意欲を示した。満九五歳の誕生日に心不全で死去。

（松本常彦）

松村由利子　まつむら　ゆりこ　歌人、随筆家、評論家。昭和三五年（一九六〇）九月一四日〜。福岡県福岡市生。福岡県立筑紫丘高校を経て、西南学院大学文学部英文科卒。同大学院中退。昭和五九年（一九八四）一月朝日新聞入社、六〇年一二月同社退社。六一年二月毎日新聞に入社し、千葉支局、生活家庭部、科学環境部などを経る。短歌との出会いは、幼少時に遊んだ小倉百人一首だという。学生時代より与謝野晶子に興味を抱き、作歌を始める。平成二年（一九九〇）、子どもが生まれ、スナップ写真を撮るように歌を詠みたいと「かりん」に入会し、馬場あき子に師事。六年九月「白木蓮の卵」で第三七回短歌研究新人賞受賞。一〇年一二月、第一歌集『薄荷《はっか》色の朝に』（短歌研究社）出版。第二歌集『鳥女』（平一七・一一、本阿弥書店）で第七回現代短歌新人賞を受賞。「耐えかねて夜の電車にそっと脱ぐパンプスも吾もきちきちである」「恐竜の滅亡を子とよくと見よ楽しい日には終わりがあるの」など、働く女性としての経験や子どもへの思いを感性豊かに詠む。一八年、新聞社を辞め、フリーランスとなる。一九年一月、短歌エッセイ『物語のはじまり』（中央公論社）、二〇年六月、同『語りだすオブジェ』（平二〇・六、本阿弥書店）を出版。「働く」「恋する」「食べる」などの生活や、身の回りの品を詠んだ近・現代の秀歌を取り上げ、歌の世界を身近なものとして読み解く。さらに『31文字のなかの科学』（平二一・七、NTT出版株式会社）では、記者時代の経験をもとに、科学的事物を詠みこんだ歌を紹介し、二二年（二〇一〇）、第五回科学ジャーナリスト賞受賞。この、歌人の科学への眼差しという視点は、『与謝野晶子』（平二一・二、中央公論社）にも生かされ、かつ、同書では子どもを抱えたワーキングウーマン晶子の、評論家、童話作家の面をとらえ、二一年第五回平塚らいてう賞受賞。同年「六月の鯨うつくし墨色の大きなる背を雨にけぶらせ」など「遠き鯨影」で第四五回短歌研究賞を受賞。第三歌集『大女伝説』（平二二・五、短歌研究社）で二三年、第七回葛原妙子賞受賞。その他、『お嬢さん、空を飛ぶ』（平二五・一一、NTT出版）、翻訳絵本『だいたいいくつ？』（ブルース・ゴールドストーン、平二二・二、福音館書店）、『風の島へようこそ』（アラン・ドラモンド、平二四・二、同）を出版、ブログ「そらいろ短歌通信　松村由利子の自由帳」を発信。二二年より、沖縄県石垣島に移住。

（西　荘保）

松本文世　まつもと　ふみよ　小説家、俳人。大正一四年（一九二五）一二月五日〜。熊本県天草市生。父守田馨、母松本香乃枝の長女。昭和二〇年（一九四五）福岡県立福岡女専文科研究科卒業。戦後、春日市の米軍基地で働く。二四年結婚。子供の独立後、朝日カルチャーセンターで中村光至の「小説とエッセイ」を受講し、「ITAZUKE（板付）」（『筑紫文学』第三集、昭五八・五）を発表。米軍基地で働いた経験を作品化した。昭和六〇年「牡丹」、平成元年（一九八九）「指輪」で福岡市民芸術賞受賞。「牡丹」は遺された絵画「牡丹」をめぐる男女の愛の交錯を描いたもの。絵画に秘められた意味を問う手法は他の作品にも見られる。二年「リハーサル」で第一回岩下俊作賞佳作、五年「芹さんのショール」で第四回同賞佳作。また平成四年八月、中村光至が文芸誌『南風』を創刊し、松本も参加。二号掲載の「終章」（平五・八）、及びこれまでの創作活動が評価され、六年（一九九四）第二四回福岡市文学賞受賞。その後、八号より中村から『南風』の発行を受け継ぐ。一九年一二月、短編集『サウダーデ――喪失・不在』（近代文芸社）を上梓。戦後の日本人の歩みに寄り添いつつ、家族の諸相を描く作品が多い。主人公は不穏や喪失感を意識するも、生きる姿勢を失わない。平成一一年から一七年まで福岡市文学賞運営委員を務めるが、一八年に千葉県に転居。また昭和五七年、俳句結社「つくし」（林十九楼主宰）に入門。平成一二年第一九回「つくし」杯受賞。

【参考文献】『福岡文学賞'93』（平六・二、福岡市・福岡市文学賞運営委員会）、松本文世「南風三十号発刊を迎えて」（『南風』三〇号、平二三・一〇）

（西　荘保）

松本ユキ子　まつもと　ゆきこ　小説家。大正九年（一九二〇）～。福岡県小倉市長浜（現・小倉北区長浜）に生まれる。福岡県立小倉高等女学校を卒業後、日本女子大学国文科へと進学。卒業後、戦争の激化により小倉へ戻り、昭和二四年（一九四九）に再度出郷する。高校の教員を三十年余勤めつつ、その間に千葉県松戸市に居を定める。その後、小倉への帰省を重ねるうち、かつて生家の近くにあった海への思い、すなわち「私の中の故郷の海と、海に生きる人々の残像を何とか残したい」（『響灘』（昭五九・一一、青磁社）あとがき）という思いが募り、『響灘』執筆の契機となった。また小倉高女の八年後輩、バレエダンサー黒田呆子との昭和五五年（一九八〇）以降の交流を通じて、自身も手ほどきを受けたその父で、大正一二年（一九二三）に北原白秋らの支援を受け、北九州に「黒田児童芸術協会」を設立した児童舞踏家黒田晴嵐を描いた小説『童女の化粧筐』を平成一六年（二〇〇四）に上梓した。

【参考文献】『響灘』（昭五九・一一、青磁社）、『童女の化粧筐』（平一六・三、光陽出版社）

（稲田大貴）

松本梨江　まつもと　りえ　児童文学作家。昭和一三年（一九三八）三月一八日～。旧満州生まれ。四人兄弟の長女。本名松本（旧姓・叶）慶子。昭和三二年（一九五七）、福岡県立門司南高等学校（現・福岡県立門司大翔館高等学校）を卒業後、銀行に就職。三八年、結婚。三九年頃から、詩人サトウハチロー主宰の詩誌『木曜手帖』に詩の投稿を行っていた。四三年、日本児童文学者協会北九州支部の「小さい旗の会」に参加、童話を書き始める。同年七月刊行の児童文芸誌『小さい旗』第一八号（復刊第一号）に最初の作品「桃色になりたいなあー」を掲載した。桃色の紫陽花が大好きな黒猫が、かたつむりの魔法で桃色の猫になるというメルヘン風の作品。当初は「叶慶子」名義で執筆、第五〇号（昭五三・新春号）からペンネーム「松本梨江」を使用。五六年、偕成社の月刊誌『絵本とおはなし』の新人賞を受賞。受賞時の作品に手を加え『らっしゃい！』（平一三・八、石風社）

を刊行した。同作は、平成二五年度福岡県学校図書館協議会推薦図書に指定された。昭和六三年三月、「トイレはここにきめたんだ」で第四回ニッサン童話と絵本のグランプリの佳作入賞。その他の著書に『ぐるんとひともどり』(昭六二・三、鈴木出版)、『おまつりの日のさようなら(文研の創作えどうわ四〇)』(平二・八、文研出版)、『るすばんおばけ』(平一九・七、文芸社)など。近年は、隣同士のおばあさん二人の友情をファンタジー風に描いた「三和さんと詩子さん」(『小さい旗』一二五号、平二〇・三)、子どもとおじいさんの心温まる交流を描いた「野球帽のおじいさん」(『小さい旗』一二七号、平二一・三)など「老い」をあたたかく見つめた作品が多くみられる。また、「ベロさまのトイレ」(『小さい旗』一二九号、平二一・一二)、「ぼくはキツネのケンタ」(『小さい旗』一三五号、平二五・四)など、ネコやキツネを主人公にした作品が多数。現在、『小さい旗』を中心に活動。日本児童文学者協会会員。遠賀郡岡垣町在住。

(小野　恵)

まはら三桃　まはら　みと　児童文学作家。昭和四一年(一九六六)三月三日〜。福岡県北九州市生。本名馬原三千代。梅光女学院短期大学日本文学科に入学、文芸部に所属し文学と親しむ。昭和六〇年(一九八五)大学卒業後、証券会社に就職するも作家への憧れは持ち続けた。平成二年(一九九〇)、結婚。二児の母となる。一〇年、子育てをしながら書いた「きこえてくるよ」で第一三回家の光童話賞受賞。目の見えない父と子の愛情を描いた。この受賞を機に作家を志す。またこの頃、夫の転勤に伴い鹿児島へ転居。そのことが縁で、『鹿児島の童話』(平一二・一〇、リブリオ出版)に、鹿児島の夏祭りを彩る灯籠をモチーフに書いた「ひっとべ！　六月燈の夜」を発表。そして、平成一七年、母と暮らす少女の微妙な心の闇を色で綴っていく「オールドモーブな夜だから」で講談社児童文学新人賞佳作を受賞。翌年『カラフルな闇』(平一八・四、講談社)と改題して出版。その翌年、前作の姉妹本『最強の天使』(平一九・六、講談社)も出版した。その後、中学弓道部を舞台にした『たまごを持つように』(平二一・三、講談社)では、たまごを持つように弓を握り、心を通わせていく男女三人が、さわやかに描かれている。さらに、『鉄のしぶきがはねる』(平二三・二、講談社)は、工業高校機械科一年唯一の女子を主人公にし、ものづくりの精神を丁寧に書き込んでいる。この作品で坪田譲治賞受賞。さらに、鷹匠の少女を描いた『鷹のように帆をあげて』(平二四・一、講談社)も刊行。二五年には、薬学エンターテインメント『わからん薬学事始』全三巻(平二五・六、講談社)を書き上げた。翌、二六年には、緑山中学にひそむ落書きの謎に迫る『伝説のエンドーくん』(平二六・四、小学館)、和菓子店の新製品をめぐるワクワクの物語『風味さんじゅうまる』(平二六・九、講談社)、泣くのをがまんしている人のところに流れてくるという『なみだの穴』(平二六・一〇、小峰書店)を次々発表する。また、幼年童話として『おとうさんの手』(平二三・五、講談社)、『おかあさんの手』(平二四・八、講談社)、『ひなまつりのお手紙』(平二六・一、講談社)も出版。『おとうさんの手』は、児童文学作家まはら三桃の原点、家の光童話賞受賞作を改題・改編したもので、第23回読書感想画中央コンクール課題図書にも選定される。その他、アンソロジーやエッセイ等、多数。現在、日本児童文学者協会会員、同鹿児島支部『あしべ』同人。

(植村紀子)

丸山由美子　まるやま ゆみこ　詩人。昭和一八年（一九四三）一月一三日～。熊本県玉名市生まれ。実家は代々疋野《ひきの》神社の宮司。父渡辺康雄、母智恵の長女で兄と弟二人がいる。玉名高校を経て、熊本大学法文学部卒業後、一年間専大玉名高校の教師として勤め、昭和四三年（一九六八）結婚、三男に恵まれる。身体が弱く病気がちだったため、本に親しみ、小学生の頃から詩を書いた。詩作は結婚後も続いていたが、六一年四月熊日情報文化センター主催の「現代詩講座」に参加。詩人上田幸法との出会いによって、自分だけのために書かれていた詩が他者に向かうことになる。同年一二月、上田幸法主宰の「知性と感性」に参加。六三年「朝顔の単位」で第一〇回県民文芸賞現代詩部門一席。平成三年（一九九一）には、第一詩集『炎』で第三三回熊日文学賞（韻文部門）受賞。新鮮な言語感覚と発想が評価された。六年一一月第二詩集『天の吊り橋』を刊行。八年三月『知性と感性』が六九号で流れ解散となり、一時期創作から離れかけたが、八代市で「耕の会通信」を出していた百崎素明から誘いを受け、創作意欲を取り戻す。一〇年「潮流詩派」に参加、また同年『熊本日日新聞』の「紙面月評」執筆を契機に、社会を見る目が変化し、「戦争のさなかに生まれた私という人間の実在」を意識することになり、詩にも影響を与えた。一一年六月、第三詩集『歩く女』刊行。熊本県内初のH賞候補となる。一五年、「潮流詩派」の主宰村田正夫について論じた『生き残った少年』、同一二月には第四詩集『思い出せない犬』、一八年八月には『上田幸法論』を刊行した。丸山の詩は、幼い頃から聞いていた父の祝詞のリズムで培われたのだろうという。詩人として大きな影響を与えたのは上田幸法。丸山にとって上田は「精神的には人生の父であり、人間的には最も身近な友人」であり、詩人としては「とても怖い先生」（上田幸法『満月』「解説」）であった。丸山にとって詩は生きる力を与える「杖」という。

【参考文献】土田隆「転機あの時」（『熊本日日新聞』平一二・五・二三）
丸山由美子「トカゲのハンカチ」（『熊本日日新聞』平一四・五・二八）

（村田由美）

三上慶子　みかみ けいこ　小説家。昭和三年（一九二八）一月一三日～。京都府京都市生まれ。父・秀吉《ひできち》、母・ふみの長女。子どもの頃からアンデルセンの物語を愛読、志賀直哉に師事した小説家の父の指導で系統立った読書生活を行う。幼少時、父のお伴をして志賀、安井曾太郎、徳田秋声、室生犀星などの自宅を訪問し、薫陶を受ける。小学校三年生の時から六年間、父と別れて京都の祖母の家に預けられる。東京私立恵泉女学校卒業後、昭和二〇年（一九四五）、熊本県球磨郡八ヶ峰（現・あさぎり町）に疎開、父と二人で炭焼木樵部落に分校を設立し、僻地教育を行う。貧しい山村の生活の中で、作文教育をすすめ、学芸会や運動会に意欲を燃やし、二五年には校舎建築にも成功する。また、同年、恵泉女学校時代の担任であった高橋たね子が秘書を務める平成天皇の皇太子時代の家庭教師・ヴァイニング夫人が分校を視察するという出来事もあった。それらの体験を『月明学校』（昭二六、目黒書店）に書く。二六年、山村の文化開発の功績により、秀吉とともに西日本新聞文化賞を受ける。二九年、帰京して文筆生活に入る。著書に『流感の谷』（昭三九、河出書房新社）、『私の能楽自習帖』（昭四八、河出書房新社）などがある。平成十年、あさぎり町のシンボルロードに彼女の句碑が建つ。「春蘭や父在りし日の白髪岳」。

【参考文献】『文学のなかのふるさと　熊本における近代文学散歩』（昭五四、熊本日日新聞社）

（鶴本市朗）

三木澄子　みき　すみこ　小説家、児童文学作家。明治四一年（一九〇八）一二月二四日～昭和六三年（一九八八）四月一六日（生年月日には諸説ある）。本名磯野澄子。父深水清澄、母政子のもと、長崎県長崎市に生まれるが、山下汽船などに勤めていた父の仕事で、子供時代は東京、門司、神戸、名古屋と転居の連続であった。『少女の友』や『少女画報』への、詩や作文の投書に熱中した愛知県立第一高等女学校時代、再び両親は東京へ移るが、知人宅へ預けられ、卒業まで通う。大正一四年（一九二五）、女学校卒業を機に東京の両親の元へ移り、この時分から、『令女界』や『若草』に少女小説を発表し始める。一五年秋、『若草』で彼女の詩を知り交友を深めた、後の劇作家・菊田一夫、英文学者・安藤一郎とともに詩の同人雑誌『花畑』を発刊。「三年はつづいた」という。その後も転居が続くが、昭和四年（一九二九）、父が勤めを辞め、新しく事業を始めることとなり、再び一家で東京へ移る。この年、「試験結婚実話―一週間」が『婦人サロン』の懸賞小説の当選作となり、1巻2号（昭四・一〇）に掲載された（筆名は一木薔子）。以後、同誌にエッセイ等を発表するが、その度、編集長だった永井龍男によって色々な筆名が付けられる。昭和五年、そのなかから筆名を「三木澄子」とする。一一年一月、証券会社に勤める磯野栄蔵と結婚。結婚後、筆を折っていたが、一六年、田中英光「オリンポスの果実」（『文学界』昭一五・九）に触発され、「実らなかった初恋を素材にした」「手巾の歌」（『文学界』昭一六・四）を発表し、第一三回芥川賞予選候補となる。二二年、出征兵と妻の結婚生活の綻びを描いた「石段」（『文芸春秋』昭二二・一〇）を発表。相模野航空隊の主計兵として内地勤務のまま終戦を迎えたとはいえ、一八年、三木の夫も、応召されている。二四年、『文学界』編集長だった庄野誠一のすすめで少女小説を書き出す。以後、「紫水晶」（『少女の友』昭二五・四～一二）、「禁じられた手紙」（『女学生の友』昭四一・四～四二・一二）など、ジュニア小説を精力的に執筆。昭和四九年、夫とともに網走へ移住した後は、北海道を舞台にしたジュニア小説を多数発表した。また、少年少女向けの伝記や翻訳・翻案も手掛けた。昭和五七年、第二四回日本児童文芸家協会功労賞を受賞。ジュニア小説を書く時の気持ちを、「ジュニアすべてが私の娘（略）あたたかく包んで、少女の夢と希望を育ててあげたい」と述べる。後年、「生まれは長崎なんだけど、そこにも故郷と呼べるような思い出はない」と述懐するが、自らの回想記でもある『小説・菊田一夫』（昭四九・八、山崎書房）には、長崎で出会って結婚した両親のことなどが綴られている。

【参考文献】「作家インタビュー④　三木澄子先生の巻」（『ジュニア文芸』昭四二・五）、「三木澄子　年譜」（『晩禱』平一〇・七、オホーツク書房）所収、日本児童文学会編『児童文学事典』（昭六三・四、東京書籍）、大阪国際児童文学館編『日本児童文学大辞典』（平五・一〇、大日本図書株式会社）

（池田静香）

三島敏子　みしま　としこ　歌人。大正一〇年（一九二一）～。群馬県前橋市生まれ。昭和二二年（一九四七）より歌人、齋藤史に師事。齋藤史主宰、歌誌『原型』同人、運営委員となる。また、昭和四十八年より、宮崎県内女性短歌グループによる短歌同人誌『HANA-KANMURI』（花冠）を編集発行。創刊時は三グループ十七名であったが、自分の心は自分にしか歌えないものだ、と、それぞれの個性を尊重し、あるがままの想いを伸び伸びと歌い続けることを指導し、後に八グループ五十一名もが参加するようになった。「枢機卿が組し掌《て》はひとの魂に触るるかなしみ彫りこめて在り」「胎内に視しや光の輪の記憶いまだ知らねば喪失もなく」「母の日の卓上・南東の風青くうで卵ふたつ殻むかれいて」等。

娘（詩人・三島久美子）の母親として、女性としての豊かさ、女としての艶やかさを歌にこめていた。財団法人宮崎県芸術文化協会副会長として宮崎の文化、発展に貢献。平成元年（一九八九）宮崎県芸術文化団体連合会創立二〇周年記念永年功労賞を受賞、更に平成三年（一九九一）地域文化功労者として、（個人・芸術文化）文部大臣表彰を賜る。また、佐土原の島津隋真院、延岡の内藤充眞院、高鍋の日高蔦胡と、動乱の江戸末期に、江戸・上方と宮崎を往来した三人の女性たちの愛の形を浮き彫りにした『夫恋（つまごい）―日向のおんな旅日記』（平九、鉱脈社）で第八回宮日出版文化賞を受賞。他に著書は歌集『愛つきず』（昭三二、短歌人会）、『みやざきの百一人』（平一一、宮崎日日新聞社）の内藤充眞院、島津随真院、落合ラン子の項目を担当する。

【参考文献】『夫恋（つまごい）―日向のおんな旅日記』（平九・六、鉱脈社）、『宮崎県の戦後歌壇　宮崎県歌人協会創立五十周年記念』（平一一・一一、宮崎県歌人協会）

（伊福満代）

みずかみかずよ　詩人、児童文学作家。昭和一〇年（一九三五）四月一日〜昭和六三年（一九八八）一〇月三日。福岡県八幡市（現・北九州市八幡東区）生まれ。本名水上（旧姓・浅野）多世。父浅野繁吉、母タマエの二女。四歳で父、七歳で母と死別。昭和二九年（一九五四）福岡県立八幡中央高校卒業後、兄昌広の経営する私立尾倉幼稚園に勤務。園児への読み聞かせや劇遊びに情熱を傾け、童話や詩の創作を始める。三三年、北九州の児童文学同人誌『小さい旗』に参加、同年、同人で朝日新聞西部本社に勤務していた水上平吉と結婚した。夫の転勤に伴い、山口県玖珂《くが》郡周東町（現・岩国市周東町）、佐賀市、島原市に住む。四二年、北九州市に戻り以後住んだ。四六年、「児童文学同人誌シリーズ」（全八巻）の八巻『犬となでしこの服と和平どん』（小さい旗同人編、牧書店）に、創作「なでしこの服」が収録される。『小さい旗』は三七年五月の一七号で一時休刊していたが、四八年七月に夫平吉の主宰で復刊、以後、夫と二人三脚で活動の中心を担う。四九年一月、読売新聞社など主催の「愛の詩キャンペーン」に応募した「愛のはじまり」が金賞一席を受賞。一男三女を育てながら意欲的に創作活動を行い、みずみずしい詩的感性溢れる作品を次々に生み出した。少年詩集『馬でかければ』（昭五二・五、葦書房）、少年詩集『みのむしの行進』（昭五四・五、葦書房）、絵本・語りつぐ戦争1『南の島の白い花』（昭五五・八、葦書房）を出版。五六年、北九州市民文化賞を夫平吉とともに受賞した。五五年、「あかいカーテン」が小学校の教科書（『こくご二上　たんぽぽ』、光村図書）に採用される。以後、「ふきのとう」「金のストロー」「馬でかければ―阿蘇草千里」など採用作品は九編にのぼる。また、児童合唱組曲「馬でかければ」（昭和五八年）、「ポプラの海で」（昭和六一年、同声合唱曲集『山はまぢかに』に収録）、「燃える樹」（昭和六一年、混声合唱曲集『ピエロの真珠』に収録）など、合唱曲としても広く歌われた。六〇年、胃ガンと診断されたが創作意欲は衰えず、翌六一年一一月には、童話集『ぼくのねじはぼくがまく』、詩集『小さな窓から』、詩とエッセイ集『子どもにもらった詩のこころ』（いずれも石風社）を同時出版した。以降、詩集『うまれたよ』（昭六三・九、グランまま社）、詩の絵本『きんのストロー』（昭六三・五、国土社）、歌集『生かされて』（昭六三・九、石風社）を出版し、同年一〇月に死去。死後出版された『みずかみかずよ全詩集いのち』（平七・七、石風社）で、第五回丸山豊記念現代詩賞受賞。かずよの詩は『日中対訳水上多世的詩小生命』（平二一・一〇、水上平吉、小さい旗の会編集）で中国にも紹介されている。

【参考文献】『小さい旗』八二号　みずかみかずよ追悼特集（昭六三・冬号）、『かずよ　一詩人の生涯』水上平吉編（平二五・九、石風社）

（小野　恵）

水間魔遊美　みずま　まゆみ　随筆家。昭和二一年（一九四六）七月～。熊本県玉名市岱明町（現・玉名市）生。生後一年でポリオ（小児まひ）発病。右手不自由となる。体育の授業、県立高校進学等で差別を受ける。福岡大学法学部二年生の時、毎日書道展入選（最年少者）。四六年、結婚、三児の母。五六年、『あやとりの歌』自費出版。五七年『自分を生きる』で、わたぼうし文学賞受賞。平成三年（一九九一）「いのちある花動乱なり」が九電四〇周年記念論文で特選。五年九月『いのちの約束』で、第一二回潮賞ノンフィクション部門受賞。六年一二月『この想いだれにつたえん』（潮出版）刊。七年「母なるものの挽歌」で、熊本県民文芸賞受賞。一三年八月『おにぎりを作りたい』（葦書房）刊。一六年八月『気ままにエッセー』（熊日出版）刊。そのほか熊本放送ラジオ〈気ままなエッセイ〉コーナーのナレーション、県民テレビの情報番組コメンテーター。「ポリオ生ワクひとくち8円基金」を提唱、モスクワを三度訪れる。

筑紫哲也は『いのちの約束』の潮賞選考委員評で「この作品は、単に『私』ノンフィクションにとどまらず、差別がなぜ起きるのかあかすと同時に、多数派が流される世の中での人生のスタイルをちゃんとつかんでいて、文句のない受賞作である」と書いている。『おにぎり作りたい』の第一章「五十五歳の季節から」の末尾で「肥沃な大地にしっかり根をはり、おおらかに天に向かって枝を伸ばし、葉を茂らせ、障害などものともしない人間、女として花を見せてください」と記している。

【参考文献】「著者略歴」（『いのちの約束』平五・九、潮出版社）、「選評」（『第一七回　平成七年度　熊本県民文芸賞作品集』平八・三、熊本県文化懇話会）

（中村青史）

三苫京子　みとま　きょうこ　歌人。明治三五年（一九〇二）一月一二日～昭和四一年（一九六六）七月三〇日。福岡県遠賀郡若松町（現・北九州市若松区）生。本名ヨ子《ね》。父守田繁吉、母フジの二女。大正五年（一九一六）、福岡県立若松高等女学校（現・若松高等学校）入学。卒業後、この頃から短歌を作り始め、歌会などに出席していたという。卒業後、『萬朝報』などに小説を発表。八年、三苫守西と結婚、福岡県八幡市（現・八幡東区）に移り住む。守西は八幡製鐵所に勤務、同年四月に若山牧水主宰「創作」に加入している。二男一女を得たが、長男と長女は夭折。一一年七月、「創作」に加入、「創作」八幡戸畑支社を自宅に置く。一三年、一四年、昭和二年（一九二七）と北九州を訪れた牧水夫妻を支社の社友らと迎える。昭和六年一一月、歌集『青梅』（創作社）刊行。「青梅の歯にしみとほるすつぱさの好もしきかなしみじみと噛む」など。八年四月から十年まで、福岡県立若松高等女学校で源氏物語などを講じる。二一年一月、守西と共に「槻田山房歌会」を設立、機関誌『槻田山房詠草』を創刊（翌年、『牧門』に改称、二三年五・六月合併号刊行後自然廃刊）。昭和四一年大阪の二男宅にて死去。享年六四。『現代短歌』（平二六・五）の「九州の歌人たち」第九回で、夫守西と共に人と作品が紹介されている。

【参考文献】『三苫守西京子風詠　歌集』（昭五一・一、三苫守西京子遺歌集刊行会）

（佐藤響子）

宮川久子　みやがわ ひさこ　歌人。大正八年（一九一九）三月二〇日～平成一三年（二〇〇一）五月二二日。熊本県熊本市生まれ。父・清麗、母・三女の長女。小学校教員の父に文学的な感覚を育成される。昭和九年（一九三四）、三浦清一牧師（石川啄木の妹・光子の夫）により洗礼を受ける。クリスチャンネームはルツ。昭和一〇年、熊本県女子師範学校本科第二部入学。このころより小説を書き始め『女子文苑』（戦時中に解散）に参加。林芙美子、吉屋信子に傾倒し、常連作家となる。一二年、卒業。教壇生活に入る。一四年、熊本県女子師範学校専攻科入学。国文専攻。主として上田英夫教授の教えを受ける。一五年、卒業。一六年、長崎県東彼杵郡白石の太田圭次と結婚、諫早市に移住。一八年、長男・展誕生。一九年、夫が出征、二二年に戦死の報に接す。夫の死後、幼い長男を人手に委ねて別れる。宮川の没後発見された幻の第一歌集『寒蘭』（宮川千代　平一四）には、「さながらに若き生木の裂かるごと夫を戦死（し）なしめ子とし生別（わか）るる」と当時の想いが描かれていた。二三年、熊本の実家に返り復氏。六月より県教育委員会・社会教育課に勤務。地域の婦人会組織作りや、婦人の意識を高め、研修の場を作る仕事に携わる。同年、文芸誌『詩と真実』に参加。最初は小説も書いていたが、自然と歌一本になっていく。また、同年に歌誌『椎の木』に参加。安永信一郎に師事し、安永蕗子らとともに、従来の花鳥風月を読む形を脱した新しい感覚の現代短歌を志し、三二年には角川短歌賞の上位候補にあがるなど、前衛的な歌人として中央の歌壇でも知られていく。三八年四月、熊本県立図書館奉仕係長となる。四一年、歌集『未決書類』（昭四一、現代詩工房）により熊日文学賞受賞。審査員より既存の短歌の殻を破っていこうとする新しさ（荒木精之）や感覚の鋭さ、どろくさくない美しさがある（蒲池正紀）と評価される。「薔薇咲くとはるかに告げてくる信も未決書類のなかにまぎるる」。四五年、退職。四九年、主宰雑誌『桑の実』創刊。平成二年（一九九〇）の廃刊まで主宰を続ける。歌集に『光ほのか』（昭四六、虹風社）『連灯』（昭五五、虹風社）、随筆集に『市みやげ』（昭三八、随筆くまもと社）、『かたくりの花』（昭四四、虹風社）など。

【参考文献】「おぼえがき」（『光ほのか』昭四六、虹風社）、星子邦子『熊本の女性（ひと）１０１人』（昭六二、熊本日日新聞情報文化センター）

（鶴本市朗）

宮本美致代　みやもと　みちよ　川柳作家。大正一三年（一九二四）九月三〇日〜。東京府（現・東京都荒川区日暮里）生。本名宮本泰江。父湯川末雄、母トモエの長女。昭和六年（一九三一）、父の故郷、熊本市に移り住む。海軍軍楽隊長であった父が、熊本では映画館の電気館でサイレント映画の楽長を務めたので、子供時代から映画を毎日のように観る。一七年、熊本市立高等女学校（現・市立必由館高校）を卒業。その後、タイピスト養成学校で速記を習得し、その技量を見込まれて市議会・県議会、医師会等の仕事をひきうける。二四年、家業のガラス屋を継いだ宮本礼吉と結婚、一女を儲ける。昭和六一年、吉岡龍城が講師を務める川柳教室に夫とともに初めて参加し、「川柳噴煙吟社」に入会する。東京の友人から柳誌『噴煙』が毎月送られてきたのがきっかけであったという。時実新子の句に魅かれ、六二年、「川柳展望社」に入会。平成八年（一九九六）、「向う岸へ思わぬ人が飛んでいる」が第八回新子座準賞受賞。一〇年、時実新子が新しく主宰した「川柳大学」に入会（新子の死により平成一九年終刊）、一三年には柿山陽一主宰の「川柳真風《まじ》」吟社に入会。一四年、熊日川柳大会総合優勝。二二年、『句集　新町四丁目』を刊行。「喪があける一気に鯖の首はねる」「プラスチックザル積み上げて離婚する」「一輪の百合が花瓶におさまらぬ」等、女の視点で生活や人間に切り込み、擬人法が生きている。俳誌『霏霏』同人でもある。なお、美致代は親のつけた呼び名。現在、熊本県川柳協会副会長。

【参考文献】田口麦彦編著『現代女流川柳鑑賞事典』（平一八・一〇、三省堂）、宮本美致代「あとがき」『句集　新町四丁目』（平二二・四、熊日情報センター）

（谷口絹枝）

向田邦子　むこうだ　くにこ　脚本家。昭和四年（一九二九）一一月二八日〜昭和五六年（一九八一）八月二二日。東京府荏原《えばら》郡世田谷町（現・東京都世田谷区）生。父向田敏雄、母せいの長女。父が第一徴兵保険株式会社（現・ジブラルタ生命）に勤務のため、栃木県宇都宮市を振り出しに、日本各地を転居・転校し続けた少女期であった。宇都宮市西原尋常小学校入学ののち、一年生の二学期には東京都目黒区油面尋常小学校に転校。八歳のとき、肺門淋巴腺炎と診断され、九ヵ月休学、療養する。昭和一四年（一九三九）一月、父が鹿児島支店長となり、鹿児島市平之町に転居。小学三年三学期より鹿児島市立山下小学校に転校。鹿児島での生活は、のちに「故郷もどき」と懐かしく思い出している。平之町の社宅の納戸にあった大人の本を読みふけり、「人の気持ちのあれこれ」を綴る作家への入り口は、鹿児島にあったと言える。一七年三月、高松へ転居。四月香川県率高松高等女学校に入学。七月目黒高等女学校へ編入。二二年実践女子専門学校国語科に入学。卒業後は財政文化社に社長秘書として勤務。二三歳で、雄鶏社に転職、『映画ストーリー』編集部に配属された。昭和三五年三一歳で雄鶏社を退社。以後、ラジオ・シナリオ「森繁の重役読本」を皮切りに、テレビシナリオ「七人の孫」「時間ですよ」「だいこんの花」「寺内貫太郎一家」などを多数手がけ、テレビドラマ草創期の一翼を担う。昭和五〇年四六歳のとき乳がんを患い、入院手術。翌年、輸血がもとでC型肝炎にかかり、再入院。のんきな遺書のつもりで書いたエッセイ「薩摩揚（原題：「わが人生の『薩摩揚』」）が好評で『銀座百点』に二年半連載され、昭和四六年にエッセイ集『父の詫び状』として出版される。テレビドラマ「冬の運動会」「家族熱」「阿修羅のごとく」などのシナリオ（テレビドラマ）

をヒットさせ、エッセイ集『眠る盃』『無名仮名人名簿』などを次々に出版。「万一（癌が）再発して長く生きられないと判ったら鹿児島へ帰りたい」と昭和五四年二月、雑誌『ミセス』の仕事で三八年ぶりに鹿児島を訪れる。五五年七月『小説新潮』に連載中の「思い出トランプ」中の「花の名前」「かわうそ」「犬小屋」で第八三回直木賞受賞。野呂邦暢の小説「落城記」を原作とするテレビドラマ「わが愛の城〜落城記より〜」の演出を手がけた矢先、五六年八月二二日、台湾取材旅行の台北から高雄へ飛行機で移動中、邦子が乗っていた飛行機が墜落、邦子を含む乗客乗務員百十名全員が死亡。遺品は、かごしま近代文学館に寄贈され、常設展示されている。シナリオ、エッセイ、小説、どのジャンルにもかかわらず、向田邦子は、その作品世界に巧みなエロスの表現をちらつかせるのが得意であった。また、彼女の独り身のおしゃれな生き方は、その後の女性たちの生き方へ大きな影響を与えた。昭和六二年『向田邦子全集』全三巻（文芸春秋）、平成二一年（二〇〇九）から翌年にかけて『向田邦子全集〈新版〉』（全一一巻、別巻二巻、文芸春秋）が編まれる。ほかに『向田邦子シナリオ集』（全六巻　岩波現代文庫　平二一）が刊行される。昭和五八年、優れた脚本に贈られる向田邦子賞が新設された。

（みたけきみこ）

【参考文献】井上謙編『向田邦子鑑賞事典』（平一二・七、翰林書房）、『向田邦子かごしま文学散歩』第二版（平一八・一、NPO法人かごしま文化研究所　第二版）

村田喜代子　むらた　きよこ　小説家。昭和二〇年（一九四五）四月一二日〜。福岡県八幡市（現・北九州市）生まれ。現在中間市に在住。市立花尾中学校を卒業、鉄工所に勤めながら図書館に通い、小説家を目指した。昭和四二年（一九六七）、結婚。五二年、「水中の声」により、第七回九州芸術祭文学賞を受賞。以後、本格的な文筆活動を始める。文芸同人誌『文芸四季』、『海峡派』に加わるが退会し、六〇年に個人誌『発表』を創刊。タイプ印刷による作品発表を続けた。六一年には『発表』に掲載した「熱愛」と「盟友」が、それぞれ『文学界』四月号、九月号に転載され、芥川賞候補となる。六二年、「鍋の中」（『鍋の中』昭六二・八　文芸春秋）で第九七回芥川賞を受賞。同年、北九州市民文化賞を受賞。なお「鍋の中」は黒澤明監督映画『八月の狂詩曲』として映画化されている。その他、平成二年（一九九〇）、『白い山』（平二・六、文芸春秋）で女流文学賞、四年、『真夜中の自転車』（平三・一〇、文芸春秋）で平林たい子賞、九年には『蟹女』（平八・六、文芸春秋）で紫式部文学賞、一〇年に『望潮』（平一〇・一二、文芸春秋）で川端康成文学賞、一一年には『龍秘御天歌』（平一〇・五、文芸春秋）で芸術選奨文部科学大臣賞を受賞するなど、多くの受賞経歴を持つ。また一九年には紫綬褒章を受章。現在は梅光学院大学客員教授として、文章講座の指導に携わる。北九州に関連した著作としては短編集『白い山』がある。この作品群では直接に地名を表記しないものも含めて、北九州の光景が描かれる。特に表題作「白い山」は北九州の平尾台ほか、九州の山々が描かれている。語り手の「私」は、自分の祖母とかつて出会った老婆たちを九州の山々に重ねる。〈死〉を色濃くまとった老婆たちが山々の風景と重ねられることで、彼女たちの〈生〉もまた浮かび上がってくる。このような幻想的な手法は村田作品の特徴の一つである。その他、北九州に関するものとして、『朝日新聞』土曜日夕刊の連載をまとめた『街物語』（平一二・八、朝日新聞社）所収の「湯池」「信号町」などの短編がある。

その他の著作に、『花野』（平五・一、講談社）、『蕨野行』（平六・四、文芸春秋）、『百年佳約』（平一六・七、講談社）、『この世ランドの眺め』（平二三・六、弦書房）、『光線』（平二四・七、文芸春秋）、『ゆうじょこう』（平二五・四、新潮社（読売文学賞受賞））など多数。

【参考文献】志村有弘編『福岡県文学事典』（平二二・三、勉誠出版）

（稲田大貴）

村中李衣　むらなか　りえ　児童文学作家。昭和三三年（一九五八）一〇月二一日～。山口県山陽小野田市生。本名高橋久子。筑波大学人間学類で心理学を学び、日本女子大学大学院で児童文学を研究する。大学在学中、日本児童文学者協会茨城支部『青い星』同人となり、大学院で安藤美紀夫に師事。その後、創作活動に従事する一方、慶応義塾大学医学部助手として小児看護の方法論を模索する中、心理療法の一つとして「読書療法」に出会う。大学病院の小児病棟で試み始めるが、次第に、絵本を介したコミュニケーションの可能性や、他者との関係性の回復としての読みの「場」に注目するようになり、家庭（親子・夫婦）、児童相談所、老人福祉施設など、様々な場での絵本の「読みあい」へと活動は広がった。『生きることのデッサン』（平五・一〇、ぶどう社、のちに『子どもと絵本を読みあう』に改題）、『絵本を読みあうということ』（平九・一、ぶどう社、のちに『お年寄りと絵本を読みあう』に改題）、『読書療法から読みあいへ――場としての絵本』（平一〇・九、教育出版）など「読みあい」に関する著作の他、共著『ふしぎのくにのにほんご』（平九・四、教育出版）、『こころのほつれ、なおし屋さん。』（平一六・九、クレヨンハウス）、『小学生のための文章レッスン――なんかヘンだを手紙で伝える』（平二四・六、玉川大学出版部）など、言語、心理、児童文学にわたる著書多数。大学、短大で児童文学を講ずる一方、児童文学作家として『かむさはむにだ』（昭五八・七、偕成社、第一七回日本児童文学者協会新人賞）、『小さいベッド』（昭五九・七、偕成社、第三二回サンケイ児童出版文化賞）、『おねいちゃん』（平一・一〇、理論社、第二八回野間児童文芸賞）、『うんこ日記』（平一六・七、BL出版）、『チャーシューの月』（平二四・一二、小峰書店、第五三回日本児童文学者協会賞）など著書多数。昭和六二年（一九八七）山口県芸術文化振興奨励賞、平成九年（一九九七）第一回子どもの文化21世紀賞受賞。長く梅光女学院大学に勤務したのち、現在はノートルダム清心女子大学に勤務。

【参考文献】『読書療法から読みあいへ―場としての絵本』（平一〇・九、教育出版）、『新訂作家・小説家人名事典』（平一四・一〇、日外アソシエーツ）

（西　荘保）

桃原邑子　ももはら　むらこ　歌人。明治四五年（一九一二）三月四日～平成一一年（一九九八）六月八日。沖縄県与那城村生。昭和四年（一九二九）沖縄県女子師範学校卒業、沖縄県中頭郡与勝尋常小学校教諭、その年桃原良信と結婚。六年「詩歌」入会、前田夕暮に師事。二〇年四月一日、日本軍特攻機事故に巻き込まれ、中学二年生だった長男良太死亡。「O型の血潮のすべてを地は吸へりこのばらばらはわが生みし子や」「吾子殺めし特攻機の胴体の日の丸のマークひらひら卒業式」。二四年より熊本県芦北郡田浦小学校教諭。沖縄から熊本に移った理由はわからないが、歌集『水の歌』の「巻末に」（香川進）、「戦争末の沖縄戦を現地で体験し、戦後も教職をつづけ、職のため熊本に移った」とある。昭和二九年「地中海」入会。四一年一〇月歌集『夜行時計』出版。四六年井牟田小学校退職。五四年八月第二歌集『水の歌』出版し、第二一回熊日文学賞受賞。六一年第三歌集『沖縄』出版。香川進はその「巻末に」で「沖縄の人の独自の精神構造から来る内部風景の大胆な形象化」「戦後の沖縄、また内地復帰、そして沖縄戦の凄惨を、ようやく客観して三十一文字」にしたと記している。長男良太のことに関しても先の歌のほか、「五十三回忌を帰省の良太よ中天の虹の断片に乗って来て母さんただ今」「平和の礎に桃原良太の名は刻まれぬ良太よわれの胎に還れよ」と詠み、沖縄の米軍基地の問題では「東京より離れた土地に基地は置けの政治屋の言葉うべなう吾は」と。「憲法九条そこのけススメススメ兵隊ススメ新ガイドライン法」と平和日本の危機を訴え、平成三年（一九九一）『南風』四五〇号記念号には「平成の代の日本は消費の国快楽追う国滅びへの国」の歌を載せた。遺稿集『桃原』は平成一五年六月桃原良治が熊日情報センターから出版した。

【参考文献】香川進「巻末に」『水の歌』（昭五四・八、不識書院）、香川進「巻末に」『沖縄』（昭六一・一〇、九芸出版）、『熊本人名録』（昭六一・九、熊日情報センター）

（中村青史）

杜あとむ　もり　あとむ　俳人。昭和四一年（一九六六）一月一七日〜。福岡県生。本名立石智子《さとこ》。玄祖父、祖母、母が俳句を嗜む家庭に育つ。中学一年の夏、母立石京（句集『子守唄』（平二〇・七、弦書房）で平成二一年に第三九回福岡市文学賞受賞）が所属する「円」（岡部六弥太主宰）の英彦山吟行に同行し初めて作句するが、国語が苦手であったため続かなかった。第一薬科大学卒業後、多くの旅行の思い出が写真だけでは物足りなく感じて俳句を始める。平成七年（一九九五）四月、母の勧めで「円」に入会。俳号のあとむは、薬剤師の視点で原子からとる。一五年に同人となり、翌年円賞を受賞。一七年一〇月、『空飛ぶマンタ』（弦書房）を上梓。国内外の吟行句も多く「五次元の空飛ぶマンタ春の夢」のような幻想的な作品を多く所収する。句には「理科系に多い私の友人や同世代の人に読んで欲しくて」（あとがき）ルビが振られ、繊細でユーモラスな自筆の挿絵が多く掲載されている。本書で一九年（二〇〇七）に第三七回福岡市文学賞を受賞。二〇年『円』が終刊し後続誌『光円』（田代朝子主宰）に参加。二一年一一月『赤鼻のポチ』（文芸社）を上梓。「赤鼻のポチ吠ゆメリークリスマス」のように対象をユーモアに見つめる目は健在な一方、「祖母逝きし夜の空蝉を拾ひけり」と静かに抒情を表現する。真っ赤な地に可愛い犬の絵が目を引く、若い人を意識した表装になっている。

【参考文献】『福岡２００６文学賞』（平一九・三、福岡市・福岡市文学賞運営委員会）

（谷口佳代子）

森崎和江　もりさき　かずえ　詩人、評論家、脚本家。昭和二年（一九二七）四月二〇日〜。旧朝鮮・慶尚北道の大邱府《タイキュウ》三笠町（現・大韓民国大邱《テグ》広域市）生。福岡県宗像市在住。父庫次、母愛子の長女。父は三潴《みずま》郡青木村浮島（現・久留米市城島《じょうじま》）の末次家から森崎家に名目上の養子に入ったが、実家は「油屋」を屋号とする製造業を営んでいた。庫次は旧制八女中学から早稲田大学に進み、卒業後はドイツ留学後に大原社会問題研究所に勤める筈であったが、実家倒産のために中学教師になり、昭和二年（一九二七）、大邱公立高等普通学校勤務のため朝鮮に赴任した。宗像郡生まれの愛子の両親から認められないまま昭和二年に結婚、和江が生まれた。五年に妹節子が、七年に弟健一が生まれた。植民地朝鮮で命の根源であるエロスを養われた体験は、深い原罪意識と共に、終生追い続け辿りなおすことになった。昭和二二年三月、福岡県立女子専門学校（現・福岡女子大学）保健科卒。久留米市御井《みい》町に住むようになったが、結核治療のため佐賀の療養所で三年間過ごす。二四年、偶然「母音《ぼいん》詩話会」の貼り紙を見かけ、翌年丸山豊を訪ねて『母音』同人となり、丸山は生涯の師となった。二七年三月、丸山の媒酌で、診療所で出会った松石始と結婚。久留米市荒木町に住む。二八年三月、長女恵をラマーズ法で産んだ。これをきっかけに、命の誕生を母の主体と胎児の主体の統一として考えるようになった。「産む／生まれる」の重層意識の統一である。朝鮮に対する贖罪感覚を共有していた弟健一が五月に自殺、衝撃を受ける。三一年二月、個人詩誌『波紋』創刊、一一月、長男泉誕生。三三年六月、二人の子供を連れ、中間市で『母音』同人であった谷川雁と暮らし始めた。隣に上野英信《えいしん》・晴子の家族が住んでいた。谷川雁・上野英信・石牟礼道子らと『サークル村』（昭三三・九～三五・五）を刊行。その途上で女性交流雑誌『無名《むめい》通信』（昭三四・八～三六・七）を刊行。「無名」とは、「女とはかくあるべき」という女に課せられていた「有名」なすべての概念から自由になって、名もないわたしになるという意味であった。昭和三六年五月、山崎里枝事件が起こり、谷川との齟齬が生じる。一二月、仲間の一人がレイプ犯として逮捕され、里枝の兄が鉄道自殺し、衝撃のあまり起床不能に陥った。同年、女性坑夫からの聞き書きである『まっくら』（昭三六、理論社）を出版。以後、旧植民地居住者、社会的弱者、女性の視点に立つ多くの著作を発表。平成二年（一九九〇）から、福岡県女性誌編纂委員を務め、『光をかざすおんなたち』（平五・四、西日本新聞社）の刊行に尽力した。平成三年福岡市文化賞、六年西日本文化賞、七年福岡県文化賞、一四年福岡県男女共同参画県民賞、一七年丸山豊記念現代詩賞などを受賞。中仕切りの集大成として『森崎和江コレクション　精神史の旅』（全五巻　平二〇・一一～二一・三、藤原書店）が刊行された。また、RKBディレクター木村栄文のドキュメンタリー「まっくら」「祭ばやしが聞こえる」「月白の道―戦場から帰った詩人」等の構成を担当した。

【参考文献】『福岡県人名録　１９８８』（昭六三・三、西日本新聞社）、『物語の中のふるさと』（平一七・八、読売新聞西部本社編）、『森崎和江自筆年賦』（『森崎和江コレクション　精神史の旅５』平二一・三、藤原書店）、『福岡県　人物・人材情報リスト　２０１１』（平二二・一二、日外アソシエーツ）、新木安利《あらきやすとし》『サークル村の磁場　上野英信《うえのえいしん》・谷川雁《たにがわがん》・森崎和江《もりさきかずえ》』（平二三・二月、海鳥社）

（狩野啓子）

森田ヤエ子　もりた　やえこ　作詞家、詩人。昭和二年（一九二七）～平成一六年（二〇〇四）五月二五日。新潟県南魚沼郡湯沢町に生まれる。旧姓は村上。三歳の時、父が死去。弟はまだ乳飲み子であった。母が再婚し二人の女児を産む。継父は鉄道工事の下請業者で、岩手県内の花巻や遠野で育つ。綾里尋常高等小学校に入学。昭和一八年（一九四三）、一五歳の時に継父が信濃川水力発電所の工事現場で事故死する。指宿海軍航空隊の弾薬庫を請け負っていた継父の友人を頼り、母、弟、妹達とともに同年一一月、鹿児島県指宿に移り住む。ヤエ子は海軍航空隊施設部の事務員として終戦を迎えた。二〇歳の時に指宿の職業安定所で手渡された「炭鉱労働者募集」のビラを見て、筑豊炭田へ。福岡県山田市の筑紫炭鉱で二ヶ月ほど坑内に下がった後、樋口炭鉱での勤務を経て、三菱上山田炭鉱の購買部に採用された。組合指導のコーラス部に入り、演劇活動にも参加。ここで三菱上山田炭鉱薫風寮の自治会長を勤めていた炭鉱労働者の森田実五郎と知り合う。昭和二五年、実五郎と結婚。少女のころから短歌や詩が好きだったヤエ子は、文芸誌『地軸』やサークル誌『山田文学』に詩を発表。昭和三三年『サークル村』、三四年『無名通信』に参加。同時期に作詞活動にも取り組み、筑豊の炭鉱の悲惨さを描いた「どんづまりの歌」を作詞。九州のうたごえ運動の草分けである荒木栄が作曲を担当、以降交流が始まる。三池で労働歌を指導していたうたごえ行動隊から新しい歌の創作支援を頼まれ、昭和三五年五月一〇日に「がんばろう」を書き上げる（「がんばろう／つきあげる空に／くろがねの男のこぶしがある／もえあがる女のこぶしがある／たたかいはここから／たたかいはいまから」）。歌詞の「燃えあがる女のこぶしがある」の部分は、もとは「もえつくす女のこぶしがある」であった。作曲をした荒木栄の変更に対し、森田は抗議。荒木は合唱メンバーに歌詞の変更を求められたことを伝え、数時間かけて説得したという。ヤエ子には「燃え上がるでは全然不足。女は「もえつくす」ほどの気持ちで闘っていたのだから」という想いがあった。その他、一〇〇曲あまりの労働歌を作詞。昭和三七年の上山田炭鉱閉山に伴い首切りにあい、地元の洋裁店で働いた。四三年からは日雇い失対労働者となる。五八年一二月には荒木栄評伝『この勝利ひびけとどろけ—荒木栄の生涯』（大月書店）を刊行。遺族や知人を訪ね歩き、五年がかりでまとめた。五九年、三四年連れ添った夫実五郎が死去。以後失対労働者として働き続け、全日本自治体労働組合建設一般労働組合山田支部の最後の委員長を務める。平成七年（一九九五）、支部は解散した。平成一六年五月二五日、敗血症のため死去。享年七六。

【参考文献】ちくほう女性会議編『ちくほうの女性たちの歩み』（平一二・三、海鳥社）、「川筋気質・人とドラマ〈8〉森田ヤエ子さん・筑豊」（『西日本新聞』平二・三・一五）、「炭鉱（ヤマ）の歌が聞こえる　荒木栄と森田ヤエ子」〈1〉～〈3〉（『西日本新聞』平一九・三・三〇～四・一）

（茶園梨加）

森千枝　もり ちえ　詩人、小説家、随筆家。大正六年（一九一七）～平成二七年（二〇一五）三月二日。長崎県西彼杵《にしそのぎ》郡のカトリック信者の家系の七人兄弟の五女として生まれ、大阪で育ち、学校を卒業してから宮崎に住む。昭和一三年（一九三八）の春、宮崎カトリック教会で神父の演奏する音楽に魅かれ教会を訪れていた高橋勇氏に出会い、同年三月高橋氏が黒木清次氏、山中卓郎氏、谷村博武氏と作り上げた詩の同人雑誌『龍舌蘭』の発行を目の当たりにし深く感銘を覚え、これまで書き溜めていたノートを思い切って見せたことから、『龍舌蘭』第三輯（昭一三・九）に詩「貧しいうた」が掲載されたのが、その後宮崎を代表する詩人となる文学活動の始まりであった。

電話交換手の仕事から昭和一五年、満州の石炭液化工場の就職を得て満州に渡るが父危篤の知らせを受けて帰郷。その後、戦争を経て、昭和二〇年に結婚。二七年、宮崎市立養老院に夫婦で住み込みの仕事をしながら詩作に励み、四六年、初めての詩集『埋火』（宮崎芸術創作家協会）を上梓。五七年には、詩集『つぶやき』（鉱脈社）、小説集『六女』（鉱脈社）を刊行し、また、上智大学機関紙『世紀』に随筆を連載し、『あたりまえのこと』（昭六一、鉱脈社）、『小さな独白』（平九、本多企画、第八回宮日出版文化賞受賞）にまとめて出版した。平成一三年（二〇〇一）には全詩集『天気図』（本多企画）を出版。『宮崎日日新聞』に自伝として連載され、生活実感の率直さと精神の自在について評判となった随筆をまとめた『土の器』（本多企画）を一七年に出版。『龍舌蘭』を代表する詩人として存在感ある詩を発表し続け、平成二七年（二〇一五）三月二日、脳梗塞のため死去。九七歳で亡くなるまで現役の詩人であった。

【参考文献】『あたりまえのこと』（昭六一・一、鉱脈社）、『土の器』（平一七・三、本多企画）、『龍舌蘭』九〇号、森千枝追悼特集号（平二七・一二）

（伊福満代）

森夏月　もり なつき　児童文学作家。昭和四〇年（一九六五）七月二日〜。大阪府大阪市生。本名森夏子。昭和六三年（一九八八）、京都教育大学幼児教育科卒業。大学時代バンドを組み、歌詞作りにも取り組む。平成二年（一九九〇）、結婚。鹿児島市出身の夫に伴い、以後鹿児島へ移り住む。夫の仕事上、県内を転々とし、三児の母となる。鹿児島の豊かな自然に刺激され、子育てをしながら創作活動を始め、三年、「たぬき」で第二回いろは文学賞佳作を受賞。この受賞で創作の楽しみを知る。また、『鹿児島の童話』（平一二・一〇、リブリオ出版）に、出水のツルをベースに祖父と孫の交流を描いた「風を感じて」を発表。これを機に作家を志す。その後も転居先でインスピレーションを得、精力的に作品を応募していく。「悲しみがなくなるコース」で第一二回新美南吉童話賞特別賞を、「おにいちゃんの気持ち」で第一七回ニッサン童話と絵本のグランプリ優秀賞を、「七日七夜の朝に」で第一七回小川未明文学賞優秀賞を受賞した。そして、平成二二年、奄美大島在住の経験をもとに書いた『風よ！カナの島へ』（平二二・九、国土社）を刊行、初の単行本となる。輝く海に囲まれた天の島、ガジュマルの木の秘密、不安を抱える少年少女に吹くやわらかな風、森夏月の受賞歴を物語る面目躍如たる作品である。尚、この作品は、「二〇一一年　先生のすすめる夏休みすいせん図書（五、六年生）」並びに「夏休みのアシーネすいせん図書（小学校高学年）」に選ばれた。その他、『怪談図書館』（平二二・二、国土社）、『きみも名探偵』（平二〇・二、偕成社）にも短編を収録。現在、日本児童文芸家協会会員、日本児童文学者協会会員、同鹿児島支部『あしべ』同人。

（植村紀子）

森禮子　もり れいこ　小説家、劇作家。昭和三年（一九二八）七月七日〜平成二六年（二〇一四）三月二八日。福岡県福岡市大円寺町に生まれる。本名、川田禮子。父勝喜、母久世の三女。父は高知県出身の建築設計技師で当時は福岡県庁に勤務していた。昭和六年（一九三一）、三歳の時に父親が大阪市港湾部に転勤となったため、大阪に転居する。二年後の八年二月父が病気のため退職し、福岡に戻る。同年、父死去。福岡市立当仁小学校三年生の冬、気管支炎で長期欠席。この頃から母の本箱にあった世界文学全集を読み始める。一七年四月福岡県立福岡高等女学校に入学。小説を濫読する。二年生の半ばより飛行機工場に動員される。一七歳の時に敗戦。昭和二一年三月福岡高等女学校を卒業後、西南学院神学科英文科の聴講生となる。二二年四月、西南学院バプテスト教会で受洗。九月、西南学院大学図書館に勤める（〜昭二四・三）。前司書の一丸章氏らの詩人グループを知り詩作をはじめる。二五年一〇月に荻原春子、荒津寛子、菅原純、石村通泰と詩誌『椅子』を発刊。同年、隣家に転居して来た小島直記が創刊した第三期『九州文学』に参加する。以後『九州文学』『九州作家』『芸林』などに作品を発表。ペンネームの森は作家モーリヤックからとった。NHK福岡放送局作家グループのメンバーとなり放送作家としても活動。昭和三一年一一月、二八歳の時に上京。火野葦平の紹介で『隊商』の同人となったのもこの年であった。翌年七月、北杜夫、なだいなだなどが同人であった『文芸首都』に参加し小説や戯曲を発表した。三五年六月、椎名麟三が主宰するプロテスタント文学集団「たねの会」に加わる。三八年九月「未完のカルテ」で女流新人賞次席入選。五〇年六月には、国際結婚したアメリカ在住の姉を訪ね一ヶ月ほど滞在した。「遊園地墓景」（『新潮』昭五一・六）で新潮新人賞候補となる。五五年一月、戦争花嫁として渡米した女性の愛と孤独を描いた「モッキングバードのいる町」（『新潮』昭五四・八）で第八二回芥川賞を受賞。吉行淳之介は「大きな箱に入れられて終点に持ってゆかれる人生、というような息の詰まる気分を感じさせる力がある。」と評した。『モッキングバードのいる町』（昭五五・一）を新潮社より刊行。著書は多く、『五島崩れ』（昭五五・三、主婦の友社）、創作集『天の猟犬・他人の血』（昭五五・七、文芸春秋）、エッセイ集『ひとりの時間』（昭五五・九、海竜社）、『私を変えた聖地の旅』（平四・五、海竜社）、戯曲四編を収録した『森禮子戯曲集』（平一二・九、菁柿堂）、キリシタンゆかりの地である壱岐、国東半島、口之津などを巡った紀行文『キリシタン海の道紀行』（平二〇・二、教文館）などがある。平成一六年（二〇〇四）より、約五〇年ぶりに郷里の福岡市に転居。九州のキリシタン伝承や史跡への紀行が評価され、二一年第三九回福岡市文学賞（小説部門）を受賞。平成二六年三月二八日、膵臓癌のため死去。享年八五。

【参考文献】『芥川賞全集　第十二巻』（昭五八・一、文芸春秋）、「次の連載随筆　夕映えの時間　作家・森禮子」（『西日本新聞』平一七・六・二一、朝刊）

（茶園梨加）

柳生じゅん子　やぎゅう　じゅんこ　詩人。昭和一七年（一九四二）七月二六日〜。本名、柳生淳子。東京に生まれ満洲に渡り四歳で引揚げ、北九州に住む。のち各地を転々とする。横浜在住時に『野火』五二号（昭四九・七）で詩作を開始。長崎在住時には山田かん『炮氓《ほうぼう》』に参加し、四六号（昭五一・一二）以来翌年終刊までに一一編の詩を発表。長崎で発表した詩を中心に纏めた第一詩集『視線の向うに』（昭五六・一二、草土詩舎）には、「あとがき」に「同人の方々との交流は詩を書く以外の認識、姿勢ということまで問いなおさせられました」と記された。原爆、娘、自身の来歴をテーマとする。長崎ではほかに上村肇主宰の『河』にも会員参加。昭和五七年（一九八二）には北部九州の野火会員たちと『九州野火』を創刊。五八年北九州に戻り、五九年『沙漠』（一一五号）に参加。六二年一〇月に沙漠詩人集団から第二詩集『声紋』刊行。平成五年（一九九三）六月、門田照子、土田晶子、吉田詣子と『えん』を発行（一一号で終刊）。日本現代詩人会、日本詩人クラブ、日本文芸家協会所属。第三詩集『静かな時間』（平六・一〇、本多企画）で第三一回福岡県詩人賞受賞。詩集に、『天の路地』（平三・一一、本多企画）、『藍色の馬』（平一四・一〇、本多企画）、『水琴窟の記憶』（平二一・一〇、海鳥社）、『ざくろと葡萄――柳生じゅん子詩集』（平二六・一〇、土曜美術社出版販売）がある。

【参考文献】麻生久「柳生じゅん子詩集について樹液が描く空に痛みが走りふくらむ言葉にあすを託す」（『沙漠』一三八号、昭六三・四）

（田代ゆき）

安永蕗子　やすなが　ふきこ　歌人。大正九年（一九二〇）二月一九日～平成二四年（二〇一二）三月一七日。熊本県熊本市御徒《あゆみ》町（現・熊本市安政町）生れ。信一郎と母春子の長女。妹の永畑道子はノンフィクション作家。欄間彫りの職人だった信一郎は、『水甕』の歌人で、種田山頭火、友枝寥平らと「安永哀花」の名で歌誌『極光』を創刊。父の影響もあって蕗子は幼い頃から歌会に連れて行かれた。昭和一五年（一九四〇）熊本県立女子師範学校専攻科卒業。熊本市立慶徳小学校、県立第二高等女学校、新制白川中学校教諭を勤めたが、二三年胸の病気のため国立病院に入院し、休職する。二九年病気回復。三〇年一〇月に父が創刊した『椎の木』の編集に携わり、作歌を開始する。父の死後（一九九一）同誌を主宰。三一年『椎の木』を見た角川書店の『短歌』編集部より原稿依頼を受け、「冬のうしほ」を発表。同年、「棕梠の花」で第二回角川短歌賞を受賞。三三年『短歌』の特集「新唱十人」に選ばれる。三五年同人誌『極』に参加し、塚本邦雄、寺山修司、岡井隆ら前衛短歌の中心メンバーと共に現代短歌を切り開き、鋭い感覚で抑制的な詠法で歌壇をリードし続けた。三七年一〇月第一歌集『魚愁』で第四回熊日文学賞受賞。同年現代歌人協会会員となる。四一年母死去。四五年大津街道で名題を得た第二歌集『草炎』（東京美術）、四六年エッセー集『幻視流域』（同）、五二年第三歌集『蝶紋』（同）、五三年現代歌人文庫『安永蕗子歌集』（国文社）を上梓し、熊本県文化懇話会賞を受賞。五四年第四歌集『朱泥』（東京美術）、白川の川面にイメージした随筆集『みずあかりの記』（新評論）を出版。翌年『朱泥』により第四回現代短歌女流賞を受ける。五六年人事を宇宙の一点景として詠んだ第五歌集『藍月』（砂子屋書房）、随筆集『宿命の海峡』（雁書館）、五九年『安永蕗子全歌集』（雁書館）、六〇年第六歌集『讃歌』（雁書館）を出版。六二年『花と無念』で第二三回短歌研究賞受賞。その間読売歌壇選者、現代短歌女流賞選考委員を務める。六二年第七歌集『水の門』（短歌新聞社）、第八歌集『くれなゐぞよし』（砂子屋書房）が第四回短歌ふおーらむ賞、平成三年（一九九一）第十歌集『冬麗』で歌壇最高の迢空賞受賞。一〇年には宮中歌会始の詠進歌選者に女性としては全国三人目。五年江津湖を詠んだ第一一歌集『青湖』で第八回詩歌文学館大賞受賞。二一年第一七歌集『天窓』が最後の歌集となった。江津湖畔を愛し、故郷の自然を歌い続けた。書家（号・春炎）としても活躍し、日本書道美術院審査委員。県文化協会長、県教育委員長（昭六〇）、熊日文学賞選考委員（昭五二～平二〇）等の要職を務めた。平成三年熊日賞、四年熊本県近代文化功労者、二一年熊本市名誉市民。

【参考文献】安永蕗子『みずあかりの記』（昭五四・一二、新評論）、同『風のメモリイ』（平七・一、熊本日日新聞社）

（古江研也）

安本末子　やすもと すえこ　作家。昭和一八年（一九四三）二月八日〜。佐賀県東松浦郡入野村（現・唐津市肥前町入野）生まれ。本籍は韓国全羅南道宝城郡。母と父を亡くし、杵島炭鉱大鶴炭鉱所（昭和三一年閉山）勤めの長兄、姉、次兄と四人暮らしになる。昭和二八年（一九五三）一月、父の四十九日から書き始めた末子の日記一七冊を長兄が出版社に送り、三三年に『にあんちゃん』の題で光文社から発刊され、ベストセラーになり、NHKの連続ラジオドラマ（筒井敬介脚色）にもなり、翌年今村昌平監督により映画化（日活映画）され、日本版「アンネの日記」とも評された。にあんちゃんのモデルになった次兄など四兄妹の強くけなげな姿が多くの人の心を捉え「少女の目と耳と心とで感じたままに記述されてあるから（略）いやらしさやさもしさがおこらない」「被抑圧階級のエネルギーの不屈さをつたえている」（以上、杉浦明平）と評された。中学一年生で故郷を離れ神戸へ。その後早稲田大学文学部を卒業、コピーライターとして活躍。四八年に結婚して三村末子となり、二児の母になった。平成一三年（二〇〇一）、末子の同級生の手で入野小大鶴分校跡に「にあんちゃんの里」の記念碑が建立された。『にあんちゃん―一〇歳の少女の日記―』は一五年、西日本新聞社から復刊された。一七年（二〇〇五）韓国ソウルの出版社から翻訳『クル・ムン・フルゴ（雲は流れて）』として出版された。現在、茨城県在住。

【参考文献】杉浦明平「解説」（『にあんちゃん―一〇歳の少女の日記―』平一五、西日本新聞社）、八田千恵子『佐賀の女性文学・人物編』未定稿（平二一、私家版）、インターネットサイト「唐津市入野小学校」HP、同「西日本新聞社、九州の100冊」（平一九・四）

（浦田義和）

柳原白蓮　やなぎわら びゃくれん　歌人。明治一八年（一八八五）一〇月一五日〜昭和四二年（一九六七）二月二二日。東京府麻布区麻布桜田町（現・港区元麻布）生まれ。本名、宮崎燁子《あきこ》。父柳原前光《さきみつ》、母奥津りょうの娘。生後間もなく、伯爵である父と正妻初子の二女として入籍される。父の妹が大正天皇生母となったため、大正天皇のいとこにあたる。明治二七年（一八九四）子爵北小路家の養女となり、養父から和歌の手ほどきを受けた。三一年、華族女学校に入学するが二年で中退し、養家の北小路資武と結婚。一児を得た後、四年で離婚し、幽居した。四一年、東洋英和女学校に入学。同級生の村岡花子らと親しみ、佐佐木信綱の竹柏会に入門。喪われた青春の日々を過ごした。四四年、九州の炭鉱王伊藤伝右衛門と再婚、飯塚幸袋に住んだ。福岡市と大分県別府の別邸でも暮らす。文化の相違から摩擦の多い家庭生活を送りつつ、歌誌『心の花』に「白蓮」の号で作品を発表。九大教授久保猪之吉・より江夫妻の自宅サロンを中心とする華やかな交流から「筑紫の女王」など称された。第一歌集『踏絵』（大四・三、竹柏会出版部）は竹久夢二の装丁。「誰か似る鳴けようたへとあやさるる緋房の籠の美しき鳥」など、思うに任せぬ身をかこつ歌を収めた。出自、美貌、境遇など私生活が注目される中、第二歌集『幻の華』（大八・三、新潮社）、詩集『几帳のかけ』（大八・三、玄文社）を出版し、文筆家としても知られた。大正九年（一九二〇）、戯曲『指鬘外道《しまんげどう》』（大九・三、大鐙閣）出版を機に宮崎龍介と出会い、恋愛関係に入る。宮崎は社会運動家宮崎滔天と前田案山子の娘槌子《つちこ》の長男。伯母の前田卓子《つなこ》は夏目漱石「草枕」の那美のモデルとして知られる。翌年一〇月、宮崎と一緒になるために家出を決行。「結婚当初からあなたと私との間には全く愛と理解を欠いてゐ」たとする

「絶縁状」（『大阪朝日新聞』大一〇・一〇・二二、夕刊）を発表し、世間を驚愕させた。離婚成立後、華族除籍を経て、一四年入籍。二子を得た。病の宮崎に代わり、文筆で家計を支えた時期もある。昭和一〇年（一九三五）、歌誌『ことたま』創刊。さまざまな社会活動と関わり娼婦救済などに尽力した。長男の戦死を受け、二一年に「国際悲母の会」結成。平和運動にも力を注いだ。四二年、逝去。享年八一。

その他の著書に、歌集『紫の梅』（大一四・六、聚芳閣）『筑紫集』（昭三・七、萬里閣書房）『地平線』（昭三一・六、ことたま社）、自伝小説『荊棘の実』（昭三・九、新潮社）などがある。波乱の生涯は文芸作品にも多く取り上げられ、特に永畑道子『恋の華・白蓮事件』（昭五七・一一、新評論）、林真理子『白蓮れんれん』（平六・一〇、中央公論社）が知られる。あまり語られてこなかった後半生について、長女宮崎蕗苳の聞き書きをまとめた宮嶋玲子『白蓮　娘が語る母燁子』（平一九・五、旧伊藤伝右衛門邸の保存を願う会）も刊行されている。

【参考文献】井上洋子『西日本人物誌［20］柳原白蓮』（平二三・一〇、西日本新聞社）、尾形明子監修『愛を貫き、自らを生きた　白蓮のように　柳原白蓮展　図録』（平二〇・一〇、朝日新聞社事業本部西部企画事業チーム）

（中西由紀子）

矢野克子　やの　かつこ　詩人。明治三八年（一九〇五）九月三〇日～平成六年（一九九四）六月三〇日。沖縄県国頭郡名護村（現・名護市）に、父徳田佐平、母カマトの二男三女の末子として生まれる。父は克子誕生前に破傷風で急死し、以後食料品や衣料品を扱う店を切り盛りした母の手によって育てられる。沖縄県立高等女学校に進学。女学校三年時に、後に結婚することとなる矢野酉雄が教育倫理の講師として着任し、その授業で賀川豊彦や倉田百三等を学ぶ。大正一一年（一九二二）東京女子高等師範学校に進学が決まるが、長兄の徳田球一が東京で共産党員として活動したため進学を取り消され、師範の講習科に残る。一二年二月、結婚を機に転勤になった夫と、鹿児島に引っ越す。雅雄、浩思、端、弾の四男を出産。昭和八年（一九三三）東京へ移る。一二年生田花世に師事し、詩作を始める。一八年五月の第一詩集『大洋ノ母』（日本文化研究会）には、高村光太郎の序文が付く。戦争に巻き込まれる庶民の生活や出征した息子を思う母の情を、「わたしはみた」と平易で短い言葉を使い率直に表現する。『ウクライナの墓標』（昭二五、日本教育事業社）は、戦死した次男浩思の追悼詩集となっている。この頃から、作風が散文詩と変化する。二二年参議院議員に当選した夫の公設秘書になる。政党をこえて国民が幸せになることを目指した夫が創刊した月刊誌『共悦』に詩や短文を連載する。『琉球』（昭二六・九、教育公論社）では故郷沖縄を「ふるさとは遠きにありて／思い出のいまは外国とつくに」と追慕し、『ひめゆりの島』（昭三七・六、中央公論事業出版制作）では三三年ぶりに訪れた沖縄の現状を訴える。また共産党書記長を務め北京で客死した長兄追悼のために『梯梧』（昭三一・六、中央社）を上梓する。身近な人々を亡くした思いを、昭和三九年に上梓した『いのち』（中央公論事業部出版部）で、生命賛歌として表現する。この本には、詩だけではなく、短歌も掲載されている。生命への賛歌は、『鳴りやまず』（昭四七・五、木犀書房）では「いのちよ／わきいずる／泉のごとく／あふれ」と表現し、『いのち・あらたに』（平一・一一、講談社）では「あふれるいのち／こよなきいのち／ともどもに祭らばや／たのしく祭らばや」と表現して、生涯にわたり追及する。一九冊の詩集を残し、八八歳で死去。

【参考文献】矢野克子「詩作この道一筋」(『月刊カレント』五八二号、平五・一)、矢野克子『桜吹雪』(昭五五・七、宝文館出版)

(谷口佳代子)

山崎ナオコーラ　やまざき なおこーら　小説家。昭和五三年(一九七八)九月一五日～。福岡県北九州市小倉北区生まれ。本名山崎直子。ペンネームの「ナオコーラ」は、好きな飲み物のダイエットコーラに因み、ラテン語で「真の知識」の意味もある。父親の転勤に伴い、生後半年で埼玉県へ転居。小学校四年のときにルイス・キャロル『不思議の国のアリス』を読み、「クールでシュールでユーモア溢れる文章の世界」に魅了された(「トリコにする」『週刊読書人』平一七・六・一五)。影響を受けた好きな作家に、谷崎潤一郎、金子光晴、室生犀星らを挙げる。特に谷崎については、「心の恋人」と語るほど。國学院大学文学部日本文学科に入学。大学四年生の頃、初めて小説を書く。卒業後、職に就き、同時に執筆も行った。平成一六年(二〇〇四)「人のセックスを笑うな」(『文芸』平一六・冬号)で第四一回文芸賞を受賞しデビュー、同作は第一三二回芥川賞候補にもなる。また、一七年、井口奈巳監督により映画化された。一八年「浮世でランチ」で第二八回野間文芸新人賞候補、二〇年「カツラ美容室別室」(『文芸』平一九・秋号)で第一三八回芥川賞候補、「論理と感性は相反しない」で第三〇回野間文芸新人賞候補にあがる。その後も、二一年「手」と二三年「ニキの屈辱」で芥川賞候補にあがる。その他の主な著書に、『長い終わりが始まる』(平二〇・六、講談社)、『男と点と線』(平二一・四、新潮社／第三一回野間文芸新人賞候補作)、『この世は二人組ではできあがらない』(平二二・二、新潮社／第二三回三島由紀夫賞候補作)、エッセイ集『指先からソーダ』(平一七・七、朝日新聞社)、『太陽がもったいない』(平二六・七、筑摩書房)などがある。小説を書くことに加え、「本」という紙媒体にこよなく愛情を持っており、『昼田とハッコウ』(平二三・九、講談社／第三五回野間文芸新人賞候補作)では、町の小さな書店とそこで働く人々を描いた。「どこかに『本質』があるはずだ」という考え方に「違和感を抱いている」山崎は、「誰にでもわかる言葉で、誰にも書けない文章を書」くこと、「詩のように小説を書く」ことが目標だと話す。「言葉」や「会話」の相互作用による場の空気感や、研ぎ澄まされた一行の文章が、見事なまでに本の世界を作り上げている。東京都在住。

(小野　恵)

山里禎子　やまざと ていこ　小説家。昭和一三年(一九三八)一二月一二日～。沖縄県名護市生。本名島田貞子《しまだていこ》。母・ヨシ。昭和三二年(一九五七)北山高等学校卒業。同年琉球政府入府(昭和五三年沖縄県庁退職)。昭和五八年、妾の子という立場に悩む少年を取り扱った「フルートを吹く少年」で第九回新沖縄文学賞佳作。同年、海辺の集落の生活や事件を、久江という少女の視点から描いた「内海の凪」で九州芸術祭文学賞佳作。また同人として雑誌『亜熱帯』(昭和六二年創刊)に、労働に喜びを感じ、絶え間なく労働を行う女性を描いた「おしゃべり農婦」(平三・一一)、トートーメー(位牌)を受け継ぐ男児の出産を、姑から強く求められる女性を取り扱った「尊い御前」(平六・九)などを発表。平成元年(一九八九)、魂中心の社会の創造を夢見ながら島で暮らす、上肢に障害のある少年蒼侶を描いた「ソウル・トリップ」（「ザ・ゲーム」（『亜熱帯』昭六三・八）の後日譚にあたる）で第六八回文学界新人賞受賞。また、沖縄を書くことに関しては、座談会において「私は意識しないようにしようと決心したんです。意識すると書けない。沖縄で文学しようとすると、必ず土俗とか、沖縄の方言とかがないと駄目だというふうになる。それが引っ掛かるもんですから」（「創作の周辺」（『創作の周辺』））と述べている。

【参考文献】「創作の周辺」（『新沖縄文学』平一・一二）

（安河内敬太）

山下夕美子　やました ゆみこ　児童文学作家。昭和一五年（一九四〇）四月二七日～。東京に生まれ、疎開地の信州穂高町で育つ。武蔵高等学校を経て相模女子大学に進学するが、同大を中退して伊藤道郎芸術学院舞踊科に進み、バレエに専念する。同院を卒業し、結婚した後バレエをやめる。広島児童文学研究会に所属して斬新な作品を次々と発表し、注目を集める。昭和二四年（一九四九）、同会の同人誌『子どもの家』に連載していた「二年二組はヒヨコのクラス」で、第二回日本児童文学者協会新人短編賞を受賞。翌年には理論社から刊行された『二年二組はヒヨコのクラス』で第一〇回小学館文学賞を受賞する。「二年二組はヒヨコのクラス」は、広島の中学生が原爆の問題に目ざめる姿を爽やかに描いた作品である。平成一二年（二〇〇〇）七月、『愛蔵版　県別ふるさと童話館四〇　福岡の童話』（リブリオ出版）に「ほたる」を発表。「ほたる」は、主人公の「まゆ」が小学校にあがるまでの一年間を描いている。博多の祖母の家で暮らしているまゆと、東京で母親と暮らしている二年生の「修にいちゃん」が、互いに妬み合う心を捨て、思いやる心をもつようになる。まゆは博多でほたるを見ながら、修は東京の病院でほたるのような流れ星を見ながら、心を通わせるようになる様子を描いたほのぼのとした物語である。その他、主な作品に、『ごめんねぼっこ』（昭五二、あかね書房）、『ますみちゃんがわらった』（昭五六、理論社）、『おねしょのちずはヘンテコリン』（昭五八、ポプラ社）、『ミーユのにらめっこ』（平二、理論社）、『おとこのこでごめんね』（平六、ポプラ社）などがある。福岡県春日市在住。

（金　成妍）

山田とし　やまだ とし　小説家。昭和七年（一九三二）～。熊本県水俣市生まれ。昭和三〇年（一九五五）熊本女子大学文学科卒。多良木高校時代、東京から疎開してきた作家三上秀吉による文芸指導や講演などにより影響を受ける。『週間熊本』の記者として勤めながら三六年から『詩と真実』同人となる。四三年「無関心」が『文学界』九月号に転載され、会社を辞め執筆活動に専念する。四四年から『九州文学』同人。四六年一月「白い切り紙」で第一回九州沖縄芸術祭文学賞受賞。同作品は『文学界』三月号に掲載された。選者の安岡章太郎は「日本人離れした強さ」、江藤淳、五木寛之も質の高い作品と賞賛した。四九年「鬼子」で第七回九州文学賞、同年四月『山田とし短編集　鬼子』（青潮社）出版。昭和五六年環境保護問題に疑問を呈した「八千羽の鴨を撃て」（昭和五七年三月、日本野鳥の会熊本支部から『八千羽の鴨を撃て』として刊行）で第二三回熊日文学賞受賞。一般向けの古典講座、文芸指導などを行う一方、五〇年篤志面接委員に委嘱され、熊本刑務所内の文集に載せる作品の選考を依頼されたのがきっかけで、やがて古典文学、作文指導もするようになった。

平成一九年（二〇〇七）には長年の貢献が認められ法務大臣表彰を受けた。

【参考文献】「九州沖縄芸術祭文学賞　選評」（『文学界』昭四六・三）

（村田由美）

山田啓代　やまだ みちよ　小説家。昭和一〇年（一九三五）二月二四日～。兵庫県神戸市生。山口女子短期大学を病気中退。昭和三七年（一九六二）から平成四年（一九九二）まで熊本県警勤務。県警本部少年課主幹、少年保護審議会映画委員などを務める。

県警勤務の傍ら、機関誌『銀水』に加わり小説などを発表。昭和三五年に同人誌『詩と真実』に入会し、本格的に小説を発表。三七年「流れる星」が『婦人生活』の懸賞小説に当選する。また、同人誌『日本談義』にも入り、「房子様まいる」「岬の女たち」「最後の側室」等を発表する。小説『女舞』『岬の女たち』で昭和五四年第二一回熊日文学賞受賞。平成六年（一九九四）九月には、放浪・孤高の俳人を陰で支えた妻咲野をモデルに、酒乱で、生活能力のない夫との人間的な葛藤を描いた『山頭火の妻』（讀賣新聞社）を発表。

【参考文献】『文化懇話会名簿92』（平四、熊本県文化懇話会）

（古江研也）

山埜井喜美枝　やまのい きみえ　歌人。昭和五年（一九三〇）二月五日～。旧満州・旅順生。本姓は廣津。父・誉次《たかじ》、母・ユスヱの長女。旅順高等女学校三年生の夏に終戦、一〇月に大連に追われる。昭和二二年（一九四七）、大連から母の故郷である大分県に移る。三〇年、「未来」に入会。三一年、石田比呂志と遇って「標土」のメンバーとなり、三三年に石田と結婚するが、昭和五〇年に離婚。以降、再婚した夫の久津晃《くつあきら》と共に、福岡を拠点に活動、同人誌『颷《ひょう》』を出す。五四年、第一〇回福岡市文化賞、第一九回詩歌文学館賞（短歌）受賞。平成一六年（二〇〇四）、第二九回福岡市文学賞（短歌）受賞。同年、筑紫歌壇賞の選考委員となる。平成二一年一一月、九州歌壇・俳壇懇親の集いに出席。「女もすなるをせむとねぶの花雄蘂紅さす風に応へて」（『はらりさん』（平一五・八、砂子屋書房）収録）といった、古典の素養をうかがわせるものや、「じふいちよ十一よと啼く慈悲心鳥亡きおとうとはにてそろ」（『じふいち』）など、リズミカルで温かい、ユーモラス（時にブラック）な歌を作る。また、平成二一年には、総合短歌誌『歌壇』（本阿弥書店）に、「老いの晩年」というタイトルで作品を全一二回連載。「いづれにも平等が大事眼科　歯科　内科　神経科　長き待時間」などの、遊び心の豊かさで、老いを楽しむ余裕を感じさせる、自由な発想によるものや、年をとってからの体力の衰えの自覚、病へのやや過剰な反応を詠んだ歌が、「老いの晩年」には散見される。自分自身を一歩ひいたところから眺めて歌を作ることで、個人的特質や福岡県といった地域性に縛られない、老い一般の光景を描き得ている。老いのテーマに関しては、「老いの相聞歌ゆめの世に」（『短歌』平四・二、角川学芸出版）などもある。歌集に、『やぶれがさ』（昭四九・四、短歌新聞社）、『呉藍』（昭六一・一〇、不識書院）、『かひやぐら』（平九・一一、砂子屋書房）、『歩神』（平一一・九、砂子屋書房）、『じふいち』（平一八・三、短歌研究社）、『月の客』（平二三・八、角川書店）などがある。

【参考文献】菱川善夫「反母性の蜜」（『歌壇』平四・八）、久々湊盈子『インタビュー集　歌の架橋』（平二一・八、砂子屋書房）

（河内重雄）

由宇とし子　ゆう　としこ　歌人。昭和五年（一九三〇）一月一五日～平成一九年（二〇〇七）六月二七日。旧朝鮮・京城市生。本名・石岡とし子。父親石岡照吽《しょううん》と母親ツヤの本籍は千葉県。熊本県立甲佐高校を卒業。裁判所に勤務していた父は、俳句作りを趣味としていて大連、京城と転勤、戦後妻の知り合いを頼って甲佐町で過ごす。甲佐高校を卒業後、当地で代用教員を勤める。昭和二八年（一九五三）熊本放送アナウンス部に勤務。同社に勤務していた晃也との結婚を機に退職し、西合志町（現・合志市）に転居。その後、ＲＫＫコンピューターサービス、ＫＫコンピュータービジネス等に勤務し、取締役となる。昭和六二年四月退職。

昭和三七年の夏、熊本放送のラジオ文芸コーナーを歌人の安永信一郎が担当していたことが縁で歌誌『椎の木』に入会する。安永の知り合いの伊藤一彦が主宰していた歌誌『梁』に入会し、本格的に短歌を作る。五五年第二回熊本県民文芸賞短歌部門で一席に選ばれる。六〇年自然と人間との距離を凝視した第一歌集『天動説』（雁書館）を出版。「白き麻まとへるわれにはつ夏の天動説を説く人なきや」が表題歌。第二歌集『闇辛子』（雁書館）で平成二年（一九九〇）第三二回熊日文学賞受賞。「酢の中に泛びて赤き唐辛子わが呆然に突き刺さりたり」など人生のエポックに位置する作品となる。三年六月自宅のある西合志町須屋の住民を中心とした柊短歌会を結成し、主宰。一二年合同歌集『柊』を出版。一四年身のまわりの自然を詠んだ第三歌集『天塵』（雁書館）を出版。二一年遺歌集となる歌集『北天帰』（七草社）、『絶唱』（七草社）を知人、歌友らが出版。菊池水源から阿蘇の草原へと抜ける風景を好んだ歌人は自然詠を得意とした。

【参考文献】由宇晃也への聞き取り（平成二四年一二月一一日）『文化懇話会名簿92』（平四、熊本県文化懇話会）

（古江研也）

夢野文代　ゆめの　ふみよ　詩人。明治三五年（一九〇二）五月五日～昭和三二年（一九五七）一一月二一日。福岡の開業医の家に生まれる。本名、高武フミヨ。幼くして両親を亡くし、鹿児島の叔母のもとで育つ。大正六年（一九一七）三月鹿児島市鶴峯実科高等女学校卒業。鹿児島での生活を後に「薩南の美しい自然、鮮やかな空、豊かな山脈は私に、ロマンチストとしての心情を多分に育くんでくれた。」（『九州詩集　第三輯』、昭一二・六）と語っている。上山田小学校に教員として勤め、大正八年結婚のため退職。夫は八幡製鉄所員で詩人の高武陶村であり、彼の主宰する『北九州詩人』に創刊より同人参加して詩作を発表した。廃刊後一時、詩作から遠ざかる。夫の死後は門司に住み、我孫子毅らの『倭寇船』（昭一一・四創刊）に参加。同誌が第二期『九州文学』に移行したのちも同人として作品を発表し続け、敗戦を挟んで「秋」「礎石」「療養部落」「銀河」「孤獨」の詩五編を発表している。『九州詩集第三輯』（昭一二・六）には「花粉熱」「抒情歌」を掲載。同人参加していた『九州芸術』第一二冊（昭一三・六）は『九州詩集　第三輯』記念版であり、文代は誌上、詩編「春昼」を発表している。更に『九州詩集第四輯』（昭一四・五）では巻末、劉寒吉が「古くから営々として詩の道に研鑽しその抒情の美しさをもつて知られてゐる夢野文代」と紹介したが、同書所収の「蝶のすむ城」を表題作に、昭和一八年（一九四三）一〇月北九州詩人協会から、国民詩叢書の一冊として第一詩集を刊行。詩編一六編を集め、装幀に青柳喜兵衛、序に劉寒吉、跋に『倭寇船』の同人仲間だった我孫子毅、吉村草三が名を並べる。闘病の最中に刊行され、巻末「後記」には、津屋崎の浜辺で甥と闘病生活を送っていることが記される。昭和二七年三月には津屋崎療養所に補助看護婦として入所し、戦中戦後と彼女を頼って津屋崎の地を複数の知人が訪れたという。

【参考文献】安田満「私説　九州の文人たち　三」（『火山地帯』一〇四号、平七・一〇）、赤塚正幸「詩片逍遥」（『木の実』五二巻一一号、平九・一一）

（田代ゆき）

湯本香樹実　ゆもと　かずみ　小説家、児童文学作家、脚本家。昭和三四年（一九五九）一一月一一日～。東京都生まれ、長女。昭和五三年（一九七八）に高校を卒業し、東京音楽大学音楽学部音楽科作曲科入学。五七年卒業。高校時代、寺山修二にファンレターを書いたことがきっかけとなり、同大学在学中に資料集めなどの仕事を手伝い師事。また三枝成彰にすすめられてオペラの台本を書き始め、卒業制作にもした。ラジオドラマ「カモメの駅から」で第五回文化庁芸術作品賞、第二七回ギャラクシー賞ラジオ部門大賞、第一六回放送文化基金賞ラジオ番組賞受賞。相米慎二演出、三枝成彰作曲のオペラ「千の記憶の物語」の台本執筆を手がける。初の小説『夏の庭―The Friends―』（平四・五、福武書店）で第二六回日本児童文学者協会賞新人賞、第二二回児童文芸新人賞受賞。映画化・舞台化されたほか、一〇カ国以上で翻訳され、米国ミルドレッド・L・バチェルダー賞、ボストン・グローブ＝ホーン・ブック賞受賞。また、自らラジオドラマ「夏の庭」として脚色し、第九回文化庁芸術作品賞受賞。同作品が収録された『テレビドラマ代表作選集1994年版』（平六・一〇、日本脚本家連盟）の「作者のことば」には、「もともと小説のほうも、ラジオをたくさん書かせていただいた中で生まれてきた」とある。「西日の町」（『文学界』平一四・四、文芸春秋）で第一二七回芥川賞候補。同作品の舞台は北九州の小倉をモデルとしており、単行本（『西日の町』平一四・九、文芸春秋）あとがきに「私が十歳前後の三年間、父は北九州の町で働いていた。いわゆる単身赴任で、私も東京とその町をずいぶん行き来した覚えがある」と書いている。『春のオルガン』（平七・二、徳間書店）、『ポプラの秋』（平九・七、新潮社）、『わたしのおじさん』（平成一六・一〇、偕成社）など、少年少女を主人公とした作品が多い。近年発表した長編小説に『岸辺の旅』（平二二・二、文芸春秋）があり、絵本『くまとやまねこ』（酒井駒子画、平二〇・四、河出書房新社）で講談社出版文化賞絵本賞。絵本の翻訳に、アーノルド・ローベル『いたずら王子バートラム』（平一五・六、偕成社）、アリス・テグネール作詞作曲／エルサ・ベスコフ絵『きみどこへゆくの？』（平一七・二、徳間書店）、エレン・ブライアン・オベッド文／アン・ハンター絵『クリスマスツリーの12か月』（平二二・一一、講談社）がある。

（佐藤響子）

横山房子　よこやま　ふさこ　俳人。大正四年（一九一五）一月二一日～平成一九年（二〇〇七）九月一日。福岡県小倉市（現・北九州市小倉北区）生まれ。父中屋市松、母ツルの二女。昭和六年（一九三一）三月、鎮西高等女学校（現・鎮西敬愛高等学校）卒業。タイピスト養成所へ入所の後、九州電気軌道（現・西日本鉄道）株式会社に入社。一一年、福岡の俳誌『天の川』の句会に出席し、以後投句。主宰の吉岡禅寺洞、小倉の女性俳人杉田久女、横山白虹らと知り合う。一二年一月、横山白虹が創刊した俳誌『自鳴鐘《とけい》』に投句。翌年白虹と結婚する。しばらく句作を遠ざかったが、終戦後再び取り組む。二三年の『自鳴鐘』復刊後（誌名は「じめいしょう」となる）は常に主宰の白虹を支え、白虹没後の昭和五八年より主宰を継承した。二九年、『女性俳句』に創刊発起人として参加。三三年、山口誓子らの『天狼』同人推挙。三六年一〇月、第一句集『背後』（竹頭社）刊行。その他の自選句集に『侶行』（昭五四・八、自鳴鐘発行所）、『一揖』（平五・一一、角川書店）、『干支の盃』（平一五・一、角川書店）がある。享年、九二。四女は俳人の寺井谷子。作品に「夏潮のうねりぞ遠き日のうねり」「深皿に地球のごとき新玉葱」など。日常の詩性をやさしく拾い上げた。没後刊行の『横山房子全句集』（平二〇・九、角川書店）は、土田晶子による全句集解題と五女横山日差子による詳細な年譜を付す。

（中西由紀子）

吉井恵璃子　よしい　えりこ　小説家。昭和三七年（一九六二）二月二二日〜。熊本県葦北郡湯浦町（現・芦北町）古石生まれ。父竹本公明、母宏子。三姉妹の次女。九州女学院高校を経て昭和五七年（一九八二）熊本短期大学卒業、城野印刷会社に入社。六〇年、父の病により農業を継ぐため帰郷。平成元年（一九八九）鶴屋百貨店水俣店入社。二年吉井和久と結婚。三年出産のため退社。一男二女を生む。幼児期、祖母から聞いた昔話が文学体験の原点という。高校時代は『熊本日日新聞』の「熊日童話」にしばしば掲載され、大学時代は文芸部機関誌に作品を発表。帰郷後は農作業の憂さを晴らすように書き続けた。昭和六二年光岡明の高評価を得て「飛鳥」で第九回県民文芸賞散文部門一席。創作上の転機となる。翌年『詩と真実』同人。平成五年「この村、出ていきません」で第四〇回地上文学賞。七年「フユ婆の月」で第二五回九州芸術祭文学賞最優秀作となり、『文学界』に掲載。九年、山仕事をする祖父と孫の姿を描いた「神様に一番近い場所」で第一回草枕文学賞、一〇年『文芸春秋』二月号に掲載された。江藤淳が激賞した。一六年作品集『水守《みずもり》の家』で第四五回熊日文学賞。表題作は、出郷の少年が故郷の水神の森で水守の女に化身した祖母の魂と出会う話。光岡明は、現代では描きにくいアニミズムを「農林業の労働（観）」によってつなぎ止めた作品で、その「アジア的体質」は「稀有なこと」と評した。作品の多くは農村を舞台に、そこに生きる人々を鮮やかに描く。

【参考文献】『熊本日日新聞』（平一六・一・三一）

（村田由美）

吉岡紋　よしおか　あや　小説家。本名吉岡紋子。昭和八年（一九三三）一月一日〜。福岡県豊前市に生まれ。官吏の父の転勤で各地を点々とする。文学少女だった姉の影響で、小学生の頃からゾラやツルゲーネフなどに親しみ、福岡県立筑上中部高校と福岡女子大学文学部国文学科ではともに文芸部に所属する。昭和三〇年（一九五五）大学卒業後、教育図書出版に就職して筆を折る。途中結婚して一女を出産。転職して筑紫工業高等学校で国語の教鞭をとり、四〇歳を迎えたときに何か始めたいと再び筆を執る。勤めの傍ら小説や随筆を発表、昭和五〇年に、夫の療養中出会った男に惹かれる妻の心の動きを丁寧に綴った「闇の重さ」で福岡市民芸術祭賞を受賞する。

教え子に振り回される女教師の心理など、女性の心の機微を詳細に描写する作品を発表し、五四、五七年と福岡市民芸術祭賞を受賞する。六〇年文芸誌『らむぷ』に投稿を開始し、六二年より平成三年（一九九一）まで主宰する。昭和六二年五月の「冬の花火」（『らむぷ』一一号）は、「闇の重さ」の続編になるが、病に犯されながらも夫と娘を捨てさらに恋人との別れも決心する女の心情を、花の色や香り、体臭の描写と共に濃密に描き、初期の傑作となっている。のち『文学界』の同人雑誌評ベスト五に入る。六三年には執筆に専念するため退職。『月刊はかた』に「家族合わせ」（平二）「恋しんぼ」（平三）をそれぞれ一年間連載し、平成三年（一九九一）七月に第一小説集『グッバイロック』（近代文芸社）を上梓、同年「家族合わせ」で第二一回福岡市文学賞を受賞する。五年一〇月に『白い夏』（近代文芸社）、一四年九月に『静かな街』（九州文学社）を上梓する。『静かな街』に収録された「骨の花」は被爆した老婦人の淡々とした心情を綴って七年に第三八回中央公論女流新人賞候補になり、夫に蒸発された妻が死をかけて鳴くこおろぎに心を寄せる「蟋蟀」は一一年に第三三回北日本文学賞候補になっている。短編小説以外にも随筆や俳句などを発表し、随筆集『話の小骨』（平一四・一一、近代文芸社）に収録された「仏具店の燕」は日本エッセイスト・クラブによってベスト・エッセイに選ばれている。『九州文学』にも投稿している。

【参考文献】『月刊はかた二八』（エー・アール・ティ出版局、平三・三）

（谷口佳代子）

吉田スエ子　よしだ すえこ　小説家。昭和二二年（一九四七）〜。沖縄県本部町津堅生まれ。本部農林高校卒業。会社勤め、主婦業のかたわら、昭和五四年（一九七九）頃から小説を書き始める。五九年、離島出身の老売春婦が、米軍基地を脱走して来た白人少年兵を匿い、少年兵を道連れに強制心中する「嘉間良心中」（『新沖縄文学六二号』沖縄タイムス社）で第一〇回新沖縄文学賞を受賞した。選者からは「平明簡潔な文章のうちに、甚だ的確に歳老いた娼婦の生活と心情を、読む者にくっきりと印象づける力を持っていた」（島尾敏雄）「全篇の細部にいたるまで、テーマがじゅうぶんに意識され、それを押しだすための描写が過不足なくなされている」（大城立裕）と評価された。昭和六〇年、義父からセクシュアル・ハラスメントを受け、本島北部の家から家出する少女を描いた「天の川の少女」（『新沖縄文学六三号』）を発表。沖縄の「南涛文学会」（会長、作家長堂英吉）に所属し、六三年、祖父と母の法事に絡んで、ユタ信仰の親戚の「お婆」との諍いを描いた「黄昏」（『南涛文学二号』）発表。同年、元娼婦で亡くなった姉のお祓いに関わる話の「稲妻」（『南涛文学四号』）発表。平成元年（一九八九）、精神を病んで入院している元娼婦の姉を描いた「バス停留所」（『新沖縄文学八二号』）発表。

【参考文献】『新沖縄文学六二号』（昭五九）、『沖縄文学全集第九巻』（平二、国書刊行会）、『沖縄文学選』（平一五、勉誠出版）

（浦田義和）

吉田まり子　よしだ まりこ　詩人。昭和二三年（一九四八）〜平成一七年（二〇〇五）年九月一三日。福岡県福岡市に生まれる。本名杉眞理子。平成九年以後筆名も杉眞理子に変更。福岡県立修猷館高等学校をへて、昭和四三年（一九六八）九州大学文学部に入学する。昭和五七年杉俊範と結婚し、同年長女出産。この年の六月詩誌『花粉期』の九号から参加し、平成元年（一九八九）二月の一九号は吉田まり子の小特集。二〇号で終刊する。昭和六三年『表現』五号から同人になり、九号から編集人に加わる。一三号は吉田まり子の小特集。一六号で退会する。平成三年一一月に第一詩集『カンダタ』（本多企画）を上梓する。小説の一場面から日常風景までさまざまなものを題材にし、鮮烈な視覚的イメージを何層にも重ねて新たな世界を築く詩集は、翌年第二八回福岡県詩人賞と第二二回福岡市文学賞を受賞する。七年から、日本と日本人を逆照射し自分自身を知って詩を書き続けるために「福岡・尹東柱の詩を読む会」に参加する。一一年六月『季刊午前』一九号から会員となり、毎号詩を発表する。言葉をそれがもつ社会的な意味から離し、独自の意味を付加しようとする試みは、斬新で、初期作品からより一層発展している。一〇年ホームページ「Pe's PAGE」に日記「折々雑感」を開設し、一六年九月ブログ「インターネットな日々のこと日々雑感」を開設、同年一〇月ブログ「OUROBOROS」を開設する。平成一七年九月一三日悪性リンパ腫にて死去。一九年九月三回忌にあわせて友人の田島安江が、第二詩集となる『詩集　秋日和』（書肆侃侃房）を杉眞理子の名前で刊行する。詩集には、吉田甚蔵の編集で小冊子『杉眞理子散文集　風は青からふいてくる』が挟み込まれている。活字化されたもの以外のホームページやブログの書き込みを収録し、杉の思考の軌跡を追っている。

【参考文献】『福岡'91文学賞』（平四・二、福岡市・福岡市文学賞運営委員会）

（谷口佳代子）

吉田優子　よしだ　ゆうこ　小説家。昭和一七年（一九四二）一月三一日～。熊本県菊池市生。父吉田博、母アヤコの長女。昭和四〇年（一九六五）熊本大学教育学部卒業。阿蘇郡の中学校、小学校に勤務、平成九年（一九九七）阿蘇市中通小学校勤務を最後に退職。一二年よりバリヤードに、年に数カ月の滞在を続ける。松浦豊敏が経営する喫茶「カリガリ」に顔を出したのがきっかけで、松浦が発起人の一人であった季刊雑誌『暗河』（昭四八・一〇創刊）に誘われて参加する。同誌への発表は、昭和四九年四月（第三号）から。五五年八月『十文字峠』（葦書房）出版。同書の広告文で渡辺京二は「はっと息を呑むような、鮮やかな文章である。この人の小説は、現実とつかず離れずというか一種の奇妙な浮遊感が特色である」（『原野の子ら』に付された葦書房出版物広告）と述べている。五八年、阿蘇の小さな分校に赴任した若い女性教師と子どもたちやその親たち、大自然とのふれあいを描いた『原野の子ら』（葦書房）を刊行。この作品は、平成九年中山節夫監督によって映画化された。平成二二年（二〇一〇）スペイン滞在を描いたエッセイ『旅あるいは回帰―イベリア半島の古都とは』を石風社から出版、第五二回熊日文学賞受賞。なお、本人によると、出生は実際は七月だったが、戸籍係のミスで一月となった。

【参考文献】「人」欄（『熊本日日新聞』平二三・二・一〇）、「文化面」（『熊本日日新聞』平二三・三・七）

（中村青史）

龍秀美　りゅう　ひでみ　詩人。昭和二三年（一九四八）五月一二日～。佐賀県佐賀市生。秀巧社印刷勤務。台湾人の父と日本人の母を持つ。昭和四九年（一九七四）頃から詩人一丸章の指導を受け、一丸が講師をしていた西日本婦人文化サークル現代詩教室に入会。昭和四九年一〇月に創刊された機関誌『表現』に作品を発表するほか、編集にも携わる（第一号のみ劉秀美名義）。また、五一年には、現代詩教室を契機として知り合った詩人達と詩誌『5次結晶』を創刊。五二年、福岡県詩人会入会。五四年、互いの詩の合評やテーマ研究を行っていた勉強会のメンバーで詩誌『花粉期』を創刊。五九年、詩「衝動」により福岡市民芸術祭賞受賞。六一年、抽象的かつ幻想的な詩が多く収録されている詩集『花象譚』（昭六〇・一〇、詩学社）により第一九回福岡県詩人賞を受賞。また、同年に第一六回福岡市文学賞を受賞。平成一二年（二〇〇〇）、詩集『TAIWAN』（平一一・一二、詩学社）によって第五〇回H氏賞を受賞。この詩集は第一詩集とは大きく印象が異なり、タイトル通り、台湾を題材とした詩を収録している。それらは、龍の言葉を借りて言えば「極めて個人的な家族の歴史とでもいうべきもの」（『一世紀詩集』）であり、収録された作品の中には、冒頭部に、母の育った福岡のイメージと父の育った台湾のイメージとを並べた詩「寓話」のように、日本が台湾を統治していた時代に材をとったものも散見される。台湾に関する詩を書き始めたきっかけについては、台湾での祖母の葬儀に参列して「自分の血の中にやっぱり台湾の血が流れているのだということを改めて感」（「講演記録　講座　テーマ『愛のかたち・時代のかたち』」）じたことだという。また、葬儀の九年後の洗骨も、詩作において重要な体験であったようである。平成一三年、福岡市文化賞を受賞。平成一四年、師の一丸が死去。その後遺族からの、一周忌を期して全詩集を作りたいという意向を受け、結果的には七年の歳月を掛けて、『一丸章全詩集』（平二二・一〇、海鳥社）を編纂。また、画家舟木富治《ふなきよしはる》の『線、ひたすらな黙示　舟木富治作品集　―Apocalypse of drawing―』（平一八・四、舟木富治）も編集。

【参考文献】『福岡県文学事典』（平成二二・三、勉誠出版）、立石啓「四号発刊にあたって」（『5次結晶』昭五二・一一）、「ことば」（『花粉期』昭五四・一）、「舟木、龍さんに福岡市文化賞」（『文化』平一三・一二）、「講演記録　講座　テーマ『愛のかたち・時代のかたち』～詩とエッセイに見る福岡・博多～」（『福岡市総合図書館研究紀要』平一四・三）、龍秀美「一世紀詩集」（『毎日新聞』平一二・四・七夕刊）

（安河内敬太）

和田知子　わだ　ともこ　俳人、随筆家。昭和七年（一九三二）～。東京に生まれる。昭和二二年（一九四七）、福岡県立門司高女にて岸秋渓子から俳句の手ほどきを受ける。二四年九月父親の転勤に伴い、東京へ移る。二七年一一月九日、甲州勝沼葡萄園で行われた飯田蛇笏の句会に参加。この時のことを詠んだ一句「いかにせむ両掌に葡萄賜りて」（『碧』収録、平二二・三、早蕨文庫）。年若い作者の豊かな自然への畏敬と同時に、蛇笏によってもたらされた恩恵に戸惑う様子も読める。この蛇笏が与えた「葡萄」が、その後の彼女の句に大きな影響をもたらすことが予感される。この時以降、「雲母」に関わり、投句を始める。昭和三〇年、東京女子大学文学部史学科（日本史）を卒業。三三年より四〇年までの間、中央公論社出版部に勤務し、三島由紀夫、尾崎一雄らの担当を務める。平成元年（一九八九）より『雲母』同人、五年には『白露』同人となる。代表的な句として「虹の橋この世のいづこにも触れず」（『茜』収録、平一五・二、卯辰山文庫）など。他の著作に『瞳子』（昭四二、氷見印刷所）、『考妣《こうひ》』（昭五〇、茜文庫）、『露』（昭五八・一一、茜文庫）、『朝顔』（昭六三、卯辰山文庫）、『椿』（平五・一一、卯辰山文庫）、『返り花』（平一〇・一一、卯辰山文庫）などの句集のほか、『藍』（平七・一一、卯辰山文庫）、『蛇笏憧憬』（平二三・一二、早蕨文庫）などの文集がある。

【参考文献】和田知子『藍』（平七・一一、卯辰山文庫）

（稲田大貴）

渡辺千恵子　わたなべ　ちえこ　随筆家。昭和三年（一九二八）九月五日～平成五年（一九九三）三月一三日。七人きょうだいの三女として、履物問屋を営む両親のもとに長崎県長崎市銅座町に生まれた。佐古小学校を経て鶴鳴《かくめい》女学校在学中、学徒報国隊として、爆心地から二、五キロの三菱電機製作所で被爆。鉄骨に挟まれて脊髄を骨折し、以後、下半身不随となる。長兄は三菱製鋼所で爆死している。その後、ほぼ一〇年間寝たきりの生活を強いられた。二九年第五福竜丸がアメリカ水爆実験の死の灰を浴びたことが契機となり、反核運動が高まり、八月四日付『毎日新聞』（長崎版）に渡辺に関する記事が掲載されそれ以後、存在を知られるようになった。三〇年、長崎県母親大会のために来崎中の鶴見和子が訪問。「長崎生活をつづる会」「長崎原爆乙女の会」（堺屋照子、山口美佐子、辻幸江、溝口キクエ、渡辺）が結成され、渡辺は「原爆乙女の会」を「私の第二の青春というべきもの」（『長崎よ、誓いの火よ』昭六二・八、草の根出版会）と回想している。三一年八月九日、第二回原水爆禁止世界大会が長崎東高校体育館で開催され長崎県被爆者代表として発表を行った。主な著作に『長崎に生きる』（昭四八・七、新日本出版）、『長崎を忘れない』（東本つね絵、昭五五・七、草土文化）、『長崎に燃えよ、オリンポスの火』（橋本進と共著、昭五八・一一、草土文化）などがある。

【参考文献】日比野正己『渡辺千恵子』（平一〇・一二、大空社）

（長野秀樹）

み

三上　慶子　（熊本県）　…145
三木　澄子　（長崎県）　…146
三島　敏子　（宮崎県）　…146
みずかみかずよ　（福岡県）　…147
水間魔遊美　（熊本県）　…148
三苫　京子　（福岡県）　…148
宮川　久子　（熊本県）　…149
宮本美致代　（熊本県）　…150

む

向田　邦子　（鹿児島県）　…150
村田喜代子　（福岡県）　…151
村中　李衣　（山口県）　…152

も

桃原　邑子　（熊本県）*沖縄県　…152
杜　あとむ　（福岡県）　…153
森崎　和江　（福岡県）*佐賀県　…153
森田ヤエ子　（福岡県）*鹿児島県　…154
森　千枝　（宮崎県）*長崎県　…155
森　夏月　（鹿児島県）　…156
森　禮子　（福岡県）　…156

や

柳生じゅん子　（福岡県）*長崎県　…157
安永　蕗子　（熊本県）　…158
安本　末子　（佐賀県）　…159
柳原　白蓮　（福岡県）　…159
矢野　克子　（沖縄県）*鹿児島県　…160
山崎ナオコーラ　（福岡県）　…161
山里　禎子　（沖縄県）　…161
山下夕美子　（福岡県）　…162
山田　とし　（熊本県）　…162
山田　啓代　（熊本県）　…163
山埜井喜美枝　（福岡県）*大分県　…163

ゆ

由宇とし子　（熊本県）　…164
夢野　文代　（福岡県）*鹿児島県　…164
湯本香樹実　（福岡県）　…165

よ

横山　房子　（福岡県）　…165
吉井惠璃子　（熊本県）　…166
吉岡　紋　（福岡県）　…166
吉田スエ子　（沖縄県）　…167
吉田まり子（杉眞理子）　（福岡県）　…167
吉田　優子　（熊本県）　…168

り

龍　秀美　（福岡県）*佐賀県　…168

わ

和田　知子　（福岡県）　…169
渡辺千恵子　（長崎県）　…170

中原　綾子　（長崎県）　…109
中原　澄子　（福岡県）＊佐賀県 ＊熊本県　…110
（平田澄子）
名嘉真恵美子　（沖縄県）　…110
仲町　貞子　（長崎県）　…111
（宮本のり）
中村うさぎ　（福岡県）　…112
中村きい子　（鹿児島県）　…112
中村　汀女　（熊本県）　…113
中本たか子　（山口県）　…114
中山　千夏　（熊本県）　…114
夏樹　静子　（福岡県）　…115
波田　愛子　（熊本県）　…116

に
西沢　杏子　（佐賀県）　…116
西田　宣子　（福岡県）　…117
西村桜東洋　（佐賀県）＊福岡県　…117
西村しず代　（佐賀県）＊長崎県　…118
西村　光代　（熊本県）　…118
西村　慈　（熊本県）　…118
西本　弥生　（福岡県）　…119
二沓ようこ　（福岡県）　…119

の
野上弥生子　（大分県）　…120
野木　京子　（熊本県）　…121
野田　寿子　（福岡県）＊佐賀県　…122
野溝七生子　（大分県）　…123
野見山ひふみ　（福岡県）　…124

は
橋本多佳子　（福岡県）　…124
橋本　武子　（山口県）　…125
橋本美代子　（福岡県）　…125
波多江敦子　（福岡県）＊長崎県　…125
秦　夕美　（福岡県）　…126
（高山夕美）
浜名　理香　（熊本県）　…126
濱野　京子　（熊本県）　…127
林　京子　（長崎県）　…127
林　芙美子　（福岡県）　…128
原　初枝　（佐賀県）　…129
原口真智子　（福岡県）　…129

ひ
比嘉美智子　（沖縄県）　…130
樋口　伸子　（福岡県）＊熊本県　…130
平山冨美子　（福岡県）＊熊本県　…131
（比良山文子）
弘津　千代　（山口県）　…131

ふ
福田須磨子　（長崎県）　…132
福田万里子　（佐賀県）＊福岡県　…132
福間　明子　（福岡県）＊長崎県　…133
藤坂　信子　（熊本県）　…133
藤崎美枝子　（福岡県）　…134
藤野　千夜　（福岡県）　…134
藤本由香里　（熊本県）　…135
（白藤花夜子）
布施伊夜子　（宮崎県）　…135
鮒田　トト　（宮崎県）＊佐賀県　…136
文月　あや　（鹿児島県）　…137
古木　信子　（熊本県）　…137

へ
邉見（辺見）京子　（鹿児島県）　…138

ほ
本田　節子　（熊本県）　…138

ま
正木ゆう子　（熊本県）　…139
松浦　初恵　（佐賀県）　…140
松永　千秋　（福岡県）　…140
松原伊佐子　（熊本県）　…141
松原　一枝　（福岡県）＊山口県　…141
松村由利子　（福岡県）＊沖縄県　…142
松本　文世　（福岡県）＊熊本県　…142
松本ユキ子　（福岡県）　…143
松本　梨江　（福岡県）　…143
（叶　慶子）
まはら三桃　（鹿児島県）＊福岡県　…144
丸山由美子　（熊本県）　…145

柴田佐知子　（福岡県）　…74
芝　　憲子　（沖縄県）　…74
島尾　ミホ　（鹿児島県）　…75
島本　藤子　（福岡県）　…75
下村　梅子　（福岡県）*大分県　…76
庄司　祐子　（熊本県）　…76
城島　久子　（佐賀県）*福岡県　…77
白石すみほ　（佐賀県）　…77
白石　弥生　（沖縄県）　…77

す

末永　直海　（福岡県）　…78
末永　文子　（福岡県）　…78
杉田　久女　（福岡県）*鹿児島県　…79
杉本　章子　（福岡県）　…80
杉山　武子　（福岡県）*鹿児島県　…80
須山ユキヱ　（福岡県）　…81

せ

世良　絹子　（福岡県）　…81

そ

園田　節子　（佐賀県）　…82
曽原　紀子　（宮崎県）　…83

た

大悟法静子　（福岡県）　…83
大道　珠貴　（福岡県）　…83
高樹のぶ子　（福岡県）*山口県　…84
高崎　綏子　（福岡県）　…85
高瀬　千図　（長崎県）　…85
高千穂峰女　（福岡県）　…85
高塚かず子　（長崎県）　…86
鷹取美保子　（福岡県）　…87
高群　逸枝　（熊本県）　…87
滝　　勝子　（福岡県）　…88
竹下しづの女　（福岡県）　…89
竹下　文子　（福岡県）　…89
武田　京子　（宮崎県）*山口県　…90
竹野美智代　（熊本県）　…90
竹森ハツヱ　（福岡県）　…91
（遠山サチ）
田島　安江　（福岡県）*大分県　…91
多田智満子　（福岡県）　…92
多田　尋子　（長崎県）　…93
立川　敏子　（福岡県）　…93
たつみや章　（熊本県）　…94
田中ひな子　（大分県）　…94
田場美津子　（沖縄県）　…95
田吹　繁子　（大分県）　…96

ち

千代原真智子　（福岡県）　…96

つ

築地　正子　（熊本県）　…97
司　　凍季　（大分県）　…97
柘植　周子　（熊本県）　…98
辻　　文子　（福岡県）　…99
津田　治子　（熊本県）*佐賀県　…99
土田　晶子　（福岡県）*大分県　…100
筒井　茅乃　（長崎県）　…100
綴　　敏子　（熊本県）　…101
恒成美代子　（福岡県）*大分県　…101
角田　房子　（福岡県）　…102
角田真由美　（熊本県）　…103

て

寺井　谷子　（福岡県）　…103

と

土井　敦子　（福岡県）　…104
（赤沼真通子）
富崎喜代美　（佐賀県）　…104
富田　住子　（福岡県）　…105
富田　豊子　（熊本県）　…105
豊増　幸子　（佐賀県）　…105
鳥越　　碧　（福岡県）　…106

な

中川由記子　（福岡県）*熊本県　…106
長崎　夏海　（鹿児島県）　…107
永嶋　恵美　（福岡県）　…108
（映島巡）
長瀬　正枝　（福岡県）　…108
永畑　道子　（熊本県）　…108

大浦ふみ子　（長崎県）　…33
おおえひで　（長崎県）　…33
大友　淑江　（福岡県）　*大分県　…34
大庭　　桂　（熊本県）　…34
岡口　茂子　（福岡県）　*佐賀県　…35
緒方　　惇　（熊本県）　…35
小郷　穆子　（大分県）　…36
大佛　文乃　（山口県）　…37
鬼塚りつ子　（鹿児島県）　…37
小野木朝子　（熊本県）　…38

か

海崎　章子　（熊本県）　…39
海達　公子　（熊本県）　…39
梯　久美子　（熊本県）　…40
鹿児島やすほ　（福岡県）　…40
柏木恵美子　（福岡県）　…41
片瀬　博子　（福岡県）　…41
勝野ふじ子　（鹿児島県）　…42
加藤みゆき　（熊本県）　…42
門田　照子　（福岡県）　…43
金井　光子　（熊本県）　…44
金子みすゞ　（山口県）　…44
加納　朋子　（福岡県）　…45
神泉　苑代　（佐賀県）　…45
神尾久美子　（宮崎県）　*福岡県　…46
神近　市子　（長崎県）　…46
（榊纓）
川上小夜子　（福岡県）　…47
川島　つゆ　（大分県）　…48
（川島露石）
河野　裕子　（熊本県）　…48
川端　京子　（福岡県）　…49
河本佐恵子　（福岡県）　…49
（中村佐恵子）
神沢　利子　（福岡県）　…50

き

岸本マチ子　（沖縄県）　…51
岸本　みか　（福岡県）　…51
（岸本己佳）
北田　　倫　（福岡県）　…52
北原志満子　（佐賀県）　…53
北原　東代　（熊本県）　…53
きの　ゆり　（福岡県）　…54
季巳　明代　（鹿児島県）　…54
姜　　信子　（熊本県）　…55
清住　朱実　（熊本県）　…56
清田由井子　（熊本県）　…56

く

久志芙沙子　（沖縄県）　…57
久保より江　（福岡県）　…58
倉田千恵子　（熊本県）　…58
倉富　洋子　（福岡県）　…59

こ

河野　信子　（福岡県）　…59
古賀　悦子　（佐賀県）　…60
古賀　ユキ　（福岡県）　…61
五所　美子　（福岡県）　*大分県　…61
後藤みな子　（長崎県）　*福岡県　…62
近藤えい子　（長崎県）　…62

さ

税所　敦子　（鹿児島県）　…63
齊藤きみ子　（鹿児島県）　…64
斎藤　　史　（熊本県）　*福岡県　…64
坂井ひろ子　（福岡県）　…65
坂口　褸子　（熊本県）　…66
崎山　多美　（沖縄県）　…66
桜川　冴子　（福岡県）　*熊本県　…67
佐々木信子　（佐賀県）　…68
佐々木博子　（福岡県）　…68
（栈比呂子）
佐多　稲子　（長崎県）　…68
（窪川稲子）
貞刈みどり　（福岡県）　…69
佐藤　志満　（鹿児島県）　…70
佐藤普士枝　（福岡県）　…71
佐藤　幸乃　（福岡県）　…71
鮫島　康子　（福岡県）　…72
早良　　葉　（福岡県）　…72

し

重兼　芳子　（福岡県）　…73

索　　引

・本書の索引は作家名を五十音順で配列した。
・作家名に別名がある場合、主なものを（　）に記した。
・各作家名の後に、担当県を（　）に入れて記した。
・出生地・居住地などが他県にわたる場合、山口県、福岡県、佐賀県、大分県、長崎県、熊本県、宮崎県、鹿児島県、沖縄県に限り、担当県以外の主なものを＊をつけて記した。

あ
阿井　景子　（長崎県）＊佐賀県　…1
青井　　史　（福岡県）　…1
青木　昭子　（福岡県）＊山口県　…2
赤星カヱ子　（福岡県）＊熊本県　…3
秋田佐知子　（宮崎県）　…3
阿木津　英　（熊本県）＊福岡県　…4
秋山　香乃　（福岡県）　…4
あざ　蓉子　（熊本県）　…5
天川　悦子　（福岡県）　…5
新垣美登子　（沖縄県）　…6
新樹　光子　（福岡県）　…7
荒津　寛子　（福岡県）　…7
有馬　英子　（鹿児島県）＊宮崎県　…8
安藤　康子　（熊本県）　…9

い
井伊　文子　（沖縄県）　…9
伊規須ゆき　（福岡県）　…10
生田　静香　（熊本県）　…10
池上三重子　（福岡県）＊熊本県　…11
石井　筆子　（長崎県）　…12
石橋　秀野　（福岡県）　…12
石　　昌子　（福岡県）　…13
石牟礼道子　（熊本県）　…13
市原千佳子　（沖縄県）　…14
井手川泰子　（福岡県）　…15
伊藤　野枝　（福岡県）　…15
伊藤比呂美　（熊本県）　…16
伊藤　ルイ　（福岡県）　…17
絲山　秋子　（福岡県）　…18
井上　荒野　（長崎県）　…18
井上　佳子　（熊本県）　…19
井上　信子　（山口県）　…19
今井美沙子　（長崎県）　…20
今村　葦子　（熊本県）　…21
入江　章子　（熊本県）　…22
岩森　道子　（福岡県）＊山口県　…22

う
上野　詠未　（鹿児島県）　…23
上野さち子　（山口県）　…23
上野　晴子　（福岡県）　…24
上野　春子　（熊本県）　…25
上野　眞子　（福岡県）　…25
植村　紀子　（鹿児島県）　…25
上山しげ子　（福岡県）　…26
牛島　春子　（福岡県）　…26
内田さち子　（福岡県）　…27
内田　春菊　（長崎県）　…28
内村　幹子（宇山翠）　（福岡県）　…28
宇野　千代　（山口県）　…29

え
江上　栄子　（福岡県）　…30
江口　章子　（大分県）　…30
江島その美　（佐賀県）　…31

お
大石千代子　（福岡県）　…31
大内須磨子　（大分県）　…32

西日本女性文学案内

平成二十八年二月十五日　初版印刷
平成二十八年二月二十日　初版発行

企　画　西日本女性文学研究会
監　修　狩野啓子・谷口絹枝・西荘保
発行所　有限会社　花書院
〒八一〇―〇〇一二
福岡市中央区白金二―九―二
ＴＥＬ　〇九二―五二六―〇二八七
ＦＡＸ　〇九二―五二四―四四一一
印刷所　城島印刷株式会社